HEYNE BÜCHER

SCIENCE FICTION

Herausgegeben von Wolfgang Jeschke

Ein Verzeichnis dieser Serie finden Sie in dem Band
HEYNE SCIENCE FICTION & FANTASY:

DAS PROGRAMM · 06/04999
(Verzeichnis der Serien und Zyklen)

MICHAEL
JAN FRIEDMAN

WIEDER VEREINT

Roman

STAR TREK®
THE NEXT GENERATION™
Band 23

Deutsche Erstausgabe

WILHELM HEYNE VERLAG
MÜNCHEN

HEYNE SCIENCE FICTION & FANTASY
Band 06/5142

Titel der Originalausgabe
REUNION
Übersetzung aus dem Amerikanischen
von Andreas Brandhorst
Das Umschlagbild malte Keith Birdsong

3. Auflage

Redaktion: Rainer Michael Rahn

Die Originalausgabe erschien bei POCKET BOOKS,
a division of Simon & Schuster, New York

Printed in Germany 1995
Umschlaggestaltung: Atelier Ingrid Schütz, München
Technische Betreuung: Manfred Spinola
Satz: Schaber Satz- und Datentechnik, Wels
Druck und Bindung: Ebner Ulm

ISBN 3-453-07763-6

Für den unvergeßlichen
Onkel Leslie

KAPITEL 1

In seinem Traum befand er sich an Bord eines überfüllten Shuttles.

Sie hatten die *Stargazer* aufgegeben und verlassen – ein Wrack nach dem Gefecht mit den Ferengi bei Maxia Zeta. Irgendwo vor ihnen, einige *Wochen* Flugzeit entfernt, befand sich Starbase 81.

Aber jetzt fehlte jede Spur von der Verzweiflung, die den Kampf begleitet hatte. Und die Trauer um gefallene Gefährten hing nicht mehr als dunkle Wolke über ihnen.

Statt dessen herrschte Optimismus. Kameradschaft prägte die Atmosphäre, so wie zuvor an Bord der *Stargazer*. Der Kommandant musterte die Gesichter – vertraute Gesichter. Gilaad Ben Zoma, sein Erster Offizier: dunkelhäutig, attraktiv und selbstsicher. Idun Asmund, der weibliche Steuermann: hochgewachsen und makellos schön. Sie beugte sich übers Pult, behielt die Anzeigen der Instrumente im Auge. ›Mops‹ Joseph, der Sicherheitsoffizier: wie immer wachsam und auf alles vorbereitet.

Und noch jemand, dessen Präsenz ihn mit besonderer Freude erfüllte.

»Jack«, sagte er.

Jack Crusher drehte sich zu ihm um und vollführte eine knappe Geste, die dem Shuttle galt. »Ziemlich eng hier drin, nicht wahr, Jean-Luc?«

»Ja. Aber es ist nur für eine gewisse Zeit.«

Jack lächelte und strich eine dunkelbraune Locke aus der Stirn. »Für eine gewisse Zeit, die uns wie eine *Ewigkeit* erscheint.«

Es war herrlich, Jack dort sitzen zu sehen. Picard genoß den Anblick.

»Das ist doch Unsinn«, knurrte jemand.

Jean-Luc drehte sich um und bemerkte den Gnalisch Phigus Simenon, Chefingenieur der *Stargazer*. Wie üblich stritt er sich mit dem Bordarzt Carter Greyhorse; vermutlich ging's bei der Diskussion um irgendwelche wissenschaftlichen oder philosophischen Aspekte.

»Wenn es definitionsgemäß das kleinste mögliche Objekt ist – wie kann es dann etwas Kleineres geben?« fragte der Gnalisch. Die rubinroten Augen glühten in einem grauen, mit vielen Wölbungen ausgestatteten Gesicht.

»Ganz einfach«, erwiderte Greyhorse. Die Gelassenheit in seinen Zügen bildete einen auffallenden Kontrast zum gespielten Ärger in der tiefen, kultivierten Stimme. »Man nehme das Ding und schneide es durch.« Er lehnte sich zurück und breitete die Arme aus. »*Voilà* – dann hat man etwas, das noch kleiner ist.«

»Unmöglich«, widersprach Simenon. »Immerhin handelt es sich *per definitionem* um das kleinste Objekt überhaupt ...«

Cadwallader – eine schlanke, mädchenhafte Frau, die als Kommunikationsoffizier zur Crew gehörte – unterbrach den Gnalisch. Sie legte ihre sommersprossigen Hände auf die Schultern der Zankenden. »Wie wär's, wenn ihr die Lautstärke etwas herunterdreht? Einige von uns versuchen zu schlafen. *Herzlichen* Dank.«

Der Captain schmunzelte und wandte sich wieder an Jack. »Was hast du vor, wenn wir zurück sind? Planst du einen längeren Urlaub?«

Crusher nickte. »Ich möchte Beverly wiedersehen. Und meinen Sohn. Seit meinem letzten Besuch ist er wahrscheinlich fünfzehn Zentimeter gewachsen.« Eine kurze Pause. »Hast du jemals daran gedacht, selbst eine Familie zu gründen, Jean-Luc?«

»Du kennst mich, Jack. Ich bade lieber in siedendem

Öl, als ein Baby auf dem Knie zu schaukeln. Mir graut bei der Vorstellung ...«

Plötzlich fiel ihm etwas ein. Es war warm im Innern des Shuttles, aber jetzt lief es ihm kalt über den Rücken. »Jack ... Du solltest eigentlich gar nicht hier sein.«

»Nein? Wäre es dir lieber, wenn ich jetzt an Bord einer der anderen Raumfähren säße?«

»Nein.« Picard befeuchtete sich die Lippen. »Du lebst gar nicht mehr. Du bist schon seit einer ganzen Weile tot. Als wir die *Stargazer* verloren, warst du nur noch eine Erinnerung.«

Jack zuckte mit den Schultern. »Ich gehe, wenn du willst ...«

»Nein. Bitte bleib. Es liegt mir fern, dich ...«

Aber es war bereits zu spät. Crusher schritt fort, verschwand in der Menge, die weiter hinten am Lebensmittelsynthetisierer wartete.

»Bitte bleib hier, Jack. Es ist alles in Ordnung. Es käme mir nie in den Sinn, dich fortzuschicken ...«

Genau in diesem Augenblick erwachte Jean-Luc Picard.

Die Luft in seinem Quartier strich ihm kühl über die Haut. Er hob die Hand zur Stirn, fühlte dort kalten Schweiß.

»Verdammt«, hauchte er. Nur ein Traum.

Ein Traum, der sich nicht mit den entsetzlichen Visionen von Maxia Zeta vergleichen ließ, die Jahre später der Ferengi DaiMon Bok in ihm weckte. Nein, dies war etwas ganz anderes – doch es erwies sich ebenfalls als große Belastung.

Picard brauchte nicht die Hilfe der Bordcounselor in Anspruch zu nehmen, um herauszufinden, warum ein solcher Traum ausgerechnet jetzt seine Ruhe störte.

Beverly Crusher hatte die Krankenstation halb durchquert, als sie begriff, daß sie gar kein Ziel hatte.

Aus den Augenwinkeln sah sie Doktor Selar in ihrem Büro und fühlte den Blick der vulkanischen Ärztin. Beverly spürte, wie Verlegenheit ihre Wangen glühen ließ.

Denk nach, forderte sie sich auf. *Wohin wolltest du? Eile ist geboten, weil ...*

Sie schnippte mit den Fingern und setzte sich wieder in Bewegung. Nach einigen Schritten sah sie einmal mehr zu Selar.

Die andere Ärztin beobachtete sie noch immer. Beverly lächelte.

Als Vulkanierin erwiderte Selar das Lächeln natürlich nicht. Ihre Miene blieb völlig ausdruckslos, als sie zum Monitor des Computerterminals blickte.

Crusher erreichte den Untersuchungsraum und stellte fest, daß Burke dort auf sie wartete. Sie nickte ihm einen Gruß zu.

»Wie sieht's aus?« fragte er.

»Nicht übel«, erwiderte Beverly. »Bitte legen Sie sich hin.«

Der auf dem Biobett sitzende Sicherheitsoffizier streckte die Beine und rutschte unter die Diagnosevorrichtung mit den Sensoren. Crusher betrachtete die in Augenhöhe befindlichen Anzeigen und erinnerte sich erneut ...

»Doktor Crusher?«

Sie blinzelte, kehrte abrupt ins Hier und Heute zurück. »Hm?«

»Ich möchte Sie nicht drängen, aber in zehn Minuten beginnt mein Dienst.«

Wie lange hatte sie einfach nur auf die Anzeigen gestarrt, ohne sie zu sehen? Beverly wagte es nicht, die Frage laut auszusprechen.

Der Sicherheitsoffizier lächelte. »Machen Sie sich nichts draus. Es ist durchaus verständlich, daß Sie ein wenig abgelenkt sind. Selbst *ich* bin aufgeregt, wenn ich daran denke, daß Leute von der *Star-*

gazer an Bord kommen – obwohl ich sie nicht einmal kenne.«

Crusher holte tief Luft. »Eigentlich sind sie auch mir unbekannt. Mit einer Ausnahme. Übrigens: Sie können jetzt aufstehen. Es ist alles in bester Ordnung mit Ihnen.«

Burke setzte sich und musterte die Ärztin. »Sie kennen die Offiziere von der *Stargazer* nicht? Aber ich dachte ...«

Er unterbrach sich, als ihm plötzlich klar wurde, daß er vielleicht Beverlys Privatsphäre verletzte. In Gedanken beendete sie den Satz: *Ich dachte, Ihr Mann gehörte zu jener Crew.*

»Ich habe von ihnen gehört«, sagte Crusher kühl. »Doch ich bin ihnen nie persönlich begegnet.«

Burke nickte. »Ich verstehe. Danke. Bis zur nächsten Routineuntersuchung in einigen Monaten.«

»Ja, bis dann«, entgegnete Beverly, als der Sicherheitsoffizier fortging.

Sie lehnte sich an den Diagnoseapparat und verbarg das Gesicht in der Armbeuge. *Verdammt! Warum mußten sie ausgerechnet* dieses *Schiff wählen?*

Will Riker saß an seinem privaten Terminal, atmete tief durch und öffnete die Besucher-Datei.

Seit Tagen freute er sich auf diesen Augenblick. Daß er als Erster Offizier über alle Personen informiert sein mußte, die an Bord kamen oder das Schiff verließen, spielte dabei nur eine untergeordnete Rolle. Die *Enterprise* erwartete Starfleet-Legenden, *lebende* Legenden, und Riker wollte soviel wie möglich über sie in Erfahrung bringen. Die tausendundein anderen Dinge, die sich in der Zwischenzeit ansammelten und seine Aufmerksamkeit verlangten, mußten sich in Geduld fassen.

Mal sehen, dachte er, als eine Namensliste im Projektionsfeld erschien. Jene Person, mit der er sich zuerst befassen wollte, wurde ganz unten genannt – natürlich. Er gab den Code der entsprechenden elektronischen Akte ein.

Name: Morgen. Organisation: Starfleet. Rang: Captain. Heimatwelt: Daa'V.

Der Schirm zeigte alle Einzelheiten von Morgens beruflicher Laufbahn bei Starfleet seit Beendigung seiner Akademie-Ausbildung vor einundzwanzig Jahren.

Die Angaben bestätigten das, was Riker im Lauf der Jahre über Captain Morgen von der *Excalibur* gehört hatte. Er galt als objektiv und unparteiisch, als ein Kommandant, der in seinen Untergebenen die besten Eigenschaften stimulierte. Des weiteren kannte er sich gut mit militärischer Strategie und Taktik aus, war ein erstklassiger Diplomat und verstand es, natürlichen Charme zur Geltung zu bringen.

Die Parallelen zu seinem Mentor Jean-Luc Picard fielen sofort auf.

Jetzt verließ Morgen den aktiven Starfleet-Dienst, um sich einer ganz neuen Verantwortung zu stellen: Er sollte zum neuen Oberhaupt seines Volkes werden, der Daa'Vit. Er kehrte zum Planeten seiner Geburt zurück, um dort nach dem Tod des Vaters den Thron zu besteigen.

Als Ehrenwache begleiteten ihn sieben Starfleet-Offiziere, ehemalige Kollegen, Kameraden und Freunde, mit denen er an Bord des Forschungsschiffes *Stargazer* zusammengearbeitet hatte. Bei den Daa'Vit gab es den Brauch, daß ein Prinz mit seinen Gefährten heimkehrte. Trotz der neuen Freundschaften, die Morgen als Kommandant der *Excalibur* geschlossen hatte, entschied er sich für die Offiziere der *Stargazer:* Sie sollten bei der Krönungsfeier zugegen sein.

Damit wurde den betreffenden Personen große Ehre zuteil. Und auch dem Korpsgeist, der an Bord von Picards früherem Schiff geherrscht hatte.

Das wichtigste Mitglied der Ehrenwache war zweifellos Picard selbst, Morgens erster Captain. Die anderen zählten zu den bald eintreffenden Besuchern.

Riker blickte wieder auf den Schirm. Einige Namen erschienen ihm so vertraut wie der Morgens: zum Beispiel Ben Zoma, Captain der *Lexington*, und der Erste Offizier des Raumschiffs *Charleston*, Asmund.

Andere Silben zeichneten sich durch einen eher fremden, aber trotzdem magischen Klang aus. Professor Phigus Simenon. Dr. Carter Greyhorse. Peter ›Mops‹ Joseph. Sie alle hatten an der historischen Mission der *Stargazer* teilgenommen – und überlebt, um davon zu berichten.

Riker lehnte sich zurück und fragte sich nicht zum erstenmal, wie es gewesen sein mochte, damals zu Captain Picards Crew gehört zu haben. Er stellte sich vor, mit der *Stargazer* unterwegs zu sein, jahrelang durch unbekannte Raumsektoren zu fliegen. Er dachte an die Empfindungen, die mit dem Verlust jenes Schiffes einhergingen, bei der ersten verhängnisvollen Konfrontation mit den Ferengi.

Vielleicht fand Riker bald Antwort auf diese Fragen, denn während der nächsten Tage würden sie Picards ehemalige Offiziere an Bord der *Enterprise* begrüßen.

Er las den ersten Namen auf der Liste und öffnete eine weitere Datei.

Asmund, Idun …

Captain Mansfield von der USS *Charleston* saß auf der Kante des aus *S'naiah*-Holz bestehenden Schreibtischs. Die vielen düster wirkenden Schnitzereien und ikonographischen Darstellungen weckten Unbehagen in ihm, und er runzelte die Stirn.

»Idun …«, begann er. »Lassen Sie uns darüber reden.«

Die Frau – der Erste Offizier – hatte aus dem Fenster gesehen und drehte sich nun um. Sie war schön; das fiel sofort auf. Groß, schlank, blond, mit Augen in der schwer definierbaren Farbe von Gletschereis. Die unergründliche Tiefe darin ...

Reiß dich zusammen, dachte Mansfield. *Um Himmels willen: Sie ist deine Stellvertreterin. Und selbst wenn das nicht der Fall wäre ... Was könnte sie an einem alten Schlachtroß wie dir finden?*

Zum vierhundertsten Mal verdrängte er seine Libido und erinnerte sich: Irgend etwas belastete Asmund. Sie brauchte jetzt keinen Geliebten, sondern einen Freund.

»Es ist alles in Ordnung mit mir«, erwiderte sie ruhig. Doch die Augen verrieten, daß sie log.

Mansfield seufzte.

Seit elf Jahren war er Captain der *Charleston,* und mehr als die Hälfte dieser Zeit – sechs Jahre, um ganz genau zu sein – hatte er mit Idun Asmund in der Rolle des Ersten Offiziers verbracht. Nie bekam er Anlaß zu bereuen, sie an Bord geholt zu haben.

Aber er wußte, daß sie manchen Leuten nicht ganz geheuer war. Nach dem schrecklichen Ende der *Stargazer ...* Wie lange lag es zurück? Zwei Jahrzehnte? Es fiel ihr schwer, sich mit jenen Ereignissen abzufinden. Eine Zeitlang litt sie, und dadurch kam sie in der Starfleet-Hierarchie nicht so schnell voran, wie es eigentlich der Fall hätte sein sollen.

Ein weiteres Hindernis bildete ihr Gebaren. Man bezeichnete sie als brüsk, schroff, unnahbar und kalt. Aber Mansfield hatte gespürt, daß sich ein guter Offizier in ihr verbarg. Er war bereit gewesen, ein Risiko einzugehen – ohne es jemals zu bereuen.

»Ich weiß, was mit Ihnen los ist«, sagte er. »Sie sind nervös. Und ich schätze, wir beide kennen den Grund dafür.«

»Nein.« Asmund verschränkte die Arme. »Ich bin nicht nervös, sondern überrascht.«

»Weil Morgen möchte, daß Sie ihn begleiten?«

»Ja. Nach allem, was geschehen ist ... Ich glaube, er hat nicht einmal zwei Worte an mich gerichtet. Dann kam Maxia Zeta, und ... Nun, um ganz ehrlich zu sein: Ich bin davon überzeugt gewesen, ihn nie wiederzusehen.«

»Vielleicht versucht er auf diese Weise, alles wiedergutzumachen. Sie und Ihre Schwester unterschieden sich voneinander, und zwar sehr. Möglicherweise hat sich Morgen nun zu einer entsprechenden Erkenntnis durchgerungen.«

In Iduns Augen blitzte es. »Er ist ein Daa'Vit. Wenn es um Blutfehden geht ...«

»Es könnte durchaus sein, daß er nicht mehr der Mann ist, an den Sie sich erinnern«, gab Mansfield zu bedenken. Er musterte Asmund. »Dreizehn Jahre genügen für einen grundlegenden Wandel. Erst recht, wenn man die Hälfte davon in einem Kommandosessel verbringt.« Er räusperte sich. »Nehmen Sie mich. Ich bin nicht immer ein erbarmungsloser Diktator gewesen.«

Idun schnitt eine finstere Miene. »Er ist ein Daa'Vit. Das hat sich bestimmt nicht geändert.«

»Versuchen Sie wenigstens, ihm mit Aufgeschlossenheit zu begegnen«, sagte Mansfield. »Und denken Sie daran: Sie sehen auch andere Personen wieder. Nicht alle von ihnen haben Sie so behandelt wie er.«

Idun überlegte. »Nein«, räumte sie. »Vielleicht gibt es tatsächlich einige Leute, die ich wiedersehen möchte.«

»Na bitte. Das ist die Idun Asmund, die ich kenne.« Der Captain brummte. »Und machen Sie sich wegen uns keine Sorgen. Wir riskieren irgendwo unser Leben, während Sie Ihren bezahlten Urlaub genießen.«

Falten entstanden in Asmunds Stirn. »Ich kann nach wie vor ablehnen, Captain. Ich fühle mich in erster Linie Ihnen und der *Charleston* verpflichtet.«

»Es war ein *Scherz,* Idun. Nur ein Scherz.«

Sie entspannte sich wieder. »Ja, natürlich«, sagte sie leise.

Mansfield schalt sich einen Narren, weil er sich in Hinsicht auf die Dienstpflichten einen Spaß erlaubt hatte. Wer bei Klingonen aufgewachsen war, nahm solche Dinge sehr ernst.

Mops Joseph befand sich genau dort, wo ihn Erwin erwartete: Er saß allein in einer Ecke des Aufenthaltsraums. *In letzter Zeit passiert das viel zu oft,* dachte der Erste Offizier des Raumschiffs *Lexington. Kein Wunder, daß er in Schwierigkeiten gerät.*

Erwin trat näher, und daraufhin drehte sich Joseph um. Sein Gesichtsausdruck vermittelte die Botschaft, daß er nicht gestört werden wollte. Doch die Züge glätteten sich, als er den stellvertretenden Kommandanten erkannte.

»Commander ...« Er lächelte. »Welchem Umstand verdanke ich diesen Besuch?«

Der Erste Offizier versuchte, die Entschlossenheit noch fester in sich zu verankern. In Josephs Wesen gab es etwas, durch das es sehr schwer wurde, streng mit ihm zu sein. Lag es daran, daß er dem Sohn von Erwins Bruder ähnelte, der bei einem Gefecht mit den Tholianern gestorben war? Er hatte ebenfalls kurzes, rotblondes Haar und eine Nase, deren Spitze nach oben zu weisen schien. Oder wirkte er deshalb so gewinnend, weil er zu einer Art von kühler Sachlichkeit neigte, die Erwin mit den Anfängen der interstellaren Raumfahrt assoziierte? Jene Eigenschaft mochte es gewesen sein, die Joseph damals an Bord der *Stargazer* den Spitznamen ›Mops‹ eingebracht hatte.

Nun, wie dem auch sei: Diesmal wollte Erwin nicht einfach beide Augen zudrücken. Er tat niemandem einen Gefallen, wenn er das Problem ignorierte.

Der Erste Offizier zog sich einen Stuhl heran und nahm Platz. »Sie möchten wissen, welchem Umstand

Sie diesen Besuch verdanken? Ich habe gerade eine Subraum-Nachricht von Marcus an Bord der *Fearless* erhalten.«

Josephs Lächeln verflüchtigte sich. »Oh.«

»Sie wissen, worauf mich Marcus hingewiesen hat, nicht wahr?« fragte Erwin.

Der andere Mann nickte. »Ich nehme an, es ging dabei um eine kleine Meinungsverschiedenheit, bei der jemand von der *Fearless* den kürzeren gezogen hat.« Das Lächeln kehrte zurück. »Sie hätten meinen rechten Haken sehen sollen, Commander. Noch genauso gut wie früher.«

Erwin gab sich Mühe, die Stirn zu runzeln. »Eine Prügelei. Und das in *Ihrem* Alter. Außerdem sind Sie auch noch Sicherheitsoffizier!« Er schüttelte mißbilligend den Kopf. »Es ist eine Schande. Und damit muß jetzt endgültig Schluß sein.«

Joseph sah ihn an. »Sie hätten hören sollen, was der Bursche über die *Lexington* sagte, Sir. Und ihren Captain. Und auch über *Sie*.«

Erwin versteifte sich und widerstand der Versuchung, entsprechende Fragen zu stellen. »Es ist mir völlig gleich, wer was über wen gesagt hat. Wir müssen uns wie verantwortungsbewußte Erwachsene verhalten – nicht wie Kinder, die sich beim geringsten Anlaß zanken.«

Joseph seufzte und wandte den Blick ab. »Ich verstehe, Commander.«

»Das will ich auch stark hoffen«, sagte Erwin. »Sie sind Offizier an Bord dieses Schiffes. Und ich möchte, daß Sie allen damit in Zusammenhang stehenden Pflichten gerecht werden.« Er lehnte sich zurück und strich den Uniformpulli glatt. »Ist das klar?«

Mops Joseph sah auf und bemerkte den Ernst in Erwins Miene. »Ja«, antwortete er.

»Gut. Und seien Sie unbesorgt – der Captain erfährt nichts davon. Ebensowenig wie von den anderen Berichten.« Der Erste Offizier legte eine kurze Pause ein. »Aber dies ist der letzte Zwischenfall, den ich für Sie vertusche, verstanden? Der allerletzte.«

Joseph schien reuig und zerknirscht zu sein. Erwin beugte sich noch einmal über den Tisch zwischen ihnen und klopfte dem Sicherheitsoffizier auf die Schulter. Dann stand er auf und ging zur Tür.

Es war schwer, nicht stehenzubleiben und zurückzusehen. Vor ihm glitt das Schott beiseite, und er trat in den Korridor, seufzte erleichtert, als sich die Tür hinter ihm schloß.

Er war hart gewesen, vielleicht härter als notwendig. Doch diesmal machte sich Erwin Sorgen. Marcus hatte eine Formulierung gewählt, die darauf hindeutete, daß sich die Sache nicht auf das übliche Handgemenge beschränkt hatte. Offenbar steckte mehr dahinter, viel mehr.

Andererseits: Die entsprechenden Hinweise in der Subraum-Nachricht mußten vage bleiben. Andernfalls hätte jemand auf den Gedanken kommen können, der Angelegenheit etwas Offizielles zu geben – zum Beispiel Captain Ben Zoma. Doch wenn Erwin richtig zwischen den Zeilen las, so war Josephs Gegner regelrecht *zusammengeschlagen* worden. Es grenzte an ein Wunder, daß der Mann keine Anzeige erstattete.

Der Erste Offizier schüttelte den Kopf. Er konnte sich kaum vorstellen, daß Mops Joseph jemanden zusammenschlug. Wenn die Dinge derart außer Kontrolle geraten waren... Dann hätte er den Sicherheitsoffizier vielleicht schon früher zur Rede stellen und tadeln sollen.

Er hoffte inständig, daß die Rüge nicht ohne Wirkung blieb.

»Die *Excalibur* wird jetzt von unseren Fernbereichssensoren erfaßt«, meldete Worf.

Der Captain glaubte, eine gewisse Anspannung in

der Stimme des Klingonen zu hören. »Gut, Lieutenant. Geben Sie unsere Position durch.«

»Aye, Sir.«

Picards Blick wanderte durch den Kontrollraum der *Enterprise.* Data saß an der Operatorstation und Wesley am Navigationspult. Alle Brückenoffiziere gingen ihren Pflichten mit der üblichen zuverlässigen Tüchtigkeit nach.

Hier und dort zeigte sich Aufregung – andere Gefühle verrieten die Gesichter nicht. Alle freuten sich auf die Begegnung mit den früheren Gefährten des Captains.

Niemand teilte Picards Beklommenheit.

Glücklicherweise hatte er im Lauf der Zeit gelernt, seine Empfindungen unter Kontrolle zu halten. Äußerlich wirkte er ruhig und gefaßt, doch im Innern breitete sich immer mehr Unruhe aus.

Der Traum von Jack Crusher belastete ihn noch immer. Nach so vielen Jahren ...

Jean-Luc erinnerte sich an eine ganze bestimmte Lektion während seiner Akademie-Ausbildung: Man mußte emotionale Distanz wahren, wenn ein Mitglied der Besatzung starb. Die Worte klangen heute ebenso leer wie damals. *Der Kommandant eines Raumschiffs trifft täglich Hunderte von Entscheidungen, und ein großer Teil von ihnen betrifft das Wohlergehen der Crew ...*

Durch Jacks Tod hatte er für eine Weile die Zuversicht verloren und die eigene Kompetenz immer wieder in Frage gestellt. Später überwand er diese Phase, doch es blieb eine Leere, in der dumpfer Schmerz herrschte.

Der Grund dafür: Das Opfer seiner Entscheidung war nicht irgendein Besatzungsmitglied, sondern ein *Freund.* Und damals verlor er zum erstenmal einen Freund.

Später kam es zu weiteren Verlusten dieser Art. Vigo und die anderen bei Maxia Zeta. Und Tasha. Die liebe, stolze Tasha. Doch Jacks Tod brachte den intensivsten Kummer.

Vielleicht hätte er damit rechnen sollen, daß er nun auf diese Weise reagierte. Die Offiziere der *Stargazer* kamen zur *Enterprise*... Kein Wunder, daß er da an Jack Crusher dachte, daß sich Erinnerungen in Form von Träumen offenbarten.

Nun, eigentlich gab es daran gar nichts auszusetzen – solange negative Folgen wie damals durch die anderen Träume ausblieben. Auf keinen Fall durfte dadurch die Sicherheit der Personen in Gefahr geraten, für die Picard *heute* verantwortlich war.

Er beschloß, in dieser Hinsicht nicht das geringste Risiko einzugehen.

»Captain?«

Er drehte den Kopf und sah zu Worf. »Lieutenant?«

»Die *Excalibur* hat geantwortet. Captain Morgen bringt den Wunsch zum Ausdruck, sich ohne große Vorbereitungen an Bord zu beamen.«

Picard lächelte kurz und nickte. »Typisch für ihn. Teilen Sie ihm mit, daß ich seine Ankunft erwarte.«

Der Klingone übermittelte eine kurze Botschaft. »Erledigt, Sir«, sagte er.

»Danke, Mr. Worf.«

Der Captain stand auf und ging zum Turbolift.

KAPITEL 2

»Admiral?« – »Ja?« – »Die *Charleston* ist eingetroffen, Sir. Commander Asmund transferiert sich jetzt.«

»Danke, Mr. Marcos. Bitte kümmern Sie sich um sie. Ich statte ihr später einen Besuch ab.«

Vizeadmiral Juri Kuznetsow fluchte leise, als er die Badehose anzog. *Noch einer von den* Stargazer-*Überlebenden,* dachte er. Wenn Asmund den beiden anderen ähnelte, die sich bereits an Bord befanden, so gab es keinen Grund für ihn, sich auf die Begegnung mit ihr zu freuen.

Sieh die Sache einmal von der positiven Seite, fügte er in Gedanken hinzu. *In zwei Tagen hast du's überstanden. Dann kommt die* Enterprise *und holt die Typen ab. Dann siehst du sie nie wieder.*

Nun, Dr. Greyhorse war eigentlich gar nicht so übel: ein wenig zu ernst, nach Kuznetsows Geschmack, vielleicht auch ein wenig zu intellektuell. Wenn man mit ihm sprach, gewann man bald den Eindruck, mit einer Maschine zu diskutieren. Doch dabei handelte es sich allem Anschein nach um Charakterfehler, die praktisch alle Angehörigen der medizinischen Sektion Starfleets aufwiesen. Man konnte sie akzeptieren, sich sogar an sie gewöhnen.

Doch der Gnalisch Simenon ging Kuznetsow immer mehr auf die Nerven und sorgte dafür, daß in dem Vizeadmiral eine langsame Kettenreaktion in Gang gesetzt würde, die schließlich zu einer verheerenden Explosion führen mußte. Der Kerl war rechthaberisch, egozentrisch und herrisch – und er stimulierte die negativen Aspekte in Dr. Greyhorse' Wesen. Die beiden Offiziere trafen fast gleichzeitig ein, und seitdem verbrachten sie den größten Teil der Zeit damit, über jedes nur erdenkliche Thema Streitgespräche zu führen. Vermutlich fanden sie irgendeine sonderbare Art von Gefallen an ihren Querelen, doch der Vizeadmiral befürchtete, an die Decke zu gehen, wenn er ihnen länger als für einige wenige Minuten zuhören mußte.

Er griff nach einem Handtuch, schloß den Spind und ging barfuß über den Fliesenboden. Unterwegs glaubte er bereits zu spüren, wie das Wasser die Anspannung aus ihm vertrieb.

Kuznetsows Aufgabe bestand darin, Greyhorse und den Gnalisch zu unterhalten – in dieser Hinsicht hatte sich Starfleet Command ganz klar ausgedrückt. Es mußte unter *allen* Umständen vermieden werden, daß bei Captain Morgens Rückkehr nach Daa'V irgend etwas schiefging. Von den Romulanern ging wieder eine konkrete Gefahr aus, und daher wuchs die Bedeutung der Daa'Vit-Konföderation als wichtiger Verbündeter des interstellaren Völkerbunds. Wenn Morgen Wert darauf legte, von den Offizieren der *Stargazer* begleitet zu werden, so wurden sie dadurch sehr wichtig für die Lamettaträger auf der Erde.

Doch die Chronometer zeigten erst 0600 – sechs Uhr Bordzeit. Es dauerte noch eine Weile, bis Kuznetsows Dienst begann, und er wollte die Gelegenheit nutzen, sich zu entspannen.

Während der vergangenen fünfzehn Jahre hatte der Vizeadmiral gelernt, seine Instinkte nie zu ignorieren. Er fühlte sich von dunklen Vorahnungen erfaßt, als er sich nun der Tür näherte und die Hand nach dem Kontrollmechanismus ausstreckte.

Die beiden Schotthälften glitten vor ihm auseinander. Dahinter erstreckte sich das Schwimmbecken, und Licht glühte in seiner blauen Tiefe.

Zwischen den glitzernden Reflexen schwamm Phigus Simenon, früher Chefingenieur der *Stargazer*. Der Gnalisch sah auf, als Kuznetsow hereinkam, und in seinen schlitzförmigen rubinroten Augen funkelte es amüsiert.

»Oh, Admiral«, sagte er. »Freut mich sehr, Sie hier zu sehen.« Lässig hob er den Schwanz aus dem Wasser, ließ ihn dann wieder darin verschwinden. Der schuppige graue Leib glänzte im bläulichen Licht. »Möchten Sie mir Gesellschaft leisten?«

Lieber Himmel! fuhr es Kuznetsow durch den Sinn. *Gibt es denn überhaupt kein Entkommen?*

Morgen hatte nur neun Jahre lang zur *Stargazer*-Crew gehört, doch der subjektive Eindruck war ein ganz anderer. Wenn Picard an den langen Forschungseinsatz zurückdachte, so glaubte er schwören zu können, daß ihm der Daa'Vit von Anfang an dabei Gesellschaft geleistet hatte.

Offenbar empfand Morgen ähnlich, denn sonst hätte er die Kameraden von der *Stargazer* wohl kaum damit geehrt, sie zur Krönungszeremonie einzuladen.

Während Picard vor der Transporterplattform wartete, überlegte er, wie sehr sich Morgen verändert haben mochte. Als er ihn zum letztenmal gesehen hatte, bekleidete er den Rang eines Junior-Lieutenants. Jetzt war er Captain – ein Gleichrangiger. Mehr noch: Nur wenige Tage trennten Morgen davon, das Regierungsoberhaupt eines wichtigen Verbündeten der Föderation zu werden.

Nun, das Schicksal hatte immer etwas Besonderes für den Daa'Vit vorgesehen. Doch er nutzte diesen Umstand nie, um irgendwelche persönlichen Vorteile zu erringen. Und er ließ davon auch nicht seinen speziellen Frohsinn beeinträchtigen – den für sein Volk typischen bissigen Humor.

Blaue Transferenergie leuchtete, und darin nahm Morgen Gestalt an. Picard erkannte die Züge: das Gesicht lang und kantig, mit hervortretenden Jochbeinen und großen, tief in den Höhlen liegenden Augen. Nach menschlichen Maßstäben wirkte er furchterregend. Deutlich ausgeprägte Schlüsselbeine und Hüftknochen verstärkten diesen Eindruck.

Transporterchef O'Brien veränderte die Justierung der Kontrollen und vervollständigte den Retransfer. Morgens Augen – sie schimmerten gelb und formten einen seltsamen Kontrast zur grünlichen Haut – wurden lebendig, als er Picard sah.

»Captain ...«, sagte er.

»Fähn ... äh ... *Captain* Morgen.« Jean-Luc runzelte die Stirn. »Verzeihung. Alte Angewohnheiten halten sich lange.«

»Sie brauchen sich nicht zu entschuldigen«, erwiderte der Daa'Vit. Wie immer sprach er mit gedämpfter Stimme, in einem fast verschwörerischen Tonfall.

Picard begriff plötzlich, daß sich Morgen überhaupt nicht verändert hatte. Besser gesagt: Es gab keine Veränderungen in bezug auf die wichtigen Aspekte seines Wesens. Er war noch immer ganz der alte. Natürlich stand jetzt kein Fähnrich mehr vor Jean-Luc – aber auch nicht der Herrscher eines mächtigen Reiches. Es handelte sich schlicht und einfach um *Morgen*.

Der Besucher trat von der Plattform herunter und streckte die Hand aus. Picard griff danach.

»Auf diese Weise begrüßen sich Menschen, nicht wahr?« fragte er.

»Ja.« Picard lächelte. »Es freut mich zu sehen, daß Ihnen die in Starfleet verbrachten Jahre wenigstens zu *einigen* kulturellen Erkenntnissen verhalfen.«

Der Daa'Vit lächelte. »Leider sind es nicht sehr viele«, erwiderte er.

Picard lachte leise und fühlte sich versucht, seinem früheren Gefährten auf die Schulter zu klopfen. »Es *freut* mich, Sie wiederzusehen.«

Morgen sah sich um. »Und wo ist das Empfangskomitee, das einem Gast mit meinem Status zusteht?«

»Meine Offiziere erwarten Sie«, sagte Jean-Luc. »Allerdings nicht hier und auch nicht in Paradeuniform. Der Empfang soll im Gesellschaftsraum des zehnten Vorderdecks stattfinden. Jener Ort wird den Erfordernissen eines so... ernsten und förmliches Anlasses eher gerecht.«

Morgen musterte ihn überrascht. Wenn Picard den Daa'Vit nicht besser gekannt hätte, wäre er jetzt vielleicht beunruhigt gewesen. »Höre ich da so etwas wie Sarkasmus, Captain?«

Picard zuckte mit den Schultern. »Bin ich während all der Jahre, die wir an Bord der *Stargazer* verbrachten, auch nur *ein einziges Mal* sarkastisch gewesen?«

»Wenn ich jetzt darüber nachdenke... nein. Andererseits: Damals trug ich noch nicht diese Rangabzeichen. Im Gegensatz zu Ihnen.«

»Seltsam«, brummte Picard. »Ich glaube, meine Erinnerungen reichen gar nicht so weit zurück...« Er straffte die Schultern und deutete zum Ausgang. »Kommen Sie. Vielleicht gelingt es uns, meinem Gedächtnis im Gesellschaftsraum auf die Sprünge zu helfen. Außerdem gibt's dort einige Leute, die Sie kennenlernen möchten.«

Morgen neigte den Kopf. »Nach Ihnen.«

Von Melancholie keine Spur, dachte Picard, als er O'Brien zunickte und den Transporterraum anschließend in Begleitung des Daa'Vit verließ. *Vielleicht hat mich Morgen davon geheilt.*

Die Anspannung wich aus ihm, und er begann damit, den Rest der Mission in einem angenehmeren Licht zu sehen.

»Verdammt!« entfuhr es Geordi. »Vor vielen Jahren habe ich im Vortragssaal der Akademie gesessen und dort Geschichten über die *Stargazer* gehört. Jetzt dauert's nicht mehr lange, bis die Legenden Substanz bekommen und durch die Korridore dieses Schiffes wandern, wie ganz gewöhnliche Leute.«

Worf schritt neben dem Chefingenieur durch die lange, gewölbte Passage. Tiefe Furchen fraßen sich ihm in die Stirn. »Es gibt da ein Problem«, grollte er.

LaForge sah ihn an. »Ein *Problem?*« wiederholte er. »Wieso?«

Der Klingone räusperte sich. »Der Würdenträger, den wir an Bord genommen haben – Morgen. Er ist ein... Daa'Vit.«

Worf schien zu glauben, das sei Erklärung genug. Aber Geordi wußte noch immer nicht, worauf er hinauswollte. Er richtete entsprechende Worte an seinen Begleiter.

Die Falten bildeten nun tiefe Täler über den Brauenhöckern des Klingonen. Er sah den Chefingenieur an, ohne langsamer zu gehen.

»Mehr als dreihundert Jahre lang waren die Daa'Vit erbitterte Feinde meines Volkes«, erklärte er. »Häufig kam es zu Kämpfen, und bei solchen Gelegenheiten haben wir das Blut des jeweiligen Gegners von den Fingern geleckt.«

Das Blut von den Fingern *geleckt?* Geordi hoffte, daß diese Worte im übertragenen Sinne gemeint waren.

»Kurz nach dem Bündnis zwischen Föderation und Imperium traf der interstellare Völkerbund eine ähnliche Vereinbarung mit der Daa'Vit-Konföderation...«

Worf unterbrach sich, als ihnen zwei weibliche Besatzungsmitglieder entgegenkamen. Die Frauen nickten, und Geordi erwiderte den stummen Gruß.

Der Klingone sprach erst weiter, als die beiden Fähnriche außer Hörweite waren. Und selbst dann hielt er die Stimme gesenkt. »Die neuen Beziehungen mit der

Konföderation wurden uns praktisch aufgezwungen. Bei meinem Volk herrschte große Empörung.«

LaForge stellte sich Tausende von *empörten* Klingonen vor – und schauderte innerlich.

»Nun, letztendlich bewog die romulanische Gefahr das Imperium dazu, seinen Verbündeten zu behalten – und sich mit dem Verbündeten des Verbündeten abzufinden.« Worf knurrte kehlig. »Seit damals hat kein Klingone einen Daa'Vit angegriffen oder umgekehrt. Allerdings ...« Worf zögerte kurz. »Seit damals hat auch nie ein Klingone einem Daa'Vit gegenübergestanden.«

Geordi begann zu verstehen. »Sie befürchten, die Kontrolle über sich zu verlieren, wenn Sie unseren Gast sehen.«

Worf musterte den Chefingenieur erstaunt. »Natürlich nicht.« Er schnaubte verächtlich. »Ich befürchte vielmehr, daß der Daa'Vit seinen Instinkten nachgeben könnte.«

Geordi lächelte. »Morgen war sechs Jahre lang Captain eines Föderationsschiffes. Irgendwann hat er es sicher einmal mit Klingonen zu tun bekommen.«

»Schon möglich«, räumte Worf ein. »Aber bestimmt fand keine *unmittelbare* Begegnung statt.« Der Sicherheitsoffizier legte erneut eine kurze Pause ein. »Wissen Sie ... Die Daa'Vit sind ein *barbarisches* Volk.«

Diesen Hinweis fand LaForge sehr interessant. Wenn die Daa'Vit nach *klingonischen* Maßstäben als Barbaren galten ...

»Sie zeichnen sich durch ein hohes Maß an Unberechenbarkeit aus.«

Geordi nickte. »Und Sie können sich nicht von unserem Gast fernhalten. Immerhin sollen Sie seine Sicherheit gewährleisten.«

»Genau.«

LaForge dachte einige Sekunden lang nach und vergaß vorübergehend die Aufregung darüber, die *Star-*

gazer-Offiziere kennenzulernen. »Nun, vielleicht haben Sie tatsächlich ein Problem.«

Riker sah sich im Gesellschaftsraum um und lächelte. Die allgemeine Atmosphäre hatte etwas Historisches.

Die Gruppe war klein und saß an einem Tisch in der Ecke des großen Raums, in unmittelbarer Nähe eines Panoramafensters. Trotzdem befand sie sich im Zentrum der allgemeinen Aufmerksamkeit.

Das Wiedersehen zwischen Morgen und Captain Picard wurde Rikers Erwartungen gerecht. Der Daa'Vit war tatsächlich so charmant, wie man von ihm behauptete, und darüber hinaus erwies er sich als ausgezeichneter Erzähler. Der Erste Offizier fand ihn auf Anhieb sympathisch, und offenbar erging es den übrigen Anwesenden ebenso.

»Glauben Sie mir ...« Der Daa'Vit sah auf sein Glas Synthehol hinab. »Ich bin alles andere als versessen darauf, Starfleet zu verlassen. Inzwischen habe ich großen Gefallen an einem Leben zwischen den Sternen gefunden.« Er hob den Blick, richtete ihn auf Riker, Picard und auch Troi. »Doch der Tod meines Vaters hat in der Regierung eine Lücke geschaffen, die geschlossen werden muß. Als Kronprinz ist es meine Pflicht, an die Stelle des verstorbenen Regenten zu treten. Sie wissen sicher, daß mir dafür begrenzte Zeit zur Verfügung steht – wenn ich zu lange warte, fällt der Thron an jemand anders.«

»Ich habe Manelin immer für ein gutes Regierungsoberhaupt gehalten«, sagte Picard. »Sein Tod erfüllt mich mit Kummer.«

Der Daa'Vit zuckte mit den Achseln. »Er war alt und krank. Er starb zum richtigen Zeitpunkt – später wäre ihm überhaupt keine Würde mehr geblieben.«

Riker fand diesen Hinweis eher ernüchternd und beobachtete, wie Troi eine Braue wölbte, vermutlich aus Mitgefühl Morgen gegenüber.

»Ich möchte natürlich nicht den Eindruck erwecken, mich zu beschweren«, fuhr der Daa'Vit fort. »Wenn man kein Starfleet-Captain mehr sein kann... Es ist kaum eine schlechte Alternative, statt dessen die Regierungsgeschäfte einer interstellaren Konföderation zu bestimmen.«

Die Zuhörer lächelten, doch Riker wußte, daß diese Worte nicht aus Morgens Herzen kamen. Er selbst hätte seinen Rang auf keinen Fall aufgegeben, um irgendwo in der Galaxis Monarch zu werden – und er war ›nur‹ Erster Offizier.

»Ich finde es schade, daß ich nicht mit meinem eigenen Schiff heimkehren kann«, sagte Morgen. »Daa'V mit dem Kreuzer anzufliegen, der unter meinem Befehl steht... Nun, *das* wäre etwas gewesen.«

»Ja«, brummte Picard. »*Gefährlich* wäre es gewesen. Ich habe Ihre Beschreibungen der Daa'Vit-Politik nicht vergessen, mein Freund. Starfleet traf genau die richtige Entscheidung, als man Ihnen die *Enterprise* für den Rückflug anbot.«

Morgen lächelte dünn. »Vielleicht gibt es *gewisse* Daa'Vit, die Politik zu ernst nehmen – soviel gebe ich zu. Aber ein Raumschiff der Galaxis-Klasse zu bemühen...«

»Sie sind zu wichtig für die Föderation, als daß wir etwas riskieren dürften«, meinte Riker.

Der Daa'Vit musterte ihn. »Als *was* bin ich wichtig für die Föderation? Als fähiger Offizier, dessen Ausbildung erhebliche Kosten verursachte und der somit eine teure Investition darstellt? Oder als Regent einer Konföderation, dessen Freundschaft strategische Bedeutung hat?«

»Vielleicht sowohl als auch«, erwiderte der Erste Offizier.

»Spielt es überhaupt eine Rolle?« fragte Captain Picard, der spürte, wie eine subtile Spannung entstand.

Morgen seufzte leise, und seine kantigen Züge glätteten sich. »Sie haben recht. Es spielt *keine* Rolle. Eigentlich sollte ich mich geschmeichelt fühlen, weil mich das Flaggschiff der Flotte heimbringt.« Erneut betrachtete er sein Glas, schien es diesmal aus einer neuen Perspektive zu sehen. »Außerdem erhalte ich dadurch Gelegenheit, alte Freunde wiederzusehen.« Er sah Picard an. »Nach vielen Jahren kommen wir wieder zusammen. Und wer weiß? Vielleicht ist es die letzte Chance für ein Wiedersehen.«

Der Captain hob und senkte die Schultern. »Man kann *nie* wissen. Obwohl ... Ich wäre kaum überrascht, wenn Sie recht hätten.« Er begegnete Morgens Blick. »Wenn es tatsächlich die letzte Chance ist ... Ein Grund mehr, um das Wiedersehen zu genießen.«

Der Daa'Vit nickte und wandte sich an Riker. »Ein weiser Mann, Ihr Captain.«

Der Erste Offizier lachte leise. »Der Meinung sind wir auch.«

Wesley Crusher berührte einige Schaltflächen auf dem Navigationspult und veränderte damit die Vergrößerungsstufe: Der große Wandschirm zeigte die *Lexington,* ein Raumschiff der Constitution-Klasse, das nun jäh anschwoll. Einige Sekunden später wechselte die Darstellung, und im Projektionsfeld erschien der Kommandant: ein dunkelhäutiger, schlaksiger Mann, der an den Schläfen ergraute.

»Hier spricht Captain Gilaad Ben Zoma.« Er lächelte. »Ich nehme an, Sie sind Commander Data. Ich habe viel über Sie gehört – und die Informationen stammen nicht nur von Ihrem Captain.«

Wesley drehte den Kopf und sah zum Kommandosessel, in dem nun der Androide saß und einen erfreuten Eindruck erweckte.

»Ich *bin* Commander Data«, bestätigte er. »Und es ist mir ein Vergnügen, Sie in Kürze an Bord der *Enterprise* begrüßen zu dürfen.«

Wesley musterte Ben Zoma aufmerksam. Bisher kannte er nur eine Person, mit der sein Vater an Bord der *Stargazer* zusammengearbeitet hatte – Captain Picard. Und es war nicht immer leicht, ein Gespräch mit ihm zu führen.

Doch während der nächsten Tage befanden sich *sieben* andere Offiziere an Bord, die Freunde und Kollegen von Wesleys Vater gewesen waren. Und Captain Ben Zoma, der Mann auf dem Bildschirm, gehörte zu ihnen.

Kummer suchte den Jungen am Navigationspult heim, als er daran dachte, daß er wahrscheinlich gar keine Gelegenheit bekam, mit den Besuchern zu reden. Vermutlich wollten sie in Erinnerungen schwelgen. Außerdem handelt es sich um sehr wichtige Leute, die kaum Zeit für ihn erübrigen konnten…

»Ich nehme die Einladung gern an«, erwiderte Ben Zoma. »Wir kommen zu dritt.« Der Mann hatte Charme, und seine Freundlichkeit wirkte ansteckend. »Oh, und noch etwas, Commander… Ich möchte Captain Picard *überraschen,* wenn Sie erlauben. Deshalb bitte ich Sie, ihn nicht auf unsere Ankunft hinzuweisen.«

Der Androide zögerte unsicher. »Das ist sehr ungewöhnlich«, sagte er schließlich.

»Mag sein«, ließ sich der Zoma vernehmen. »Trotzdem: Ich wüßte diesen Gefallen sehr zu schätzen.« Er schwieg zwei oder drei Sekunden lang. »Würden Sie es vorziehen, daß ich mein Anliegen in Form eines Befehls vortrage? Sie sind an die Anweisungen eines vorgesetzten Offiziers gebunden – es sei denn, das widerspricht einer zuvor erteilten Order.«

Data dachte darüber nach. »Derartige Order habe ich nicht bekommen, Captain. Aber…«

»Dann ist ja alles klar.«

Der Androide war noch immer beunruhigt, gelangte jedoch zu dem Schluß, daß er sich fügen mußte – Ben

Zoma ließ ihm keine Wahl. »Wie Sie wünschen, Captain«, sagte er.

Interessanter Bursche, dachte Wesley. *Hat einen ganz anderen Führungsstil als Captain Picard.*

Er hielt das Gespräch damit für beendet und wandte sich wieder der Navigationskonsole zu, als er plötzlich Ben Zomas Blick auf sich ruhen spürte.

Erstaunt hob er den Kopf, und ein seltsames Gefühl stellte sich ein. Vom großen Wandschirm dargestellte Personen ignorierten meistens die Brückenoffiziere außerhalb des Kommandobereichs; manchmal vergaß Wesley sogar, daß bei solchen Kom-Verbindungen auch der Rest des Kontrollraums sichtbar war.

»Ich nehme an, du bist Wesley Crusher.«

Ben Zoma duzte ihn, aber daran hatte der Junge nichts auszusetzen. Er spürte, wie ihm das Blut ins Gesicht schoß, verfluchte sich deshalb.

»Aye, Sir.«

Der Captain der *Lexington* nickte. »Ja, du kommst ganz nach dem Vater.« Dünne Falten entstanden in Zomas Augenwinkeln. »Ich freue mich schon darauf, dir persönlich zu begegnen.«

Wesleys Aufregung nahm noch mehr zu, und das Herz klopfte ihm bis zum Hals empor. Auch diesmal brachte er nur ein »Aye, Sir« hervor.

Ben Zomas Abbild verschwand aus dem Projektionsfeld, und eine Sekunde später sah Fähnrich Crusher wieder das All und die *Lexington*.

Riker saß zufälligerweise mit dem Gesicht zur Tür, und deshalb bemerkte er das Trio sofort. Drei ihm unbekannte Personen betraten den Gesellschaftsraum, und er wollte schon den anderen am Tisch Bescheid geben, als einer der drei Fremden – ein dunkelhäutiger Mann – den Zeigefinger zu den Lippen hob.

Riker sah die Rangabzeichen des Captains am Uniformpulli und schwieg. Seine Begleiter ahnten nichts, als die drei Neuankömmlinge an den übrigen Tischen vorbeigingen und näher kamen.

Kurze Zeit später stand der Dunkelhäutige direkt hinter Picard und Morgen. Ein schelmisches Lächeln umspielte seine Lippen, und er gab zunächst keinen Ton von sich, genoß den Augenblick. »Meine Güte«, sagte er schließlich. »Ich habe gehört, daß ihr alt geworden seid, aber ich hätte nicht mit *Tattergreisen* gerechnet.«

Picard erkannte die Stimme sofort und drehte sich nicht um. Er sah Morgen ab. »Wenn ich mich recht entsinne, haben *Sie* ihn eingeladen.«

Der Daa'Vit nickte. »In einem Anflug von Wahnsinn«, entgegnete er mit geheucheltem Ernst. »Was ich inzwischen sehr bedauere.«

»Lügner«, sagte Ben Zoma, als die beiden Männer vor ihm aufstanden und sich ihm zuwandten. »Sie haben mich sehr vermißt – Sie beide.«

Er schüttelte erst Picards Hand und dann auch die Morgens. Riker beobachtete alles und lächelte.

»Sie haben sich nicht verändert«, sagte Captain Picard. »Sie sind noch immer der alte Gilaad Ben Zoma.«

»*Das* kann ich bestätigen«, erklang eine andere Stimme. Eine Frau trat an die Seite des Dunkelhäutigen, und erstaunlicherweise bekleidete sie den Rang eines Lieutenant Commander – erstaunlicherweise deshalb, weil sie kaum alt genug zu sein schien. Die Sommersprossen und das zerzauste blonde Haar gaben ihr etwas Mädchenhaftes; es fehlte jene Art von Autorität, die man bei einem so hochrangigen Offizier erwartete. Riker glaubte, in ihrer Stimme einen australischen Akzent zu hören. »Ich muß es wissen – immerhin bin ich Mitglied seiner Crew.«

»Cadwallader«, sagte Picard. Er nahm ihre Hand. »Achten Sie noch immer darauf, daß es der Irre nicht übertreibt?«

Die junge Frau nickte. »Ich gebe mir zumindest Mühe – es ist ein verdammt schwerer Job.«

»Beanspruchen Sie nicht die ganzen Lorbeeren für sich«, sagte der dritte Fremde, ein untersetzter, stämmiger Mann, der ein wenig hinkte. »An Bord der *Lexington* für die Sicherheit zu sorgen... Das kommt einem Abenteuer gleich, gelinde gesagt.«

Riker versuchte sich vorzustellen, daß die Offiziere der *Enterprise* so über ihren Captain sprachen, und zwar in seiner Gegenwart! Nun, er wußte aus Erfahrung, daß an Bord von Starfleet-Schiffen nicht überall die gleiche Atmosphäre herrschte. Ein Mangel an Förmlichkeit deutete keineswegs auf eine weniger tüchtige Crew hin, nur auf einen anderen Führungsstil des betreffenden Kommandanten.

Ben Zoma schien nicht ganz so tolerant zu sein, wie man zunächst glauben mochte, denn er rief seine Begleiter mit einem scharfen Blick zur Ordnung. Dann wandte er sich wieder an Picard und die übrigen Personen. »Hören Sie weder auf Commander Cadwallader noch auf Mr. Joseph. In ihrem ganzen Leben hatten sie es nie so gut wie jetzt.«

Joseph – der Untersetzte – schnitt eine skeptische Miene. Die Frau lächelte nur, und Riker fand das Lächeln sehr attraktiv.

»Ich bin froh, daß Sie gekommen sind«, sagte Morgen. »Sie *alle*.«

»Man hätte uns nicht einmal mit Phaserkanonen zurückhalten können«, betonte Joseph.

»Bitte setzen Sie sich zu uns«, forderte Picard die Neuankömmlinge auf. »Dann vergesse ich den Umstand, daß Sie sich ohne mein Wissen an Bord geschlichen haben.«

Sie nahmen Platz, und Jean-Luc stellte seine Offiziere vor. »Commander Riker ist meine Nummer Eins, und Troi nimmt die Pflichten der Bordcounselor wahr.«

»Eine solche Person hätten wir in der *Stargazer* gut gebrauchen können«, brummte Ben Zoma. Er schmunzelte. »Nun, eine so schöne Frau wie Sie wäre natürlich überall willkommen.«

Die Betazoidin akzeptierte das Kompliment und lächelte ebenfalls.

»Captain Ben Zoma ist einer der größten Schmeichler in dieser Galaxis und war damals mein Erster Offizier«, sagte Picard. »Zwanzig Jahre lang haben wir zusammengearbeitet. Kaum zu glauben, was?«

Der dunkelhäutige Mann schüttelte den Kopf. »Manchmal frage ich mich noch heute, wie ich es so lange aushalten konnte.«

Picard deutete auf die junge Frau in Ben Zomas Begleitung. »Tricia Cadwallader. Der beste Kommunikationsoffizier, den sich ein Captain wünschen kann – ich meine damals, als es noch Kommunikationsoffiziere gab. Heute ist sie Zweiter Offizier der *Lexington.*«

Riker nickte einen Gruß. Cadwalladers Blick wanderte zu ihm und verweilte für ein oder zwei Sekunden in seinem Gesicht, bevor sie Troi ansah.

»Freut mich, Sie kennenzulernen«, sagte sie.

»Gleichfalls«, erwiderte die Counselor.

Picard wandte sich an den dritten Neuankömmling. »Das ist Sicherheitsoffizier Peter Joseph, auch ›Mops‹ genannt.«

Der Grund für den Spitznamen war sofort klar: Joseph wies bemerkenswerte Ähnlichkeit mit einer Bulldogge auf.

»Der echte Peter Joseph!« verkündete der Sicherheitsoffizier. »Geben Sie sich nicht mit weniger zufrieden.«

Alle lachten, und als es wieder still wurde, hob Riker sein Glas. »Ich möchte einen Toast ausbringen. Auf Captain Morgen. Möge er lange und weise herrschen.«

Zustimmendes Murmeln erklang, nicht nur an ihrem eigenen Tisch, sondern auch an einigen anderen.

»Und auf die früheren Offiziere der *Stargazer*«, sagte Morgen. »Auf daß sie nie vergessen, wie glücklich sie sich schätzen durften, zur Crew des legendären Jean-Luc Picard zu gehören.«

Als die anderen tranken, brummte der Captain: »Des *legendären* Picard?« wiederholte er. »Ich bin nicht alt genug, um legendär zu sein.«

Troi näherte sich der Theke, und Guinan schüttelte auf eine mütterliche Weise den Kopf.

»Sie haben Ausdauer«, teilte sie der Betazoidin mit.

Troi lächelte. »Wie meinen Sie das?«

»Wie ich das *meine?* Sie haben die letzten fünf Stunden damit verbracht, den *Stargazer*-Geschichten zuzuhören, Counselor. Jetzt sind auch die Leute von der *Lexington* eingetroffen, was bedeutet, daß Ihnen weitere fünf Stunden bevorstehen.« Guinan lächelte. »Wenn man *dafür* keine Ausdauer braucht …«

»Oh, ich bitte Sie«, erwiderte Troi. »Ich höre mir die alten Geschichten *gern* an. Vom Unterhaltungswert ganz abgesehen: Sie bieten mir ganz neue Hinweise auf das Wesen des Captains. Jetzt verstehe ich besser, wieso er zu dem Mann wurde, den wir kennen.« Sie sah zu dem Tisch, den sie gerade verlassen hatte. Ben Zoma schilderte dort einen Zwischenfall, bei dem es um ein Shuttle und zwei grezalianische Botschafter ging. »Seltsam … Ich habe den Eindruck, daß Commander Riker und ich irgendwie … vorgeführt wurden, als seien wir seine Kinder.« Deanna Troi zögerte nachdenklich. »Nun, vielleicht gibt es eine ganz einfache Erklärung dafür. Captain Picard hat keinen eigenen Nachwuchs. In gewisser Weise hält er uns für seine Kinder.«

»Ich glaube, er hält *Sie alle* für seine Kinder«, entgegnete Guinan. »Nicht nur Sie und Commander Riker, sondern auch Morgen und die anderen Personen von der *Stargazer*. Er freut sich, daß seine Söhne und Töchter nun Gelegenheit bekommen, sich kennenzulernen.« Die Wirtin zuckte mit den Schultern. »Wie dem auch sei: Ich habe Mitleid mit Ihnen, weil Sie sich zwingen, wach zu bleiben.«

»Ich *zwinge* mich nicht«, widersprach die Empathin. Sie sah das dünne Lächeln auf Guinans Lippen und fügte hinzu: »Ich kann doch nicht zulassen, daß die anderen Kinder den *ganzen* Spaß für sich beanspruchen.«

Die dunkelhäutige Regentin des Gesellschaftsraums blickte an Troi vorbei. »Drehen Sie sich nicht sofort um... Eins der Kinder hat offenbar beschlossen, an der Matratze zu horchen.«

Deanna wartete einige Sekunden lang, bevor sie einen Blick zum Tisch warf. Joseph stand gerade auf und sprach einige leise Worte, die neuerliches Gelächter bewirkten. Er verabschiedete sich, indem er steif salutierte, schritt dann zum Ausgang.

Troi wandte sich wieder Guinan zu, und dünne Falten furchten ihre Stirn.

»Was ist?« fragte die Wirtin.

Deanna sah auf. »Mr. Joseph beziehungsweise Mops... Seine Stimmung ist nicht so gut wie bei den anderen. Oh, er *scheint* froh zu sein, aber in seinem Innern...« Sie legte eine Pause ein und suchte nach den richtigen Worten, um wahrgenommene Emotionen zu beschreiben. »Im Kern seines Ichs spüre ich... Bitterkeit.«

»Und der Grund dafür?« fragte Guinan.

Troi schüttelte den Kopf. »Ich weiß es nicht. Mir fehlen telepathische Fähigkeiten, aber ... ich kann spekulieren.«

Guinan beugte sich über die Theke vor. »Nun?«

»Als die Mission der *Stargazer* begann, nahm Joseph die Pflichten des Sicherheitsoffiziers wahr«, sagte die Betazoidin. »Cadwallader arbeitete als Kommunikationsoffizier, und Morgen bekleidete den Rang eines

Fähnrichs. Ben Zoma war Erster Offizier des Forschungsschiffes. Alle sind auf der Karriereleiter nach oben geklettert. Morgen und Ben Zoma tragen heute die Captain-Insignien an ihren Uniformen; Cadwallader ist Lieutenant Commander. Aber Mops Joseph arbeitet noch immer als Sicherheitsoffizier, und zwar im gleichen Rang wie damals.«

Guinan nickte. »Daher seine Verbitterung.«

»Insbesondere Cadwallader gegenüber. Er nahm sie unter seine Fittiche, als sie damals an Bord der *Stargazer* kam, behandelte sie gewissermaßen wie eine kleinere Schwester.«

»Die jedoch schon bald aus seinem Schatten trat und schneller vorankam als er.« Guinan strich imaginären Staub von der Theke. »Nun, so etwas geschieht bei Starfleet immer wieder. Nicht jeder kann mit einer steilen Karriere rechnen.«

»Das stimmt«, bestätigte die Counselor. »Doch diese Erkenntnis macht es für die Betreffenden nicht leichter.«

»Mom?«

Beverly Crusher zuckte unwillkürlich zusammen, sah vom Schreibtisch auf und erkannte Wesley. Ihr Puls raste, und es fiel ihr schwer, sich nicht anmerken zu lassen, wie sehr der Junge sie erschreckt hatte.

»Ist alles in Ordnung mit dir, Mom?« fragte Wesley und betrat das Büro. Im Gegensatz zu seiner Mutter trug er noch immer die Uniform.

Sie lächelte. »Natürlich ist alles in Ordnung mit mir. Wieso zweifelst du daran?«

Wes zuckte mit den Schultern. »Ich habe gehört, daß sich Picard und einige Offizier im Gesellschaftsraum befinden – sie unterhalten sich dort mit den Leuten von der *Stargazer*. Außerdem wußte ich, daß du nicht im Dienst bist, und deshalb ... Warum hast du dich nicht der Runde im Gesellschaftsraum hinzugesellt?«

Dr. Crusher lehnte sich zurück. »Eine gute Frage, Wes.«

Der Junge – eigentlich war er längst zu einem jungen *Mann* geworden, aber für Beverly blieb er immer ein Knabe – musterte sie verwirrt. »Ich verstehe nicht… Liegt dir denn gar nichts daran, mit den alten Freunden meines Vaters zu sprechen?«

Die Ärztin zögerte. »Die Antwort lautet: ja und nein.«

Wesleys Verwirrung nahm zu. »Warum das *Nein?*«

Beverly seufzte. »Es mag seltsam klingen, Wes, aber… Ich habe mir ein ganz bestimmtes Bild von deinem Vater bewahrt. Damit meine ich jenen Jack Crusher, den ich kannte und liebte.« Noch ein Seufzer. »Ich bin mir nicht sicher, ob ich zusätzliche Erinnerungen möchte. Vielleicht werden sie von neuerlichem Kummer begleitet…«

Wesley setzte zu einer Erwiderung an, überlegte es sich dann aber anders und schwieg zunächst.

»Mom…«, sagte er schließlich. »Das sieht dir gar nicht ähnlich. Wenn es Probleme gibt, so stellst du dich ihnen. Du bist nie irgendwelchen Schwierigkeiten ausgewichen.«

»Das stimmt im großen und ganzen.« Beverly mied den Blick des Jungen und starrte auf den Monitor des Schreibtisch-Terminals. Sie konnte Wes kaum vorwerfen, vom Verhalten der Mutter überrascht zu sein. *Ich bin selbst davon überrascht,* fuhr es ihr durch den Sinn. »Doch was *diese* Sache betrifft… Es ist schwer zu erklären.«

Stille folgte. Eine Stille, die Unbehagen schuf, nicht nur in der Mutter, sondern auch im Sohn. Dennoch: Die Ärztin schwieg auch weiterhin.

Schließlich ergriff Wesley die Initiative. »Nun, es ist dein Recht, dich so zu verhalten, wie du es für richtig hältst.« Vager Schmerz erklang in seiner Stimme. Jemand anders hätte es vielleicht nicht bemerkt, aber

Beverly kannte ihren Sohn zu gut. »Wenn es Captain Picard nicht stört, so sollte ich ebenfalls keinen Anstoß daran nehmen. Doch was mich betrifft: Ich möchte die früheren Offiziere der *Stargazer* kennenlernen – falls sie mir Gelegenheit dazu geben.«

Die Ärztin ahnte, was der Junge fühlte. »Wes ...«

»Mir fehlen deine Erinnerungen, Mom. Mir bleibt gar nichts anderes übrig, als zu versuchen, mehr über meinen Vater herauszufinden. Wenn ich ihn dadurch wieder vermisse ... Nun, das nehme ich in Kauf.«

Es bereitete Beverly Kummer, solche Worte von ihrem Sohn zu hören. »Du mußt auf deine innere Stimme hören«, sagte sie leise. »Verzeih mir bitte, wenn ich auf eine andere Weise empfinde.«

Wesleys Enttäuschung ließ nach. Nicht ganz, aber ein wenig.

Er ist wie Jack, dachte Beverly. *Eine innere Barriere schützt ihn vor seelischen Verletzungen. Aber wenn er doch einmal eine Wunde davonträgt, so heilt sie nur schwer.*

»Es tut mir leid«, murmelte Wesley. »Ich wollte keine Vorwürfe gegen dich erheben. So etwas steht mir überhaupt nicht zu.«

»Du kannst mir alles sagen, Wes. *Alles.*«

»Was jedoch nicht bedeutet, daß du mir immer zustimmst.«

»Es geht dabei nicht um Konsens und dergleichen. Es ...« Beverly schüttelte den Kopf und suchte vergeblich nach den richtigen Worten.

Wesley trat um den Schreibtisch und griff nach ihrer Hand. Sie sah zu ihm auf.

»Versuch bitte, mich zu verstehen«, sagte sie.

»Das verspreche ich dir«, erwiderte er.

Er ging, und Beverly Crusher sah ihm nach. Einige Sekunden später zog sie die Knie an und schlang die Arme ganz fest darum.

KAPITEL 3

»Vielen Dank für Ihre Gastfreundschaft«, wandte sich Asmund an Vizeadmiral Kuznetsow.

Er lächelte. »Es war mir ein Vergnügen, Commander.«

Weiter vorn im Korridor gingen Simenon und Greyhorse – natürlich führten sie erneut ein Streitgespräch. Kuznetsow hätte es nie für möglich gehalten, aber wenn er dazu gezwungen worden wäre, eine Wahl zu treffen... *Ich würde mich sofort für Chefingenieur und Arzt entscheiden,* dachte er. Trotz ihres ständigen Gezänks waren sie ihm lieber als Idun Asmund.

Man konnte sie keineswegs als unhöflich bezeichnen. Ebensowenig neigte sie zu der übertrieben intellektuellen Art eines Dr. Greyhorse. Ganz im Gegenteil: Ihre Ausführungen blieben einfach und praxisbezogen, wurden nie zu theoretisch. Hinzu kam die unleugbare Attraktivität ihres Erscheinungsbilds.

Aber seltsamerweise weckte sie *Furcht* in Kuznetsow. Gleich bei der ersten Begegnung hatte er einen Hauch von Panik gespürt, ohne den Grund dafür zu verstehen.

Dann überraschte er sie unabsichtlich bei einer ihrer Übungen im Sportsaal. Wenn man in diesem Zusammenhang überhaupt von ›Übungen‹ sprechen konnte. Asmund erweckte den Eindruck, um ihr Leben zu kämpfen – und jede einzelne Sekunde davon zu genießen.

»Bitte entschuldigen Sie die Störung, Commander. Ich wußte nicht, daß Sie hier sind.«

»Schon gut, Sir. Ich bin fast fertig.«

Sie strich sich eine schweißfeuchte blonde Strähne aus der Stirn und atmete durch die Zähne, wie ... Wie was? Ein Tier?

»Äh, jene Messer sehen recht ungewöhnlich aus.«

Die Klingen waren sehr scharf, und ihre Griffe wiesen seltsame Verzierungen auf, bestanden aus einem Holz, das der Vizeadmiral nun zum erstenmal sah. Die Schnitzereien mußten von begnadeten Künstlerhänden stammen: Sie schienen sich zu bewegen, wirkten fast lebendig.

»Ja, sie sind tatsächlich ungewöhnlich. Es handelt sich um klingonische Messer.«

»Oh, ich verstehe.«

Später sah sich Kuznetsow noch einmal Asmunds elektronische Akte an, um über ihre Verbindung mit klingonischen Dingen Aufschluß zu gewinnen. Als Kinder waren sie und ihre Zwillingsschwester die einzigen Überlebenden einer Katastrophe auf der Föderationskolonie Alpha Zion gewesen. Ein automatischer Notruf wurde gesendet, und auch die Klingonen empfingen ihn, erreichten den Planeten eher als Starfleet – vermutlich hofften sie, hochmoderne Technik zu erbeuten.

Statt dessen fanden sie zwei fünf Jahre alte, strohblonde und halb verhungerte Mädchen.

Normalerweise wären Klingonen sicher nicht bereit gewesen, Menschen Mitgefühl entgegenzubringen. Aber die Asmund-Zwillinge hatten viel hinter sich und schienen weitaus widerstandsfähiger zu sein als die meisten anderen Exemplare der Gattung Homo sapiens. Ihre Tapferkeit stellte etwas dar, das Respekt verlangte; deshalb sahen sich die Klingonen außerstande, die beiden Überlebenden einfach in den Ruinen zu lassen, in der Hoffnung, daß rechtzeitig genug ein Starfleet-Schiff eintraf, um die Mädchen vor dem Hungertod zu bewahren.

Der Kommandant des imperialen Kreuzers transferierte die beiden Menschen an Bord des Schiffes. Er brachte sie zu seiner Schwester und ihrem Ehegefährten – das Paar hatte keine eigenen Kinder –, gab ihnen die Möglichkeit, ganz nach Belieben mit ihnen zu verfahren.

Sie behielten die beiden Mädchen und zogen sie in der klingonischen Tradition groß. Asmunds ›Übungen‹ wiesen deutlich darauf hin, daß sie als Kriegerin des Imperiums aufgewachsen war.

Sie hat zweimal überlebt, dachte Kuznetsow, als er die Datei wieder schloß. Zuerst Alpha Zion, und dann die *Stargazer*. Aus irgendeinem Grund überraschte es ihn nicht.

Die Informationen in der elektronischen Akte beantworteten viele seiner Fragen, aber an der Unruhe in ihm änderte sich kaum etwas. Was mochte der Grund dafür sein? Etwas – Intuition? – veranlaßte ihn, die ID-Datei der Zwillingsschwester zu öffnen. Kurz darauf begriff er, warum ihm der Name Asmund vertraut erschienen war.

Wie hatte er es vergessen können? Ein Zwischenfall, durch den die Föderation riskiert hatte, die Daa'Vit als Verbündete zu verlieren, sich ihre Feindschaft zuzuziehen ...

Idun war nicht mit der Aktion ihrer Schwester in Verbindung gebracht worden. Sie traf keine Schuld.

Andererseits ... *Sie sind* Zwillings*schwestern gewesen,* überlegte Kuznetsow. *Ist es wirklich denkbar, daß sie nichts wußte, nicht einmal etwas ahnte?*

Diese Frage ließ den Vizeadmiral kaum mehr zur Ruhe kommen. Und sie gab ihm einen Grund mehr, sich vor Asmund zu fürchten – obgleich die Furcht dadurch noch irrationaler wurde.

Simenon und Greyhorse, die weiter vorn durch den

Gang schritten, betraten nun den Transporterraum. Einige Sekunden später folgten ihnen Kuznetsow und Commander Asmund.

Die Transfertechnikerin wartete geduldig an der Konsole und begrüßte den Vizeadmiral mit einem freundlichen Lächeln. Er erwiderte es.

Einmal mehr fragte sich Kuznetsow, ob man ihm seine Erleichterung ansah. Obwohl ... Inzwischen war es ihm völlig gleich. Es kam ihm nur noch darauf an, die ehemaligen Offizier der *Stargazer* loszuwerden.

Bisher war es Beverly Crusher gelungen, den Leuten von der *Stargazer* aus dem Weg zu gehen, doch diese Strategie mußte sie aufgeben, als die *Enterprise* Starbase 81 erreichte.

Während ihrer einjährigen Tätigkeit in der medizinischen Sektion von Starfleet hatte sie eng mit Carter Greyhorse zusammengearbeitet. Sie waren dabei nicht nur Kollegen gewesen, sondern zu Freunden geworden. Als er merkte, daß sie nicht über Jack sprechen wollte, nahm er Rücksicht auf ihre Gefühle und brachte das Thema nie von sich aus zur Sprache.

Wie konnte sie ihn jetzt vor den Kopf stoßen, indem sie ihn nicht an Bord begrüßte? Damit hätte Beverly nicht nur schlechte Manieren gezeigt, sondern auch gegen die Berufsetikette verstoßen. Sie wollte sich auf keinen Fall mangelnde Professionalität vorwerfen lassen.

Diese Gedanken gingen ihr durch den Kopf, als sie nun neben Captain Picard stand und beobachtete, wie die letzten Gäste materialisierten. O'Brien bediente die Kontrollen, und auf der Transferplattform verwandelte sich schimmernde Energie in Fleisch und Blut.

Greyhorse fiel sofort auf. Mit seiner Größe, den schwarzen Augen und indianischen Zügen unterschied er sich von den beiden anderen Personen.

Hinzu kam das unübersehbare Medo-Blau der Uniform.

Crusher näherte sich. »Carter ...«, sagte sie, und ihre Lippen formten von ganz allein ein Lächeln.

Greyhorse trat von der Plattform herunter und griff nach ihrer Hand. Sie fühlte sich klein neben ihm – *das* hatte sie ganz vergessen.

»Beverly. Ich freue mich sehr, dich wiederzusehen.« Greyhorse' Stimme klang monoton und ohne Anteilnahme, aber Crusher störte sich nicht daran. Sie wußte, daß sich in Carters Innerem ein warmes, liebevolles Selbst verbarg.

»Mir geht es ebenso«, sagte sie.

Der Captain tauschte Höflichkeitsfloskeln mit den beiden anderen Transferierten aus. Nach einigen Sekunden wandte er sich an die Ärztin und berührte sie am Arm.

»Dr. Beverly Crusher, Erster Medo-Offizier der *Enterprise* ... Das ist Commander Idun Asmund von der *Charleston*.«

Die blonde Frau hatte sich den Riemen einer kleinen Starfleet-Tasche über die Schulter geschlungen, und das fand Beverly ungewöhnlich: Mit Hilfe der molekularen Reproduktionstechnik konnten beliebige persönliche Gegenstände her- beziehungsweise *wieder*hergestellt werden – es mußte nur der Strukturcode bekannt sein.

Aber manche Dinge sind persönlicher als andere, dachte Crusher und griff nach Asmunds Hand.

Picard deutete auf den dritten Gast. »Das ist Lieutenant Commander Phigus Simenon, früher mein Chefingenieur und heute Ausbilder an der Starfleet-Akademie.«

»Und noch immer nicht tot«, fügte der Gnalisch hinzu. »Im Gegensatz zu einer weit verbreiteten Ansicht – die Studenten müssen sich noch ein wenig gedulden, bevor sie aufatmen können.« Er lächelte, und die roten, schlangenartigen Augen wurden zu zwei Schlitzen, als er die Hände so ausstreckte, daß die Innenflächen nach unten zeigten. Der Oberkörper blieb nach vorn geneigt, und dadurch mußte er den Kopf nach hinten neigen, um zur Ärztin aufzusehen. Menschen hätten eine solche Körperhaltung sicher als sehr unangenehm gefunden – aber Simenon war alles andere als ein Mensch.

Crusher erwiderte den Gruß, indem sie die gleiche Geste vollführte. Der Gnalisch schien sich darüber zu freuen.

»Sie sind nicht nur attraktiv, sondern auch respektvoll«, sagte er.

Beverly wußte das Kompliment zu schätzen. »Ich bin auf Ihrer Heimatwelt gewesen«, erklärte sie. »Der dortige Aufenthalt gehörte zu meiner xenobiologischen Ausbildung.«

»Das dachte ich mir schon«, sagte Simenon.

»Sicher möchten Sie jetzt zu den anderen«, warf Picard ein. »Sie befinden sich im Gesellschaftsraum.« Er sah Crusher an. »Besser gesagt: Sie haben unsere Bar im zehnten Vorderdeck mit Beschlag belegt, und zwar schon seit zwei Tagen.«

»Kann ich mir vorstellen«, brummte Greyhorse.

»Also schön«, sagte der Gnalisch. »Begeben wir uns zum Gesellschaftsraum. Unter einer Bedingung.«

Der Captain gab sich ernst. »Und die wäre?«

»Führen Sie mich anschließend zum Maschinenraum. Und stellen Sie mir dort jemanden vor, der Warpspulen von Magnetbeschleunigern unterscheiden kann.«

Picard nickte langsam. »Ich glaube, wir haben genau den Richtigen für Sie. Mal sehen, was sich arrangieren läßt.«

Der Gnalisch räusperte sich. »Höre ich da Spott, Captain?« Er richtete einen kummervollen Blick auf Crusher. »Stellen Sie sich das vor: Der Kommandant Ihres Schiffes verspottet jemanden in *meinem* Alter.«

Beverly lächelte. *Vielleicht hat Wesley gar nicht so unrecht,* dachte sie.

Simenon und Asmund hatten ihren Nachnamen gehört, doch beide verzichteten darauf, Jack zu erwähnen. Außerdem: Simenon wirkte sehr sympathisch auf Beverly; es schien sich zu lohnen, ihn besser kennenzulernen.

Trotzdem war Dr. Crusher nicht bereit, die früheren Offiziere der *Stargazer* in ihr Quartier einzuladen oder sie im Gesellschaftsraum zu besuchen. Dazu war es noch viel zu früh. Aber sie nahm sich vor, zumindest einen Teil ihrer Zurückgezogenheit aufzugeben.

Worf stand an der taktischen Station im Kontrollraum der *Enterprise* und bemerkte die Interkom-Aktivität, noch bevor eine Stimme aus dem Lautsprecher drang.

»Commander?« fragte O'Brien aus dem Transporterraum Eins.

Data saß im Kommandosessel und straffte die Schultern. »Ja, Chief?«

»Bitte entschuldigen Sie die Störung, Sir. Wahrscheinlich hat es überhaupt nichts zu bedeuten, aber ... Nun, einer der Gäste – Commander Asmund – hat recht ausgefallenes Gepäck mitgebracht.«

»Könnten Sie sich etwas klarer ausdrücken?« fragte der Androide?

Eine kurze Pause folgte. »Es handelt sich um *Messer,* Sir. Viel mehr kann ich dazu nicht sagen. Sie sehen irgendwie ... zeremoniell aus.« O'Brien zögerte erneut. »Normalerweise hätte ich den Captain informiert, aber Commander Asmund hat einen hohen Unbedenklichkeitsstatus, und ich wollte niemanden in Verlegenheit bringen.«

Worf brummte leise. Zeremonienmesser? Eine seltsame Sache.

Data stand auf und trat durch den Kommandobereich der Brücke. »Bitte übermitteln Sie die Sondierungsdaten der taktischen Station«, forderte er O'Brien auf.

»Aye, Sir«, lautete die Antwort.

Einen Sekundenbruchteil später erschien ein Bild auf Worfs Monitoren. Data gesellte sich an seine Seite und betrachtete die Darstellung.

Dünne Falten formten sich in der Stirn des Androiden, und er wandte sich an den Klingonen. »Sie kennen sich gut mit Waffen aus, Lieutenant. Haben Sie solche Objekte schon einmal gesehen?«

Das hatte Worf tatsächlich.

Er nickte. »Mr. O'Brien hat recht – dies *sind* Zeremoniennmesser.« Er betrachtete den Sägerand der Schneiden. »Und zwar klingonische. Mein Bruder zeigte mir derartige Dolche während seines Aufenthalts an Bord.«

Data nickte. »Ich verstehe. Das erklärt alles.«

Worf musterte ihn erstaunt. »Es *erklärt* alles?«

»Ja. Ich nehme an, die Messer sind ein Geschenk von Commander Asmunds Eltern.«

Die Verwunderung des Sicherheitsoffiziers wuchs. »Ich verstehe nicht«, gab er zu.

Data starrte ihn groß an. Und begriff. »Wissen Sie nicht, daß Commander Asmund im klingonischen Imperium aufwuchs?«

Ebensogut hätte er darauf hinweisen können, daß sich die *Enterprise* anschickte, ins Zentrum einer Supernova zu fliegen. Worf brauchte einige Sekunden, um sich von der Überraschung zu erholen.

»Nein«, knurrte er schließlich. »Das wußte ich nicht.«

Der Klingone beschloß, sofort nach Dienstende alle erforderlichen Informationen einzuholen. Er mochte keine Rätsel – erst recht dann nicht, wenn sie ihn so direkt betrafen.

Guinan säuberte die Theke mit einem feuchten Tuch, als sich Mops Joseph näherte. Er hielt ein Glas in der Hand und lächelte.

»Wir halten Sie beschäftigt, nicht wahr?«

Das war eine Untertreibung. Nach dem Eintreffen von Simenon und Greyhorse schien die Party erst richtig loszugehen. Allerdings: Commander Asmund lehnte es ab, daran teilzunehmen.

Guinan zuckte mit den Achseln und lächelte ebenfalls. »Es ist keineswegs eine Belastung für mich.«

Joseph stützte den Ellenbogen auf die Theke und beugte sich wie ein Verschwörer vor. »Haben Sie in Ihrem Angebot auch etwas Stärkeres als diesen Ferengi-Wanzensaft?«

Die Wirtin musterte den Mann. »Eine solche Bezeichnung für Synthehol höre ich jetzt zum erstenmal. Ich finde sie… interessant.« Guinans Schmunzeln wuchs in die Breite. »Wie dem auch sei: Die Antwort lautet nein. Ich kann Ihnen ein Bier anbieten, wenn Sie möchten, doch das stärkste bei uns gebräuchliche Getränk ist Synthehol. Um ganz ehrlich zu sein… Ihre Frage überrascht mich ein wenig. Ich dachte, es gibt überhaupt keine Starfleet-Schiffe, in denen stärkere Drinks als Synthehol serviert werden.«

»Nun…«, erwiderte Joseph. »Das ist die *offizielle* Version. Aber an Bord der *Lexington* legen wir die Vorschriften etwas großzügiger aus.« Er vollführte eine knappe Geste, die dem Gesellschaftsraum galt. »Eine solche Bar gibt es bei uns nicht. Dafür lassen wir unseren Leuten die Möglichkeit, frei zu wählen – wenn Sie verstehen, was ich meine.«

Guinan nickte. »Ich verstehe durchaus, Mr. Joseph. Wodurch sich jedoch nichts an Bord *dieses* Schiffes ändert. Solange ich hier die Verantwortung trage, bleibt Synthehol das stärkste Getränk. Dieses Prinzip sorgt dafür, daß die Instandsetzungskosten niedrig bleiben.« Sie zögerte kurz. »Was halten Sie von Sodawasser mit

Speiseeis? Das schmeckt Ihnen bestimmt, und es ist im Nu fertig.«

Joseph verzog das Gesicht. »Ach, Sie brechen mir das Herz.« Er hob das Glas. »Ich könnte meine Kabine aufsuchen und das hier mit erlesenem maratekkanischem Brandy füllen.« Er deutete mit dem Daumen über die Schulter. »Es würde jedoch bedeuten, daß ich allein trinken muß – während sich meine Freunde hier vergnügen.« Er schenkte der Wirtin ein cherubinisches Lächeln. »Ich verstehe natürlich Ihre Situation. Sie müssen mit den guten Sachen vorsichtig umgehen und dürfen sie nicht an x-beliebige Gäste ausschenken – sonst wäre bei einem Notfall überhaupt nichts mehr übrig. Aber dies sind ganz besondere Umstände: Starfleet hätte bestimmt nichts dagegen, wenn Sie beide Augen zudrücken und mir einen Gefallen erweisen.«

Guinan seufzte. »Sie können ziemlich stur sein, Mr. Joseph.«

»Das sagt man mir nach«, bestätigte er.

»Außerdem haben Sie recht: Sie könnten *wirklich* Ihre Kabine aufsuchen und dort trinken, was Sie wollen.«

»*Jetzt* sehen Sie die Dinge aus der richtigen Perspektive«, meinte Joseph.

»Wie dem auch sei: Ich habe den Eindruck, daß Sie sich den Drink *zu sehr* wünschen.«

Die Züge des Mannes verhärteten sich ein wenig. »Was soll das heißen?«

Guinan fuhr damit fort, die Theke zu säubern. »Nun, wenn ich ein Problem hätte, würde ich darüber sprechen. Zum Beispiel mit einer Person, die bereit ist, aufmerksam zuzuhören, die vielleicht sogar helfen kann.«

»Halten Sie mich etwa für einen Alkoholiker?« In Josephs Augen blitzte es. »Falls Sie es noch nicht wissen sollten: Solche Leute existieren heutzutage nicht mehr. Der Alkoholismus stellt schon seit einer ganzen Weile kein Problem mehr da.«

»Das stimmt nicht ganz«, widersprach Guinan. »Die Alkoholsucht ist heute weitaus seltener als früher, aber es gibt nach wie vor Personen, die daran leiden – selbst an Bord von Raumschiffen.«

Josephs Miene erstarrte regelrecht, und das Funkeln in den Augen verwandelte sich in zorniges Irrlichtern. Ein oder zwei Sekunden lang befürchtete Guinan, der Mann könnte die Arme ausstrecken und sie packen.

Aber nichts dergleichen geschah. Allmählich erlosch das Feuer der Wut in Josephs Augen.

»Herzlichen Dank«, sagte er und stellte das Glas ab. »Offenbar darf ich hier nicht damit rechnen, daß man meine Wünsche erfüllt.«

Guinan beobachtete ihn nachdenklich, als er den Gesellschaftsraum verließ.

Riker hörte Ben Zomas Schilderungen ebenso interessiert zu wie alle anderen am Tisch.

Zoma sah Troi an, als er sagte: »Und dann brachte es Ihr Captain fertig, die Clobatianer zu fragen, ob sie *mitgenommen* werden wollten.«

Deanna lächelte. »Hat er tatsächlich eine solche Frage an sie gerichtet?«

Picard zuckte mit den Schultern. »Es erschien mir richtig. Ohne unsere Hilfe wären sie erfroren.«

Simenon schnaubte. »Und ob. Immerhin haben Sie damals ihr Shuttle vernichtet.«

»Uns blieb keine Wahl«, erwiderte Morgen. »Und das wissen Sie auch, Phigus. Wenn die Clobatianer ihr Mutterschiff erreicht hätten, bevor *wir* zur *Stargazer* zurückkehrten ...«

»Wir hätten sie nie eingeholt«, meinte Cadwallader.

»Ja«, bestätigte Greyhorse.

»Und die gestohlenen Phaser gaben ihnen den

Schlüssel zu unserer Waffentechnik«, kommentierte Riker.

Morgen nickte anerkennend. »Sie verstehen die Situation besser als einige von den Leuten, die damals alles *erlebt* haben.«

»Wenigstens einer, der sich nicht nur mit den Kommandopflichten auskennt, sondern sie auch ernst nimmt«, brummte Picard.

Riker lachte leise. »Ich danke Ihnen beiden. Nun, ich muß meine eben zitierten Kommandopflichten wahrnehmen und jetzt zur Brücke zurückkehren – Mr. Datas Dienst geht in einigen Minuten zu Ende.«

Er stand auf, und Cadwallader erhob sich ebenfalls. »Da fällt mir ein ...«, sagte sie. »Ich bin mit Lieutenant Worf verabredet. Er hat versprochen, mir das Kommunikationssystem der *Enterprise* zu zeigen.«

»Das Kommunikationssystem?« wiederholte Greyhorse. »Sie sind jetzt Zweiter Offizier und nicht mehr für einen Spezialbereich zuständig.«

Cadwallader zwinkerte. »Wie heißt es so schön, Doktor? Einmal ein Kom-Offizier, immer ein Kom-Offizier.« Sie sah Riker an. »Sie gehen jetzt zur Brücke, nicht wahr? Dort soll die Besichtigungstour beginnen.«

»In dem Fall ist es mir ein Vergnügen, Ihnen den Weg zu zeigen«, sagte der Erste Offizier.

Cadwallader neigte kurz den Kopf. »Wie galant von Ihnen.«

»Ihr Schiff ist wirklich nicht übel«, sagte Cadwallader, als sie zusammen mit Riker in den Korridor trat.

Ihr Begleiter nickte. »Danke.« Er zögerte und suchte nach einer diplomatischen Formulierung. »Um ganz ehrlich zu sein: Unser Kommunikationssystem ist kaum moderner als Ihres an Bord der *Lexington*.«

Cadwallader lächelte. »Ich weiß. Aber wie auch immer entsprechende Systeme beschaffen sind – mir gefallen sie in jedem Fall. Ich habe vorhin nicht übertrieben, als ich zu verstehen gab, daß ich im Grunde meines Herzens noch immer Kom-Offizier bin.«

Zwei Sicherheitswächter kamen ihnen entgegen, und Riker nickte ihnen zu.

»Wissen Sie …« Er wandte sich wieder an Cadwallader. »Ich habe fast erwartet, daß Sie ›Kind‹ statt ›Kom-Offizier‹ sagen wollten.«

Sie lachte. »Nun, da liegen Sie gar nicht so falsch. Viele Leute sehen mich noch immer als ›das Mädchen‹. Ich war ziemlich jung, als ich mit dem Dienst an Bord der *Stargazer* begann.«

Riker warf ihr einen kurzen Blick zu. »Ich weiß. Damals hatten Sie gerade erst den neunzehnten Geburtstag hinter sich, nicht wahr?«

Cadwallader wölbte eine Braue. »Woher … Oh, ich schätze, Sie haben Ihre Hausaufgaben gemacht, nicht wahr?«

Der Erste Offizier schmunzelte. »Ja, ich glaube schon. Mal sehen. Geboren in Sydney, Australien. Das Studium an der Starfleet-Akademie mit Auszeichnung abgeschlossen. Erster Einsatz als Fähnrich an Bord der *Goddard*. Nach einem Jahr kamen Sie zur *Stargazer,* und dort arbeiteten Sie bis zum Zwischenfall bei Maxia Zeta. Es folgten drei Jahre als Junior-Lieutenant der *Victory*. Noch einmal drei Jahre lang gehörten Sie zur Crew der *Thomas Paine* und erwarben besondere Verdienste, indem Sie Ihrem Captain nicht nur einmal das Leben retteten, sondern gleich zweimal. Als Captain Ben Zoma das Kommando über die *Lexington* erhielt, bot er Ihnen eine Beförderung an, falls Sie sich bereit erklärten, als Zweiter Offizier an Bord zu kommen.«

Cadwallader musterte Riker argwöhnisch. »Sie haben ein gutes Gedächtnis, Commander.«

»Will«, sagte er.

Die Australierin lächelte. »Na schön. Will. Bitte beantworten Sie mir folgende Frage: Prägen Sie sich jedesmal den ganzen Lebenslauf eines Besuchers ein?«

Vor ihnen glitt das Schott des Turbolifts beiseite, und sie betraten die Transportkapsel.

»Hauptbrücke«, wies Riker den Computer an.

Einige Sekunden lang herrschte Stille, und dann sagte Cadwallader: »Sie haben meine Frage noch nicht beantwortet.«

Riker begegnete ihrem Blick. »Möchten Sie die Wahrheit hören?«

Sie überlegte kurz. »Nein.«

»In dem Fall lautet meine Antwort: Ja, ich präge mir den Lebenslauf aller Besucher ein.«

Cadwallader lachte. Riker fand ihr Lachen anstekkend und stimmte mit ein.

»Sie sind ein sehr charmanter Mann«, stellte die junge Frau fest.

»Manchmal mehr, manchmal weniger.«

»Unsinn.« Cadwallader bedachte Riker mit einem durchdringenden Blick. »Ich wette, Sie sind bereits charmant geboren.« Sie sah zur Decke. »Und zwar in… Valdez, Alaska. Das Studium an der Starfleet-Akademie beendeten sie mit *besonderer* Auszeichnung. Sie waren Junior-Lieutenant an Bord der *Zhukov,* später Lieutenant in der *Potemkin*-Crew. Drei Jahre verbrachten Sie als Zweiter Offizier in der *Yorktown,* zwei weitere als Erster Offizier in der *Hood*. Dann kam die *Enterprise*. Heute gehören Sie zu den besten Offizieren der Flotte; Sie stehen in dem Ruf, die Borg-Invasion fast ganz allein abgewehrt zu haben.«

Rikers Lächeln metamorphierte zu einem Grinsen. »Offenbar bin nicht nur ich mit einem guten Gedächtnis ausgestattet…«

Er hatte noch etwas hinzufügen wollen, doch genau in diesem Augenblick öffnete sich der Turbolift. Worf, Data und ein halbes Dutzend andere Offiziere auf der Brücke sahen in ihre Richtung.

Riker räusperte sich und sah Cadwallader an, die offenbar großen Gefallen daran gefunden hatte, den Ersten Offizier zu überraschen.

»Viel Spaß bei der Besichtigungstour, Commander«, sagte er.

»Danke, Sir.«

Riker ging in Richtung Kommandosessel, und aus den Augenwinkeln sah er, wie Cadwallader zur taktischen Station schritt – wo sich Worf bereits von jemandem vertreten ließ.

KAPITEL 4

Geordi wußte, daß er in Hinsicht auf das Technikertreffen ein wenig zu früh dran war, aber er begrüßte diesen Umstand – dadurch bekam er Zeit, seine Gedanken zu ordnen.

Es handelte sich um inoffizielle Treffen, bei denen eine lockere, ungezwungene Atmosphäre herrschte und die LaForge mit voller Absicht ein ganzes Stück abseits des Maschinenraums stattfinden ließ. Die Idee ging auf den Zwischenfall mit Broc zurück – mit Barclay; Geordi versuchte einmal mehr, den Spitznamen aus seiner Erinnerung zu verbannen. Zu jenem Zeitpunkt begriff der Chefingenieur, daß er einige seiner Mitarbeiter nicht annähernd so gut kannte, wie es eigentlich hätte der Fall sein sollen. Deshalb trafen sich die Angehörigen der technischen Abteilung einmal wöchentlich, um Kaffee zu trinken, zu plaudern und Dampf abzulassen – ohne daß jemand befürchten mußte, einen vorgesetzten Offizier zu beleidigen. Beim TT existierten keine Rangunterschiede mehr, und jeder konnte frei sprechen.

Die Tür des Aufenthaltsraums öffnete sich vor Geordi, und unmittelbar darauf stellte er fest, daß sich bereits jemand in der Kammer aufhielt: eine große, überaus attraktive Frau, die LaForge noch nie zuvor gesehen hatte. Sie trug eine preiselbeerrote Kommando-Uniform und kehrte ihm den Rücken zu, blickte aus dem breiten Panoramafenster und beobachtete die vorbeiziehenden Sterne.

Einer der früheren Stargazer-*Offiziere,* vermutete

Geordi. Er betrat den Raum auf leisen Sohlen, um die Unbekannte nicht zu stören, und gleichzeitig klebte sein VISOR-Blick an ihr fest. Dafür gab es zwei Gründe. Erstens: Sie gehörte zu den legendären Überlebenden jenes Forschungsschiffes. Und zweitens: Sie war geradezu atemberaubend schön.

Der Chefingenieur glaubte eine Aura der Einsamkeit zu spüren.

Aber vielleicht täuschte er sich. Vielleicht wollte die Frau nur ein wenig allein sein.

Wenn ihm schon vorher bekannt gewesen wäre, daß sie sich in diesem Aufenthaltsraum befand, so hätte er einen anderen Ort für das Technikertreffen gewählt. Immerhin herrschte an Bord der *Enterprise* kein Mangel an geeigneten Zimmern.

Geordi runzelte die Stirn und hielt es für seine Pflicht, die Frau darauf hinzuweisen, daß bald noch mehr Personen eintrafen. Er schritt näher und räusperte sich. Keine Reaktion. Vielleicht hatte sie ihn nicht gehört.

Er trat noch etwas dichter an die Blondine heran und berührte sie sanft an der Schulter.

Alles geschah so schnell, daß LaForge überhaupt nicht wußte, *was* eigentlich passierte. Er fand sich quer auf dem Knie der Frau wieder, und nur wenige Zentimeter trennten sein Gesicht von einer Hand, deren Finger wie Klauen anmuteten. In den Augen glühte erbarmungslose Feindseligkeit; unter anderen Umständen hätte er einen solchen Blick als *mörderisch* bezeichnet.

Eisige Kälte wich Verlegenheit. »*Qos*«, hauchte die Frau beschämt, und rote Flecken entstanden auf ihren Wangen.

Qos?

Sie ließ die Hand sinken und half Geordi hoch. »Es tut mir leid. Ich habe nicht gehört, wie Sie hereinkamen, und ...« Sie schüttelte den Kopf. »Bitte entschuldigen Sie.«

»Schon gut.« Geordi lächelte und versuchte, den Rest seines Macho-Selbst zu retten. »Kein Problem. Ich hätte Sie nicht auf diese Weise erschrecken sollen.« Er strich den Uniformpulli glatt. »Sehen Sie? Alles so gut wie neu.«

Die Frau blieb ernst. »Es gibt keine Entschuldigung für mein Verhalten. Es liegt an meiner Ausbildung ...«

»Machen Sie sich nichts draus«, entgegnete der Chefingenieur und streckte die Hand aus. »Wenn ich mich vorstellen darf ... Geordi LaForge, Leiter der technischen Sektion dieses Raumschiffs.«

Die Blondine drückte fester zu, als er erwartet hatte. »Idun Asmund, Erster Offizier der *Charleston*. Ich kenne Ihren Captain von früher.«

»Von der *Stargazer* her – das dachte ich mir schon«, sagte Geordi. »Normalerweise bekommt man hier nicht so viele Kommando-Uniformen zu sehen.«

»Da haben Sie sicher recht.«

Duffy und DiBiasi kamen herein. Als sie LaForges Begleiterin sahen, blieben sie abrupt stehen. Offenbar war sie tatsächlich so hinreißend attraktiv, wie der vom VISOR vermittelte visuelle Eindruck vermuten ließ.

»Darauf wollte ich Sie gerade hinweisen«, meinte Geordi. »Bald wimmelt's hier von Technikern. Wir veranstalten ein Treffen – und Sie sind herzlich eingeladen, daran teilzunehmen.« Er sah zu Duffy und DiBiasi. »Dagegen hat bestimmt niemand etwas einzuwenden.«

»Danke«, erwiderte Asmund. »Aber ich sollte jetzt besser gehen.«

LaForge zuckte mit den Schultern. »Wie Sie wollen. Bis dann.«

Die Frau nickte. »Ja, bis dann.«

Als sie durch den Raum schritt, brachte es niemand fertig, den Blick von ihr abzuwenden. Idun Asmund trat durch die Tür, und hinter ihr schloß sich das

Schott. »Mein Gott«, hauchte DiBiasi. »Wer *war* das, Commander?«

»Hier gibt es keine Ränge«, sagte der Chefingenieur. »Vergessen Sie das nicht. Und was jene Schönheit betrifft... Sie gehört zu den *Stargazer*-Offizieren, zu den Leuten, die Captain Morgens Ehrenwache bilden.«

»Manche Burschen haben geradezu unverschämtes Glück«, brummte Duffy.

»Ich dachte, die Freunde unseres Captains befinden sich alle im Gesellschaftsraum«, ließ sich DiBiasi vernehmen. »Was führte die Frau ausgerechnet hierher?«

Geordi schüttelte den Kopf. »Ich schätze, das ist *ihre* Angelegenheit.« Plötzlich sah er erneut Finger, die wie Krallen dicht vor seinem Gesicht verharrten, dazu bereit, es zu zerfetzen. Er schauderte und verdrängte diese Vorstellung aus dem Zentrum seines Ichs. »Ich schlage vor, wir besorgen uns jetzt Kaffee.«

Beverly setzte sich aufs Bett und zog das eine Bein an. Wie behutsam öffnete sie die Schachtel mit den Audiomodulen und wählte eins.

Wann hatte sie zum letztenmal Jacks Stimme gehört? Vor zwei Jahren? *Habe ich diesen Karton jemals geöffnet, seit ich an Bord der* Enterprise *gekommen bin?* fragte sie sich.

Sie betrachtete das Modul in ihrer Hand, las die Sternzeit und gelangte zu dem Schluß, daß der gesprochene Brief sechzehn Jahre alt war. Das bedeutete, sie hatte ihn auf... Delos Vier erhalten? Ja, auf Delos Vier. Allein der Name genügte, um eine wahre Erinnerungsflut auszulösen, um Reminiszenzen durch ihr Bewußtsein regnen zu lassen.

Regen. Beverly Crusher lächelte unwillkürlich. Während ihres medizinischen Praktikums im Mariadth-Tal hatte es nicht mehr als höchstens zehnmal Niederschlag gegeben, obgleich die Delosianer behaupteten, dort regnete es dauernd. Nun, die Bewohner des Planeten Delos Vier waren außerordentlich langlebig und an Orte gewöhnt, an denen es nie Niederschlag gab. Aus ihrer besonderen Perspektive gesehen mochte man tatsächlich von ›Dauerregen‹ sprechen, wenn zehnmal in vier Jahren Wasser vom Himmel fiel.

Ihr Mentor Dalen Quaice hatte Delos Vier als ›heißeste und trockenste Welt in der ganzen Galaxis‹ bezeichnet. Vor dem inneren Auge sah sie, wie er sich über ein Zaphlidkalb beugte, es gegen Schuppenfieber impfte und dabei über die Hitze klagte. »Ich finde es unerträglich, Beverly. Sind Sie jemals auf Vulkan gewesen? Nein? Nun, dort ist es ziemlich trocken. Aber im Vergleich mit dieser Welt kommt Vulkan einem tropischen Regenwald gleich.«

Ohne Jack wirkte alles noch öder und leerer.

Die Ärztin atmete tief durch, schob das Modul in den Abtaster am Bett und wartete darauf, daß Jacks Stimme aus den Lautsprechern drang. Einige Sekunden später staunte sie darüber, wie jung er klang.

»Hallo, Schatz. Ich grüße dich von der *Stargazer* – wir haben es hier noch immer mit den Mandrossa zu tun. Ihre Verhandlungstraditionen sind schwieriger und komplexer als die anderer Völker. Es dauert Wochen, um auch nur einen neuen Konferenztermin zu vereinbaren. Nun, ich schätze, letztendlich ist es die Mühe wert. Die Mandrossa sind uns in der Genetik weit voraus, und wir können ihnen zu neuen immunologischen Erkenntnissen verhelfen. Alles deutet darauf hin, daß beide Seiten von einem Ausbau der Beziehungen profitieren.

Da wir gerade bei Beziehungen sind: Angesichts der längeren Verhandlungen muß mein Landurlaub erneut verschoben werden. Bitte hab noch etwas Geduld. Ich kann es gar nicht abwarten, dich und den kleinen Wes wiederzusehen. Nach meinen Berechnungen müßte er mir inzwischen bis zur Taille reichen. Er dürfte also groß genug sein, um mein altes Baseball-Schlagholz halten zu können. Du weißt schon: Ich meine den Schläger, den ich als Kind bekam. Glaubst du, ich kann Wesley in fünf Tagen beibringen, wie man richtig damit ausholt? Nun, ich werd's zumindest versuchen.

Was dich betrifft, Schatz... Ich denke da an einen kleinen Ausflug. Weißt du, Mops Joseph war vor einer Weile auf Delos Vier und hat dauernd über einen ganz bestimmten Ort in den Bergen geschwärmt. Nun, solche Geschichten würde man nicht gerade der eigenen Großmutter erzählen, aber wie dem auch sei: So ist Mops eben. Nun, ich habe einige Nachforschungen angestellt und dabei herausgefunden, daß Josephs Liebesnest nach wie vor existiert. Außerdem soll es dort sehr schön sein. Klingt nach dem idealen Platz für uns. Wes vermißt uns bestimmt nicht, wenn wir dort die Nacht verbringen. Ganz im Gegenteil: Später wird er sich freuen, wenn er dadurch einen Bruder oder eine Schwester bekommt.

Ansonsten gibt es kaum etwas zu berichten. Cad hatte Geburtstag. Morgen wurde zum Junior-Lieutenant befördert... Da fällt mir ein: Greyhorse läßt dir ausrichten, daß er gern bereit ist, alle deine Fragen über den Starfleet-Dienst als Arzt zu beantworten. Sein wichtigster Rat: Du sollst vermeiden, an Bord eines Raumschiffs zu arbeiten, zu dessen Crew ein Gnalisch gehört. Nun, das sind natürlich *seine* Worte, nicht meine.

Das wär's. Richte Wes liebe Grüße von mir aus. Ich hoffe, wir sehen uns bald wieder. *Viel* länger können die Verhandlungen nicht mehr dauern – wir haben bereits einen neuen Föderationsrekord geschaffen. Du fehlst mir sehr.«

Beverly holte tief Luft und ließ den Atem langsam entweichen. Sie drückte die Stop-Taste, und mit einem leisen Summen glitt das Audiomodul ins Ausgabefach. Die Ärztin griff danach und legte es in die Schachtel zurück.

Anschließend streifte sie Melancholie und Kummer ab, konzentrierte sich statt dessen auf die Gegenwart und ihre Pflichten. In einigen Minuten begann ihr Dienst in der Krankenstation.

Worf blieb vor dem Zugang des Holo-Decks stehen und wandte sich seinen Begleitern zu.

»Dies ist ein holographischer Ambientensimulator«, sagte er. »Die umgangssprachliche Bezeichnung lautet Holo-Deck.«

Der Klingone schnitt eine finstere Miene. *Warum muß ausgerechnet ich den Fremdenführer spielen?* dachte er.

Vor einigen Stunden hatte er diese Frage dem Captain gestellt.

Weil Sie bereits diesbezügliches Geschick bewiesen haben, Mr. Worf. Commander Cadwallader meinte, Sie hätten ihr das Kommunikationssystem auf sehr faszinierende Weise erklärt.

Auf sehr *faszinierende* Weise ...

Worf besann sich auf die Gruppe. Dr. Greyhorse und Morgen schienen interessiert zu sein. Ben Zoma hingegen beobachtete eine junge Technikerin, die einige Meter entfernt eine Entsorgungseinheit kontrollierte.

Der Klingone räusperte sich und erzielte damit die gewünschte Wirkung: Zomas Aufmerksamkeit kehrte sofort zu ihm zurück.

»Entschuldigung«, sagte der Captain des Raumschiffs *Lexington*. »Bitte fahren Sie fort, Lieutenant.«

»An Bord der *Enterprise* gibt es vier derartige Simulatoren«, grollte Worf. »Sie alle befinden sich auf Deck elf. Hinzu kommen mehrere kleinere Versionen in anderen Sektionen des Schiffes, sozusagen *private* Holo-Decks.«

Er versuchte, den Blick des Daa'Vit zu meiden, doch

das war nicht immer möglich – immerhin stand er mitten in der Gruppe.

»Ich habe eine Frage«, sagte Greyhorse

Worf wandte sich ihm erleichtert zu. Es störte ihn nicht einmal, daß er zu dem Mann aufsehen mußte – eine völlig ungewohnte Erfahrung für den Klingonen. »Ja, Doktor?«

»Stimmt es, daß Holo-Decks auch für Sport benutzt werden? Zum Beispiel für Jogging und dergleichen?«

Worf nickte. »Ja, das stimmt tatsächlich. Natürlich bietet ein Holo-Deck nur begrenzten Platz. Mit anderen Worten: Man kann nicht sehr weit laufen, ohne die nächste Wand zu erreichen. Die Lösung für dieses Problem ...«

»... besteht aus elektromagnetischen Feldern«, warf Greyhorse ein. »Sie sorgen dafür, daß sich der Boden bewegt, und zwar entgegengesetzt zur Laufrichtung. Der Effekt ähnelt dem einer Tretmühle, und die laufende Person hat dadurch den Eindruck, sich kontinuierlich nach vorn zu bewegen.«

Der Klingone runzelte die Stirn. »Das ist richtig, mehr oder weniger.« Ganz offensichtlich kannte sich der Doktor mit der speziellen Feldtheorie aus. Allem Anschein nach verfügte er über einen gut ausgeprägten wissenschaftlichen Hintergrund.

»Aber was geschieht, wenn sich eine zweite und *stationäre* Person in der betreffenden Holo-Kammer aufhält?« fuhr Greyhorse fort. »Bleibt dann die Illusion von wachsender Entfernung zwischen den beiden Individuen gewahrt? Und wenn das der Fall ist: Wie wird es bewerkstelligt?«

»Eine gute Frage«, gestand Worf, obgleich ihm die eher brüske Ausdrucksweise des Doktors nicht gefiel. Er trat zum Computerterminal an der Wand. »Sie läßt sich am besten beantworten, indem ich Ihnen den Vorgang demonstriere.«

Er wählte eine recht einfache Simulation: Andersons

Planet. Wenige Sekunden später glitt das Schott beiseite, und dahinter erstreckte sich flaches, ödes Gelände, über dem das orangefarbene Licht einer Doppelsonne glühte.

»Folgen Sie mir«, wies Worf seine Begleiter an und betrat das Holo-Deck. Die anderen traten ebenfalls durch den offenen Zugang und murmelten anerkennend.

»Andersons Planet«, stellte Morgen fest. »Im System Beta Sardonicus. Stimmt's?«

»Ja«, bestätigte Worf, ohne den Daa'Vit anzusehen. »Ich brauche einen Freiwilligen, der in die Rolle des Joggers schlüpft.«

Ben Zoma hob die Hand. »Dafür bin ich am besten geeignet. Ich fürchte, weder mein Daa'Vit-Freund noch der Doktor sind in Form geblieben. Bei manchen Leuten führt vorgerücktes Alter zu einem Verlust an Motivation.«

»Bei anderen beeinträchtigt es den Verstand«, konterte Greyhorse.

Morgen lachte.

»Wo fange ich an zu laufen?« fragte Ben Zoma.

»Dort, wo Sie jetzt stehen«, antwortete Worf. »Aber warten Sie noch ein wenig. Zuerst möchte ich gewährleisten, daß die subjektive Entfernung ohne Einfluß auf unsere akustische Verständigung bleibt.«

Er sah zum Himmel hoch.

»Computer: Verstärke unsere Stimmen, so daß während des ganzen Programmablaufs eine verbale Kommunikation möglich ist.«

»Bestätigung«, erklang eine Stimme, die von einer Frau zu stammen schien, in Wirklichkeit jedoch von Sprachprozessoren moduliert wurde.

Worf wandte sich an Ben Zoma. »In Ordnung. Sie können jetzt loslaufen, und zwar in jede beliebige Richtung.«

Zoma warf Morgen und Greyhorse einen letzten

Blick zu, bevor er sich in Bewegung setzte. Zuerst joggte er langsam, und seine Geschwindigkeit ging kaum über die eines schnellen Fußgängers hinaus. Die Illusion war perfekt: Er schien sich tatsächlich immer mehr von den anderen zu entfernen.

Morgen machte eine entsprechende Bemerkung.

»Bitte sehen Sie zu uns zurück«, wandte sich Worf an Zoma. »Was sehen Sie?«

Die Stimme des Klingonen kam einem Donnergrollen gleich, das am Himmelsgewölbe widerhallte.

Der Captain der *Lexington* blickte über die Schulter. »Die Distanz zwischen uns wächst.«

»Faszinierend«, murmelte Greyhorse.

»Eigentlich ist alles ganz einfach«, brummte Worf. »Die vom Holo-Deck geschaffene Illusion besteht aus vier Komponenten. Erstens: die bereits erwähnte Manipulation elektromagnetischer Felder. Zweitens: die Schaffung konkreter Objekte, wobei eine mit Transportern vergleichbare Konversionstechnik verwendet wird. Allerdings müssen die betreffenden Objekte vergleichsweise einfach strukturiert und unbelebt sein. Drittens: Vorrichtungen, die Wahrnehmungssinne entweder stimulieren oder ihre Sensibilität verringern. Damit meine ich zum Beispiel die jetzige optische Täuschung, die uns vorgaukelt, daß sich Captain Ben Zoma entfernt.

Die vierte und wichtigste Komponente ist visueller Natur: ein stereoskopisches Bild, das aus polarisierten Interferenzmustern besteht ...«

»... und von Holo-Dioden stammt, die ihre Signale in alle Richtungen emittieren«, sagte Greyhorse. »Millionen davon sind in die Wände integriert.«

»Ja«, erwiderte Worf und versuchte, die Unterbrechung zu ignorieren. Offenbar beschränkten sich das Fachwissen des Doktors nicht nur auf die spezielle Feldtheorie. »Die Dioden sind so programmiert, daß sich die von ihnen erzeugten Muster unmittelbar vor den Augen des Betrachters überschneiden. Woraus folgt: Ganz gleich, was man hier betrachtet – alles erscheint dreidimensional. Die von den Holo-Dioden übermittelten Signale sind interaktiv, das heißt: Sie reagieren auf unsere Bewegungen und passen die Darstellungen automatisch an.«

»Schön und gut, Mr. Worf«, entgegnete Greyhorse. »Das erklärt jedoch nich*, warum ...«

»Ich finde das wirklich beeindruckend!« rief Ben Zoma, der etwa zwanzig Meter entfernt zu sein schien. »Mal sehen, was passiert, wenn ich schneller laufe.«

Die Schritte des Captains wurden länger, und nach einigen Sekunden sprintete er regelrecht. Die Illusion blieb auch weiterhin perfekt: Worf glaubte zu beobachten, wie Zomas Gestalt allmählich schrumpfte.

»Wie ich eben schon sagte ...«, fuhr der Klingone fort. »Die Dioden bestimmen, was wir sehen. Sie erzeugen nicht nur Bilder, sondern beeinflussen auch die Art und Weise, in der wir die Umgebung wahrnehmen. Sie vermitteln uns einen ganz bestimmten Eindruck von den elektromagnetischen Feldern, materiekonvertierten Objekten und natürlich *anderen Personen* auf dem Holo-Deck.«

Greyhorse nickte. »Ich verstehe. Die polarisierten Interferenzmuster fungieren als Linse – dadurch scheint ein sich bewegendes Individuum weiter entfernt oder näher zu sein.«

»In der Tat, Doktor.«

»Und wenn wir ebenfalls liefen ...«, meinte Morgen. »Dann bekämen wir es mit dem Tretmühleneffekt zu tun und müßten uns sehr anstrengen, um zu Ben Zoma aufzuholen.«

»Es sei denn, er bliebe stehen und gäbe uns dadurch Gelegenheit, zu ihm aufzuschließen«, sagte Greyhorse.

»So ist es«, bestätigte Worf.

Zoma verlor offenbar die Lust daran, das Simulationspotential des Holo-Decks auf die Probe zu stellen:

Er drehte sich um und kehrte zurück. Er schien tatsächlich gut in Form zu sein, denn es perlte nicht einmal Schweiß auf seiner Stirn, und er atmete kaum schneller als vorher.

»Soweit ich weiß, können Simulationen für Holo-Decks modifiziert oder sogar ganz neu programmiert werden«, sagte Morgen.

Diesmal sprach er Worf direkt an, und dadurch blieb dem Klingonen gar keine andere Wahl, als seinem Blick zu begegnen.

Eine instinktive Reaktion regte sich in Worf, und er versuchte, sie zu unterdrücken, sie nicht zu offensichtlich werden zu lassen. Es fiel ihm alles andere als leicht.

»Das stimmt«, sagte er.

Morgen kniff andeutungsweise die gelben Augen zusammen. »Haben *Sie* entsprechende Simulationen programmiert?« erkundigte er sich.

Der Blick des Daa'Vit ließ den Klingonen innerlich erbeben. »Das habe ich«, erwiderte er.

Morgen musterte den Klingonen und schien noch etwas fragen zu wollen, aber er kam nicht zu, denn in diesem Augenblick erreichte Ben Zoma die Gruppe.

»Nicht übel«, sagte er. Und zu Greyhorse: »Na, zufrieden?«

Der Doktor sah sich um und nickte. »Ja«, antwortete er. »Ich bin sogar *sehr* zufrieden.« Er wandte sich an Worf. »Danke für Ihre Geduld, Lieutenant.«

»Nichts zu danken.« Worf blickte einmal mehr gen Himmel. »Programm beenden.«

Die Landschaft von Andersons Planet verschwand abrupt und wich dem gelbschwarzen Gittermuster des Holo-Decks – die Besucher schienen davon ebenso beeindruckt zu sein wie zuvor von der Pseudorealität.

Worf ließ ihnen etwas Zeit, bevor er zur Tür deutete. »Hier entlang, meine Herren.«

Als er in den Korridor trat, fühlte er Morgens Blick im Rücken.

Welche Frage hatte ihm der Daa'Vit stellen wollen?

Geordi und Simenon standen Seite an Seite im großen Maschinenraum der *Enterprise* und blickten zum Materie-Antimaterie-Wandler empor. Weit oben auf dem Laufsteg nahmen Techniker routinemäßige Funktionskontrollen vor.

»Mindestens tausendmal habe ich mir das hier vorzustellen versucht«, sagte der Gnalisch. »Ich *mußte* ein geistiges Bild davon malen, um in der Lage zu sein, an der Akademie fortgeschrittene Triebwerkstechnik zu lehren.« Er brummte leise. »Aber die *Wirklichkeit* zu sehen, aus unmittelbarer Nähe ...«

»Es ist beeindruckend, nicht wahr?« erwiderte Geordi LaForge.

»Es ist *enttäuschend*«, widersprach Simenon. Er musterte den Chefingenieur der *Enterprise*. »Eigentlich unterscheidet sich dieser Wandler überhaupt nicht von dem der *Stargazer*. Oh, sicher, er ist größer. Aber ein Warpantrieb bleibt ein Warpantrieb.«

Geordi blickte durch den Maschinenraum, der seiner Ansicht nach Herz und Seele des Raumschiffs darstellte. »Ich schätze, es kommt dabei ganz auf die persönliche Perspektive an.«

Die Tür des Turbolifts öffnete sich, und eine vertraute Gestalt trat heraus. Wesley eilte so schnell wie möglich übers Deck, ohne dabei zu laufen. Vor den beiden Ingenieuren blieb er stehen.

»Sie sind außer Atem, Fähnrich«, stellte Phigus Simenon fest.

»Ich ... bin ... spät ... dran«, erklärte Wesley. Und zu Geordi: »Entschuldigen Sie bitte. Commander Data ... ordnete im letzten Augenblick ... einen Kurswechsel an, und deshalb ...«

LaForge klopfte dem Jungen auf die Schulter.

»Schon gut. Hast du vergessen, daß man mich in solchen Fällen benachrichtigt? Außerdem: Auch Professor Simenon ist gerade erst eingetroffen.«

Der Gnalisch sah Wesley groß an. »Soll das etwa heißen, daß Sie sich wegen *mir* beeilt haben, junger Mann?« Sein Blick wanderte zu Geordi. »Nun, *das* wäre eine angenehme Abwechselung – jemand, der es gar nicht abwarten kann, in den hellen Schein meiner Präsenz zu treten.«

»Nun, Fähnrich Crusher hat sich *tatsächlich* darauf gefreut, Sie kennenzulernen«, meinte der Chefingenieur. »Stimmt's, Wes?«

Der junge Crusher nickte. »Ich interessiere mich für Warptechnik«, sagte er, als er wieder zu Atem gekommen war. »Und auf diesem Gebiet haben Sie hervorragende Arbeit geleistet.«

Simenon hob die schuppige Hand und winkte ab. »Andere Spezialisten haben weitaus mehr vollbracht. Mein Talent bezieht sich auf *konkrete* Technik, auf die *Praxis.*« Er nickte in Geordis Richtung. »Die Arbeit dieses Mannes ... *Daran* fand ich immer großen Gefallen. Das Theoretische kam erst an zweiter Stelle.«

Wes lächelte schief und musterte den Gnalisch. »Sie scherzen, nicht wahr, Sir? Ich meine, die Hälfte aller wichtigen Fortschritte in den letzten zehn Jahren ...«

Simenon schnaubte abfällig. »Es wird alles überschätzt, glauben Sie mir.« Er drehte sich halb zu Geordi um. »Hören Sie mir gut zu, Commander LaForge. Eines Tages stellt man Sie vor die gleiche Wahl wie mich. Man wird Ihnen eine angebliche ›Beförderung‹ anbieten, um Ihre Leistungen zu würdigen.« Er deutete mit dem Zeigefinger auf Geordis Brust. »Lehnen Sie ab. Ketten Sie sich an einen Monitor. Verstecken Sie sich. *Bei Scaraf* – fliehen Sie mit einem gestohlenen Schiff, wenn's sein muß. Verstanden?«

Geordi lächelte. »Ich kann einfach nicht glauben, daß es so schlimm ist.«

Simenon runzelte die Stirn. »Nein, wahrscheinlich nicht. Sie müßten es selbst erleben, um so etwas für möglich zu halten.« Er wandte sich an Wesley. »Und *Sie?* Was erwarten Sie *wirklich* von mir?«

Einige Sekunden lang wirkte der junge Fähnrich verwirrt und hilflos. Dann erlöste ihn der Gnalisch von der Unsicherheit. »Sie brauchen es nicht zu erklären. Ich liebe alles Technische, aber das bedeutet keineswegs, daß die Psychologie ein Buch mit sieben Siegeln für mich ist.« Er legte eine kurze Pause ein, und sein Reptilienblick schien bis in den innersten Kern des jungen Mannes zu reichen. »Crusher. Der gleiche Nachname wie bei *Jack* Crusher. Ihr Vater, nehme ich an.«

Wesley nickte. »Ja, Sir.«

»Sie möchten jemanden kennenlernen, der damals mit ihm zusammen war«, sagte der Professor. »Um ein wenig mehr über ihn zu erfahren.«

Wes nickte erneut. »Ihre Arbeit fasziniert mich durchaus«, versicherte er. »Aber ich bin auch an anderen Dingen interessiert.«

Der Gnalisch schnaubte einmal mehr. »Es hätte mich sehr überrascht, wenn das *nicht* so wäre.« Sein nachdenklicher Blick verweilte im Gesicht des Fähnrichs. »Vielleicht erhoffen Sie sich zuviel von mir. Sicher, ich habe damals mit Ihrem Vater zusammengearbeitet. Aber einigen anderen Personen stand er näher als mir. Zum Beispiel Captain Picard. Und Vigo. Der uns allerdings nicht viel helfen kann – immerhin kostete ihn der scheußliche Zwischenfall bei Maxia Zeta das Leben.« Simenon überlegte kurz. »Ben Zoma war der vorgesetzte Offizier Ihres Vaters und kannte ihn gut. Cadwallader tauschte Forschungsmonographien mit ihm, wenn ich mich recht entsinne. Und mit Sicherheitsoffizier Mops Joseph scherzte er dauernd ...«

Enttäuschung zeigte sich in Wesleys Gesicht, und in Geordi regte sich Mitgefühl. Er konnte sich gut vorstellen, was der Junge jetzt empfand – ganz offensichtlich hatte er sich bereits darauf gefreut, von Simenon mehr über seinen verstorbenen Vater zu erfahren.

Der Gnalisch verstand es offenbar, Wesleys Miene zu deuten, denn ganz plötzlich gab er seine bisherige Taktik auf und griff zu einer anderen. »Es liegt mir natürlich fern zu behaupten, ich wüßte *überhaupt nichts* von Ihrem Vater, junger Mann. Einige Dinge sind mir durchaus im Gedächtnis geblieben. Zum Beispiel erinnere ich mich da an eine ganz besondere Sache ...«

Wesley lächelte.

Geordi drehte sich wortlos um und ging zur nächsten Konsole. Er glaubte, daß Simenon offener sprechen konnte, wenn er mit dem Fähnrich allein war.

Außerdem wartete noch eine Menge Arbeit auf den Chefingenieur.

KAPITEL 5

»Seltsam«, sagte Picard. »Ich erinnere mich daran, daß Mr. Joseph immer pünktlich gewesen ist.«

Asmund stand auf der anderen Seite der Kampfbrücke und zuckte mit den Achseln. »Vermutlich hat ihn irgend etwas aufgehalten.«

Der Captain runzelte die Stirn. »Ja.« Er musterte die blonde Frau und deutete zum Kommandosessel. »Nehmen Sie Platz.«

Sie schüttelte den Kopf. »Nein, danke.« Asmund sah sich um. »Dies erinnert mich mehr als alles andere an die *Stargazer*.«

Picard nickte und lehnte sich an eine periphere Konsole. »Mir ergeht es ähnlich, Idun. Aber es ergibt auch einen gewissen Sinn, nicht wahr? Wenn wir das Kampfsegment vom primären Rumpf separieren, kommt es in erster Linie auf Geschwindigkeit und Manövrierfähigkeit an – ebenso wie bei einem Forschungsschiff, das in unbekannte Regionen der Galaxis vorstößt.« Er verschränkte die Arme. »Hier gibt es keinen Platz für den Luxus, den wir auf der Hauptbrücke genießen.«

Asmund schritt zum Navigationspult, beugte sich über die Kontrollen und sah auf einen leeren Monitor hinab. »So gefällt es mir besser«, sagte sie. »Ohne den Luxus, meine ich.« Mit den Fingerkuppen strich sie wie zärtlich über schlafende Displays. »Ja, es fühlt sich… vertrauter an.«

Picard beobachtete sie. Asmund schien hierherzugehören – Worf erweckte den gleichen Eindruck, wenn er sich an diesem Ort aufhielt.

»Und nach der Separation verfügt das Kampfsegment über volle funktionstechnische Autarkie?« fragte die blonde Frau. »Was ist insbesondere mit den Waffen- und Triebwerkssystemen?«

»Zur Ausstattung der Gefechtssektion gehören: Impulsantrieb, Warptriebwerk, Deflektoren, zwei Katapulte für Photonentorpedos und mehrere Phaserkanonen.«

»Und das Diskussegment?«

»Ihm fehlen sowohl Warpantrieb als auch Phaserkanonen. Alles andere ist vorhanden.« Picard seufzte. »Ich frage mich, was Vigo davon gehalten hätte.«

Asmund warf einen Blick über die Schulter. »Er wäre vielleicht bereit gewesen, den primären Rumpf für überflüssig zu halten.«

Der Captain nickte. »Ebenso wie Unterkünfte und dergleichen.« Er lächelte über seinen eigenen Scherz.

Asmund sah ihn an, und ihre Miene blieb steinern.

Picard musterte sie erneut. »Es gefällt mir nicht, daß Sie sich auf diese Weise verhalten, Idun«, sagte er schließlich.

»Auf welche Weise?« fragte sie leise und wandte sich wieder dem Pult zu.

»Wie eine Fremde«, erklärte Jean-Luc. »Wie jemand, der Abstand wahrt, abseits aller anderen steht.«

Die Frau seufzte. »Nun, ich *stehe* abseits der anderen, nicht wahr?«

Picard sah sie an. »Warum sagen Sie das?«

Asmund straffte die Schultern und erwiderte den Blick. »Sie kennen den Grund.«

Der Captain lächelte sanft. »Seitdem sind zwanzig Jahre vergangen, Idun. Und niemand erhebt irgendwelche Vorwürfe gegen Sie.«

»Das hat mir auch Captain Mansfield gesagt, als ich

Morgens Einladung empfing. Aber er irrte sich. Und Sie irren sich ebenfalls.«

»Morgen legt Wert darauf, daß Sie sich seiner Ehrenwache anschließen. Ein deutlicher Beweis dafür, daß er keinen Groll gegen Sie hegt.«

»Auch darauf wies Captain Mansfield hin. Aber es geht nicht nur um Morgen. Als ich Greyhorse in der Starbase begegnete ... Ich weiß nicht. Er war irgendwie *anders*. Nicht so wie früher. Und das gilt auch für Simenon. Ich spürte ... Distanz.«

»Sie sollten dabei berücksichtigen, daß Sie Greyhorse und Simenon seit mehr als zehn Jahren nicht gesehen haben«, gab Picard zu bedenken. »Zeit genug für unsere ehemaligen Gefährten, sich zu verändern. Und die Jahre könnten auch an *Ihnen* nicht spurlos vorübergegangen sein.«

Asmund runzelte die Stirn. »Das ist eine Möglichkeit.«

»Darüber hinaus waren Simenon und Greyhorse immer die Ausnahme, nie die Regel. Ich würde sie nicht als eine Art Barometer für die allgemeine Stimmung Ihnen gegenüber benutzen.«

Die Frau nickte. »Vielleicht haben Sie recht.« Eine kurze Pause. »Bei allem Respekt, Captain: Ich möchte dieses Thema nicht weiter erörtern.«

Picard beobachtete Asmund auch weiterhin. Er wußte: Sie ließ sich ebensowenig zu etwas drängen wie Worf. Natürlich würde sie einem Befehl gehorchen, zumindest pro forma – während gleichzeitig in ihrem Innern der Widerstand wuchs.

»Wie Sie wünschen«, sagte Jean-Luc schließlich.

Mit einem leisen Zischen glitt die Tür des Turbolifts auf. Asmund und Picard drehten sich synchron um.

Joseph lächelte schief. »Hallo. Entschuldigt bitte die Verspätung.« Sein Blick wanderte zwischen Idun und Jean-Luc hin und her. »Ich habe doch nichts versäumt, oder?«

Nach der Tour nahm Dr. Crusher an ihrem Schreibtisch Platz und vollführte eine Geste, die der ganzen Krankenstation galt.

»Nun, jetzt wissen Sie im großen und ganzen über meine Abteilung Bescheid. Was halten Sie davon?«

Greyhorse setzte sich ebenfalls. »Ich bin beeindruckt, Beverly. Wenn auch nicht so sehr wie von euren Holo-Decks.« Er griff nach einem medizinischen Tricorder, der auf dem Schreibtisch lag. Eine Zeitlang schwieg er und betrachtete das Gerät nachdenklich. »Hier geht es ganz anders zu als an Bord der *Stargazer*. Damals konnten wir froh sein, wenn unsere beiden Biobetten zur gleichen Zeit funktionierten.«

Die Ärztin musterte den hochgewachsenen Mann. »Gerätst du in Versuchung?«

Er sah vom Tricorder auf. »Wie bitte?«

»Hast du Lust, noch einmal auf große Fahrt zu gehen?« fragte Beverly.

Greyhorse lachte leise. »Es gibt keine Krankenstation, die mich dazu bewegen könnte. Laß dich nicht von dem Umstand täuschen, daß ich damals an einer langen Forschungsmission teilnahm, die für mich Patientenbehandlung als Priorität vorsah. Ich habe immer Dinge Personen gegenüber vorgezogen – deshalb fühle ich mich in der Medo-Sektion Starfleets auch ganz wohl. Lieber sehe ich über einen Kaffeebecher hinweg zum nächsten Computermonitor, als mich um etwas kümmern zu müssen, das sprechen und Widerworte geben kann.«

Dr. Crusher starrte ihn verdutzt an. »Regt sich nie auch nur ein *Hauch* von Unruhe in dir? Verspürst du überhaupt nicht den Wunsch, die Grenzen des Bekannten weiter hinauszuschieben?«

»Oh, ich bin *Tag für Tag* damit beschäftigt, unser Wissen zu erweitern. Das sollte dir eigentlich klar sein – immerhin hast du mir ein Jahr lang dabei geholfen.« Greyhorse schüttelte den Kopf. »Um ganz ehrlich zu sein: Ich hätte Techniker werden sollen, wie mein Vater und meine Brüder.«

Beverly erinnerte sich daran, daß Carter einmal einen Ingenieurskurs an der Akademie erwähnt hatte – bevor er mit dem medizinischen Studium begann. Um zu vermeiden, noch ein ›Greyhorse-Familienroboter‹ zu werden, wie er sich ausdrückte.

»Ich weiß nicht, was für ein Techniker aus dir geworden wäre«, meinte sie. »Aber eins steht fest: Du bist ein ausgezeichneter Arzt.«

Er legte den Tricorder beiseite. »Danke für das Kompliment, Beverly.« Er kniff die Augen zusammen, in denen es nun schelmisch funkelte. »Du bist sehr scharfsinnig. Nun, was hältst du davon, wenn wir uns jetzt einen anderen Teil der *Enterprise* ansehen? Wenn wir noch länger hierbleiben ... Ich werde die Befürchtung nicht los, daß ich dann gezwungen sein könnte, jemanden zu *behandeln*.«

Normalerweise stand die Sporthalle um diese Zeit leer, und Riker hoffte, daß auch jetzt niemand ihre Einrichtungen benutzte. Er war ein sehr geselliger Mensch in Hinsicht auf alle anderen Aspekte des Lebens, aber eins hatte er schon vor einer ganzer Weile gelernt: Wenn man der Sporthalle einen Besuch abstattete, während dort viel Betrieb herrschte, so bekam vor allem der Mund Bewegung.

Als sich die Tür vor dem Ersten Offizier öffnete, wußte er sofort, daß er diesmal nicht allein war. Jemand atmete schwer, und das rhythmische Zischen hallte von den Wänden wider.

Er trat ein und stellte fest, daß jemand am Reck turnte: eine schlanke Frau, die das Haar im Nacken zusammengebunden hatte und sich zu schnell bewegte, um sofort identifiziert zu werden. Eine Zeitlang blieb Riker stehen, bewunderte Eleganz und Anmut der Unbekannten – auch ihre Figur verdiente Anerkennung.

Die Turnerin schien ihn gar nicht zu bemerken. Kein Wunder: Ihre Übungen erforderten zweifellos ein hohes Maß an Konzentration.

Riker vermutete, daß sich die Frau erst seit kurzer Zeit an Bord befand: Er kannte kein weibliches Besatzungsmitglied, das zu *solchen* Bewegungen fähig war.

Er sah, wie sich die Fremde streckte, zweimal um die hohe Stange wirbelte und dann losließ. Der Schwung trug sie fast ein Dutzend Meter weit, bevor sie auf der Matte landete. Ein kurzes Stolpern – der einzige Fehler bei einer ansonsten tadellosen Vorstellung.

Riker klatschte, noch bevor er wußte, wem sein Applaus galt. Die Turnerin drehte sich überrascht um – und er erkannte Tricia Cadwallader.

»Herrjemine!« entfuhr es ihr, und sie hob die eine Hand zur Brust. »Sie hätten sich zu erkennen geben sollen.«

Der Erste Offizier hob und senkte kurz die Schultern. »Ich habe viel zu sehr gestaunt.«

Cadwallader errötete ein wenig, und dadurch wirkten ihre Sommersprossen noch ein wenig attraktiver. »*So* gut war ich nicht. Sie hätten mich damals an der Akademie sehen sollen.«

Riker versuchte, die Frau nicht anzustarren. Der dünne Sportanzug schmiegte sich ihr wie eine zweite Haut an den Leib und betonte ihre weiblichen Attribute weitaus mehr als die Starfleet-Uniform. »Wenn ich Ihnen sagen würde, ich könnte mir überhaupt nicht vorstellen, daß Sie jemals auf eindrucksvollere Weise geturnt haben... Hielten Sie das für ein übertriebenes Kompliment?«

Die Frau dachte darüber nach und lächelte. »Ich bin mir nicht ganz sicher. Versuchen Sie's mal.«

Riker nickte. »Na schön.« Er trat auf sie zu, griff

nach ihrer Hand und sah in dunkelgrüne Augen. »Ich kann mir nicht vorstellen, daß Sie *irgendwo* eindrucksvoller aussehen.« Er ließ die Hand nicht los. Sie fühlte sich weich, warm und auch ein wenig feucht an. »Nun, wie klang das?«

Aus Cadwalladers Lächeln wurde nun ein Grinsen. »Gar nicht schlecht. Allerdings haben Sie andere Worte benutzt. Beim erstenmal sprachen Sie vom Turnen, nicht vom Aussehen.«

Riker gab sich verwirrt. »Tatsächlich? Ich schätze, es ist mir einfach so herausgerutscht.«

Sie schmunzelte. »Höre ich da Unehrlichkeit?« Sie schritt zum Regal mit den Handtüchern.

»Vielleicht könnten wir unser Gespräch bei einem gemeinsamen Abendessen fortsetzen!« rief der Erste Offizier. Seine Stimme klang dumpf durch die Sporthalle.

Cadwallader drehte sich um. »Ist das eine Einladung?«

Riker straffte demonstrativ die Schultern. »Ja«, bestätigte er würdevoll.

Sie lachte leise. »Na schön. Aber nicht heute abend. Ich habe schon etwas vor.«

Er sah, wie sie nach einem Handtuch griff. »Ach?«

»Ebenso wie Sie«, fügte Cadwallader hinzu und trocknete ihr Haar.

Riker verstand nicht. Offenbar kam das in seinem Gesicht zum Ausdruck, denn Tricia erklärte: »Das Bankett des Captains. Hat er Sie nicht informiert?«

Der Erste Offizier schüttelte den Kopf. »Das muß er versäumt haben.«

Cadwallader zuckte mit den Achseln. »Es beginnt um acht. Picard hat bestimmt nicht vor, bei jener Veranstaltung auf die Gesellschaft seines Stellvertreters zu verzichten.« Sie zögerte kurz. »Oder?«

»In letzter Zeit bin ich sehr beschäftigt gewesen.« Riker trachtete danach, sich nicht in die Defensive gedrängt zu fühlen – und entsprechend zu klingen. »Vermutlich erwartet mich eine Mitteilung in meinem Quartier.«

Cadwallader rieb sich die Arme ab. »Ja, wahrscheinlich. Es sei denn natürlich, Picard hat vor, Ihnen die Brücke zu überlassen.«

Es ging ihr ganz offensichtlich darum, ihn zu verunsichern, und Riker lächelte unwillkürlich. »Nun, diese Möglichkeit läßt sich nicht ausschließen.«

Cadwallader schlang sich das Handtuch um die Schulter und ging zur Tür. Als sie den Ersten Offizier passierte, klopfte sie ihm kameradschaftlich auf die Schulter.

»Es ist nicht weiter schlimm«, sagte sie wie beiläufig. »Wenn Sie heute abend das Essen verpassen, sind Sie morgen um so hungriger.«

Riker sah ihr nach, und sein Lächeln wuchs immer mehr in die Breite. Er zweifelte kaum daran, daß er am nächsten Tag sehr großen Appetit haben würde.

Simenon und Wesley standen in einer Ecke des Maschinenraums. »So haben Ihr Vater und ich auf Beta Varius Vier ein heranstürmendes Thunalia-Rudel abgewehrt.« Der Professor lächelte und gab dabei ein leises, schlangenartiges Zischen von sich. »Wenn einer von uns in Panik geraten und zu den Höhlen geflohen wäre ... Dann hätten die Tiere den anderen niedergetrampelt oder ihn mit ihren langen Hörnern aufgespießt. Ich glaube, in einem solchen Fall wären wir *beide* erledigt gewesen. Aber wir standen auch weiterhin Rücken an Rücken und feuerten mit unseren Phasern – bis der Transporterchef uns an Bord beamen konnte.« Der Gnalisch nickte stolz. »Außerdem erzielten wir einen vollen Erfolg bei unserer Mission. Wir sammelten alle erforderlichen Daten und kehrten auch mit Gewebeproben zurück, die als Grundlage fürs Cloning von weiteren Thunalia dienten. Auf Beta Varius

Vier gibt es heute keine hochentwickelten Lebensformen mehr, aber wenn Sie einmal Gelegenheit bekommen, Morrisons Welt einen Besuch abzustatten... In den dortigen Naturschutzgebieten können Sie große Thunalia-Rudel beobachten.«

Wesley schüttelte den Kopf. »Großartig. Wirklich großartig. Diese Geschichte hat mir Mom nie erzählt.«

»Vielleicht weiß Ihre Mutter gar nichts davon«, erwiderte Simenon. »Für unsere Subraum-Nachrichten stand uns damals immer nur sehr begrenzte Zeit zur Verfügung. Immerhin gehörten Hunderte von Personen zur Besatzung der *Stargazer*, und sie alle wollten ihren Familien und Freunden Mitteilungen schicken. Darüber hinaus wurde das Kommunikationssystem auch noch für andere Zwecke benötigt, zum Beispiel dafür, Starfleet Command Einsatzberichte zu senden. Ich erinnere mich daran, daß Ihr Vater immer einen... *unterbrochenen* Eindruck erweckte, nachdem er einen verbalen Brief auf die Reise durch den Subraum schickte: Es schien immer sein Wunsch gewesen zu sein, weitaus mehr zu sagen.« Der Gnalisch räusperte sich. »Außerdem nutzte er seine Kom-Zeit, um über persönliche Dinge zu sprechen. Er vergeudete sie sicher nicht damit, von irgendwelchen haarsträubenden Abenteuern zu berichten. Bei Bazzids Knochen: Damals riskierten wir unser Leben jeden Tag auf einem anderen Planeten.« Simenon straffte die Gestalt und begriff, daß er vielleicht ein wenig übertrieben hatte. »So hatte es zumindest den Anschein«, fügte er hinzu.

Der Fähnrich musterte ihn. Er wollte sich für die Geduld des Professors bedanken, dafür, daß er ihm so viel Zeit gewidmet hatte. Aber er fand einfach nicht die richtigen Worte. Statt dessen sagte er: »Bitte erzählen Sie mir, wie mein Vater starb.«

Diese Geschichte interessierte Wesley mehr als alle anderen – obwohl er sich das bisher nicht eingestanden hatte. Tief in seinem Innern gab es eine Leere, die gefüllt werden wollte.

Ein Schatten fiel auf Simenons Züge. »Da gibt es nicht viel zu erzählen«, behauptete er. »Bestimmt weißt du bereits, was damals geschehen ist.«

»Nur von meiner Mutter. Und sie nannte keine Einzelheiten. Ihre Schilderungen entsprechen im großen und ganzen den Angaben des offiziellen Starfleet-Berichts. Einige wenige Einzelheiten weiß ich von Captain Picard, der uns damals besuchte.«

Simenon musterte den jungen Mann einige Sekunden lang, und die rubinroten Augen blinzelten mehrmals. Ganz deutlich spürte Wes das Widerstreben des Professors. Er verstand auch den Grund dafür.

Es war eine Sache, sich noch einmal an den Tod eines Kameraden zu erinnern. Doch die Erinnerungen mit dem Sohn des Verstorbenen zu teilen …

»Ich schlage vor, jene Geschichte verschieben wir auf einen anderen Zeitpunkt«, sagte Simenon schließlich. »Für mich stehen auch noch andere Dinge auf dem Programm, zum Beispiel eine Tour durch die technische Sektion dieses Schiffes.« Er verbannte den Ernst aus seinem Gesicht und lächelte wieder. »Wie wär's, wenn Sie mitkommen? Ich hätte nichts dagegen, noch mehr über meine Beiträge zur Weiterentwicklung der Warptechnik zu hören.«

Wes erwiderte das Lächeln und schob seine Gefühle zunächst einmal beiseite. »Sie können auf mich zählen, Sir.«

Der Gnalisch nickte. »Gut. Das gefällt mir so sehr an Ihnen, Fähnrich Crusher – Ihr Respekt Älteren gegenüber.«

Der Türmelder summte, und Worf drehte sich um.

Nur selten empfing er jemanden in seinem Quartier. Sowohl den Freunden als auch dem Rest der Crew war bekannt, daß er lieber allein blieb. Praktisch den ganzen Tag mußte er in der Gesellschaft von Menschen und anderen Personen verbringen. Nach dem Dienst verspürte er das Bedürfnis, sich aufs eigene Selbst zu besinnen, *Klingone* zu sein.

Das Summen wiederholte sich – er hatte es sich nicht eingebildet.

»Herein«, sagte er. Das Schott glitt beiseite.

Wenn es Riker, Geordi oder Wesley gewesen wäre... Das hätte Worf kaum überrascht. Sie statteten ihm gelegentlich einen Besuch ab.

Aber diesmal stand jemand anders vor dem Zugang. Jemand, mit dem der Klingone ganz und gar nicht gerechnet hatte.

»Darf ich hereinkommen?« fragte Morgen.

Worf wich unwillkürlich einen Schritt zurück, und es kostete ihn eine bewußte Anstrengung, sich zu entspannen. »Ja«, erwiderte er und vollführte eine einladende Geste.

Der Daa'Vit trat durch die Tür, ohne den Blick vom Klingonen abzuwenden. Er wählte einen Stuhl und setzte sich.

Worf nahm auf der anderen Seite des Zimmers Platz, und eine Zeitlang starrten sie sich nur stumm an.

»Bestimmt fragen Sie sich, was mich hierherführt«, sagte Morgen.

Der Sicherheitsoffizier nickte. »Ich gestehe eine gewisse Neugier.«

»Klingonen gehen auf eine ganze besondere Weise mit Worten um.« Der Besucher brummte. »Aus Ihrem Mund klingt selbst eine höfliche Bemerkung herausfordernd.«

Worf zuckte mit den Schultern. »Vielleicht liegt es nur daran, auf welche Weise Sie gewisse Dinge hören.«

Der Daa'Vit lächelte. »Mag sein. Andererseits...«

Er unterbrach sich, wie zuvor auf dem Holo-Deck.

Um seine Gedanken zu sammeln. Um sich unter Kontrolle zu bringen?

»Wie leicht es ist, mit einer verbalen Auseinandersetzung zu beginnen.« Morgen beugte sich vor. »Insbesondere deshalb, weil Ihr Anblick Abscheu und Haß in mir weckt.«

Worf bereitete sich instinktiv auf einen Angriff vor. Er beobachtete den Daa'Vit, hielt nach Anzeichen für versteckte Waffen Ausschau und suchte nach schwachen Stellen.

Eine Sekunde später lehnte sich Morgen wieder zurück. »Aber ich bin Starfleet-Offizier – ebenso wie Sie. Wir haben geschworen, Seite an Seite zu stehen. Mit Feindseligkeiten würden wir den geleisteten Eid verletzen. Während der bei Menschen verbrachten Zeit habe ich vor allem eins gelernt: Vorurteile – ganz gleich welcher Art – müssen und können überwunden werden.«

Worf ahnte, daß es dem Daa'Vit sehr schwerfiel, so etwas zu sagen. Morgen weckte dadurch Respekt in ihm, sogar einen Hauch Anteilnahme.

Der Klingone räusperte sich. »Bitte um Erlaubnis, ganz offen sprechen zu dürfen, Sir.«

Der Daa'Vit-Captain nickte. »Erlaubnis erteilt.«

Worf musterte den Besucher. »Ich weiß aus persönlicher Erfahrung, daß es *nicht* immer möglich ist, Vorurteile zu vergessen. Das gilt zumindest für *mich*. Einmal wurde ich gebeten, einem Romulaner das Leben zu retten. Doch dazu war ich nicht imstande.« Er befeuchtete sich die Lippen. »Vielleicht stieße ich auf ähnliche Schwierigkeiten, wenn es dabei um einen Daa'Vit ginge.«

Morgen überlegte. »Ehrlichkeit. Das weiß ich zu schätzen.« Er zögerte. »Vielleicht verstehen Sie mich falsch, Worf. Ich lege nicht nahe, daß wir *Finna'calar* werden. Wie lautet der Ausdruck in Föderationsstandard? Ah, ja: *Blutsbrüder*. Nein, so etwas schlage ich nicht vor. Aber wir brauchen auch keine Feinde zu sein.« Er neigte den Kopf ein wenig zur Seite. »Sie sind Krieger, ebenso wie ich. Dieser Umstand sollte uns eine gemeinsame Basis bieten.«

Worf atmete tief durch und rang mit seinen Instinkten. »Da ... bin ich ganz Ihrer Meinung«, knurrte er.

Der Daa'Vit lächelte humorlos. »Gut. Vielleicht habe ich in diesem Zusammenhang eine Idee.«

»Eine Idee?« wiederholte der Klingone.

»Ja. Auf dem Holo-Deck habe ich Sie gefragt, ob Sie eigene Simulationsprogramme geschaffen haben. Erinnern Sie sich?«

Worf begann zu verstehen, worauf Morgen hinauswollte. »Ja«, sagte er. »Ja, ich erinnere mich. Und ich habe geantwortet, daß tatsächlich solche individuellen Programme existieren.«

»Programme, die einem Krieger angemessen sind, vermute ich«, spekulierte der Daa'Vit.

»In der Tat«, bestätigte Worf.

»Es wäre einmal etwas anderes, wenn ein Daa'Vit und ein Klingone nicht gegeneinander kämpfen, sondern miteinander als Verbündete.«

Diese Vorstellung entlockte dem Sicherheitsoffizier der *Enterprise* ein Lächeln. Sie mochte absurd und grotesk erscheinen, aber ... »Es wäre eine echte Herausforderung, die allen Beteiligten Ehre bringt.« *Wenn es klappt,* fügte er hinzu, ohne diesen Gedanken laut auszusprechen.

Morgen nickte. »Ich teile diese Ansicht. Wann?«

»Morgen nach meinem Dienst. Um diese Zeit.«

»Einverstanden. Soll ich etwas mitbringen? Zum Beispiel eine *Ka'yun?*«

»Nein«, entgegnete der Klingone. »Das Holo-Deck stellt uns alle Waffen zur Verfügung.«

Der Daa'Vit erhob sich mit einer geschmeidigen Bewegung. »Ich freue mich schon.«

Worf stand ebenfalls auf. »Ich auch.«

Morgen neigte respektvoll den Kopf – eine Geste, die ihm sicher nicht leicht fiel – und verließ die Kabine seines neuen Kampfgefährten.

Der Klingone blieb allein im Quartier zurück und kam zu dem Schluß, daß er gründlich nachdenken mußte.

KAPITEL 6

Picard stand auf, blickte über den langen Tisch und musterte die versammelten Offiziere – sie stammten von zwei Raumschiffen, die Vergangenheit und Gegenwart für ihn verkörperten. Zufrieden stellte er fest, daß auch Idun Asmund zu den Anwesenden gehörte; sie saß zwischen Ben Zoma und Cadwallader. Beverly Crusher war ebenfalls gekommen, trotz ihrer anfänglichen Skepsis – die sie offenbar mit der Hilfe des Captains überwunden hatte.

»Ich möchte einen Toast ausbringen«, verkündete Picard. »Auf jene Personen, die als Mitglieder der *Stargazer*-Crew Außergewöhnliches leisteten.«

»Hört, hört«, sagte Riker.

»Jian dan'yu«, meinte Morgen. Seine Worte stellten das Daa'Vit-Äquivalent von Rikers Bemerkung dar.

Alle murmelten zustimmend und tranken. Eine ganze Kompanie von Kellnern begann damit, die benutzten Teller fortzubringen und den Hauptgang zu servieren. Die Aufsicht führte natürlich Guinan.

Der Captain roch einen herrlichen, appetitanregenden Duft und blickte auf seine Mahlzeit hinab. »Manzakini Loraina«, entfuhr es ihm. Er sah Guinan an. »Eine ausgezeichnete Wahl.«

Die dunkelhäutige Frau wahrte einen diskreten Abstand zum Tisch und neigte den Kopf. »Ich kenne Ihre Vorlieben, Sir.«

»Es handelt sich um eine emmonitische Spezialität, nicht wahr?« fragte Data.

»Ja«, bestätigte Troi, die neben dem Androiden saß.

»Eine der *vielen* emmonitischen Delikatessen, die den Gaumen des Captains erfreuen.« Sie sah zu Picard und lächelte.

»Die emmonitische Küche gefällt nicht nur mir«, erwiderte Jean-Luc. »Entsprechende Speisen genießt man auch im Starfleet-Hauptquartier, und zwar regelmäßig.«

»Stimmt es, daß die Emmoniten überhaupt keine Nudeln kannten, bevor sie sich der Föderation hinzugesellten?« fragte Geordi LaForge.

Picard nickte. »Ja, das stimmt tatsächlich. Soweit ich weiß, spielte sich damals folgendes ab: Admiral Manelli lud das Oberhaupt der emmonitischen Delegation zu sich nach Hause ein – damals, vor fünfzig Jahren, war Manelli der Oberbefehlshaber von Starfleet. Nun, seine Frau servierte an jenem Abend Linguini mit weißer Venusmuschelsoße. Die Mahlzeit begeisterte den emmonitischen Botschafter so sehr, daß er ums Rezept bat.«

»*Ich* habe gehört, daß er nicht nur das Rezept in die Heimat mitbringen wollte, sondern auch Frau Manelli«, sagte Ben Zoma.

Picard nickte erneut. »Ja. Aber das ist eine andere Geschichte.«

Data kostete die Manzakini und wirkte einige Sekunden lang sehr nachdenklich, bevor er sich zu Guinan umdrehte. »Sehr authentisch«, kommentierte er. »Ein Lob der Küche.«

Guinan deutete eine Verbeugung an. »Vielen Dank. Ich richte es den Programmierern der Lebensmittelsynthetisierer aus.«

Joseph musterte den Androiden. »Sie *essen*, Mr. Data?«

»Ja. Es ist nicht notwendig, um mein Überleben zu gewährleisten. Allerdings habe ich festgestellt, daß es bei solchen Anlässen als störend empfunden wird, wenn ich *keine* Nahrung zu mir nehme.«

»Sind Sie in der Lage, verschiedene Aromen voneinander zu unterscheiden?« erkundigte sich Cadwallader.

Data nickte. »Ich bin mit entsprechenden Geschmackssensoren ausgestattet, und mit ihrer Hilfe kann ich sogar die Ingredienzen analysieren. Bedauerlicherweise fehlt mir die Fähigkeit, mit derartigen Erfahrungen angenehme Gefühle in Verbindung zu bringen.«

»Das ist wirklich bedauerlich«, pflichtete Morgen dem Androiden bei. »Wie dem auch sei: Jeder von uns hat seine Grenzen.«

»Entschuldigen Sie bitte ...« Der Gnalisch wandte sich an Worf. »Ihre Manzakini Loraina sind offenbar anders als unsere. Sie scheinen sich *hin und her zu winden.*«

»Worf zieht eine ganz besondere Diät vor«, spottete Geordi.

Picard warf dem Chefingenieur einen kurzen Blick zu. »Der Lieutenant liebt *klingonische* Spezialitäten«, erklärte er. »Er bekommt jedoch nur selten Gelegenheit, sie zu genießen. Dieses Bankett bietet ihm eine Chance dazu.«

Worf starrte Simenon so an, als sei er von ihm herausgefordert worden. »Dies hier nennt man Blutpastete.« Er schob den Teller einige Zentimeter weiter in die Richtung des Gnalischs. »Möchten Sie davon probieren?«

Der Professor schluckte. »Nein. Nein, danke. Mir ist es lieber, wenn das Essen *still* auf dem Teller liegt und zumindest den *Anschein* erweckt, tot zu sein.«

»Eigentlich ist Blutpastete sehr nahrhaft«, warf Greyhorse ein. Er sah die verblüfften Mienen der anderen und fügte hinzu: »Was nicht heißen soll, daß ich sie einmal gegessen habe. Sie enthält aber viele Nährstoffe. Eine solche Feststellung kommt doch keinem Verbrechen gleich, oder?«

Die Offiziere lachten. Selbst Simenon gab einige schnalzende Laute von sich, die Erheiterung zum Ausdruck brachten.

»*Ich* habe Blutpastete gegessen«, sagte Asmund abrupt.

Das Gelächter verklang.

»Und?« fragte Morgen.

Asmund richtete einen gelassenen Blick auf ihn. »Sie schmeckt nicht so gut wie geschmorte *Gagh*.«

»*Gagh?*« wiederholte Geordi und sprach das Wort falsch aus.

»Schlangenwürmer«, übersetzte Riker. »Ich habe sie selbst probiert. Sie sind sehr … sättigend.« Er schnitt eine Grimasse, als er sich daran erinnerte.

»Ganz offensichtlich fanden sie keinen großen Gefallen daran, Commander«, vermutete Cadwallader.

»Man muß sich an den Geschmack gewöhnen«, brummte Worf. »Ähnlich wie bei *gebratenen Hähnchen*.«

»Gebratene Hähnchen versuchen nicht, ihrerseits den Speisenden zu verschlingen«, meinte Simenon.

»Vigo schwärmte von etwas namens *Sturrd*«, warf Ben Zoma ein. »Das Zeug sah aus wie ein Sandhaufen mit Glassplittern. Dazu trank er eine halbe Gallone Ahornsirup.«

»Es war kein Ahornsirup«, widersprach Joseph. »Es sah nur so aus.«

»Vigo«, sagte Data, der dem Wortwechsel mit Gleichmut zugehört hatte. »Er gehörte zu Ihren Gefährten von der *Stargazer* und überlebte das Gefecht bei Maxia Zeta nicht, oder?«

»Nein«, erwiderte Greyhorse. »Der Kampf kostete ihn das Leben. Er war unser Waffenoffizier.«

Morgen nickte. »Und zwar der beste, den es je in Starfleet gab.«

»Ich wußte überhaupt nicht, daß Starfleet irgendwann einmal Waffenoffiziere ausgebildet hat«, sagte Deanna Troi.

»Sie kamen nur an Bord von Forschungsraumschiffen zum Einsatz, die in unbekannte Regionen der Galaxis vorstießen«, erläuterte Picard. »Eigentlich stellten sie ein Experiment dar: die Trennung von Verteidigungs- und Sicherheitsfunktionen eines Schiffes. Aber lassen Sie sich nicht von der Bezeichnung täuschen – Vigo kümmerte sich um mehr als nur die Waffensysteme.«

»Und ob.« Ben Zoma wandte sich an Dr. Crusher. »Darüber hinaus schlug er Ihren Mann regelmäßig beim *Sharash'di.*«

Beverly lächelte. »Ich glaube, davon hat mir Jack einmal erzählt. Und wenn ich mich nicht sehr irre … Vigo hat nicht nur meinen Mann besiegt, sondern auch *Sie* und einige andere.«

Ben Zoma lachte. »Da Sie es erwähnen … Ja, ich glaube, ich gehörte damals zu seinen Opfern.«

»Ich ebenfalls«, sagte Cadwallader.

»Aber Jack und Vigo spielten viel häufiger«, erinnerte sich Joseph. »Praktisch bei jeder sich bietenden Gelegenheit. Jack schien sich einfach nicht mit seinen Niederlagen abfinden zu können und verlangte dauernd Revanche.«

»Obwohl sich niemand schämen mußte, gegen Vigo zu verlieren«, meinte Cadwallader. »Es war geradezu unheimlich – er gewann *immer.*«

»Nur ein einziges Mal verlor er.« Ben Zoma überlegte einige Sekunden lang und schüttelte dann den Kopf. »Aber ich weiß nicht mehr, gegen wen.«

»Gerda«, sagte Asmund. »Gerda hat ihm eine Niederlage beigebracht.«

Plötzlich herrschte Stille.

Idun wandte sich an Data, bevor der Androide eine Frage stellen konnte. »Meine Zwillingsschwester. Die Morgen umzubringen versuchte.«

Aus den Augenwinkeln sah Picard, wie Geordi und Simenon einen Blick wechselten. Diesmal blieb der

Gnalisch stumm und verzichtete auf einen Kommentar.

Picard räusperte sich. Er beschloß, keine besondere Reaktion auf die letzte Bemerkung zu zeigen, durch nichts darauf hinzuweisen, daß gerade die befürchtete Bombe geplatzt war.

Doch Morgen kam ihm zuvor.

»Wie heißt es bei den Menschen so schön? ›Seitdem ist viel Wasser den Berg hinuntergeflossen.‹« Er zuckte mit den Schultern – was einem Daa'Vit wesentlich mehr Mühe bereitete als einem Terraner. »Was mich betrifft... Ich habe jenen Zwischenfall längst vergessen.« Er sah Asmund an. »Vergessen und vergeben.«

Erleichterung durchströmte Picard, als sich ein großer Teil der allgemeinen Anspannung verflüchtigte.

»*Ich* habe ihn nicht vergessen«, sagte die blonde Frau. Ihr Blick glitt über den Tisch. »Entschuldigen Sie bitte. Ich wollte Ihnen keineswegs die Stimmung verderben.« Sie stand auf. »Bitte entschuldigen Sie mich.«

»Idun!« rief Jean-Luc ihr nach.

Sie ignorierte ihn und verließ das Bankettzimmer.

Der Gesellschaftsraum war rund um die Uhr geöffnet. Anders ging es auch gar nicht: Offiziere und Besatzungsmitglieder beendeten ihren Dienst zu verschiedenen Zeiten – es hing ganz davon ab, in welchen Abteilungen sie arbeiteten und welche Pflichten sie wahrnahmen. Hinzu kam, daß irgendwann *jeder* den Wunsch verspürte, sich in der Bar des zehnten Vorderdecks ein wenig zu entspannen.

Wann auch immer man den Gesellschaftsraum besuchte: Guinan schien ständig anwesend zu sein. Sie stand hinter der Theke, mixte Drinks oder bot ihren allseits geschätzten Rat an. Doch dieser Eindruck täuschte natürlich. Auch Guinan schlief, so wie alle anderen.

Nun, nicht unbedingt wie alle anderen. Aber sie brauchte ebenfalls Ruhe und mußte schlafen, um ihre Kräfte zu erneuern. Aus diesem Grund war es recht ungewöhnlich, daß sie vor dem ›Morgengrauen‹ an Bord im Gesellschaftsraum weilte, als Mops Joseph hereinwankte.

Er wirkte weder gesund noch glücklich. Dunkle Ringe zeigten sich unter den Augen, und seine Blässe deutete darauf hin, daß er mehr getrunken hatte als nur Synthehol. Guinan lächelte und bereitete sich vor.

Joseph wurde ihren Erwartungen gerecht, indem er einen Tisch in der Ecke wählte, möglichst weit von der Theke entfernt. Dort zog er einen Stuhl heran und sank schwerfällig darauf hinab. Anschließend stützte er die Ellenbogen auf den Tisch, starrte aus dem Fenster und ignorierte die anderen Gäste – offenbar zog er die Gesellschaft der Sterne vor.

Für jenen Bereich der Bar war der Kellner Dunhill zuständig. Er ging nicht sofort zu Joseph, um seine Bestellung aufzunehmen, sah erst zu Guinan.

Langsam schüttelte sie den Kopf. Dunhill verstand, schenkte dem Sicherheitsoffizier der *Lexington* keine Beachtung und schritt zu einem anderen Tisch. Zwar blickte Joseph die ganze Zeit über aus dem Panoramafenster, aber er schien trotzdem zu merken, was im Rest des Gesellschaftsraums geschah. Nach einer Weile drehte er sich um, kniff die blutunterlaufenen Augen zusammen und sah zu Guinan.

Die Wirtin hielt nun den Zeitpunkt für gekommen, aktiv zu werden. Sie wanderte an den Tischen vorbei und erwiderte die Grüße einiger Gäste, während sie sich Joseph näherte. Er beobachtete sie verdrießlich.

Guinans Lippen deuteten ein neuerliches Lächeln an. »Darf ich?« fragte sie und zeigte zum leeren Stuhl auf der anderen Seite des Sessels.

Joseph rümpfte die Nase und zuckte mit den Achseln.

Guinan hielt das für ein ›Ja‹ und nahm Platz. Eine Zeitlang schwiegen sie beide, und die Stille senkte sich wie ein schweres Gewicht auf sie herab.

»Inzwischen sind Sie schon eine Art Stammgast«, sagte die Wirtin schließlich. »Haben Sie kein Interesse an den übrigen Sektionen des Schiffes?«

Der Mann lachte leise, aber es klang alles andere als humorvoll.

»Das geht Sie überhaupt nichts an.« Er beugte sich vor, und Guinan stellte fest, daß seine dunklen Pupillen unnatürlich groß waren. »Wenn ich Morgen, Ben Zoma oder irgendeiner der anderen wäre... Dann kämen Sie gar nicht auf den Gedanken, eine solche Frage an mich zu richten.«

»Vielleicht doch«, erwiderte Guinan.

Der Sicherheitsoffizier schnaufte und lehnte sich zurück. »Von wegen.«

»Ich lüge nicht, Mr. Joseph.«

Er musterte sie. »Woher kommen Sie?«

»Möchten Sie wissen, aus welchem Volk ich stamme?« vergewisserte sich Guinan.

»Ja, genau. Aus welchem Volk stammen Sie?«

»Aus einem sehr alten«, lautete die Antwort. »Aus einem Volk, das alt genug ist, um das Problem des Alkoholismus zu erkennen.«

»Hören Sie auf damit«, brummte Joseph. »Für mich ist der Alkohol kein Problem.«

»Glauben Sie?« Guinan machte keinen Hehl aus ihrer Skepsis. »*Warum* trinken Sie?«

Der Mann verzog das Gesicht. »Leute wie Sie gehen mir auf den Geist. Apostel sind Sie. Und natürlich haben Sie das Wissen für sich gepachtet.« Die Stimme gewann nun einen grimmigen, fast drohenden Klang. »Eins steht fest: Von *mir* wissen Sie nichts.«

Die Feindseligkeit prallte wirkungslos an Guinan ab. »Vielleicht weiß ich mehr von Ihnen, als Sie ahnen.«

»Zum Beispiel?«

»Zum Beispiel ist mir klar, daß Sie voller Haß stecken. Nur ein kleiner Teil davon gilt anderen Personen. Vor allem hassen Sie sich selbst. Sie verabscheuen, was aus Ihnen geworden ist. Sie haben sich mehr erhofft. Aber Ihre Wünsche gingen nicht in Erfüllung, und tief in Ihrem Innern glauben Sie, selbst daran schuld zu sein.« Guinan sah, wie Joseph zusammenzuckte, und daraufhin sprach sie etwas sanfter. »Nur mit Alkohol gelingt es Ihnen, den Haß unter Kontrolle zu halten. Nur damit schaffen Sie es, anderen Leuten gegenüber zu lächeln anstatt sie zu verfluchen. Sie fürchten, daß jemand Sie durchschaut, daß jemand erkennt, was sich in Ihnen verbirgt. Sie haben Angst, dadurch *alles* zu verlieren, selbst das, was Ihnen noch geblieben ist.«

Plötzlich glühten Josephs Wangen. Stumm rang er mit sich selbst, und als er das Schweigen brach, war seine Stimme kaum mehr als ein leises Krächzen.

»Sie sind verrückt.«

Guinan schüttelte den Kopf. »Nein. Wie ich schon sagte: Ich stamme aus einem alten, erfahrenen Volk.«

Allmählich verflüchtigte sich Josephs Verwirrung, doch sie wich nicht etwa Zorn, sondern Verzweiflung. Von einem Augenblick zum anderen schien er den Tränen nahe zu sein.

»Ich bin genauso gut wie sie«, stieß er hervor. »Ich bin genauso gut wie *jeder andere*.«

»Natürlich sind Sie das«, versicherte ihm Guinan. »Aber jetzt steht Ihnen mehr im Weg als nur eine schlechte Angewohnheit: der Alkohol. Er ist ein falscher Freund: Einerseits gibt er vor, Sie zu trösten, doch andererseits sorgt er dafür, daß Ihre Probleme nicht geringer, sondern immer größer werden. Wenn Sie wirklich zu dem Mann werden wollen, der Sie sein möchten, so müssen Sie zunächst die Alkoholsucht besiegen.«

Joseph sah wieder zu den Sternen. Sein Gesicht war das Porträt einer gequälten Seele, und es spiegelte sich in der transparenten Barriere wider, die sie von der Leere trennte. »Ich … ich kann nicht. Ich *kann es einfach nicht*.«

»Doch, Sie können es«, beharrte Guinan. Sie fing seinen Blick ein, als er den Kopf drehte. »Ich helfe Ihnen dabei. Hören Sie? Ich helfe Ihnen.«

Zwei oder drei Sekunden lang schien Joseph zum ersten Schritt bereit zu sein. Doch dann setzte sich wieder die Verbitterung durch, und er schlug mit der Faust auf den Tisch. »Nein«, preßte er zwischen zusammengebissenen Zähnen hervor. »Nein. Sie … Sie wissen überhaupt nicht, wie es ist. Sie haben keine Ahnung. Verdammt, lassen Sie mich in Ruhe! Spielen Sie woanders den guten Samariter, wenn Sie unbedingt müssen!«

Joseph stand ruckartig auf und warf der Wirtin noch einen letzten bösen Blick zu, bevor er davonstapfte. Er versuchte, möglichst würdevoll zu wirken, als er an den Tischen vorbeiging und den Gesellschaftsraum verließ.

Guinan sah ihm nach und war so sehr in Gedanken versunken, daß sie Dunhill erst bemerkte, als er direkt neben ihr stand.

»Ma'am?« fragte der Kellner.

»Ja, Dunhill?«

»Ist alles in Ordnung?«

Sie seufzte. »Nein, ich glaube nicht.« Sie sah auf. »Aber danke, daß Sie danach fragen.«

Die Tür des Holo-Decks öffnete sich.

Morgen nickte anerkennend. »Es gefällt mir«, sagte er.

»Das habe ich gehofft«, brummte Worf.

Vor ihnen ragten die Ruinen eines Tempels auf. Die Reste des Gebäudes zeichneten sich durch keine besonderen Merkmale aus, die es mit irgendeiner bekannten Kultur in Verbindung gebracht hätten. Gleichzeitig wirkten sie so barbarisch, daß die entsprechende holographische Konzeption nur von einem Klingonen stammen konnte. Die Farbe des Himmels entsprach der von glühender Lava. Der Boden erwies sich als grau; hier und dort zischte Dampf aus Mulden und Löchern.

Die Statuen von Göttern starrten sie an: von den erhabenen Höhen dicker Säulen oder aus dem Schutt, der die Bildnisse vereinnahmt hatte. Die krächzenden Schreie von verborgen bleibenden Aasvögeln erklangen. Lange, schlangenartige Geschöpfe krochen über die geborstenen Steine und zischten leise.

Worf deutete auf die Waffen zu ihren Füßen. Der Daa'Vit ging in die Hocke und griff nach dem für ihn bestimmten Objekt.

»Eine *Ka'yun*«, sagte der Klingone.

Morgen prüfte die Waffe, schwang sie hin und her. Dann sah er zu Worf. »Sehr authentisch.«

Der Klingone zuckte mit den breiten Schultern. »Der Bibliothekscomputer enthält entsprechende Strukturdaten. Damit war es ganz einfach, den Gegenstand herzustellen.« Er bückte sich und nahm seine eigene Waffe: einen langen Stab, der am einen Ende einen spitzen Haken aufwies und am anderen eine Metallkugel.

»Ein *Laks'mar*«, bemerkte Morgen. Er versteifte sich ein wenig. »Ich bin damit vertraut. *Wir* sind damit vertraut.«

Worf hielt es für besser, das Thema zu wechseln. »Bei diesem Programm gibt es zwei Schwierigkeitsstufen«, sagte er. »Ich habe die zweite für uns gewählt.«

Der Daa'Vit nickte. »Fangen wir an.«

Es geschah nur selten, daß O'Brien die Möglichkeiten eines Holo-Decks nutzte. Er hatte keineswegs eine Aversion gegen sie; sein Desinteresse ging auf den

Umstand zurück, daß er andere Arten von Unterhaltung bevorzugte, vor allem eine gute Pokerpartie.

Zu Anfang war er natürlich fasziniert gewesen, damals, als holographische Simulationen noch etwas Neues darstellten. Sie stimulierten O'Briens Phantasie. Er hatte viel Zeit in das Bemühen investiert, einen Pub aus dem alten Dublin zu programmieren, um dort mit seinem Lieblingsautor zu trinken, einem gewissen James Joyce. Bei einer anderen Gelegenheit besuchte er die irischen Kobolde in ihren unterirdischen Höhlen und lauschte den Klängen ihrer Flöten.

Doch nach einer Weile verlor er das Interesse an den Holo-Szenarios. Den Ausschlag gab ein Erlebnis ganz besonderer Art: Er ließ eine holographische Pokerpartie stattfinden – und mußte feststellen, daß er daran weitaus weniger Gefallen fand als an einer echten.

Wenn er jetzt das elfte Deck der *Enterprise* aufsuchte, so kam er nur, um sich in der Sporthalle Bewegung zu verschaffen – oder um jemanden zu besuchen. Meistens ging er an den Zugängen der Holo-Decks vorbei, ohne ihnen Beachtung zu schenken.

Diesmal war er zu einer reizenden jungen Dame namens Resnick unterwegs und beobachtete, wie Worf und Captain Morgen Holo-Deck Eins betraten. Aufgrund der Gespräche mit Commander LaForge wußte er, daß Klingonen und Daa'Vit nicht besonders gut miteinander zurechtkamen. Worf hatte in diesem Zusammenhang offenbar mehr befürchtet als nur einige feindselige Blicke ...

Aber wenn sich Klingonen und Daa'Vit tatsächlich nicht ausstehen konnten – was mochte Worf und Captain Morgen dann veranlassen, eine Holo-Kammer aufzusuchen?

Letztendlich war es mehr als nur Neugier, die O'Brien veranlaßte, nach einer Antwort auf diese Frage zu suchen. Er machte sich Sorgen um Captain Morgens Wohlergehen – und auch um das des Klingonen. Miles schritt zum Computerterminal an der Wand, um sich über das aktive Holo-Programm zu informieren. Einerseits kam er sich dabei wie jemand vor, der seine Nase in Dinge steckte, die ihn nichts angingen; doch andererseits glaubte er, daß die Umstände eine solche Überprüfung rechtfertigten.

Der Bildschirm verkündete: »Gymnastik – Lieutenant Worf. Stufe zwei.«

O'Brien glaubte zu verstehen, was hinter der Tür geschah.

Klingonen waren Krieger, ebenso wie Daa'Vit. Ja, jetzt ergab alles einen Sinn.

Worf versuchte, die kulturelle Kluft zwischen ihm und Morgen zu überbrücken. Menschen hätten vielleicht Billard oder Tischtennis gespielt. Doch in diesem Fall fand ein Kampf gegen irgendwelche Monstren statt.

Was den Hinweis auf ›Stufe zwei‹ betraf... Nun, in diesem Zusammenhang regten sich düstere Ahnungen im Chefingenieur. Commander Riker war einmal tollkühn genug gewesen, es mit Stufe eins zu versuchen – das hatte er jedenfalls während einer nächtlichen Pokerrunde behauptet.

O'Brien wandte sich vom Terminal ab und setzte den Weg zu Resnick mit einem reinen Gewissen fort. Er hatte dazu beigetragen, daß Frieden und Ruhe an Bord der *Enterprise* gewahrt blieben.

Worf nahm die Bitte des Daa'Vit zur Kenntnis, mit der Simulation zu beginnen, trat vor und stapfte durch die Ruine der alten Tempelanlage. Fast sofort spürte er, wie die Instinkte in ihm erwachten: Irgend etwas schien ihm die Sinne zu schärfen, und in seinem Blut brannte ein ganz besonderes Feuer.

Morgen folgte ihm, allerdings in einem Abstand von einigen Metern. Worf hielt das für eine gute Idee.

Wenn es zum Kampf kam, durften sie sich nicht gegenseitig behindern.

Die Vögel krächzten, und es klang gierig. Die Aasfresser schienen darauf zu warten, über Leichen und Kadaver herfallen zu können. Hier und dort krochen schlangenartige Wesen durch den Staub. Dumpfes Grollen hallte vom Himmel herab, kündigte vielleicht ein Unwetter an.

Bewegung.

Worf sah sie nur aus den Augenwinkeln, aber der Krieger in seinem Innern reagierte sofort: Alles in ihm drängte danach, den Gegner anzugreifen, ihn zu zwingen, sein Versteck zu verlassen.

Aber das Geschöpf befand sich in Reichweite des Daa'Vit. Wenn es ihnen wirklich um Kooperation ging, so mußten sie lernen, sich gegenseitig zu vertrauen, sich auf die Fähigkeiten des Partners zu verlassen.

Eine Sekunde später erwies sich Worfs Zurückhaltung als richtig. Wenn er den ersten Gegner angegriffen hätte, so wäre er viel zu abgelenkt gewesen, um den zweiten zu bemerken: ein großes, pelziges Etwas, das von einer der Göttersäulen sprang.

Gerade noch rechtzeitig hob der Klingone seine Waffe, um sie wirkungsvoll zum Einsatz zu bringen. Der Aufprall erschütterte ihn, doch er faßte sich sofort wieder, ging seinerseits zum Angriff über und bohrte den spitzen Haken der Stange tief in die Schulter des Kontrahenten. Als sich das pelzige Wesen losriß, schmetterte ihm Worf die Metallkugel am anderen Ende des *Laks'mar* gegen den Schädel.

Das Geschöpf sank besinnungslos zu Boden, und Worf nutzte die Gelegenheit, um einen kurzen Blick in Morgens Richtung zu werfen. Der Daa'Vit kämpfte gegen einen haarlosen, mit Hörnern ausgestatteten weißen Riesen, der an die Kup'lceti von Alpha Malachon Vier erinnerte. Er erweckte nicht den Eindruck, in großer Bedrängnis zu sein.

Der Klingone wandte sich einem weiteren Angreifer zu, der hinter den Resten eines Altars zum Vorschein kam. Dieser Gegner war breiter und gedrungener als der erste, hatte schwarz und gelb gemusterte Haut sowie obsidianschwarze Augen. Er holte mit einem Streitkolben aus, und Worf wehrte den Hieb ab.

Sie rangen miteinander, und der Klingone knurrte vor Anstrengung, als er die Oberhand zu gewinnen versuchte. Er roch den stinkenden Atem seines Widersachers und hörte, wie die Aasvögel noch lauter krächzten. Das Blut rauschte ihm in den Ohren, und die Flammen des Kriegers loderten noch höher und heißer in seinem Innern.

Er spannte die Muskeln und stieß das Geschöpf zurück, weit genug, um die Waffe zu heben. Die Kugel traf den Kopf, und das Wesen taumelte benommen, verlor das Gleichgewicht und fiel in eine der dampfenden Gruben. Es brüllte schmerzerfüllt und versuchte, wieder nach oben zu klettern, doch kurz darauf erlag es der Agonie.

Worf gab einen triumphierenden Schrei von sich und hörte, wie er sich mit dem Grollen des Firmaments vereinte.

Unmittelbar im Anschluß daran duckte er sich, zur Verteidigung bereit. Einmal mehr sah er zum Daa'Vit: Captain Morgen trat nicht gegen einen Feind an, sondern gleich gegen zwei. Ein breites Grinsen zeigte sich in seinem kantigen Gesicht, und Blut tropfte von der *Ka'yun*.

Als er Worfs Blick spürte, wirbelte er um die eigene Achse und starrte ihn an. Einige Sekunden lang standen sie auf diese Weise, und jeder von ihnen versuchte, Instinkte unter Kontrolle zu halten, die einen Angriff verlangten. Eine andere Art von Kampf fand nun statt: Leidenschaft gegen Intellekt; Gefühl gegen Rationalität.

Die kritischen Augenblicke verstrichen, und den Sieg errang die Vernunft der beiden Starfleet-Offiziere.

»Ausgezeichnet«, sagte der Daa'Vit. Seine gelben Augen leuchteten. »Es war sogar noch besser, als ich dachte und hoffte.«

Worf bestätigte das Kompliment mit einem Nicken.

In der Umgebung kam es zu einer abrupten Veränderung. Die Leichen der Gegner verschwanden, schienen überhaupt nie existiert zu haben.

Morgen sah den Sicherheitsoffizier der *Enterprise* an. »Haben Sie noch eine Überraschung für mich parat, Worf?«

Der Klingone schüttelte den Kopf. Dies gehörte nicht zum Programm – es hätte mit dem ›Tod‹ des letzten Gegners enden müssen.

»Hier stimmt was nicht«, sagte er.

Er bekam keine Gelegenheit, eine Erklärung hinzuzufügen. Ein pelziges Geschöpf sprang von einer Göttersäule, so wie zuvor. Worf wich zurück und sah einen weiteren Gegner, der an einem qualmenden Loch vorbeiging und sich zielstrebig näherte. Das Gesicht war fleischlos, präsentierte bleiche Knochen – eine holographische Projektion, die aus einer früheren Programmversion stammte. Ein dritter Kontrahent erschien, ein Bandalik, der sich durch die Lücke zwischen zwei Mauerresten schob, knurrte und seine Keule hob.

Es geschah alles viel zu schnell. Es handelte sich nicht mehr um Stufe zwei – die Simulation konfrontierte Worf und seinen Partner jetzt mit einem weitaus größeren Schwierigkeitsgrad.

So etwas habe ich überhaupt nicht programmiert, dachte der Klingone.

»Was ist los?« fragte Morgen, der sich einer zweiten Gruppe von Angreifern gegenübersah.

»Ich weiß es nicht«, erwiderte Worf. Er wollte den Daa'Vit auf keinen Fall in Gefahr bringen, indem er ihn einem Szenario aussetzte, das zu gefährlich für ihn sein mochte. *Und vielleicht auch zu gefährlich für mich,* fügte er in Gedanken hinzu.

»Programm beenden«, wies er den Computer an.

Es änderte sich nichts. Die Wesen näherten sich auch weiterhin.

»Programm beenden!« rief der Sicherheitsoffizier.

Keine Reaktion.

Morgen fluchte. Worf hörte, wie zwei Klingen aneinanderprallten, gefolgt von lautem Schnaufen und einem neuerlichen Klirren.

Der Klingone fletschte wütend die Zähne und begriff: Jetzt hörte der Spaß auf. Irgend etwas war mit dem Holo-Deck geschehen; der Computer nahm keine Anweisungen mehr entgegen.

Als er sich dieser Erkenntnis stellte, holte Knochengesicht mit einer Axt aus, ganz offensichtlich in der Absicht, Worf zu enthaupten. Der klingonische Sicherheitsoffizier duckte sich, rammte dem Wesen die Metallkugel an die Brust, wirbelte herum und holte erneut mit dem *Laks'mar* aus.

Er traf das Ziel: Der Bandalik taumelte zurück. Allerdings ... Das pelzige Wesen war jetzt so nahe herangekommen, daß Worf nicht mehr seine Waffe benutzen konnte.

Er hob den Stab, um einen Sekundenbruchteil zu spät. Die Klinge des Pelzigen zerriß den Stoff des Uniformpullis, und Schmerz entflammte im Klingonen. Unmittelbar darauf rann ihm warme Flüssigkeit über die harten Muskeln in der Magengrube – sein eigenes Blut.

Zum zweiten Mal bohrte sich der spitze Haken in den Leib des Pelzigen, und dadurch sank er zu Boden. Aber bevor sich Worf umdrehen konnte, um einen anderen Gegner abzuwehren ...

Etwas traf ihn am Rücken, und zwar mit ziemlicher Wucht. Er biß die Zähne zusammen, um keinen schmerzerfüllten Schrei auszustoßen, gab sich alle Mühe, auf den Beinen zu bleiben. Doch ein zweiter Schlag raubte ihm das Gleichgewicht.

Er fiel und fand sich in unmittelbarer Nähe einer dampfenden Grube wieder. Einen Sekundenbruchteil später hockte Knochengesicht auf ihm und holte mit der Axt zum tödlichen Hieb aus. Worf hatte den Stab verloren und trachtete danach, die Benommenheit abzustreifen, als er nach den Armen des Gegners griff, um sie festzuhalten.

Es klappte – aber nur für kurze Zeit. Dann machte sich der Positionsvorteil des Gegners bemerkbar.

Knochengesicht grinste, als seine Axt der Kehle des Klingonen immer näher kam. Hinter ihm warteten das pelzige Wesen und der Bandalik darauf, Worf in Stücke zu reißen, falls die Gestalt mit dem Totenschädel versagte ...

O'Brien hatte Pech: Resnick war nicht zu Hause. Er stellte eine Interkom-Verbindung zu ihr her.

»Du *hast* mich doch eingeladen, nicht wahr?« fragte er. »Oder habe ich es nur geträumt?«

Resnick fluchte leise. »Oh, es tut mir leid, Miles.« Sie entschuldigte sich mit dem Hinweis, daß sie zusätzlichen Dienst in der Sicherheitsabteilung leisten mußte und die Verabredung dadurch ganz vergessen hatte.

»Ich verstehe«, sagte er. »Nun, ich sollte mich besser nach einer anderen Möglichkeit umsehen, mir die Zeit zu vertreiben.«

O'Brien kehrte durch den Korridor zurück, näherte sich erneut den Holo-Decks – und ging langsamer. Er dachte an das Programm, das einen Dublin-Pub simulierte, stellte sich vor, ein wenig mit dem alten James zu plaudern. Warum nicht? Er verharrte, um festzustellen, ob Holo-Deck Eins noch immer benutzt wurde. Dabei fiel ihm der neue Schwierigkeitsgrad bei Worfs Szenario auf: Stufe drei.

»Hm«, murmelte er und klopfte erneut auf seinen Insignienkommunikator. »O'Brien an Commander Riker.«

Fast sofort tönte die Stimme des Ersten Offiziers aus dem Lautsprecher des kleinen Kom-Geräts. »Hier Riker.«

»Ich weiß, daß es mich eigentlich nichts angeht, Sir, aber vor einigen Minuten habe ich gesehen, wie Lieutenant Worf und Captain Morgen gemeinsam das Holo-Deck betraten – als aktives Szenario wählte unser Sicherheitsoffizier sein ›Gymnastik-Programm‹. Als ich eben einen Blick auf das Statusdisplay warf... Es zeigt einen Schwierigkeitsgrad der Stufe drei an.«

»Stufe drei?« entfuhr es Riker. »Unterbrechen Sie das Programm, O'Brien! *Sofort!*«

Die heftige Reaktion des Ersten Offiziers verblüffte den Chefingenieur, doch er erholte sich sofort von seiner Überraschung, drehte sich ruckartig um und betätigte eine Taste – sie wies den Computer an, die aktuelle Programmausführung zu unterbrechen.

Nichts geschah, und die Bildschirmanzeigen bestätigten: Das Szenario blieb aktiv.

»Es funktioniert nicht, Commander«, meldete O'Brien. Ein zweites Mal versuchte er, das Programm zu beenden – ebenfalls ohne Erfolg. »Die Simulation läßt sich nicht desaktivieren.«

»Verdammt!« fluchte der Erste Offizier. »Riker an Brücke...«

Mehr hörte Miles nicht. Kurze Zeit später erloschen die Leuchtkörper im Bereich der Holo-Decks, und das leise Summen des Belüftungssystems wich Stille.

»O'Brien?« fragte Riker.

»Aye, Sir?«

»Wir haben die Energieversorgung von Deck elf unterbrochen. Hören Sie etwas im Innern der Holo-Kammer?«

O'Brien lauschte, und tief in ihm krampfte sich etwas zusammen.

»Nein, Commander.«

Ein neuerlicher Fluch. »Versuchen Sie, die Tür zu öffnen, Chief. Ich habe eine Sicherheitsgruppe verständigt, die gleich bei Ihnen eintreffen wird.«

Das Schott des Holo-Decks bestand aus zwei Hälften, und O'Brien bemühte sich, die Finger in den winzigen Spalt zwischen ihnen zu schieben. Er wußte natürlich, daß er die Tür unmöglich öffnen konnte – ohne die Energieversorgung war das Versiegelungssystem nicht mehr aktiv, doch die Massenträgheit blieb unverändert –, aber er versuchte es trotzdem.

Als die Sicherheitswächter kamen, war es ihm gelungen, den Spalt um einige Zentimeter zu erweitern. Andere Hände gesellten sich seinen eigenen hinzu, und er sah ein vertrautes Gesicht.

»Fern«, schnaufte er.

Resnick lächelte grimmig. »Hast du irgendeine Ahnung, was hier passiert ist?«

Miles schüttelte den Kopf. »Ich weiß nur, daß Lieutenant Worf und Captain Morgen da drin sind. Und ich befürchte, ihnen droht Gefahr.«

O'Brien, Resnick und die übrigen Sicherheitswächter bemühten sich gemeinsam, die Tür zu öffnen, doch das Schott leistete hartnäckigen Widerstand.

»Bitte treten Sie zurück«, sagte der Leiter des Sicherheitsteams, ein Mann namens Burke. Er wartete, bis sich Miles und die anderen auf sichere Entfernung zurückgezogen hatten. Dann zog er den Phaser, veränderte die Justierung der Waffe, zielte aufs Schott und drückte ab.

Ein blauer Strahl kochte übers Metall und verdampfte das Duranium. Dampf wogte durch den Korridor, und es roch verbrannt. Schließlich ließ Burke den Strahler sinken und schob sich an glühenden Metallresten vorbei

Resnick folgte ihm dichtauf. Und O'Brien folgte Resnick.

Ohne Energie bot die Holo-Kammer nur ihr gelbschwarzes Gittermuster dar. Zwei Personen standen in der Mitte des Raums und bluteten aus mehreren Wunden.

Worf keuchte und lehnte Resnicks Angebot ab, ihn zu stützen. »Kümmern Sie sich um Captain Morgen«, brachte er hervor.

Zwei Sicherheitswächter näherten sich dem Daa'Vit. »Ich benötige keine Hilfe«, behauptete Morgen – und sank prompt auf die Knie.

Burke klopfte auf seinen Insignienkommunikator. »Krankenstation. Schicken Sie jemanden zum Holo-Deck Eins. Wir haben hier zwei Verletzte: einen Klingonen und einen Daa'Vit. *Beeilen Sie sich!*«

KAPITEL 7

»Es geht mir gut«, knurrte Worf.

»Das freut mich für Sie«, erwiderte Dr. Crusher. Mit einem medizinischen Tricorder überprüfte sie die Synthohaut am Rücken des Sicherheitsoffiziers. Sie haftete gleichmäßig an allen Stellen. *Einmal mehr hast du gute Arbeit geleistet,* dachte Beverly zufrieden.

»Dies alles ist wirklich nicht erforderlich, Doktor.«

Über die Schulter hinweg sah sie zu Morgen. »Noch jemand, der sich beschwert.«

Der Daa'Vit schüttelte mißbilligend den Kopf. »Warum glauben Medo-Offiziere immer, es übertreiben zu müssen?«

»Sie sind viel zu vorsichtig«, fügte der Klingone hinzu.

»Ja«, bestätigte der Daa'Vit. »Nichts für ungut, Doktor, aber Krankenstationen bilden einen Aspekt von Starfleet, den ich *nicht* vermissen werde.«

Beverly lachte leise. »Wenn man Sie hört... Man könnte glauben, Sie hielten sich schon seit Tagen hier auf. In Wirklichkeit sind es nur zwei Stunden.« Sie beendete Worfs Untersuchung und trat zu Morgens Biobett.

»Zwei Stunden zuviel«, klagte der Daa'Vit, als Dr. Crusher ihm den Tricorder ans Bein hielt. Die dortige Fleischwunde war sehr tief gewesen, aber sie heilte nun ohne irgendwelche Anzeichen einer Infektion. »Inzwischen dürfte klar sein, daß keine weiteren Behandlungen mehr nötig sind.«

»Mir ist vor allem klar, daß Sie nichts von Medizin

verstehen«, entgegnete die Ärztin. »Oder Sie leugnen ganz bewußt die Realität.« Sie richtete die Sensoren des Tricorders auf Morgens Seite – eine Klinge hatte ihn dort getroffen. »Sie mögen sich gut fühlen, aber das bedeutet noch lange nicht, daß es Ihnen auch gut-*geht*. Schmerzstillende Mittel, Antibiotika, Heilungsstimulanzien... Das zerrt an den Kräften. Insbesondere jene Mittel, die eine Rekonvaleszenz stimulieren: Wie ein Schwamm saugen sie Nährstoffe auf und lassen für die übrigen Funktionen des Körpers gerade genug übrig. Nur *ein wenig* zuviel physische Aktivität, und Sie liegen plötzlich auf dem Rücken. Dann sind Sie nicht einmal mehr imstande, sich an der Nase zu kratzen.«

Worf schnaubte verächtlich. »Sie unterschätzen die klingonische Konstitution, Doktor.« Er sah zu Morgen. »Und vielleicht auch die der Daa'Vit.«

Morgen runzelte die Stirn, als Beverly seine Brustverletzungen untersuchte. »Ich stimme dem Sicherheitsoffizier zu. Daa'Vit – und Klingonen – sind widerstandsfähiger, als Sie vielleicht glauben.«

Dr. Crusher stellte fest, daß es an Morgens Heilungsfortschritten nichts auszusetzen gab. Sie schaltete den Tricorder aus und legte ihn beiseite. »Ich unterschätze überhaupt nichts«, sagte sie. »Worf sollte das eigentlich wissen; immerhin behandle ich ihn schon seit Jahren. Mit *derartigen* Verletzungen bei ihm bekam ich es nun zum erstenmal zu tun, aber ich kenne die klingonische Biologie. Nun, wenn Sie sagen, daß Sie der erste Daa'Vit in meiner Krankenstation sind, so muß ich Ihnen recht geben. Wie dem auch sei: Ich habe viel über die physiologischen und metabolischen Besonderheiten Ihres Volkes gelesen.«

»Theorie und Praxis sind zwei verschiedene Dinge«, wandte Morgen ein.

»Zweifellos«, pflichtete ihm die Ärztin bei. »Deshalb hielt ich es für angebracht, mit einem gewissen Dr.

Carter Greyhorse zu sprechen. Kennen Sie ihn? Offenbar hat er Erfahrung in Hinsicht auf die Behandlung von Daa'Vit. Angesichts unserer friedlichen Mission haben wir natürlich nicht mit Problemen gerechnet, aber Dr. Greyhorse gab mir trotzdem detailliert Auskunft.«

Morgen kniff die Augen zusammen und sah zu Worf. »Eine Verschwörung.«

Der Klingone brummte. »Das ist die einzige Erklärung.«

Beverly nahm mit großem Interesse die veränderte Beziehung zwischen den beiden Männern zur Kenntnis. Natürlich wies sie nicht darauf hin – damit hätte sie vielleicht alles ruiniert.

Eine seltsame Art und Weise, sich näherzukommen, dachte die Ärztin. *Einige Minuten länger, und sie wären der Holo-Simulation zum Opfer gefallen.*

»Nun, ich muß jetzt gehen«, sagte sie. »Der Captain erwartet die Senior-Offizier zu einer Besprechung, und Sie können sich bestimmt vorstellen, worum es dabei geht.«

Worf rutschte vom Biobett. »Ich muß an der Konferenz teilnehmen.«

»Auf keinen Fall«, widersprach Beverly. »Sie bleiben hier. Das ist ein Befehl.«

»Ich leite die Sicherheitsabteilung dieses Schiffes. Und bei dem Zwischenfall handelt es sich ganz offensichtlich um ein Sicherheitsproblem.«

»Das spielt keine Rolle.« Dr. Crusher sah zu Morgen. »Was Sie betrifft... Es ist mir völlig gleichgültig, daß Sie bald das Regierungsoberhaupt der Daa'Vit-Konföderation sind. Niemand von Ihnen verläßt die Krankenstation, bevor ich ausdrücklich die Erlaubnis dazu erteile. Verstanden?«

Worf und Morgen gaben keine Antwort – zumindest keine verbale. Doch als Beverly Crusher aufbrach, um zusammen mit den übrigen Offizieren die Situation zu erörtern, machten die beiden Patienten keine Anstalten, ihr zu folgen.

Picard betrat das Konferenzzimmer als erster. Eine fast unnatürliche Stille herrschte in dem Raum. Jenseits der breiten Panoramafenster leuchteten die Sterne – stumme Zeugen der Besorgnis, die den Captain erfaßt hatte.

Er schritt zum langen Konferenztisch, nahm Platz und blickte auf die glänzende Oberfläche. Ein jähes, in seiner Intensität schier überwältigendes Déjà-vu-Gefühl stellte sich ein. Picard glaubte zu spüren, wie sich die Last der Jahre verringerte, wie das Zimmer um ihn herum schrumpfte. Gesichter erschienen: Ben Zoma, Simenon, Greyhorse, Idun, Mops Joseph – und natürlich Jack Crusher.

»Ist mit Fähnrich Morgen alles in Ordnung, Doktor?«

»Ja«, erwiderte Greyhorse. »Er hat nur einen leichten Schock erlitten.«

»Und Lieutenant Asmund?« fragte Jack.

Picard sah, wie sich Idun versteifte, als ihre Schwester erwähnt wurde. Ansonsten ließ sie sich nichts anmerken.

»Ebenso, Captain. Sie wird überleben, um wegen des Mordanschlags auf Morgen vor Gericht gestellt zu werden.«

»Gut. Es freut mich, daß sie Gelegenheit haben wird, für ihre Tat zu büßen.«

Picard wählte seine Worte mit besonderer Vorsicht – Gerda hatte das Verbrechen begangen, nicht ihre Zwillingsschwester.

»Zwei meiner Leute überwachen sie rund um die Uhr«, sagte Joseph. Er sah zu Greyhorse. »Der Doktor ist nicht begeistert davon, aber ich habe mich dabei auf Ihre Anweisungen berufen, Captain.«

Picard nickte. »In Ordnung.«

»Was ist mit den Klingonen?« fragte Simenon.

»Die Victorious *und die* Berlin *sind nur noch wenige*

Stunden entfernt«, antwortete Ben Zoma. »Sie werden die Tagh'rat *zur klingonischen Grenze eskortieren, und von dort an ist es eine imperiale Angelegenheit. Nun, der Imperator ließ bereits durchblicken, daß er sehr streng mit der Splittergruppe verfahren wird. Ihm liegt ebensoviel an dem Vertrag wie uns.«*

»Ein verdammtes Durcheinander«, kommentierte Greyhorse.

»Es hätte schlimmer kommen können«, sagte Jack. »Wenn Gerda erfolgreich gewesen wäre ...«

Der Gnalisch nickte. »In der Tat.«

Plötzlich stand Joseph auf. »Sir ...« Er wandte sich an Picard. »Ich übernehme die volle Verantwortung für den Zwischenfall. Wenn es zu negativen Konsequenzen kommt ...«

Der Captain unterbrach den Sicherheitsoffizier. »Wir alle übernehmen die Verantwortung.«

Joseph schwieg einige Sekunden lang und ließ den Kopf hängen. Als er erneut sprach, klang seine Stimme leiser und sanfter. »Ich begreife einfach nicht, wie so etwas geschehen konnte ...«

»... wie so etwas geschehen konnte«, sagte jemand im Korridor.

Picard straffte die Schultern und sah, wie Riker und Data hereinkamen. Dünne Falten zeigten sich in der Stirn des Androiden.

»Es ist tatsächlich extrem unwahrscheinlich«, erwiderte er.

»Was meinen Sie?« fragte der Captain.

Riker und Data sahen ihn an.

»Was auch immer in der Holo-Kammer geschah ...« Der Erste Offizier zögerte kurz. »Es kann wohl kaum Zufall – ein Unglück oder dergleichen – gewesen sein.«

Data nickte und wählte einen Platz an der Seite des Tisches. »Das stimmt, Sir. Es ist durchaus denkbar, daß Lieutenant Worf bei der Aktivierung des Holo-Decks irrtümlicherweise eine Sequenz wählte, die dafür sorgte, daß Stufe drei automatisch dem zweiten Schwierigkeitsgrad folgte. Aber er kann den Computer nicht unabsichtlich angewiesen haben, nach Beginn der Simulation verbale Anweisungen zu ignorieren. Die allgemeinen Steuerungsprogramme enthalten einen Sicherheitscode, der dazu dient, fatale Unfälle zu vermeiden, und entsprechende Modifikationen sind sehr schwer durchzuführen.«

Riker ließ sich wie üblich in den Sessel links von Picard sinken. »Vielleicht kam es zu einer Fehlfunktion – aber Sie wissen ja, wie selten solche Defekte sind. Die Technik der Holo-Decks wird regelmäßig überprüft, und bei den letzten Kontrollen war alles in bester Ordnung.«

Dr. Crusher, Counselor Troi und Commander LaForge kamen herein. Geordi hielt etwas in der Hand.

»Außerdem könnte selbst eine Fehlfunktion nicht erklären, warum sich Chief O'Brien außerstande sah, die Programmausführung zu unterbrechen«, fügte der Androide hinzu. »Das Terminal im Korridor verwendet völlig andere Schaltkreise.«

»Mit anderen Worten ...«, sagte der Erste Offizier. »*Beide* Schaltkreissysteme müßten *gleichzeitig* ausfallen. Die Wahrscheinlichkeit dafür ist praktisch gleich Null.«

»Ja«, bestätigte Data. »Damit bleibt nur noch eine Möglichkeit ...«

»Jemand hat an den Kontrollsystemen des ersten Holo-Decks herumgepfuscht.« Geordi warf ein Bündel auf den Tisch. Es rutschte dreißig oder vierzig Zentimeter weit, bevor es liegenblieb. »Genau das ist geschehen.« Als Deanna Troi und Beverly Crusher Platz nahmen, deutete er auf das Durcheinander aus Drähten und kleinen schwarzen Kästen. »Da ist der Beweis. Das haben wir hinter einer Verkleidungsplatte gefunden.«

Picard griff nach dem Bündel und betrachtete es von allen Seiten. »Sieht ziemlich kompliziert aus«, sagte er.

»Der Eindruck täuscht nicht«, meinte LaForge. »Eine sehr raffinierte Vorrichtung. Und sie besteht aus Teilen, die man überall an Bord finden kann.«

»Natürlich.« Riker nickte. »Ein solches Manipulationsgerät wäre beim Retransfer im Transporterraum aufgefallen. Woraus folgt: Es entstand erst hier, auf der *Enterprise*.«

»Offenbar hat es jemand auf Morgen abgesehen«, warf Troi ein. »Oder auf Worf. Oder auf sie beide.«

Der Captain spürte, wie ein Wangenmuskel zu zukken begann. Er versuchte, ihn wieder unter Kontrolle zu bringen.

Riker runzelte die Stirn. »Man trachtete Morgen schon einmal nach dem Leben. An Bord der *Stargazer*.«

Beverly wandte sich an Picard. »Aber seitdem sind zwanzig Jahre vergangen. Und die Attentäterin wurde gefaßt, bevor sie ihre Mordpläne verwirklichen konnte, nicht wahr?«

Picard nickte. »Man hat Gerda Asmund damals des versuchten Mordes für schuldig befunden und der Rehabilitierungskolonie auf Anjelica Sieben überantwortet. Nach elf Jahren gelangten die zuständigen Stellen zu dem Schluß, sie sei reif, in die freie Gesellschaft zurückzukehren.« Er seufzte. »Kurze Zeit später starb sie an Bord eines Frachters, der nach Alpha Palemon flog. Das Schiff passierte einen Meteoritenschwarm, und plötzlich versagten die Deflektoren. Gerda arbeitete in der Frachtkammer. Dort kam es zu einem Leck – es kostete ihr und sieben anderen Besatzungsmitgliedern das Leben.«

»Und ihre Leiche?« fragte Riker.

»Wurde nie gefunden«, antwortete der Captain.

»Also könnte sie noch leben«, spekulierte Geordi.

»Ich bezweifle es«, sagte Picard. »Es fehlten keine

Schutzanzüge. Alle Shuttles und Rettungskapseln blieben an Bord.«

»Trotzdem ...«, beharrte der Chefingenieur.

Dr. Crusher beugte sich vor. »Captain ... Wie sehr ähnelten sich Idun und Gerda?«

Picard wußte, worauf Beverly hinauswollte. Die Vorstellung allein genügte, um ihn innerlich schaudern zu lassen.

»Sie waren praktisch identisch«, erwiderte er. »Ich konnte sie damals nur voneinander unterscheiden, weil ich *wußte,* daß Idun die Pflichten des Steuermanns wahrnahm, während Gerda die Navigationskontrollen bediente.« Er schüttelte den Kopf. »Nein, ich halte Ihre Vermutung für zu phantastisch.« Er sah Troi an. »Counselor ... Gibt es Ihrer Ansicht nach irgendwelche Hinweise darauf, daß Idun nicht ist, was sie zu sein scheint?«

»Nein, eigentlich nicht. Ich spüre nur jene Ambiguitäten, die man von einem Menschen erwarten kann, der bei Klingonen aufwuchs.« Sie legte eine kurze Pause ein. »Obgleich ich zugeben muß, daß es mir in Hinsicht auf die besondere Struktur von Iduns Bewußtsein an Erfahrung mangelt. In ihrem Selbst existieren von eiserner mentaler Disziplin geschaffene Barrieren, die mich daran hindern, alle Emotionen zu sondieren.«

»Was ist mit dem Transporter?« fragte Geordi. »Die Speichermodule müßten doch die Daten des Bio-Profils enthalten, oder? Wenn wir sie mit den Aufzeichnungen in den elektronischen ID-Akten vergleichen ...«

»Dadurch bekommen wir keine schlüssigen Beweise«, wandte Beverly Crusher ein. »Bei eineiigen Zwillingen ist es durchaus möglich, daß die Bio-Profile keine Unterschiede aufweisen. Für uns bedeutet das: Auf diese Weise können wir nicht feststellen, ob sich Gerda anstelle ihrer Schwester an Bord gebeamt hat.«

»Sie hatten tatsächlich das gleiche Bio-Profil«, sagte Picard langsam. »Ich erinnere mich daran.«

»Und Idun hielt sich lange genug in Starbase 81 auf, um Gerda in ihre Rolle schlüpfen zu lassen.« Riker dachte nach. »Aber ich muß dem Captain zustimmen. Das alles klingt viel zu phantastisch. Und wir übersehen dabei, daß auch *Idun* ein Motiv haben könnte.«

»Meinen Sie Rache?« fragte Troi. Zwar teilten sie und Riker eine gemeinsame Vergangenheit, aber bei offiziellen Anlässe siezte sie den Ersten Offizier immer. »Vergeltung für das, was mit ihrer Schwester geschah?«

»Damit wären es sogar *zwei* Motive«, sagte Riker. »Ich dachte eher an die Absicht, Gerdas Mission zu einem erfolgreichen Ende zu bringen.«

»Warum denn, Nummer Eins?« erkundigte sich Picard verwundert.

»Aus dem gleichen Grund wie damals«, erklärte Riker. »Um den interstellaren Völkerbund und die Daa'Vit-Konföderation zu entzweien. Um den Klingonen die Peinlichkeit zu ersparen, am gleichen Konferenztisch zu sitzen wie ihre alten Feinde. Um dieses Ziel zu erreichen, kann man sich eigentlich gar keinen besser geeigneten Zeitpunkt vorstellen – immerhin schickt sich Morgen an, Anspruch auf den Thron von Daa'V zu erheben. Durch seine Ermordung käme es zu einem interstellaren politischen Erdbeben. Die Daa'Vit würden die diplomatischen Beziehungen zur Föderation abbrechen, und gleichzeitig müßten sie selbst mit einer Phase extremer Instabilität rechnen.«

Der Captain schüttelte einmal mehr den Kopf. »Idun Asmund hat Starfleet mehr als zwei Jahrzehnte lang ausgezeichnete Dienste geleistet. Nie gab sie Anlaß, daß an ihrer Loyalität gezweifelt werden müsse.« Er atmete tief durch. »Nach Gerdas Mordanschlag auf Morgen hielt ich es für die größte aller denkbaren Ungerechtigkeiten, Idun für das Verbrechen ihrer Schwester zu bestrafen. Dieser Meinung bin ich auch heute noch. Wenn es deutliche Anhaltspunkte dafür gibt, daß sie Schuld auf sich geladen hat... In Ordnung. Aber ich schlage vor, bis dahin verurteilen wir sie nicht aufgrund der Taten ihrer Zwillingsschwester.«

»Na schön«, sagte Riker. »Was ist mit den anderen?«

Die am Tisch sitzenden Personen wechselten stumme Blicke. Es fiel ihnen alles andere als leicht, Offizierskollegen für Mordverdächtige zu halten; in diesem Fall handelte es sich auch noch um die allseits beliebten und verehrten Überlebenden der *Stargazer*. Picard wußte genau, was seine Begleiter empfanden – auch ihm widerstrebte es, derartige Vorwürfe gegen seine Freunde zu erheben.

Andererseits... Jemand hatte an Bord seines Schiffes ein Verbrechen begangen und versucht, zwei Offiziere umzubringen. Diesen Umstand konnte er nicht einfach ignorieren.

»Commander Riker hat eine Frage gestellt«, sagte der Captain. »Ich möchte Antworten.« Er wandte sich zuerst an Troi. »Counselor?«

Die Betazoidin seufzte. »Mr. Joseph ist kein sehr glücklicher Mann, Sir. Sein Fühlen wird von Verbitterung und Zorn bestimmt.«

»Weil seine berufliche Laufbahn in eine Sackgasse geriet?« vermutete Picard.

Deanna nickte. »Das nehme ich an.«

»Glauben Sie, daß er verbittert und zornig genug ist, um das Holo-Deck manipuliert zu haben?«

»Schwer zu sagen. Ich glaube nicht, daß Joseph irgendeinen Groll gegen Morgen hegt. Er scheint in erster Linie auf Commander Cadwallader sauer zu sein.«

»Morgen nahm in der damaligen Kommandohierarchie einen Platz *unter* Joseph ein«, sagte Riker. »Ebenso wie Cadwallader.«

»Und Irrationalität könnte dazu führen, daß man ziellos um sich schlägt«, fügte Beverly Crusher hinzu.

Troi schüttelte den Kopf. »Joseph ist nicht irrational – zumindest fehlen bei ihm entsprechende mentale Symptome. Dafür brodelt *Wut* in seinem Innern – eine Wut, die er manchmal kaum mehr unter Kontrolle halten kann.«

Riker deutete zu dem Durcheinander aus Drähten und kleinen kastenförmigen Schaltmodulen. »Hat er genug Fachkenntnisse, um so etwas zusammenzubasteln?«

»Er ist kein Techniker oder Ingenieur, wenn Sie das meinen, Nummer Eins«, erwiderte Picard. »Aber als Leiter einer Sicherheitsabteilung dürfte er ziemlich gut über die Bordsysteme eines Raumschiffs Bescheid wissen.«

»Auch Greyhorse kennt sich mit Technik aus«, meinte Dr. Crusher und zuckte wie entschuldigend mit den Achseln.

Ganz offensichtlich glaubte sie nicht, daß Greyhorse als Täter in Frage kam. Nun, der Captain konnte es ihr kaum verdenken.

»Und Simenon?« fragte Data, der schon seit einer ganzen Weile schwieg. *Kein Wunder,* dachte Picard. *Auf dem Gebiet der Motivation ist der Androide sicher kein Experte.*

»Den notwendigen Sachverstand hat er sicher«, sagte Troi. »Aber ein Motiv ...«

»Der Gnalisch und Morgen sind nicht gerade die besten Freunde«, überlegte Beverly laut. »Jack brachte mehrmals sein Unbehagen in bezug auf die Zusammenarbeit von zwei so unterschiedlichen Personen zum Ausdruck.«

Der Captain musterte die Ärztin. Seit die ehemaligen Offiziere der *Stargazer* an Bord gekommen waren, hatte sie es vermieden, den Namen ihres verstorbenen Mannes zu erwähnen – bis jetzt.

»Stimmt«, bestätigte er. »Wir sollten jedoch daran denken, daß es zwischen den Gnalisch und Daa'Vit nie zu einer direkten Konfrontation kam – das hat die Föderation verhindert. Für Jacks Unbehagen gab es nie eine konkrete Grundlage. Ganz im Gegenteil: Morgen und Simenon brachten sich immer großen Respekt entgegen.«

»Vielleicht sollten wir einmal den Daa'Vit-Aspekt unter die Lupe nehmen«, regte Riker an. »Wir wissen, daß Morgen auf seinem Heimatplaneten politische Gegner hat. Würden sie sich dazu hinreißen lassen, einen Killer zu engagieren?«

Picard überlegte. »Es ist nicht auszuschließen«, räumte er ein. »Außerdem leben Daa'Vit auf vielen verschiedenen Welten – jeder unserer Gäste könnte Kontakte zu jemandem vom Planeten Daa'V unterhalten haben.«

Riker sah zum Interkom-Gitter in der Decke. »Computer: Ist jemand aus Captain Morgens Eskorte auf Daa'V gewesen?«

Die sanft modulierte Sprachprozessorstimme antwortete sofort. »Captain Ben Zoma, Commander Cadwallader und Sicherheitsoffizier Joseph flogen vor einem Jahr mit der *Lexington* nach Daa'V.«

»Zu welchem Zweck?« hakte der Erste Offizier nach.

»Sie brachten von der Daa'Vit-Regierung erbetene Arzneien.«

Picard nickte. *Mops Joseph hat Daa'V einen Besuch abgestattet,* dachte er und stellte sich die Situation vor. Verbitterung führte oft zu einer Schwächung der Willenskraft. Wenn sich dann auch noch der richtige Anreiz bot...

Nein. Wie in Iduns Fall lehnte es Jean-Luc ab, ein voreiliges Urteil zu fällen. An Bord der *Stargazer* war Mops ein zuverlässiger Gefährte gewesen; er verdiente Vertrauen.

Doch Picard mußte darauf achten, sich nicht von den eigenen Gefühlen Sand in die Augen streuen zu lassen. Er räusperte sich.

»Es fällt mir sehr schwer zu glauben, daß einer meiner früheren Offiziere fähig ist, jemanden zu ermorden«, sagte er. »Jedem von ihnen hätte ich ohne zu zögern mein Leben anvertraut – was ohne Einschränkungen auch für *Sie* gilt.« Der Captain betrachtete die Vorrichtung auf dem Tisch. »Aber wir müssen die Fakten als solche akzeptieren. Eine gefährliche Person befindet sich an Bord der *Enterprise,* und wir müssen sie so schnell wie möglich finden – bevor sie Gelegenheit erhält, noch einmal zuzuschlagen.«

»Ich kümmere mich um die notwendigen Sicherheitsmaßnahmen«, sagte Riker. »Wir lassen die ehemaligen *Stargazer*-Offiziere rund um die Uhr überwachen.«

»Einverstanden, Nummer Eins. Aber seien Sie diskret. Die Sicherheitswächter sollen nicht über die Angelegenheit sprechen, weder in der Öffentlichkeit noch unter sich.« Picard sah Geordi und Beverly an. »Die gleiche Order bekommt das medizinische und technische Personal. Ich möchte vermeiden, daß der Mörder irgendeinen Hinweis erhält.«

Der *Mörder*. In der *Enterprise* schien dieses Wort fehl am Platz zu sein.

»Counselor Troi ...« Der Captain wandte sich an die Betazoidin. »Behalten Sie unsere Gäste im Auge. Informieren Sie mich unverzüglich, wenn Sie etwas Verdächtiges wahrnehmen.«

Deanna nickte. »Aye, Sir.«

»Vielleicht müssen Sie bei dieser Angelegenheit eine aktive Rolle spielen, Counselor«, fuhr Picard fort. »Ich fürchte, uns bleibt nicht genug Zeit für eine passive Ermittlung.«

Troi nickte erneut.

Picard wandte sich an die Bordärztin. »Ich nehme an, Worf ist bald wieder auf den Beinen, oder?«

»Er und Morgen sollten bis morgen früh in der Krankenstation bleiben – falls sich irgendwelche Komplikationen ergeben. Anschließend gehören sie Ihnen. Ich schlage jedoch vor, daß sich Worf während der nächsten Tage schont, zumindest in körperlicher Hinsicht.«

Dagegen hatte der Captain nichts einzuwenden. Er brauchte vor allem die *Intelligenz* des Klingonen – seine Erfahrung in bezug auf den Schutz von Schiff und Besatzung.

»Nun gut«, sagte Picard. »Schicken Sie ihn morgen früh sofort zu mir.«

Das versprach ihm Beverly.

Morgen schüttelte den Kopf, während er im Bereitschaftsraum des Captains auf und ab marschierte. Dr. Crusher hatte gute Arbeit geleistet – man bemerkte das Hinken des Daa'Vit nur, wenn man danach Ausschau hielt. »Das ist völlig ausgeschlossen.«

Jean-Luc saß am Schreibtisch und runzelte die Stirn. »Es handelt sich um ein sehr vernünftiges Anliegen.«

»Ich sehe die Sache anders.«

»Ich bitte Sie nicht darum, sich in Ihrem Quartier einzuschließen; Sie sollen sich nur ein wenig rar machen.«

Der Daa'Vit musterte Picard. »Was ich hiermit strikt ablehne.«

»Verdammt, Morgen! Jemand hat versucht, Sie *umzubringen!*«

»Und deshalb verlangen Sie von mir, daß ich mich wie jemand verstecke, der Angst hat?« Er schnaubte verächtlich. »Das ist nicht die Art und Weise der Daa'Vit, mein Freund. Was Sie eigentlich wissen müßten.«

Picard holte tief Luft und ließ den Atem langsam entweichen. Er hatte doch nicht damit gerechnet, daß es einfach sein würde, oder?

»Sie könnten mir natürlich befehlen, daß ich mich in meine Unterkunft zurückziehe und sie nicht verlasse«, fuhr Morgen fort. »Als Captain dieses Schiffes haben Sie die dafür notwendige Autorität.« Er blieb stehen und bedachte Picard mit einem herausfordernden Blick. »Aber denken Sie daran: Sie würden das designierte Regierungsoberhaupt der Daa'Vit-Konföderation unter Arrest stellen.«

Der Captain beschloß, eine Konfrontation zu vermeiden. Wenn er Morgen verärgerte, schuf er nur zusätzliche Probleme, und die aktuelle Situation war bereits schwierig genug.

Glücklicherweise stand ihm eine andere, subtilere Möglichkeit offen.

»Das käme mir nie in den Sinn«, erwiderte er. »Nicht einmal dann, wenn Sie noch ein Fähnrich und zwanzig Jahre von der Krone entfernt wären.«

Morgen zögerte. »Ja«, sagte er schließlich. »Auch damals haben Sie mir nicht befohlen, in meiner Kabine zu bleiben.« Er neigte den Kopf ein wenig zur Seite. »Aber in jenem Fall war der Mörder bereits gefaßt, oder?«

»Niemand von uns konnte sicher sein, daß sich keine Komplizen an Bord befanden.« Picard stand auf und trat hinter dem Schreibtisch hervor. »Außerdem gab es auch noch das klingonische Schiff.« Er zuckte mit den Achseln. »Nun, damals ging es mir nicht nur um Ihr Wohlergehen, sondern auch um Ihre *Ausbildung*. Ich vertrat die Ansicht: Wenn Sie zu einem Starfleet-Offizier werden sollten, so mußte man Sie entsprechend behandeln.«

Morgen nickte. »Dafür danke ich Ihnen.«

»Gern geschehen«, entgegnete Picard. »Mein Vertrauen wurde belohnt – Starfleet bekam einen guten Offizier.« Er musterte den Daa'Vit. »Einen ausgezeichneten Captain.« Er zögerte kurz. »Der sich inzwischen in einen Würdenträger verwandelte.«

»Wie bitte?« Morgen kniff die Augen zusammen.

Picard lächelte. »Geben Sie es ruhig zu. Im Grunde haben Sie bereits die Nachfolge Ihres Vaters angetreten und den Status des Starfleet-Offiziers hinter sich zurückgelassen – es fehlt nur noch die offizielle Bestätigung.« Er breitete die Arme aus. »Glauben Sie mir nicht? Erinnern Sie sich an Ihren Hinweis von vorhin? Sie bezeichneten sich selbst als designiertes Regierungsoberhaupt.«

Morgen richtete einen erschrockenen Blick auf den Captain der *Enterprise*. »Nein«, sagte er schließlich. »Ich habe es nicht ernst gemeint. Der Ärger … Bei den Göttern! Ich kriege eine Gänsehaut bei dem Gedanken, ein *Würdenträger* zu sein.« Er verzog das Gesicht.

»Warum?« fragte Picard. »Weil Würdenträger in dem Ruf stehen, nicht annähernd so vernünftig zu sein wie ein Captain? Weil sie darauf bestehen, ihr Leben ohne einen triftigen Grund zu riskieren?« Er nickte. »Ja, da haben Sie völlig recht. So etwas könnte man *Ihnen* gewiß nicht vorwerfen.«

Morgen hob den Kopf, sah den älteren Mann an und wirkte plötzlich wie ein typischer Daa'Vit, dessen Wesen trotz eines langen Aufenthalts in der Föderation noch immer rauhe Kanten aufwies. Wie in Zeitlupe verzogen sich die Lippen zu einem widerstrebenden Lächeln. »Sie sind ein wahrer Meister, Sir. Ich bewundere Sie.« Er schüttelte anerkennend den Kopf. »Schon seit Jahren bin ich Captain der *Excalibur*, aber ich habe nie Ihre Fähigkeit entwickelt, den eigenen Standpunkt auf eine so nachdrückliche Weise zu vertreten.«

»Zum Glück«, kommentierte Picard. »Andernfalls wären Sie *völlig* unerträglich – so wie Ben Zoma.« Er schmunzelte kurz. »Sie sind also bereit, auf mein Anliegen einzugehen?«

Der Daa'Vit atmete tief durch. »Innerhalb gewisser Grenzen«, schränkte er ein. »Ich werde mich ›rar machen‹ – diesen Ausdruck haben Sie verwendet, nicht wahr?«

»Ja.«

»Aber wenn es zu weiteren Zwischenfällen kommt... Erwarten Sie nicht von mir, daß ich weglaufe. Ich bin durchaus imstande, mich in schwierigen Situationen zu behaupten.«

Daran zweifelte Picard nicht. »Einverstanden.«

KAPITEL 8

Troi wartete im Korridor vor Commander Asmunds Quartier. Sie wußte, daß jenseits der Tür ein akustisches Signal auf ihre Präsenz hinwies, und Asmund konnte es kaum überhören: Es erklang überall in der Unterkunft. Außerdem hatte der Computer die Anwesenheit der Frau bestätigt.

Natürlich konnte sie das Summen ignorieren und auf diese Weise zu verstehen geben, daß sie nicht gestört werden wollte. Darüber hinaus stand Asmund das Interkom für eine entsprechende Mitteilung zur Verfügung.

Deanna begann bereits, die erste Möglichkeit in Erwägung zu ziehen, als es plötzlich im Lautsprecher des Kom-Systems knackte. Eine Stimme ertönte, formulierte ein knappes »Herein«.

Die Tür öffnete sich und gab den Weg ins Gästequartier frei. Es war schlicht eingerichtet und ausgestattet – angesichts vieler Besucher mit recht unterschiedlichem Geschmack mußte vor allem vermieden werden, daß jemand Anstoß an der Art seiner Unterbringung nahm.

In manchen Fällen wurden die Kabinen ganz neu gestaltet: um Gesandte oder Botschafter fremder Völker zu beeindrucken und darauf hinzuweisen, daß die Föderation allen Kulturen Respekt entgegenbrachte. Bei den Gästen des Captains war eine derartige Sonderbehandlung nicht notwendig. Immerhin handelte es sich um Starfleet-Offiziere.

Die Betazoidin trat ein und sah sich um. Keine Spur von Asmund.

»Commander?« fragte sie höflich.

»Ich komme gleich«, erklang die Antwort aus dem zweiten Zimmer des kleinen Apartments.

Troi nickte und nahm auf einer blauen Couch Platz. Darüber hing ein Bild: die Reproduktion von Glosterers berühmter Studie ›Die Molekularstruktur bestimmter Aminosäuren‹. Deanna betrachtete die Darstellung eine Zeitlang, bewunderte die Feinheiten des Farbenspiels.

Gleichzeitig versuchte sie, nicht an die Ambivalenz ihrer derzeitigen Mission zu denken.

Einerseits galt ihre Tätigkeit jetzt genau den Dingen, mit denen sie sich als Bordcounselor befassen wollte: Es ging ihr darum, Personen mit Anpassungsproblemen zu helfen.

Asmunds Verhaltensmuster waren gewiß nicht ›normal‹ – ihre Reaktionen beim Bankett ließen keinen anderen Schluß zu.

Andererseits versuchte Deanna, einer Gefahr für das Schiff und die Crew auf den Grund zu gehen. Zwar gehörte auch das zu ihrer Arbeit, aber es war völlig neu für sie, im mentalen Kosmos von *Offizierskollegen* nach mörderischen Absichten zu suchen.

Des weiteren mußte sich Deanna der Erkenntnis stellen, daß Unehrlichkeit sie hierher begleitete. Angeblich kam sie als Counselor, doch das entsprach nur der halben Wahrheit; es steckte mehr hinter ihrem Besuch.

Dieser Umstand belastete sie. Von Natur aus war sie offen und ehrlich – Eigenschaften, auf denen ihre Tüchtigkeit als Counselor basierte. Wenn sie das Vertrauen eines Individuums gewinnen wollte, so mußte sie erst einmal beweisen, daß sie selbst vertrauenswürdig war.

Doch alles deutete darauf hin, daß sich ein Mörder

an Bord befand, und deshalb hatte Troi keine Einwände erhoben, als Picard sie bat, die Emotionen der Gäste zu sondieren. Sie hielt nun an ihrer Entschlossenheit fest, mehr herauszufinden.

»Counselor Troi...« Asmunds Stimme brachte Deanna ins Hier und Jetzt zurück. Die blonde Frau stand in der Tür des Schlafzimmers und trug einen eng anliegenden Starfleet-Coverall. Offenbar hatte sie gerade geduscht – das noch feuchte Haar war nach hinten gekämmt.

Die Betazoidin wollte aufstehen, doch Asmund winkte ab.

»Möchten Sie etwas zu trinken?« fragte sie.

Troi schüttelte den Kopf. »Nein, danke.«

Idun schritt zum Synthetisierer an der Wand. »Ich genehmige mir etwas, wenn Sie erlauben.«

»Selbstverständlich«, erwiderte Deanna.

Asmund betätigte mehrere Tasten, und wenige Sekunden später erschien im Ausgabefach ein kleines Tablett, das zwei Servietten und ein mit dunkler Flüssigkeit gefülltes Glas präsentierte.

Zuerst dachte Troi an ein klingonisches Getränk. Aber als sich Asmund vor der Couch auf einen hochlehnigen Stuhl setzte, nahm sie das charakteristische Aroma des Drinks wahr.

»Pflaumensaft«, sagte sie.

Idun nickte und strich eine feuchte blonde Locke zurück. »Sie sollten ihn mal probieren.« Sie trank einen Schluck, bevor sie Glas und Tablett auf den kleinen schwarzen Tisch zwischen Stuhl und Couch stellte.

»Vielleicht beherzige ich Ihren Rat«, entgegnete die Counselor und lächelte freundlich.

Sie musterten sich gegenseitig, und dabei gewann Troi den gleichen Eindruck wie vorher. Sie spürte verborgene Konflikte und Unsicherheiten. Asmund verwendete einen nicht unbeträchtlichen Teil ihrer geistigen Energie, um die Fassade eines Menschen zu wahren, während der Kern des Selbst zum Klingonischen tendierte.

Ein Spiegelbild von Worf, dachte Deanna nicht zum erstenmal. Der Sicherheitsoffizier versuchte, seine klingonische Abstammung mit dem menschlichen Kulturgut in Einklang zu bringen, und bei Asmund verhielt es sich genau umgekehrt.

Troi sah darin eine seltsame Symmetrie, eine fast poetisch anmutende Nebeneinanderstellung von Gegensätzen. Betazoidische Musiker hätten so etwas vor zwei Jahrhunderten *Aieannen baiannen* genannt: *Wind und Wasser.*

Aber Deanna war nicht wegen ästhetischer Beobachtungen hier. Sie vertiefte die empathische Sondierung und suchte nach den emotionalen Schatten, die bei Menschen normalerweise mit Falschheit einhergingen. Sie hätten einen deutlichen Hinweis auf Schuld geboten.

»Nun, Counselor ...«, begann Asmund. »Weshalb sind Sie gekommen?«

Die Betazoidin sah ihr tief in die Augen. »Sie haben ganz offensichtlich Probleme. Ich dachte ...«

»Sie dachten, mir helfen zu können?« unterbrach Idun die Besucherin.

Troi blieb gelassen. »Etwas in der Art, ja. Ich weiß, wie schmerzhaft es sein kann, wenn eine endlich geschlossene Wunde plötzlich wieder aufgerissen wird.«

»Glauben Sie, Counselor?« Idun sprach ruhig, ließ sich nichts anmerken. »Bei allem Respekt – ich bezweifle es.«

»Der Schein trügt oft«, erwiderte Deanna. »Auch ich hatte Kummer. Auch ich habe schmerzliche Verluste erlitten. Auch ich weiß, was innere Pein bedeutet.«

Ein oder zwei Sekunden lang dachte sie an Ian, und tiefe Schwermut erfüllte sie. Dann verdrängte sie diese Reminiszenzen und faßte sich wieder.

Asmund mußte in ihren Zügen etwas bemerkt haben, denn ihre Haltung änderte sich abrupt.

»Ich wollte Ihnen keineswegs zu nahe treten«, sagte sie. »Bitte verzeihen Sie.« Sie zuckte andeutungsweise mit den Schultern. »Schon zweimal habe ich ein solches Gespräch geführt – erst mit meinem gegenwärtigen Captain und dann mit Captain Picard. In beiden Fällen gelang es mir, mich davon zu überzeugen, daß meine Gesprächspartner recht hatten. Beide Male versuchte ich, den anderen auf halbem Wege entgegenzukommen. Und beide Male blieben meine Bemühungen ohne Erfolg.« Sie schüttelte den Kopf. »Schließlich begriff ich: Das Problem lag nicht etwa bei ihnen, sondern bei mir.«

»Wie meinen Sie das?« fragte Troi, obgleich sie die Antwort ahnte.

»Die *anderen* bringen mich nicht mit Gerdas Verbrechen in Verbindung. *Ich selbst* plage mich mit Vorwürfen.« Idun straffte die Schultern. »Kennen Sie sich mit den klingonischen Traditionen aus, Counselor?«

»Ein wenig«, entgegnete die Empathin. »Mein Wissen stammt in erster Linie von Worf.«

Asmund blickte in ihr Glas. »Bei den alten Klingonen gab es ein Gesetz, das folgendes vorsah: Wenn es keine Möglichkeit gab, einen Verbrecher für seine Taten zu verurteilen, so konnte ein Bruder oder eine Schwester dafür zur Rechenschaft gezogen werden.« Etwas schärfer fügte sie hinzu: »Gerda war meine Zwillingsschwester. Nach menschlichen Begriffen bestand meine Pflicht darin, mich um sie zu kümmern. Der klingonische Brauch hingegen schuf ein *'Iw mir* zwischen uns – ein Blutsband.«

Troi beugte sich vor. »Soll das heißen, daß Sie sich in gewisser Weise für das Verbrechen Ihrer Schwester verantwortlich fühlen? So als hätten *Sie* es begangen?«

»Ich weiß, daß man in der Föderation solche Dinge aus einer anderen Perspektive sieht«, sagte Asmund.

»Das gilt auch für den menschlichen Teil in mir. Im Lauf der Jahre hat meine menschliche Hälfte das Schuldgefühl – die Konsequenzen des *'Iw mir* – verdrängt.« Sie runzelte die Stirn. »Ich fürchte jedoch, das Wiedersehen mit den früheren Kameraden hat mein klingonisches Verantwortungsbewußtsein geweckt.«

»Halten Sie sich deshalb von ihnen fern? Um nicht an das Blutsband erinnert zu werden?«

»Vielleicht. Nun, auch wenn mich niemand für Ger-das Verbrechen bestraft – ich bestrafe mich selbst.« Idun hob das Glas und trank. »Was meinen Sie dazu, in Ihrer Eigenschaft als Counselor?«

Es klang plausibel, fand Deanna. Und sie sprach diesen Gedanken laut aus.

»Na bitte.« Asmund stellte das Glas erneut ab. »Sie sehen also... Ich brauche gar keine Hilfe. Ich bin durchaus fähig, meine Probleme selbst zu diagnostizieren.«

»Diagnose ist nur der erste Schritt, Commander.« Die Betazoidin wählte ihre Worte mit besonderer Sorgfalt. »Sie wissen jetzt, daß es nicht stimmt. Was wollen Sie in dieser Hinsicht unternehmen?«

Asmund musterte sie kühl. »Wenn ich mich allein auf die klingonische Tradition besinne, Counselor... Dann ist es meine Pflicht, die Bürde der Schuld zu tragen.«

Eine schwierige Situation – das mußte Deanna zugeben.

»Hätten Sie etwas gegen weitere Erörterungen dieser Art einzuwenden?« fragte sie.

Idun dachte kurz nach. »Nein«, antwortete. »Nein, ich habe nichts dagegen.«

»Gut«, sagte die Counselor. »Dann schlage ich vor, daß wir es nicht bei diesem einen Gespräch belassen.« Sie hielt dem durchdringenden Blick der anderen Frau stand. »Wenn Sie sich nicht an mich wenden, ergreife *ich* die Initiative.«

Asmund nickte. »In Ordnung.«

Troi stand auf. »Es freut mich sehr, daß wir diese Vereinbarung getroffen haben.« Sie lächelte.

Idun erhob sich ebenfalls und versuchte, das Lächeln zu erwidern, doch es gelang ihr nicht ganz. Als sich die Betazoidin verabschiedete, zeigte Asmunds Gesicht keine Gefühle, weder Dankbarkeit noch irgend etwas anderes.

Im Korridor holte Deanna tief Luft und runzelte die Stirn. Bei der empathischen Sondierung war sie erneut an die aus Selbstdisziplin errichtete Barriere in Idun gestoßen – eine Barriere, die Idun dazu diente, sich vor dem eigenen Selbst zu verstecken. Während der Unterhaltung hatte Troi zwar einige Erkenntnisse gewonnen, aber sie genügten nicht, um Schuld oder Unschuld zu verifizieren.

Was die Linderung des seelischen Schmerzes betraf... Nun, in dieser Hinsicht war Deanna vielleicht *ein wenig* erfolgreich gewesen. Aber eins stand fest: Tief in ihrem Innern litt Asmund auch weiterhin.

Insgesamt konnte die Counselor mit dem Besuch bei Asmund nicht zufrieden sein.

Riker biß sich auf die Lippe, als die Tür von Cadwalladers Quartier beiseite glitt. *Komm schon,* dachte er. *Je eher du es hinter dich bringst, desto besser.*

Die Frau saß am Computerterminal, trug eine senffarbene und schwarze Uniform. »Hallo«, sagte sie.

»Hallo.« Der Erste Offizier stellte erleichtert fest, daß sie sich noch nicht fürs Essen umgezogen hatte. Seine Erleichterung war sogar noch größer, als er das grüne Hemdkleid sah, das zusammengefaltet auf einem Stuhl lag.

Cadwallader folgte seinem Blick. »Ich bin nicht sehr ordentlich, oder?« meinte sie. »Lasse dauernd irgendwo Sachen liegen – eine meiner schlechten Angewohnheiten.«

»Tricia...«, begann Riker, aber sie eilte bereits durchs Zimmer. Mit einer fließenden Bewegung griff sie nach dem Hemdkleid und hob es zum Kinn. Der Erste Offizier stellte fest, daß es genau an den richtigen Stellen transparent war.

»Gefällt es Ihnen?« fragte Cadwallader. »Ich weiß, daß es sich eigentlich nicht gehört, bei einem Rendezvous das Kleid zu zeigen, bevor man's trägt, aber...« Sie zuckte mit den Schulter. »Wie soll ich's erklären? Ich schätze, meine Mutter hat es an der richtigen Erziehung mangeln lassen.«

Riker hatte gewußt, daß es nicht leicht sein würde. Aber Cadwallader wirkte so aufgeregt, so *verwundbar* – dadurch wurde alles noch schwerer.

»Tricia...«

Sie legte das Kleidungsstück wieder auf den Stuhl. »Es wird doch dem Anlaß gerecht, oder? Ich meine, ich habe noch nie auf einem Holo-Deck gespeist. Wie kleidet man sich für einen Meteoritensturm? Oder für einen heißen, dampfenden Dschungel...«

»Tricia!«

Sie verstummte, überrascht von der Schärfe in Rikers Stimme. »Entschuldigung. Habe ich etwas Falsches gesagt?«

Der Besucher verfluchte sich innerlich. Er hatte ganz anders vorgehen wollen. »Nein. Sie brauchen sich für nichts zu entschuldigen. Es ist nur...« Jetzt kam der schwierige Teil. »Vielleicht ist dies keine gute Idee.«

Ebensogut hätte er behaupten können, ein verkleideter Romulaner zu sein. »Wie bitte?« brachte Cadwallader verblüfft hervor.

»Immerhin sind wir beide Offiziere...« Es klang wie eine dumme Ausrede, und das wußte er auch. Aber ihm fiel nichts Besseres ein.

Die Wahrheit konnte er ihr gewiß nicht sagen: Sie gehörte zu den Verdächtigen in Hinsicht auf den versuchten Mord an Worf und Morgen – deshalb durfte

Riker keine emotionalen Verbindungen zu ihr knüpfen. Wenn er auf die Stimme des Herzens hörte und das Rationale vergaß... Dann mochte ihm bei dieser oder jener Gelegenheit etwas herausrutschen, das dem Mörder half, beim nächsten Anschlag einen Erfolg zu erzielen.

Was natürlich nicht bedeutete, daß er *Cadwallader* für den Täter hielt. Nein, ganz im Gegenteil – er war von ihrer Unschuld überzeugt. Aber wenn er Details von der Ermittlung verriet und sie unabsichtlich etwas an den Verbrecher weitergab...

»Es gibt viele Offiziere, die... Beziehungen zueinander unterhalten, Will«, sagte Cadwallader nun. »*Wir* arbeiten nicht einmal an Bord des gleichen Schiffes.« Sie bedachte Riker mit einem Blick, der ihn mit Kummer erfüllte. »Gibt es einen anderen Grund? Vielleicht der Altersunterschied?«

Er nahm seine ganze Willenskraft zusammen und schüttelte den Kopf. »Nein, ein anderer Grund existiert nicht. Ich mag Sie, Tricia. Ich mag Sie sehr. Aber meiner Ansicht nach sollte sich nichts... zwischen uns abspielen.«

Sie lächelte traurig. »Schade. Ich dachte... Nun, es spielt keine Rolle, was ich dachte.« Ein Hauch von Heiserkeit ließ sich in ihrer Stimme vernehmen. »Ich schätze, wir sehen uns, nicht wahr? In der Sporthalle oder so.«

Riker nickte. »Das würde mich kaum überraschen.« Er drehte sich um und verließ das Quartier, bevor er schwach werden und seine Meinung über die Bedeutung von Dienst und persönlichen Gefühlen ändern konnte.

Als er im Korridor stand, die geschlossene Tür der Unterkunft im Rücken... Er sah noch einmal Cadwalladers Gesicht, einen Ausdruck, der Fassungslosigkeit mit Enttäuschung und Verlegenheit vereinte.

Riker kam sich wie ein Stück Dreck vor.

Seltsam: Je mehr Zeit ohne weitere Zwischenfälle verstrich, desto mehr hatte es den Anschein, als sei es nie zur Sabotage des Holo-Decks gekommen.

Picard sah sich auf der Brücke um. Alles wirkte ruhig; alles schien in bester Ordnung zu sein. Angesichts solcher Umstände fiel es schwer, an Gewalt zu denken. Der Wandschirm zeigte Sterne, die während des Warptransits bunte Streifenmuster bildeten und damit zur Illusion von Stabilität beitrugen.

Der Captain wußte, daß er dem Frieden nicht trauen durfte. So sehr ihn auch die Vorstellung lockte, daß keine Probleme existierten: Jemand an Bord hatte versucht, Morgen – und vielleicht auch Lieutenant Worf – umzubringen.

Er spürte die Präsenz des Klingonen an der taktischen Station wie einen Anker im Ozean der Ungewißheit. Der Möglichkeit, daß Worf Ziel des Mordanschlags gewesen war, hatten sie bisher praktisch überhaupt keine Beachtung geschenkt. Kein Wunder: Die Überlebenden der *Stargazer* befanden sich an Bord, und man hatte dem Daa'Vit schon einmal nach dem Leben getrachtet.

Picard schlüpfte in die Rolle des Advocatus Diaboli und fragte sich, ob einer seiner früheren Offiziere Grund haben mochte, Worfs Tod zu wünschen. *Sie kannten ihn nicht einmal, bevor sie an Bord kamen,* dachte Jean-Luc. Außerdem: Nur für Morgen gab es Anlaß, Klingonen zu hassen – und er war auf dem sabotierten Holo-Deck in eine ebenso gefährliche Situation geraten wie Worf.

Nein, alles deutete darauf hin, daß der Daa'Vit das Opfer sein sollte. Trotzdem beschloß Picard, die Alternative sicherheitshalber mit Riker zu besprechen. Und natürlich auch mit Worf selbst ...

Der Captain unterbrach diesen Gedankengang, als die *Enterprise* erbebte. Damit einher ging eine Veränderung in der Darstellung des Wandschirms – die bunten Streifenmuster der Sterne wurden kürzer.

»Ich habe keine Beschleunigungsphase angeordnet, Mr. Data«, sagte Picard.

Der Androide saß am Navigationspult, damit Solis mehr Erfahrungen an der Operatorstation sammeln konnte. Seine Finger huschten schneller als sonst über die Kontrollen.

»Von mir ist keine Veränderung der Geschwindigkeit initiiert worden, Sir«, erwiderte Data. Er drehte den Sessel und sah zum Captain. »Dennoch fliegen wir jetzt schneller, und zwar mit Warp neun Komma neun fünf.«

Picard schüttelte ungläubig den Kopf. Rein theoretisch war das Triebwerk der *Enterprise* imstande, dem Schiff eine solche Geschwindigkeit zu geben, aber nur für wenige Sekunden.

»Sind Sie sicher?« fragte er Data.

Der Androide wandte sich der Konsole zu und berührte mehrere Schaltflächen. »Die Diagnosesysteme bestätigen es, Sir. Wenn keine umfassenden Funktionsstörungen des Hauptcomputers vorliegen, fliegen wir derzeit fünftausendvierundneunzig Mal schneller als das Licht.«

Der Captain hatte ein flaues Gefühl im Magen, als er aufstand und sich dem Navigationspult näherte. Normalerweise hielt er es nicht für erforderlich, die Angaben seiner Offiziere zu überprüfen – das galt insbesondere für Data. Aber die gegenwärtige Situation war alles andere als normal.

Tatsächlich: Der Monitor gab die aktuelle Geschwindigkeit der *Enterprise* mit Warp 9,95 an. Jean-Lucs Unbehagen wuchs. Gab es vielleicht einen Zusammenhang mit dem Anschlag auf Morgens Leben?

»Wie ist das möglich?« fragte er den Androiden.

»Ich weiß es nicht, Sir.«

Eins stand fest: Picard durfte nicht zulassen, daß

diese hohe Geschwindigkeit beibehalten wurde. Sie mochte zu überaus negativen Konsequenzen fürs Triebwerk oder die ganze Schiffsstruktur führen. »Gehen Sie auf Warp sechs«, wies er Solis an. »Und zwar *sofort*.«

Der dunkelhaarige Lieutenant sah auf. »Captain … Es klingt verrückt, aber der Antrieb arbeitet bereits mit einem energetischen Potential, das dem von Warpfaktor sechs entspricht.«

Picard blickte zum Wandschirm und schien zu hoffen, dort Antworten auf seine Fragen zu bekommen. Doch die Sternstreifen verrieten nichts.

»Mr. LaForge«, sagte der Captain laut.

»LaForge«, ertönte es aus dem Interkom-Lautsprecher.

»Hier spricht der Captain. Ich bin auf der Brücke.« Picard befeuchtete sich die Lippen. »Commander, bitte kontrollieren Sie das Warptriebwerk. Ich möchte von Ihnen wissen, mit welcher Geschwindigkeit wir angeblich fliegen.«

»*Angeblich?*« wiederholte Geordi.

»Die Sache scheint nicht ganz klar zu sein«, meinte der Captain.

»Sir, ich *habe* das Triebwerk gerade überprüft. Weil ich eine starke Vibration spürte und mich vergewissern wollte, daß der Antrieb so funktioniert, wie er funktionieren soll.«

»Und?«

»Ich konnte keine Defekte feststellen. Was unsere Geschwindigkeit betrifft … Mal sehen.« Eine kurze Pause folgte, und vor dem inneren Auge sah Picard, wie der Chefingenieur einen VISOR-Blick auf die Displays warf. »Wir sind mit Warp sechs unterwegs.«

Der Captain fühlte, wie sich etwas in ihm versteifte. »Irrtum, Commander. Wir fliegen nicht mit Warp sechs, sondern mit Warp neun Komma neun fünf.«

Wieder herrschte einige Sekunden lang Stille. »Das ist unmöglich, Sir«, erwiderte Geordi schließlich.

»Es mag unmöglich sein, aber unsere externen Sensoren bestehen darauf, daß es der Wahrheit entspricht«, sagte Picard. »Lassen Sie mich hinzufügen, daß es keine Anzeichen für sensorische Fehlfunktionen gibt.«

Diesmal brauchte LaForge noch etwas länger, um zu reagieren. »Sie meinen, wir haben unsere Höchstgeschwindigkeit überschritten – *ohne das Triebwerk zu belasten?*«

»So sieht's aus«, bestätigte Picard. Es gelang ihm, die eigene Beunruhigung aus der Stimme fernzuhalten.

»Ich bin gleich bei Ihnen«, sagte Geordi.

»Danke, Mr. LaForge«, brummte Jean-Luc und wandte sich wieder an Data. »Ich glaube, wir sollten den Warptransfer besser unterbrechen, Commander.«

»Aye, Sir«, erwiderte der Androide. Einmal mehr tasteten seine Finger über die berührungsempfindlichen Schaltflächen des Navigationspults. Doch nach der Schaltsequenz änderte sich nichts. Picard spürte auch weiterhin ein leichtes Vibrieren, das von der hohen Warpgeschwindigkeit hervorgerufen wurde. Und der Wandschirm zeigte die Sterne noch immer in Form von Streifen.

»Was geht hier vor?« fragte der Captain.

»Die Sache ist mir ein Rätsel«, sagte der Androide. »Selbst nach der Desaktivierung des Warptriebwerks geben die externen Sensoren unsere Geschwindigkeit mit Warp neun Komma neun fünf an.«

Der Captain versuchte, seine rasch wachsende Unruhe zu verbergen. »Wir können unsere Geschwindigkeit also nicht verringern.«

Eigentlich stellte er gar keine Frage, aber Data antwortete trotzdem. »In der Tat, Sir.«

Picard kämpfte gegen die Panik an und verbannte

sie in einen fernen Winkel seines Ichs. Gleich traf Geordi ein, und der Chefingenieur fand sicher eine Lösung für das Problem.

Hoffentlich, dachte Jean-Luc. *Sonst sitzen wir bis zum Hals in der Tinte.*

KAPITEL 9

Sowohl der Warpantrieb als auch das Impulstriebwerk befanden sich im Bereitschaftszustand, und dadurch herrschte eine sonderbare Stille im Maschinenraum. Als Geordi und Data den hohen Raum betraten, drehten sich zwei Personen zu ihnen um: Phigus Simenon und Wesley Crusher.

»Danke dafür, daß Sie sich so sehr beeilt haben«, sagte LaForge.

»Was liegt an?« fragte Wes.

»Es muß um eine ernste Angelegenheit gehen«, meinte der Gnalisch. »Fast eine Stunde lang sind Sie auf der Brücke gewesen.«

Geordi nickte. »Die Sache ist tatsächlich ernst. Und deshalb brauche ich kompetente Hilfe.«

Er ging zum Primärsituation-Monitor und wies den Computer an, eine schematische Darstellung des Sektors zu projizieren, durch den die *Enterprise* flog. Das Schiff zeigte sich als blinkender roter Punkt in einem komplexen Diagramm.

Data, Simenon und Wesley traten näher.

»Sie werden feststellen, daß wir bemerkenswert schnell sind«, sagte Geordi. »Was um so erstaunlicher ist, wenn man bedenkt, daß wir mit abgeschalteten Triebwerken fliegen.«

»Unsere Geschwindigkeit beträgt Warp neun Komma neun fünf, um ganz genau zu sein«, erläuterte Data.

Wesley und der Gnalisch starrten ihn verblüfft an.

»Soll das ein Witz sein?« entfuhr es dem jungen Fähnrich.

»Humor gehört nicht zu meinen Fähigkeiten«, erwiderte der Androide. »Wie du sehr wohl weißt.«

»Ich nehme an, Sie haben alle Komponenten des Ortungssystems kontrolliert«, sagte Simenon. »Immerhin wissen wir nur, was uns die Sensoren mitteilen.«

»Sie funktionieren einwandfrei«, bestätigte der Chefingenieur.

»Wir gondeln also mit Warp neun Komma neun fünf durchs All, noch dazu mit *desaktivierten* Triebwerken.« Wesley schüttelte ungläubig den Kopf.

»Sonderbar«, murmelte der Gnalisch.

»Offenbar wirkt sich ein Subraum-Phänomen auf uns aus«, meinte Geordi. »Ich bezeichne es zunächst einmal als eine Art *Sog,* der uns mitreißt.« Er zögerte kurz, bevor er hinzufügte: »Die Konsequenzen brauche ich Ihnen sicher nicht zu erklären.«

»Wir erreichen Daa'V in einigen Stunden«, sagte Simenon. »Und in einigen Tagen befinden wir uns in unbekannten Raumsektoren.«

»Ja.« Der Chefingenieur nickte. »Soweit ich weiß, könnte es zu Problemen kommen, wenn Morgen zu spät auf seiner Heimatwelt eintrifft – zu *großen* Problemen. Nicht alle Leute auf Daa'V würden sich freuen, wenn Morgen die Nachfolge seines Vaters antritt. Es gibt eine Opposition, die jede Chance nutzen würde, ihm den Thron zu verweigern. Aus diesem Grund sind wir sehr früh aufgebrochen – damit Morgen in jedem Fall rechtzeitig nach Hause gelangt.«

»Allerdings hat niemand mit *solchen* Schwierigkeiten gerechnet«, warf Simenon ein.

Geordi nickte erneut. »Da haben Sie völlig recht. Die maximale Dauergeschwindigkeit der *Enterprise* beträgt Warp neun Komma neun zwei, und das bedeutet: Bei der Rückkehr zum Raumgebiet der Föderation wären wir im Verhältnis eins zu vier langsamer – jeder jetzt verstreichende Tag kostet uns *vier* Tage für den Rückflug. Wir sollten dieses Problem also möglichst schnell lösen, wenn wir einen ernsten interplanetaren Zwischenfall vermeiden wollen.«

»Was *uns* betrifft ...«, sagte Simenon. »Wir wissen nicht viel über Subraum-Phänomene, aber die bisher beobachteten zeichneten sich durch ein hohes Maß an Veränderlichkeit aus. Es erscheint mir unwahrscheinlich, daß uns der Sog über einen längeren Zeitraum hinweg durchs All reißt. Vielleicht gibt er uns ganz plötzlich frei. Oder er verleiht uns eine *noch* höhere Geschwindigkeit.« Der Professor kniff die reptilienartigen Augen zusammen und sah Geordi an. »Es existiert auch noch eine vierte Möglichkeit.«

Der Chefingenieur nickte. »Die Art der Anomalie könnte sich verändern. Es wäre denkbar, daß wir uns plötzlich in einem Subraum-Strudel wiederfinden oder es mit anderen, ähnlich unangenehmen Erscheinungen zu tun bekommen.«

»Aus welchem Blickwinkel wir die Sache auch betrachten ...«, ließ sich der Gnalisch vernehmen. »Die Umstände raten uns, nichts unversucht zu lassen, um zu normalen Verhältnissen zurückzukehren – *bevor* es zu fatalen Konsequenzen kommt.«

Wesley straffte die Gestalt. »Sie können auf mich zählen«, sagte er zu Geordi.

LaForge lächelte. »Ich weiß, Fähnrich.«

Data hatte bereits darauf hingewiesen, daß er einen großen Teil seines Elaborationspotentials einsetzen wollte, um nach einer Lösung für das Problem zu suchen. Der Chefingenieur wandte sich an Simenon. »Und Sie, Sir?«

Es zuckte in den Mundwinkeln des Gnalischs. »Was *glauben* Sie?«

Geordi erinnerte sich an eine Frage, die ihm der Captain auf der Brücke gestellt hatte, so leise, daß nur er sie hörte: »*Commander ... Halten Sie es für möglich, daß es sich um einen Sabotageakt handelt? Hat jemand dafür* gesorgt, *daß wir von dem Sog erfaßt wurden?«*

LaForge antwortete mit einem klaren, uneingeschränkten Nein, und an dieser Ansicht hielt er jetzt fest. Selbst die besten Wissenschaftler der Föderation verstanden Subraum-Phänomene nicht gut genug, um solche Erscheinungen für eine Falle zu verwenden.

Aber wer auch immer hinter dem Mordanschlag steckte: Vermutlich bedauerte er/sie die gegenwärtige Situation nicht sehr. Sie lenkte von ihm/ihr ab – was dem Attentäter nur recht sein konnte.

Geordi glaubte nicht, daß Simenon Morgen nach dem Leben trachtete, aber wenn er sich irrte... Dann konnte der Gnalisch kaum Interesse daran haben, daß ihre Bemühungen in Hinsicht auf den Subraum-Sog schon bald zu einem Erfolg führten.

»Ich heiße Sie hiermit im Team willkommen«, sagte LaForge schließlich.

Simenon lächelte. »Das habe ich nicht anders erwartet.«

Die Tür öffnete sich, und Riker betrat das Quartier.

Morgen stand in der Mitte des Raums, und auf den Ersten Offizier wirkte er wie ein Raubtier im Käfig. »Wenn Sie gekommen sind, um hier nach dem Rechten zu sehen...«, sagte der Daa'Vit. »Ich hätte den Wünschen Ihres Captains kaum besser entsprechen können – obgleich ich alles andere als begeistert bin.«

»Nein, es geht mir nicht um eine Kontrolle«, erwiderte Riker.

»Was führt Sie dann hierher?«

»Wir haben ein Problem. Und da es vielleicht auch Ihre Ankunft auf Daa'V betrifft, hielt es Captain Picard für angebracht, Sie zu informieren.«

Die Erwähnung seiner Heimatwelt ließ Morgen aufhorchen. »Ich bin ganz Ohr.«

»Die *Enterprise* ist von einem bisher unbekannten Subraum-Phänomen erfaßt worden«, erklärte Riker.

»Sind wir dadurch vom Kurs abgekommen?« erkundigte sich der Daa'Vit.

Der Erste Offizier schüttelte den Kopf. »Nein, unser Kurs ist unverändert. Aber das Phänomen hat unsere Geschwindigkeit auf Warp neun Komma neun fünf erhöht.«

Morgen runzelte die Stirn. »Wie bitte?«

Riker nickte. »So verrückt es auch klingen mag – es ist die Wahrheit.«

Der Daa'Vit deutete zu einem Sessel. »Bitte nehmen Sie Platz, Commander.«

Picards Stellvertreter kam der Aufforderung nach. Morgen setzte sich auf eine recht ungewöhnlich wirkende Couch: Sie schien überwiegend aus Stein und Moos zu bestehen.

»Bitte nennen Sie mir die Einzelheiten«, sagte er.

Riker erklärte die aktuelle Situation, ließ dabei keine Details aus. Morgen hatte ein Recht darauf, Bescheid zu wissen – als zukünftiger Herrscher seines Volkes ebenso wie als Starfleet-Captain. Der Daa'Vit nahm alles mit bemerkenswerter Ruhe hin.

»Mit der *Excalibur* sind wir mehrmals in haarsträubende Situationen geraten, Commander«, meinte er. »Und es gelang uns immer, einen Ausweg zu finden.« Der Daa'Vit erinnerte sich und lächelte, vergaß zumindest vorübergehend den Ärger darüber, in der Unterkunft bleiben zu müssen. »Nach einer Weile glaubt man fest daran, daß es keine Probleme gibt, mit denen man *nicht* fertig wird. Ganz gleich, wie die Falle beschaffen sein mag: Wenn man sich bemüht, gelingt es einem früher oder später, sich daraus zu befreien.« Er bedachte den Besucher mit einem bedeutungsvollen Blick. »Verstehen Sie, was ich damit meine?«

Der Erste Offizier nickte. »Ja, ich glaube schon.«

»Jemand könnte die Ansicht vertreten, daß ein derartiger Optimismus in sich selbst eine Falle darstellt. Nun, auszuschließen ist das nicht. Aber ich halte ihn in erster Linie für einen Vorteil. Wenn man felsenfest daran glaubt, sich letztendlich durchzusetzen und mit heiler Haut davonzukommen... Dann erzielt man irgendwann den angestrebten Erfolg.« Morgen strich mit der Hand über einen Moosfladen. »Ich bin davon überzeugt, daß wir alles gut überstehen, Riker.« Er hob den Kopf und sah den Menschen aus durchdringend blickenden gelben Augen an. »Was ist mit *Ihnen?*«

»Das ist unsere gegenwärtige Situation«, beendete Deanna Troi ihren Vortrag

Nur sechs Personen befanden sich im Aufenthaltsraum: die Counselor, Ben Zoma, Cadwallader, Joseph, Greyhorse und Asmund. Die Betazoidin musterte die Anwesenden der Reihe nach. »Fragen?«

»Ich nehme an, Simenon hilft den anderen dabei, eine Lösung für das Problem zu finden«, sagte Greyhorse. Seine Stimme klang kritisch – wie immer, wenn er von dem Gnalisch sprach.

»Ja«, bestätigte Troi. »Er arbeitet eng mit Geordi LaForge zusammen.«

»Zur großen Freude von Commander LaForge, nehme ich an«, kommentierte der Doktor.

Die anderen lachten, und Deanna schmunzelte. Nur die weiter hinten sitzende Asmund blieb ernst.

»Was ist mit Morgen?« fragte Cadwallader.

»Commander Riker führt ein persönliches Gespräch mit ihm, bei dem es vor allem um die möglichen politischen Folgen einer verspäteten Ankunft auf Daa'V geht.«

»Können *wir* irgendwie helfen?« fragte Idun.

Deanna schüttelte den Kopf. Sie hatte deutlich gespürt, wie der Starfleet-Offizier in Asmund dominant wurde, als sie den Notfall schilderte. Unter normalen

Umständen hätte es Idun vermutlich abgelehnt, sich dieser Runde hinzuzugesellen.

»Derzeit nicht«, erwiderte die Counselor. »Falls sich die Situation ändert, werden Sie natürlich benachrichtigt.«

»Haben Sie versucht, einen Kontakt mit anderen Schiffen herzustellen, zum Beispiel mit der *Lexington?*« fragte Joseph.

Troi nickte. »Wir haben Kom-Berichte gesendet. Aber solange wir mit so hoher Geschwindigkeit fliegen, kann kein anderes Raumschiff zu uns aufschließen. Wir dürfen also nicht mit externer Hilfe rechnen.«

Der neben Joseph sitzende Ben Zoma klopfte dem Sicherheitsoffizier auf die Schulter. »Nun, wir wollten immer wissen, wie's dort draußen aussieht. Offenbar bekommen wir jetzt Gelegenheit, es herauszufinden.« Er sah Troi an, und in seinen dunklen Augen leuchtete Humor. »Seien Sie unbesorgt, Counselor. Wir waren mit der *Stargazer* unterwegs und sind daran gewöhnt, in unbekannte Bereiche der Galaxis vorzustoßen.«

Deanna reagierte mit Dankbarkeit auf Ben Zomas Versuch, die Stimmung seiner Kameraden zu verbessern. Greyhorse' Bemerkungen erzielten die gleiche Wirkung, obgleich weniger Absicht dahinterstecken mochte.

»Wenn das alles ist…«, sagte Troi. »Ich sollte jetzt zur Brücke zurückkehren.«

Niemand erhob Einwände. Deanna verließ den Raum, und Ben Zoma begleitete sie.

Die Betazoidin glaubte nicht an einen Zufall, und der Mann an ihrer Seite bestätigte diese Vermutung, als sie außer Hörweite der anderen waren. »Counselor…« Er blickte auch weiterhin nach vorn. »Es gibt da ein Problem, nicht wahr? Abgesehen von der Sache mit dem Subraum-Sog, meine ich.«

»Ein Problem?« wiederholte sie.

Ben Zoma drehte den Kopf, und seine Züge brachten mehr Ernst zum Ausdruck als jemals zuvor. »Ich bin lange genug Starfleet-Offizier, um zu wissen, daß etwas nicht mit rechten Dingen zugeht. Zunächst einmal: Es sind zu viele Sicherheitswächter unterwegs – obgleich sie versuchen, möglichst unauffällig zu bleiben. Zweitens: Morgen verbringt erstaunlich viel Zeit in seinem Quartier. Und drittens: Die Holo-Decks dürfen nicht mehr benutzt werden. Nun, ich habe nicht mit den anderen darüber gesprochen, und daher kann ich kaum wissen, was sie davon halten. Aber es würde mich keineswegs überraschen, wenn sie ebenfalls ein wenig argwöhnisch geworden wären.«

Troi begegnete dem Blick des Mannes. »Falls Sie die eine oder andere Frage haben …« Sie lächelte und verabscheute die Notwendigkeit, unaufrichtig zu sein. »Vielleicht sollten Sie sich an den Captain wenden. Selbst die Bordcounselor der *Enterprise* ist nicht in alles eingeweiht.«

Ben Zoma war alles andere als überzeugt, aber er ließ das Thema fallen. »Na schön«, sagte er, und der Humor kehrte in seine Stimme zurück. Oder handelte es sich vielleicht um Ironie? »Ich lasse Sie jetzt gehen. Bestimmt müssen Sie wichtige Pflichten wahrnehmen.«

»Danke«, entgegnete Deanna und schritt zum nächsten Turbolift.

Picard saß am Konferenztisch und musterte die vier Mitglieder von Geordis Krisenteam. »Ich fürchte, das verstehe ich nicht ganz«, sagte er schließlich. »Wie soll uns Umkehrschub dabei helfen, aus dem Sog zu entkommen?«

»Nun, mit ziemlicher Sicherheit bleiben wir darin«, erwiderte LaForge. »Aber vielleicht werden wir langsamer – wodurch wir Zeit gewinnen.«

Der Captain nickte. »Und der Zeitfaktor spielt eine

große Rolle, nicht wahr?« Er dachte über die vorgeschlagene Strategie nach, betrachtete sie von allen Seiten. »Was ist mit der Belastung, die dadurch fürs Schiff entsteht? Könnte es zu Strukturschäden kommen?«

»Das läßt sich nicht vorhersehen«, antwortete Simenon. »Ich vermute jedoch, daß die Belastungen innerhalb vertretbarer Grenzen bleiben werden.«

»Außerdem können wir ganz vorsichtig mit dem Gegenschub beginnen und ihn stufenweise erhöhen«, meinte Wesley. »Auf diese Weise sind wir rechtzeitig gewarnt, wenn sich Schwierigkeiten ergeben.«

Picards Finger trommelten auf den Tisch. »Eine riskante Sache.«

Data beugte sich ein wenig vor. »Auch in unserer gegenwärtigen Lage gibt es ein erhebliches Risikopotential.«

Der Captain sah den Androiden an. »Ja, das stimmt zweifellos, Commander.« Er traf eine Entscheidung und wandte sich an Geordi. »Na schön, Mr. LaForge. Versuchen wir's.«

Er stand auf, strich den Uniformpulli glatt und verließ den Besprechungsraum. Auf der Brücke nahm er im Kommandosessel Platz und beobachtete, wie Data und Wesley zu ihren Plätzen zurückkehrten. Weiter hinten trat Geordi zur technischen Station.

Die Plätze zu beiden Seiten des Captains waren nicht besetzt, und Simenon wählte den Sessel des Ersten Offiziers. »Sie haben doch nichts dagegen, oder?« wandte er sich an Picard. »Irgendwo muß ich schließlich sitzen.«

Der Captain lächelte dünn. »Ich dachte immer, Sie *verabscheuen* es, auf der Brücke zu sein.«

»Damals erhielt ich oft genug Gelegenheit, mich daran zu gewöhnen«, erwiderte der Gnalisch und blickte zum großen Wandschirm.

»Ja.« Picard nickte. Es war gut, Simenon in unmittelbarer Nähe zu wissen. Der Gnalisch zählte nach wie vor zu den Verdächtigen, aber Jean-Luc brachte ihm trotzdem instinktiv Vertrauen entgegen.

Jean-Luc verdrängte jene Gedanken und hob den Kopf. »Hier spricht der Captain. An alle Besatzungsmitglieder und Passagiere: In wenigen Sekunden leiten wir ein Manöver ein, durch das es zu Vibrationen und Erschütterungen kommen könnte. Es besteht kein Anlaß, sich deshalb Sorgen zu machen – wir haben das Schiff völlig unter Kontrolle.«

Es klang gut. Und gleich würde sich herausstellen, ob die schönen Worte auch Wahrheit beinhalteten.

Picard nickte Wesley zu, der sich im Sessel umgedreht hatte und auf das Zeichen des Captains wartete. Sofort huschten die Finger das Fähnrichs über Schaltkomponenten.

»Warpfaktor eins«, sagte Jean-Luc. »Umkehrschub.«

»Warpfaktor eins«, bestätigte Wes. »Umkehrschub.«

»Manöver beginnen«, fügte Picard hinzu.

Die *Enterprise* erbebte leicht, und sonst geschah nichts.

»Keine Probleme in Hinsicht auf die Schiffsstruktur«, meldete Geordi. »Allerdings fliegen wir noch immer genauso schnell wie vorher.«

Der Captain runzelte die Stirn. »Warpfaktor zwei, Mr. Crusher. Ausführung.«

Wesley erhöhte den negativen Schub, und wieder kam es zu einer kurzen Vibration.

»Das gleiche Ergebnis«, stellte LaForge fest. »Keine kritische Strukturbelastung. Und keine Veränderung der Geschwindigkeit.«

Picard merkte, daß Simenon ihn anstarrte. Er wandte sich seinem früheren Chefingenieur zu, der daraufhin demonstrativ den Blick senkte. Die eine Hand ruhte auf der Armlehne: vier schuppige Finger gestreckt, der Daumen nach innen gekrümmt. Einige Sekunden später sah der Gnalisch wieder auf, und seine stumme Botschaft war klar.

»Warpfaktor vier«, sagte Picard.

»Warpfaktor vier.« Wesley nahm die notwendigen Schaltungen vor.

Diesmal erzitterte die *Enterprise* stärker und länger. Der Wandschirm zeigte bunte Sternstreifen, die etwas länger wirkten als vorher.

»Na bitte!« entfuhr es Geordi triumphierend. »Wir fliegen jetzt ›nur‹ noch mit Warp neun Komma neun eins.«

»Mit anderen Worten: Unsere Geschwindigkeit ist um dreißig Prozent gesunken.« Simenon warf dem Captain einen entschuldigenden Blick zu. »Entschuldigung. Es ist der Professor in mir.«

»Schon gut«, erwiderte Picard. Wenn sie allein gewesen wären, hätte er dem Gnalisch auf die Schulter geklopft – so wie damals an Bord der *Stargazer*. »Wie wird das Schiff damit fertig?«

»Die Struktur ist ziemlich starken Belastungen ausgesetzt«, entgegnete Geordi. »Aber es besteht keine unmittelbare Gefahr.«

»Sollen wir es mit Warpfaktor fünf versuchen?« fragte Wesley.

Der Captain sah auf Simenons Hand hinab. Es blieb bei den vier gestreckten Fingern – der Daumen war nach wie vor gekrümmt.

»Das würde ich nicht empfehlen«, sagte LaForge. »Ich glaube, wir haben jetzt die von Professor Simenon erwähnte Grenze des Vertretbaren erreicht. Darüber hinaus sind wir ein ganzes Stück langsamer geworden. Warum noch mehr riskieren?«

»Wir bleiben bei Warp vier«, beschloß Picard.

»Nun gut«, brummte Geordi. »Wir haben also etwas Zeit gewonnen. Ich schlage vor, wir nutzen sie so gut wie möglich. Data, Wesley, Professor – bitte begleiten Sie mich.«

Der Gnalisch warf dem Captain noch einen letzten Blick zu, als er an ihm vorbeiging, vermittelte ihm damit die wortlose Botschaft, daß seine Hilfe selbstverständlich war. Sein Schwanz zuckte übers Deck, als er zusammen mit Wesley und dem Androiden zum Turbolift eilte.

Geordi lehnte an der Wand und verschränkte die Arme. Er sah Simenon, Data und Wesley der Reihe nach an.

Sie scheinen nicht besonders fröhlich zu sein, dachte er. *Und mir ergeht es ähnlich.* Nur Data hielt den Kopf nach wie vor hoch erhoben – weil er nicht Mensch genug war, um frustriert zu sein.

»Seit Stunden versuchen wir, eine Lösung zu finden – bisher ohne Erfolg«, stellte LaForge fest. »Ich bin jetzt für jede Idee dankbar, ganz gleich, wie unsinnig sie klingt. Himmel, es muß nicht einmal eine Idee sein. Mir genügen schon *Spekulationen.*«

Die anderen starrten ins Leere. Simenon brummte leise vor sich hin.

»Im Ernst«, betonte Geordi. »*Alles* ist mir recht und willkommen.«

Wesley straffte die Schultern. »Na schön. Wie wär's, wenn wir das Diskussegment separieren?«

Simenon schüttelte den Kopf. »Das hätte keinen Sinn. Wenn unsere Geschwindigkeit auf die energetische Aktivität des Triebwerks zurückginge ... Dann käme es durch die Separation dazu, daß der primäre Rumpf in den Normalraum zurückfällt. Aber in diesem Fall ist ein externer Faktor für das Warpfeld verantwortlich, was bedeutet: Beide Teile der *Enterprise* blieben in seinem Wirkungsbereich.«

Der Androide nickte. »Ein solches Resultat halte ich für sehr wahrscheinlich.«

Geordi pflichtete ihm bei. »Ich ebenfalls. Also gut, eine Separation von Diskussegment und Kampfbrücke kommt nicht in Frage. Was ist mit den Shuttles?«

»Damit verhält es sich ebenso«, antwortete der

Gnalisch. »Sie würden den Warptransit zusammen mit der *Enterprise* fortsetzen.«

»Aber vielleicht mit geringerer Geschwindigkeit«, warf Data ein. »Weil sie weniger Masse haben. Denken Sie daran: Wir sind hier nicht im Einstein-Universum. Daher sind Newtonsche Prinzipien nur bedingt anwendbar.«

»Selbst wenn sie langsamer wären ...«, meinte Simenon. »An der Situation im großen und ganzen ändert sich dadurch nichts.«

Wesley nickte. »Hinzu kommt: Das Transitpotential der Raumfähren ist auf Warp eins beschränkt. Durch die geringere Geschwindigkeit bietet sich uns ein Vorteil, solange der derzeitige Warptransfer andauert. Aber es ergeben sich erhebliche Nachteile, wenn es später darum geht, ins stellare Territorium der Föderation zurückzukehren.«

»Das stimmt«, sagte Geordi. »Des weiteren gilt es zu berücksichtigen, daß wir die *Enterprise* nicht vollständig evakuieren können – die Shuttles und Rettungskapseln bieten nicht allen Besatzungsmitgliedern und Passagieren Platz. Punkt abgehakt. Zum nächsten.«

»Wir schleusen eine Sonde aus«, schlug der Gnalisch fort. »Und anschließend zerstören wir sie mit Photonentorpedos. Unsere Deflektoren schützen uns, aber die energetische Druckwelle ...« Er unterbrach sich. »Nein. Wenn es ›nur‹ um eine weitere Verringerung der Geschwindigkeit ginge ... In dem Fall würde es genügen, den Umkehrschub auf Warp fünf zu erhöhen.«

»In der Tat«, murmelte Geordi. »Und von dieser Möglichkeit haben wir aufgrund des Sicherheitsfaktors Abstand genommen.«

Data runzelte die Stirn. »Vielleicht sollten wir ganz anders an das Problem herangehen.«

»Wie meinen Sie das?« fragte Wes.

Der Androide wandte sich ihm zu. »Wir suchen dauernd nach einer Möglichkeit, die aktuelle Transfergeschwindigkeit herabzusetzen. Vielleicht wäre es besser, sie zu *erhöhen*.«

Das gab der Angelegenheit eine ganz neue Perspektive. »Fahren Sie fort«, sagte Geordi interessiert.

»Der Sog reißt uns mit Warp neun Komma neun fünf durch den Subraum. Wenn wir schneller werden, gelingt es uns vielleicht, über den – bisher noch hypothetischen – vorderen Ereignishorizont des Phänomens hinauszufliegen und den Wirkungsbereich damit zu verlassen.«

Das Konzept war auf eine fast banale Weise einfach. Und es stellte zumindest rein theoretisch einen Erfolg in Aussicht.

Natürlich mangelte es nicht an *praktischen* Schwierigkeiten.

»Wir müßten schneller werden als Warp neun Komma neun fünf«, sagte Geordi. »Kein Starfleet-Raumschiff ist jemals mit einer solchen Geschwindigkeit geflogen.«

»Was nicht bedeutet, daß es unmöglich ist«, erwiderte Wesley. »Wir könnten es zumindest *versuchen*.«

»Und wenn Mr. Data recht hat, wenn es beim Sog tatsächlich einen vorderen Ereignishorizont gibt ...«, fügte Simenon hinzu. »Dann dauert es vielleicht nicht mehr als einen Sekundenbruchteil, ihn zu durchdringen.«

»Oder tausend Jahre«, brummte der Chefingenieur.

»Ja«, gestand der Gnalisch. »Oder tausend Jahre. Es hängt vom Ausmaß des Phänomens ab. Und von unserer Position in bezug auf die betreffende Einflußsphäre.«

Geordi überlegte. »Wenn ich dem Captain einen Vorschlag unterbreite, so biete ich ihm normalerweise auch eine Alternative an.«

Data und Wesley schwiegen. Der Gnalisch rollte mit

den rubinroten Augen. Es hatte sie genug Zeit und Mühe gekostet, *diesen* Plan zu entwickeln ...

»Aber ich schätze, die besonderen Umstände lassen eine Ausnahme zu«, sagte LaForge.

Beverly Crusher stand im Korridor vor Morgens Quartier, und allmählich machte sie sich Sorgen. Sie war gekommen, um den Daa'Vit noch einmal zu untersuchen und festzustellen, ob seine Rekonvaleszenz die erwarteten Fortschritte erzielte. Seit fast zwei Minuten summte der Türmelder – ohne daß Morgen darauf reagierte. Vielleicht schlief er, aber das hielt die Ärztin für unwahrscheinlich.

Schließlich klopfte sie auf ihren Insignienkommunikator. »Computer: Wo hält sich Captain Morgen auf?«

Beverly bekam sofort Antwort. »Er befindet sich im vorderen Aufenthaltsraum auf Deck siebzehn.«

»Danke«, sagte Dr. Crusher automatisch.

Auf dem Weg zum Turbolift klopfte sie sich an die Stirn. *Wie dumm von dir. Du hättest dich vergewissern sollen, daß Morgen in seinem Quartier ist,* bevor *du dich auf den Weg zu ihm gemacht hast.* Jetzt verlor sie zusätzliche Zeit, indem sie ihn suchen mußte. Und was Aufforderungen betraf, ins Quartier zurückzukehren ... Entsprechende Worte konnte sie nur an ihn richten, wenn er allein war.

Die Tür des Turbolifts öffnete sich vor der Ärztin. Sie trat ein.

»Deck siebzehn«, wies sie den Computer an. »Vorderer Aufenthaltsraum.«

Nur ein leises Summen wies darauf hin, daß sich die Transportkapsel des Lifts bewegte. Die Entfernung betrug nicht mehr als einige Decks, was bedeutete: Dr. Crusher erreichte ihr Ziel nach wenigen Sekunden.

Sie verließ den Turbolift und wandte sich im Korridor nach links. Kurze Zeit später sah sie rechts den

Zugang zum Aufenthaltsraum. Die Tür stand offen – das war häufig der Fall, wenn im Innern keine Aktivitäten stattfanden, die jemand anders stören mochten.

Stimmen. Eine gehörte Morgen: gedämpft und doch klangvoll. Die andere schien von einer menschlichen Frau zu stammen. Troi kam dafür nicht in Frage – Beverly hätte den charakteristischen Tonfall der Betazoidin sofort wiedererkannt. Asmund? Nein. Es sei denn, seit dem Bankett war es in den persönlichen Beziehungen zwischen den beiden zu einem grundlegenden Wandel gekommen.

Wahrscheinlich Cadwallader. Als die Ärztin den Raum betrat, sah sie ihre Vermutung bestätigt. Ben Zomas Nummer Zwei saß dem Daa'Vit an einem kleinen Tisch gegenüber. Eine Partie Sharash'di fand statt.

Beide sahen auf, und Cadwallader lächelte. »Ich grüße Sie, Doktor. Seltsam, daß wir uns ausgerechnet hier treffen.«

Beverly erwiderte das Lächeln. »Ich habe die offene Tür gesehen und konnte nicht der Versuchung widerstehen, einen Blick ins Zimmer zu werfen.« Sie deutete aufs Spielbrett. »Sharash'di, wie?«

Morgen nickte. »Commander Cadwallader meinte, es sei höchste Zeit, daß ich mein langweiliges Quartier verlasse – und ihr in diesem langweiligen Aufenthaltsraum Gesellschaft leiste.«

Die Ärztin dachte darüber nach. Ging es Cadwallader um mehr als nur ein Sharash'di-Spiel? Hatte sie Morgen hierhergelockt, um ihn umzubringen?

Nun, sie sah gewiß nicht wie eine Frau aus, die dazu neigte, Leute zu ermorden. Andererseits: Captain Picard hatte bestimmt nicht ohne Grund die Anweisung gegeben, seine früheren Offiziere zu beobachten – *ohne* irgendeine Ausnahme.

Vielleicht sollte ich eine Zeitlang hierbleiben, dachte Beverly. *Nur für den Fall ...*

Picards Stimme drang aus den Interkom-Lautsprechern, und Dr. Crusher sah ebenso auf wie die beiden Personen am Tisch.

»Die *Enterprise* ist von einem Subraum-Phänomen erfaßt worden, wie Sie sicher wissen«, sagte der Captain. »Wir werden gleich versuchen, den entsprechenden Wirkungsbereich zu verlassen. Ich muß erneut darauf hinweisen, daß es zu Vibrationen und Erschütterungen kommen kann.«

Also bleibt mir gar nichts anderes übrig, als hier im Aufenthaltsraum zu bleiben, dachte Beverly.

Cadwallader deutete auf einen neuen Sessel. »Setzen Sie sich, Doktor. Wenn ich Captain Morgen geschlagen habe, dürfen Sie ebenfalls gegen mich verlieren.«

Picard lehnte sich im Kommandosessel zurück. Wesley und Data saßen wieder an den vorderen Konsolen: Geordi LaForge bediente einmal mehr die Kontrollen der technischen Station.

Diesmal befanden sich auch Riker und Troi auf der Brücke, und für Simenon bedeutete das: Er konnte nicht beim Captain sitzen. Er stand nun bei Worf an der taktischen Station und achtete zweifellos darauf, mit welchem Geschick der Klingone seinen Pflichten gerecht wurde.

»Schubumkehr, Mr. Crusher«, sagte Picard.

Wesley führte den Befehl aus, und die *Enterprise* schien durch den Subraum zu springen. Die Streifenmuster der Sterne bewegten sich mit der gleichen Schnelligkeit wie zuvor.

»Schubumkehr bestätigt, Sir«, meldete der Fähnrich. »Wir fliegen jetzt mit Warp vier – das ist zumindest unsere Triebwerksgeschwindigkeit.« Er sah auf ein anderes Display. »In Wirklichkeit sind wir noch immer mit Warp neun Komma neun fünf unterwegs.«

Picard nickte. »Danke, Mr. Crusher. Gehen Sie auf Warp neun Komma sechs.«

»Aye, Sir.« Wesley berührte einige Sensorflächen des Navigationspults.

Der Wandschirm zeigte keine Veränderung – obgleich das Warptriebwerk nun sein volles Potential entfaltete. Auf diesem hohen energetischen Niveau konnte es nur einige Minuten lang arbeiten – dann wurde es von der Sicherheitsautomatik desaktiviert.

Außerdem: Wenn das Schiff auf mehr als Warp neun Komma neun beschleunigte, konnte die Geschwindigkeit nur für immer kürzere Zeit gehalten werden – schließlich lediglich nur noch für einen Sekundenbruchteil. Trotzdem wollte sich der Captain stufenweise an das Ziel herantasten. Tausend Personen befanden sich an Bord, und er lehnte es ab, mit ihrem Leben russisches Roulette zu spielen.

»Neun Komma neun drei, Mr. Crusher.«

»Neun Komma neun drei, Sir.«

»Noch eine Minute und fünfundvierzig Sekunden bis zur Sicherheitsabschaltung«, sagte Geordi.

Picard spürte das Wummern des Triebwerks als ein heftiger werdendes Zittern im Deck. »Neun Komma neun fünf.«

»Neun Komma neun fünf, Sir.«

Die Vibrationen gewannen an Intensität, und hinzu kam ein Sirren mit immer höherer Frequenz. Picard biß die Zähne zusammen.

Die *Enterprise* war jetzt ebenso schnell wie der Sog und hielt mit ihm Schritt. Jean-Luc stellte sich die ungeheuren Kräfte vor, die nun an seinem Schiff zerrten, und einen Teil davon glaubte er in Form eines Andrucks zu fühlen, der ihn tiefer in die Polster des Kommandosessels preßte. Aber das bildete er sich natürlich nur ein, nicht wahr? Oder drohte ein Ausfall der Trägheitsabsorber?

»Sicherheitsabschaltung in neun Sekunden!« rief LaForge, um das Heulen zu übertönen. »Entweder jetzt oder nie, Sir!«

Es fiel dem Captain schwer, sich vorzubeugen. *Zeig uns, wozu du fähig bist,* dachte er und meinte damit die *Enterprise*.

»Neun Komma neun sechs, Mr. Crusher!«

»Neun Komma neun sechs!« wiederholte Wesley und konnte die Aufregung nicht aus seiner Stimme verbannen. Picard verstand ihn – kein Starfleet-Schiff hatte jemals aus eigener Kraft eine solche Geschwindigkeit erreicht.

Der Fähnrich veränderte die Justierungen und berührte dann das Aktivierungsfeld auf seiner Konsole.

Von einem Augenblick zum anderen herrschte Chaos auf der Brücke. Grelles Licht gleißte vom Wandschirm, und das Heulen metamorphierte zu einem Schrillen, das durch Mark und Bein ging. Der Captain glaubte sich plötzlich von der Hand eines Riesen gepackt und an die Rückenlehne des Sessels geschleudert.

Das Durcheinander hörte so rasch auf, wie es entstanden war. Kein Heulen mehr, keine Vibrationen, keine außer Kontrolle geratenen Andruckkräfte. Das Projektionsfeld an der Wand zeigte nur graues Flimmern – Hinweis auf eine Überlastung der visuellen Sensoren.

Picard blickte sich um. »Ist jemand verletzt?«

Das schien nicht der Fall zu sein, obgleich einige Brückenoffiziere – unter ihnen Geordi – den Halt verloren hatten und zu Boden gestürzt waren.

»Mr. Crusher ...« Jean-Luc stand auf und näherte sich dem Navigationspult. Aus einem Reflex heraus strich er unterwegs den Uniformpulli glatt – eine typische Geste des Captains. »Wie ist unsere Situation?«

Wesley drehte sich enttäuscht um. »Das Triebwerk arbeitet nicht mehr, aber wir fliegen noch immer mit Warp neun Komma neun fünf.«

Keine erfreuliche Nachricht. Aber Picard nahm sie gelassen hin. »Ich verstehe«, sagte er nur.

»Die Lebenserhaltungssysteme haben auf Impulskraft umgeschaltet«, berichtete Data. »Allerdings gibt es in Hinblick auf Belüftung und Beleuchtung umfassende Funktionsstörungen. Es besteht jedoch keine akute Gefahr für die Crew.«

Picard nickte. »Danke, Mr. Data.« Ihm fiel etwas ein, und er wandte sich an Geordi. »Haben wir Warp neun Komma neun sechs erreicht?«

»Ich weiß es nicht, Sir«, erwiderte der Chefingenieur. »Einige Meßinstrumente sind ausgefallen.«

Auch damit fand sich der Captain ab. »Versuchen Sie, zusätzliche Daten zu gewinnen. Vielleicht verhelfen sie uns zu wichtigen Erkenntnissen.«

»Aye, Sir«, entgegnete LaForge. »Ich kümmere mich darum, sobald ich die Betriebsbereitschaft des Triebwerks wiederhergestellt habe.«

Picard sah zum Wandschirm. Zwar präsentierte das Projektionsfeld auch weiterhin konturloses Grau, aber er stellte sich Sterne vor, die bunte Streifen formten.

Jean-Luc seufzte. Sie hatten alles versucht – ohne Erfolg.

Im Aufenthaltsraum auf Deck siebzehn stammte das einzige Licht von den Sternen jenseits des Panoramafensters. Anders ausgedrückt: Es herrschte kaum mehr als ein diffuses Halbdunkel. Dr. Crushers Augen gewöhnten sich allmählich daran, und schließlich gelang es ihr, die vagen Silhouetten ihrer beiden Begleiter von den übrigen Schatten und Schemen zu unterscheiden.

»Was auch immer Captain Picard angestellt hat ...«, sagte Cadwallader. »Es sind mehr als nur ein paar Schaltkreise davon beeinträchtigt worden. Selbst die Notbeleuchtung funktioniert nicht mehr.«

»Vielleicht sieht's in anderen Bereichen des Schiffes

besser aus«, sagte Morgen. »Hier ist es ungemütlich geworden. Ich schlage vor, wir verlassen diesen Ort.«

»Gute Idee«, erwiderte Beverly.

»Die Tür ist dort drüben«, meinte der Daa'Vit. Er griff nach dem Arm der Ärztin und dirigierte sie in Richtung Ausgang.

»Achten Sie auf den Sessel«, warnte Cadwallader. Offenbar ließ sie sich ebenfalls von Morgen führen.

»Ich sehe ihn«, brummte der Mann.

Wenige Sekunden später erreichten sie den Korridor. Dort gab es keine Fenster, und deshalb wich das Halbdunkel hier rabenschwarzer Finsternis. Dr. Crusher deutete nach links – eine nutzlose Geste, wie ihr sofort klar wurde. *Wenn ich meine eigene Hand nicht sehen kann – wie sollen dann die anderen dazu imstande sein?*

»Nach links«, sagte sie. »Einige Meter entfernt gibt es einen Turbolift. Auf der rechten Seite hinter der Kurve.«

»Zum Glück sind Sie bei uns«, erklang Cadwalladers Stimme. »Andernfalls wären wir durch die Dunkelheit geirrt, ohne ...«

Plötzlich gleißte feuriges rotes Licht in der Schwärze vor ihnen. Aus einem Reflex heraus hob Beverly den Arm, um die Augen abzuschirmen. Fast gleichzeitig spürte sie, wie ihr jemand einen heftigen Stoß gab, der ihr das Gleichgewicht raubte und sie zu Boden schickte.

Ein zweiter Blitz folgte dem ersten. *Jemand schießt mit einem Phaser auf uns!* Und der Geruch von verbranntem Duranium deutete darauf hin, daß der unbekannte Schütze nicht betäuben, sondern töten wollte.

Morgen schrie, und Cadwallader ebenfalls. Beverly starrte durch einen Schleier aus heißen, brennenden Tränen und versuchte zu erkennen, wer sie angriff und auf wen der Schütze zielte.

Aber es geschah zuviel und zu schnell. Dr. Crusher preßte sich an die Wand, rief um Hilfe und hoffte, daß wenigstens die nächsten Interkom-Anschlüsse funktionierten.

Ein dritter Strahlblitz... Wieder stieß jemand einen Schrei aus – einen *schmerzerfüllten* Schrei –, und unmittelbar im Anschluß daran hörte die Ärztin, wie ein Körper aufs Deck prallte. Sie vergaß ihre Furcht, kroch in die entsprechende Richtung und bereitete sich innerlich aufs Schlimmste vor.

Immerhin: Der Strahl hatte die Metallwand durchschlagen. Auf einen menschlichen Körper – oder auf den eines Daa'Vit – konnte er verheerende Folgen haben.

Beverly hoffte, helfen zu können, wenn sie die verletzte Person rechtzeitig erreichte. Vielleicht gelang es ihr, den Zustand des Verwundeten lange genug zu stabilisieren, bis ein Transport zur Krankenstation möglich wurde.

Sie dachte nicht daran, daß sie sich selbst erheblichen Gefahren aussetzte. Es ging ihr nur darum, die ärztliche Pflicht zu erfüllen.

Etwas fauchte.

Dr. Crusher preßte sich flach auf den Boden, als ein weiterer roter Energieblitz durch den Korridor raste und in einer Höhe von nur dreißig Zentimetern über ihren Kopf hinwegzuckte. Im düsteren Widerschein sah sie, wer vor ihr lag.

Cadwallader.

Beverly konnte nicht ohne weiteres feststellen, wie schwer verletzt die Frau war, doch ihre Haltung ließ nichts Gutes ahnen. Als sich die Finsternis wieder verdichtete, rutschte Dr. Crusher nahe genug an die Reglose heran, um ihre Schulter zu berühren.

In der Ferne klangen Stimmen durch den Korridor. Das Licht von Taschenlampen projizierte unstete Schatten, und Beverly sah den Schützen als einen viel zu vagen Schemen, der hinter einer nahen Ecke verschwand.

Morgen nahm die Verfolgung auf – der Starfleet-Offizier in ihm wich nun dem Daa'Vit-Jäger. Die Ärztin rief ihm nach, daß der oder die Unbekannte einen Phaser bei sich trug und ihm gegenüber somit im Vorteil war, aber er ignorierte die Warnung.

Beverly wandte ihre Aufmerksamkeit wieder der Patientin zu und stellte fest, daß Cadwallader noch atmete. Ihr Gesicht kam einer von Pein verzerrten Fratze gleich, und Blut bildete große Flecken an der rechten Seite des Uniformpullis. Aber es steckte nach wie vor Leben in ihr.

Die Ärztin klopfte auf ihren Insignienkommunikator. »Hier spricht Dr. Crusher. Ich brauche eine medizinische Einsatzgruppe auf Deck siebzehn, und zwar *sofort.*«

Sie streifte den Laborkittel ab und legte ihn behutsam um Cadwalladers Schulter. Dann zog sie daran und drückte fest zu, um zu verhindern, daß noch mehr Blut aus der Wunde strömte. Der Phaserstrahl hatte sich durch den Körper gebrannt, im Rücken eine schlimmere Wunde geschaffen als in der Brust. *Hoffentlich ist die Waffe auf feine Bündelung justiert gewesen,* dachte Beverly.

Cadwallader stöhnte, und ihre Lider zuckten.

Beeilt euch. Dr. Crushers Gedanken galten den Krankenpflegern des Medo-Teams. Nur unterbewußt nahm sie zur Kenntnis, daß mehrere Sicherheitswächter Morgen und dem Schützen folgten. *Beeilt euch. Wenn ihr nicht bald kommt, verblutet Cadwallader …*

KAPITEL 10

Als der Captain die speziell gesicherte Intensivstation betrat, waren Beverly Crusher und Morgen bereits zugegen. Picard stellte erleichtert fest, daß Cadwallader den Kopf drehte und ihn zu erkennen schien.

Die Ärztin wirkte erschöpft, rang sich jedoch ein Lächeln ab. Die stumme Botschaft lautete: Keine Sorge; Cadwallader wird sich erholen.

Jean-Luc nickte Beverly dankbar zu und blickte dann auf seinen früheren Kommunikationsoffizier hinab. Die Verletzte war blaß – geradezu *schrecklich* blaß –, aber an dem vitalen Glanz in ihren Augen hatte sich kaum etwas geändert. Die rechte Hand lag auf der Thermodecke. Picard griff danach und drückte vorsichtig zu.

»Sie ist weitaus zäher, als es den Anschein hat«, sagte Morgen.

Der Captain brummte zustimmend und ließ die Hand der Frau wieder auf die Decke sinken, bevor er den Daa'Vit ansah. »Was ist passiert?« fragte er. Seine Stimme klang kühl und monoton, täuschte über den Zorn hinweg, der tief in seinem Innern brodelte.

»Wir befanden uns in einer Sektion des Schiffes, in der die Energieversorgung ausfiel«, erklärte Morgen. »Jemand nutzte den Schutz der Dunkelheit, um uns anzugreifen. Es handelte sich um eine einzelne Person, bewaffnet mit einem Phaser. Die Löcher in den Wänden deuten darauf hin, daß die Waffe auf Emissionsstufe sechs justiert war.«

»Stufe sechs?« wiederholte Picard. »Aber ...«

»Ich weiß«, sagte der Daa'Vit. »Der Unbekannte muß das integrierte Kommunikationsmodul neutralisiert haben, so daß der Strahler nicht mehr mit dem Hauptcomputer ›sprechen‹ konnte.«

»Der Phaser ›wußte‹ gar nicht, daß er sich an Bord befand«, fügte Beverly hinzu. »Andernfalls hätte er sich höchstens auf Stufe fünf einstellen lassen.«

»Haben Sie die Waffe gefunden?«

»Leider nicht«, antwortete Dr. Crusher. »Zumindest *noch* nicht. Worf setzt die Suche danach fort. Ich habe nur spekuliert.«

Der Captain runzelte die Stirn. »Und Sie konnten den Schützen nicht erkennen? Es gibt keinen Hinweis auf seine Identität?«

Morgen schüttelte den Kopf. »Es war zu dunkel, und die Phaserstrahlen blendeten uns. Ich habe versucht, dem Angreifer zu folgen, aber in der Finsternis verlor ich seine Spur.«

Picards Blick kehrte zu Cadwallader zurück. »Mr. Worf stellt Nachforschungen an?« fragte er.

Dr. Crusher nickte. »Er erwähnte die Möglichkeit, den betreffenden Bereich abzuriegeln – um zu vermeiden, daß die Sache allgemein bekannt wird.«

»Ich verstehe«, erwiderte der Captain. »Nun, ich bin auf Deck siebzehn, falls Sie mich brauchen.« Einmal mehr sah er zu Cadwallader und lächelte. »Was Sie betrifft... Seien Sie brav und gehorchen Sie Dr. Crusher. Sie sollen rechtzeitig auf den Beinen sein, um der Krönungszeremonie auf Daa'V beizuwohnen.«

Cadwalladers Augen erwiderten das Lächeln.

Als Picard zur Krankenstation gerufen wurde, lief es Riker kalt über den Rücken. Dr. Crushers Weigerung, Einzelheiten zu nennen, bestätigte die Befürchtungen des Ersten Offiziers.

Ein zweiter Anschlag auf Morgens Leben hatte stattgefunden, und wie beim ersten war jemand verletzt worden. Wer? Vielleicht der Attentäter selbst? Oder jemand anders? Und wie schlimm mochten die Verletzungen sein?

Deanna wußte ebensowenig wie Riker. Sie konnte nur Gefühle erfassen, keine bewußten Gedanken – immerhin floß in ihren Adern nicht nur betazoidisches Blut, sondern auch terranisches –, und die Empfindungen von Bordärztin und Captain boten ihr kaum Hinweise.

Andererseits: Jemand mußte sich um das Schiff kümmern. Deshalb blieben der Erste Offizier und die Counselor auf der Brücke. Sie versuchten, ruhig zu bleiben, nicht zu viele besorgte Blicke zu wechseln.

Früher, bei ähnlichen Situationen, hatte sich Riker auf die Darstellungen des großen Wandschirms konzentriert und sich mit der Schönheit des Alls abgelenkt. Doch diese Möglichkeit blieb ihm nun verwehrt. Die Sterne bildeten noch immer bunte Streifenmuster und erinnerten deutlich daran, daß die *Enterprise* nach wie vor mit enormer Geschwindigkeit durch den Subraum gezerrt wurde. Fast wünschte er sich, daß es Geordi und seinen Technikern nicht gelungen wäre, das breite Projektionsfeld nach dem Ausfall der Energieversorgung zu reaktivieren.

Jahre schienen vergangen zu sein, seit sie zum letztenmal etwas von Picard gehört hatten. Seine Stimme klang fast gelassen, als sie schließlich aus dem Kom-Lautsprecher drang, aber die formulierten Worte verstärkten das Unbehagen in Riker und Troi. »Nummer Eins, Counselor – bitte begeben Sie sich in den Bereitschaftsraum. Ich möchte dort mit Ihnen sprechen.«

Der Erste Offizier erhob sich, ging zusammen mit Deanna zum privaten Arbeitszimmer des Captains. Picard hielt sich nicht darin auf, und deshalb verloren die beiden Offiziere keine Zeit, indem sie vor der Tür warteten – sie traten sofort ein.

Riker sah zum Interkom-Gitter in der Decke. »Wir sind jetzt im Bereitschaftsraum, Sir. Wie ist die Lage bei Ihnen?«

»Nicht besonders erfreulich, Will. Es kam zu einem zweiten Mordanschlag – wie Sie sicher schon vermutet haben. Diesmal verwendete der Attentäter einen *Phaser*. Cadwallader wurde verletzt.«

Riker spürte, wie ihm etwas die Kehle zuschnürte. »Wie schlimm, Sir?«

»Dr. Crusher hat mir versichert, daß keine Lebensgefahr besteht. Es dürfte allerdings noch einige Tage dauern, bis Cadwallader die Krankenstation verlassen kann; noch etwas mehr Zeit ist für eine vollständigen Regeneration des Gewebes erforderlich.« Eine kurze Pause. »Die Waffe war auf Emissionsstufe sechs justiert.«

Der Erste Offizier biß die Zähne zusammen. Ein Phaserstrahl der Stufe sechs konnte sich durch Duranium brennen. Es grenzte an ein Wunder, daß Cadwallader noch lebte.

»Wo und wann kam es zu dem Angriff?« erkundigte sich Deanna Troi.

»Deck siebzehn«, antwortete Picard. »Morgen, Dr. Crusher und Cadwallader befanden sich dort in einem Aufenthaltsraum, als wir versuchten, über den vorderen Ereignishorizont des Subraum-Sogs hinauszufliegen. Der oder die Unbekannte nutzte die ausgefallene Energieversorgung für einen zweiten Anschlag. Morgen und Dr. Crusher kamen unverletzt davon, aber mein früherer Kommunikationsoffizier hatte nicht soviel Glück.«

Riker trachtete danach, gefaßt zu bleiben. »Hat man den Schützen gesehen?«

Das Seufzen des Captains war deutlich zu hören. »Nein. Mr. Worf hat inzwischen mit Ermittlungen begonnen, und vielleicht findet er Hinweise auf die Identität des Attentäters. Nach unserem Gespräch begebe ich mich zum Ort des Geschehens und rede dort mit unserem Sicherheitsoffizier.«

»Können wir irgendwie helfen?« fragte Riker.

»Derzeit nicht, Nummer Eins. Sie werden auf der Brücke gebraucht. Ich hielt es nur für angebracht, Sie von den jüngsten Ereignissen in Kenntnis zu setzen.«

»Danke, Sir«, sagte der Erste Offizier

Picard gab keine Antwort – allem Anschein nach hatte er die Verbindung unterbrochen, um Deck siebzehn aufzusuchen. Stille herrschte, und nach einigen Sekunden drehte sich Riker zur Counselor um.

»Schlechte Nachrichten«, kommentierte Deanna.

Er nickte. Irgend etwas in ihm fühlte sich verpflichtet, etwas Geistreiches und Optimistisches zu sagen, zum Beispiel: »Kein Unglück ist so groß, es birgt ein Glück im Schoß.« Derartige Bemerkungen wären typisch für ihn gewesen.

Aber diesmal blieb er stumm. Er dachte nur an Cadwallader – sie hätte sterben können, ohne zu erfahren, warum er in Hinsicht auf das gemeinsame Abendessen einen Rückzieher gemacht hatte. *Du bist sentimental,* dachte er. Und wenn schon – so fühlte er eben.

Er wünschte sich, Cadwallader zu besuchen, an ihrem Bett zu sitzen und alles zu erklären. Aber eine solche Möglichkeit stand ihm nicht offen. Der Captain hatte sich unmißverständlich ausgedrückt – er sollte auf der Brücke bleiben.

»Will?«

Plötzlich erinnerte er sich daran, daß Deanna vor ihm stand. Er hatte einfach an ihr vorbei ins Leere gestarrt.

»Entschuldigung«, murmelte er. »Bin ganz in Gedanken gewesen.«

Die Counselor schmunzelte, und seltsamerweise glaubte Riker, einen Hauch von Kummer in ihrem Lächeln zu erkennen. »Dir liegt etwas an ihr, nicht wahr?«

Deanna erlaubte sich das »Du« nur, weil sie allein waren.

Riker wollte fragen, wen sie meinte, entschied sich dann aber dagegen. Solche Dinge Deanna gegenüber zu leugnen… Ebensogut konnte er versuchen, sich selbst zu täuschen.

»Ja«, sagte er. »Ja, ich glaube, das stimmt.«

Früher einmal wäre ihm ein solches Geständnis sehr schwergefallen – damals, als die Beziehung zwischen Troi und ihm erst kurze Zeit zurücklag. Unter jenen Umständen hätte er es kaum fertiggebracht, ihr seine Gefühle für eine andere Frau zu gestehen. Nun, in den letzten Monaten und Jahren hatte sich zwischen ihnen viel geändert, zum Besseren, fand Riker.

»Jetzt verstehe ich«, sagte Deanna.

»Was verstehst du?«

»Die Gefühle, die ich seit einer Weile in dir spüre. Konflikte. Solange Cadwallader zu den Verdächtigen zählte, mußtest du deine Empfindungen ihr gegenüber um der Ermittlungen willen unterdrücken.«

»Ich sah mich gezwungen, eine Verabredung mit ihr abzusagen«, erwiderte Riker. »Ob du's glaubst oder nicht: Nur selten zuvor in meinem Leben ist mir etwas so schwergefallen.«

»Oh, das glaube ich dir«, entgegnete Troi.

Riker musterte die Empathin. »Bitte sei vorsichtig, Deanna. Wenn so etwas Cadwallader zustoßen konnte…«

Sie legte ihm die Hand auf die Schulter – eine beschwichtigende, beruhigende Geste. »Ich bin alt genug, um auf mich achtzugeben.« Sie lächelte. »Danke, Will.«

Anschließend dirigierte sie den Ersten Offizier mit sanftem Nachdruck zur Tür.

Worf drehte sich rasch in dem Korridor um, als die Tür des Turbolifts aufglitt. Der Klingone fluchte leise – er hatte die Programmierung des Lifts modifiziert, um zu verhindern, daß die Transportkapsel im Bereich dieses Decks anhielt. Erst mußten die Ermittlungen beendet werden.

Einige Sekunden später stellte er fest, daß die Modifikation von einer Prioritätsorder außer Kraft gesetzt worden war. Der entsprechende Befehl stammte von einem Vorgesetzten, in diesem Fall vom Captain.

Worfs Ärger verflog sofort, und er wußte: Die Annullierung des Prioritätsbefehls war nur vorübergehender Natur; als sich die Tür hinter Picard schloß, galten wieder die Anweisungen des Sicherheitsoffiziers.

Er straffte die Schultern, schob sich an den Spezialisten des Spurensicherungsteams vorbei und trat dem Captain entgegen. »Sir ...«, begrüßte er ihn.

Ein Schatten fiel auf Picards Gesicht, als er die verbrannten Stellen an den Wänden sah – Burke und Resnick nahmen dort Untersuchungen vor. Einige Sekunden später wandte sich Jean-Luc an den Klingonen. »Rühren, Lieutenant.« Er holte tief Luft und ließ den Atem langsam entweichen. »Gibt es etwas zu berichten – abgesehen vom Offensichtlichen?«

Worf holte einen Phaser hervor und reichte ihn dem Captain. Picard nahm den Strahler entgegen und runzelte die Stirn.

»Die Tatwaffe«, erklärte der Klingone, obgleich sich ein solcher Hinweis erübrigte. »Unsere Vermutung hat sich bestätigt: Das Kom-Modul wurde neutralisiert.« Er zögerte kurz. »Wir haben den Phaser in einem Abfallbehälter gefunden, etwa zwanzig Meter von hier entfernt. Der Attentäter wollte offenbar nicht riskieren, daß man den Strahler bei einer Quartiersdurchsuchung entdeckte. Gleichzeitig hatte er es zu eilig, um nach einem besseren Versteck zu suchen.«

Der Captain betrachtete den Phaser eine Zeitlang,

und die Falten fraßen sich ihm tiefer in die Stirn. »Lieutenant, diese Waffe …«

Worf nickte. »Sie stammt aus unseren Beständen und wurde aus der Sicherheitsabteilung gestohlen.«

Picard hob den Kopf. »Wie ist das möglich?«

Der Klingone sah an ihm vorbei und versuchte, sich seine Verlegenheit nicht zu deutlich anmerken zu lassen. »Der diensthabende Offizier – Loyosha – wurde kurz nach dem Mordanschlag bewußtlos aufgefunden. Alles deutet darauf hin, daß man ihn mit einem Betäubungsmittel außer Gefecht setzte. Genauer gesagt: mit irgendeiner Substanz, die sich im Essen befand – er fiel unmittelbar nach seiner letzten Mahlzeit in Ohnmacht. Nun, bisher ist das nicht mehr als eine Theorie. Wir haben die Reste des Essens sichergestellt, um genaue Analysen vorzunehmen.«

Der Captain gab den Phaser zurück, und Worf hakte ihn an seinen Gürtel. »Woher hatte Loyosha seine Mahlzeit? Vom nächsten Synthetisierer?«

»Davon gehen wir aus«, brummte der Klingone. »Das Gerät wird ebenfalls untersucht.«

Picard nickte. »Gut.« Er setzte sich in Bewegung und ging durch den Korridor, fort von den anderen Sicherheitswächtern. Seine Schritte führten ihn in die Richtung, aus der der Attentäter gekommen war – die Brandspuren an den Wänden dienten ihm als Wegweiser. Worf begleitete den Captain und schwieg zunächst.

Schließlich schluckte der Sicherheitsoffizier. »Sir?«

»Ja?« Der Captain sah ihn nicht an, blickte vom einen Ende des Korridors zum anderen und schien sich vorzustellen, auf welche Weise der Unbekannte angegriffen hatte.

»Sir …«, begann der Klingone noch einmal. »Wenn der Lebensmittelsynthetisierer manipuliert wurde, so ist alles meine Schuld. Ich bestehe darauf, die volle Verantwortung für den Zwischenfall zu übernehmen.«

Picard wandte sich ihm zu, und in seinem Gesicht kam etwas Seltsames zum Ausdruck. Worfs Bemerkung schien etwas in ihm berührt zu haben.

»Wir haben es mit jemandem zu tun, der sich mit den Bordsystemen der *Enterprise* gut auskennt, Lieutenant«, sagte der Captain. »Der von Ihnen erwähnte Synthetisierer befindet sich in unmittelbarer Nähe der Sicherheitsabteilung, woraus ich den Schluß ziehe, daß der Täter die technische Manipulation nicht selbst vornahm. Wenn er …« Picard unterbrach sich kurz. »Wenn er *oder sie* die Programmierung des Geräts aus der Ferne verändert hat … Ich schätze, dann fiele es selbst Geordi schwer, Antwort auf die Frage nach dem Wie zu geben.«

Worf schnitt eine finstere Miene. »Trotzdem …«

Picard winkte ab. »Trotzdem *nichts*. Verschwenden Sie Ihre Zeit nicht mit Selbstvorwürfen – Sie müssen sich um wichtigere Dinge kümmern. Habe ich mich klar genug ausgedrückt?«

Der Klingone nahm Haltung an und fühlte sich auf angemessene Weise getadelt. »Aye, Sir.«

»Schildern Sie mir jetzt Ihre Rekonstruktion des Angriffs. Und lassen Sie dabei keine Details aus.«

Worf nickte. »Wie Sie wünschen.«

Die Intensivstation durfte nur von Angehörigen des medizinischen Personals betreten werden – mit Ausnahme von Picard, Riker und Worf. Derartige Anweisungen hatte Dr. Crusher hinterlassen, als sie ihr Büro aufsuchte, um sich eingehender mit Cadwalladers Bio-Werten zu befassen.

Nachher begriff sie natürlich ihren Fehler.

Sie hatte vergessen, daß Carter Greyhorse Medo-Offizier war. Außerdem: Für die anderen Ärzte der Krankenstation sowie die Pfleger gab es keinen Grund, den hochrangigen Besucher von Cadwallader fernzuhalten.

Die Untersuchung der Bio-Daten führte zu einem zufriedenstellenden Ergebnis – in Hinsicht auf die Rekonvaleszenz der Patientin war nicht mit Komplikationen zu rechnen –, und als Beverly nach der Analyse zur Intensivstation zurückkehrte... Der hünenhafte Greyhorse beugte sich dort über die bewußtlose Cadwallader und strich ihr sanft eine Strähne aus der Stirn. Bevor Dr. Crusher etwas sagen konnte – *was* hätte sie sagen sollen? –, drehte sich der Mann um.

Zum erstenmal sah die Ärztin so intensive Emotionen in Carters Gesicht. Sein buschigen Brauen bildeten ein V, und in den Augen darunter blitzte es.

»Verdammt!« stieß er mit gedämpfter Stimme hervor. »Warum hast du mir nicht Bescheid gegeben, Beverly?«

Sie zuckte mit den Schultern. »Es geschah erst vor kurzem. Und normalerweise bitten wir keine Besucher, uns bei der Behandlung von Patienten zu helfen.«

Greyhorse ballte die Faust. »Wenn es um Cadwallader geht, bin ich mehr als nur ein Besucher. Im Lauf der Jahre hat sie immer mehr an Bedeutung für mich gewonnen. Wenn sie verletzt ist, so möchte ich davon erfahren.«

»Ich ziehe dein Anliegen in Erwägung«, erwiderte Dr. Crusher steif. Dann erinnerte sie sich an die besonderen Umstände und fügte sanfter hinzu: »Ich weiß, daß du ihr sehr nahe stehst, Carter. Immerhin ist sie eine Kollegin und...«

»Sie ist viel mehr als nur das«, unterbrach Greyhorse die Ärztin. Er sah wieder auf Cadwallader hinab. »Bei Maxia mußten wir einige direkte Treffer einstecken. In der Krankenstation ging's drunter und drüber; überall brannte es. Ich lag unter einem Trümmerstück eingeklemmt. Aus eigener Kraft konnte ich mich nicht befreien. Und ich durfte auch nicht damit rechnen, daß jemand aus einer anderen Abteilung kam, um mir zu helfen.« Eine kurze Pause. »*Sie* blieb an Bord, um nach mir zu suchen. Zusammen mit Picard und einigen anderen. Sie lehnte es ab, sich mit einem Shuttle in Sicherheit zu bringen. Schließlich fand sie mich, nahm einen Laserbrenner und schnitt die Trümmer auseinander. Anschließend brachte sie mich zum letzten Shuttle. Zu jenem Zeitpunkt hatte ich bereits wegen Rauchvergiftung das Bewußtsein verloren.« Greyhorse wandte sich an Crusher. »Wenn Cadwallader nicht gewesen wäre, hätte es mich damals erwischt.«

»Davon hatte ich keine Ahnung.«

Greyhorse räusperte sich und wirkte ein wenig verlegen. »Jetzt weißt du's.« Er deutete auf die Patientin. »Von *Phaser*strahlen angerichtete Verbrennungen? Meine Güte, wie kam es dazu?«

Crusher verfluchte sich innerlich. Zu spät sah sie zum Display über dem Biobett – die dort angezeigten Daten betrafen Cadwalladers Gewebeschäden. Die Daten wiesen jeden Arzt, der etwas taugte, auf die Ursache der Verletzungen hin.

Es hatte keinen Sinn zu lügen. Greyhorse war alles andere als dumm und würde Ausflüchte als solche erkennen.

»Komm mit in mein Büro«, sagte sie. »Es ist eine lange Geschichte.«

Geordi schüttelte den Kopf. »Wahnsinn. Reinster Wahnsinn. Als wenn wir durch den Subraum-Sog nicht schon genug Probleme hätten.«

»Passen Sie in Ihrer Abteilung auf, Commander«, ertönte Picards ernste Interkom-Stimme. »Der Attentäter scheint überaus einfallsreich zu sein, und wenn seine technischen Kenntnisse tatsächlich so gut sind, wie es den Anschein hat …«

»Ich verstehe, Captain.«

»Gut. Picard Ende.«

LaForge sah Data an, der auf der anderen Seite des

Schreibtischs saß. Er atmete tief durch. »Langsam wird's unheimlich.«

Der Androide erwiderte seinen Blick. »Rein intellektuell verstehe ich, was Sie meinen«, sagte er. »Allerdings bin ich außerstande, Furcht zu empfinden, und das bedeutet: Ich kann Ihre derzeitigen Empfindungen nicht teilen.«

»Das brauchen Sie nicht zu bedauern«, brummte Geordi. »Derzeit kommt es vor allem darauf an, einen kühlen Kopf zu bewahren – ganz gleich, *wer* angeschossen wird oder auf einem sabotierten Holo-Deck in Bedrängnis gerät.«

Durch die transparente Wand des Büros blickte er zu Wesley und Simenon. Sie wirkten ebenso müde, wie er sich fühlte – insbesondere der Gnalisch. Angesichts seines trockenen, manchmal bissigen Humors sowie des exotischen Erscheinungsbildes konnte man manchmal vergessen, daß er schon recht alt war. Die anstrengende theoretische Arbeit der letzten Stunden ging nicht spurlos an ihm vorbei.

Eins stand fest: Mit dem Phaser-Angriff hatte Simenon nichts zu tun. Der Gnalisch war die ganze Zeit über im Maschinenraum gewesen.

Und wenn er einen Komplizen hat? flüsterte eine argwöhnische Stimme in Geordi.

»Sollten wir jetzt nicht zu den anderen zurückkehren?« fragte Data. »Bestimmt fragen Sie sich, was uns aufhält.«

»Mir ist gerade etwas eingefallen«, erwiderte Geordi. Wenn mehr als nur eine Person hinter den Mordanschlägen steckte, wenn es sich um eine *Verschwörung* handelte …

Vielleicht hatte Simenon den Zwischenfall auf dem Holo-Deck arrangiert – und den Phaser-Angriff jemand anders überlassen. Vielleicht hatte er seinem Komplizen irgendwie mitgeteilt, daß ein Ausfall der Energieversorgung drohte, wodurch sich eine günstige

Gelegenheit bot, Morgen erneut nach dem Leben zu trachten. Vielleicht...

»Nein«, sagte Geordi laut. Warum nach einer komplizierten Antwort suchen, wenn eine hohe Wahrscheinlichkeit dafür sprach, daß sie es mit den Aktionen eines einzelnen Täters zu tun hatten? Es erschien absurd, daß gleich *zwei* Personen verrückt genug waren zu versuchen, Morgen ins Jenseits zu schicken.

»Nein?« wiederholte der Androide.

Geordi lächelte. »Ich habe nur gerade eine Theorie verworfen, Data. Das ist alles.« Er erhob sich. »Kommen Sie. Wir sollten die Berechnungen in Hinsicht auf das Subraumfeld beenden, bevor ich umkippe.«

Data musterte ihn verwirrt. In letzter Zeit geschah das immer seltener, aber offenbar hatte der Chefingenieur einen umgangssprachlichen Ausdruck verwendet, den der Androide noch nicht kannte.

»Umkippen«, sagte LaForge. »Bewußtlosigkeit aufgrund von Erschöpfung und Schlafmangel.«

Der Androide verarbeitete diese Worte zu einer neuen Erkenntnis, stand ebenfalls auf und folgte dem Chefingenieur nach draußen.

Picard hatte die Existenz des Bereitschaftsraums noch nie so zu schätzen gewußt wie jetzt. Er brauchte Zeit: um nachzudenken; um mit zwei Szenen fertig zu werden. Die eine zeigte ihm Cadwallader bewußtlos auf dem Biobett, und die zweite präsentierte ihm von einem Phaser stammende Brandspuren an den Korridorwänden.

Hinzu kam, daß Worf darauf bestand, die Verantwortung zu übernehmen. Damit erinnerte er den Captain an Worte, die Mops Joseph vor zwei Jahrzehnten an ihn gerichtet hatte, ebenfalls nach einem Mordanschlag...

Bald würde er auf die Brücke zurückkehren, um dort im Kommandosessel Platz zu nehmen, Ruhe und Zuversicht auszustrahlen. Bald. Aber noch nicht *jetzt*.

Jean-Luc lehnte sich zurück, schloß die Augen und bemühte sich, Distanz zu der schwierigen Situation zu gewinnen.

Cadwallader zählte jetzt natürlich nicht mehr zu den Verdächtigen. Der Captain hatte genug Dixon Hill-Geschichten gelesen, um zu wissen: Manchmal verletzte ein Mörder sich selbst, um nicht in Verdacht zu geraten. Aber in Cadwalladers Fall waren die Wunden viel zu ernster Natur. Außerdem hatte jemand anders den Phaser abgefeuert, was sowohl Beverly als auch Morgen bestätigten.

Picard schürzte die Lippen. Einmal mehr gewann er den vagen Eindruck, irgend etwas zu übersehen. In einem fernen, dunklen Winkel seines Selbst schien sich ein Hinweis zu verbergen und auf Entdeckung zu warten.

Ich sollte wissen, wer dahintersteckt, fuhr es Jean-Luc durch den Sinn. *Immerhin bin ich damals ihr Captain gewesen. Daher sollte ich die Offiziere von der* Stargazer *gut kennen.*

Mit welchem Recht forderte er Worf oder Riker auf, den Attentäter zu finden, wenn er selbst nicht dazu imstande war? Wer kannte Idun, Mops Joseph und die anderen besser als Jean-Luc Picard?

Sofort fiel ihm die Antwort ein. *Jack.* Ja, Jack Crusher hatte die übrigen Offiziere besser gekannt als ihr Captain – in einigen Fällen sogar besser als die betreffenden Mütter.

Kein Zweifel: Jack wäre imstande gewesen, sofort herauszufinden, wer Morgen umbringen wollte. Man hatte ihm damals Geheimnisse anvertraut, von denen sonst niemand etwas erfuhr. Und warum? Weil jemand mit einem so offenen, ehrlichen und jungenhaften Gesicht gar nicht imstande sein konnte, Vertrauen zu mißbrauchen.

Etwas anderes fiel Picard ein, und Unbehagen ging mit den entsprechenden Erinnerungen einher: In gewisser Weise hatte er Jack damals um jene Eigenschaften beneidet. Er schüttelte den Kopf. *Daran habe ich schon lange nicht mehr gedacht – an den Neid auf Jack.*

Nie ergaben sich daraus Probleme für die Freundschaft. Jack hatte nicht einmal etwas davon erfahren. Doch etwas in dem jungen Jean-Luc Picard, der damals das Kommando über die *Stargazer* führte und mehr Selbstsicherheit zur Schau stellte, als er wirklich empfand ... Etwas in jenem Picard wünschte sich, auf die gleiche Weise geliebt zu werden wie Jack Crusher. Es ging ihm nicht nur um Respekt und Bewunderung, sondern auch um Liebe.

Im Lauf der Zeit wuchs er natürlich darüber hinaus, um schließlich zu begreifen, *daß* man ihn liebte, wenn auch auf eine besondere Art und Weise. Jack war anderen Leuten sofort sympathisch gewesen. Jean-Luc hingegen brauchte länger, um Zuneigung zu gewinnen: Tage, Wochen und Monate, manchmal sogar Jahre.

Wer konnte sagen, welche Art von Liebe der anderen vorzuziehen war? Jean-Luc Picard bestimmt nicht – in gewisser Weise waren Herzensangelegenheiten für ihn weitaus fremdartiger und erschreckender als die fernsten Bereiche des Unbekannten.

Der Captain sah zum leeren Sessel ihm gegenüber. *Ach, Jack ...*

Die Phantasie gaukelte ihm plötzlich vor, daß sein Freund auf der anderen Seite des Schreibtischs saß, gleichzeitig entspannt und wachsam.

»Hast du ein Problem, Jean-Luc?«

Picard nickte. »Sogar ein großes«, bestätigte er.

»Kann ich dir irgendwie helfen?«

Der Captain seufzte. »Es befindet sich jemand an Bord, der es auf Morgen abgesehen hat, Jack. Und er oder sie gehört zu unseren Gefährten.«

Jacks Gesichtsausdruck wurde noch etwas ernster. »Der Unbekannte versucht, dort einen Erfolg zu erzielen, wo Gerda scheiterte.«

»Genau. Leider habe ich nicht den geringsten Hinweis auf die Identität des Attentäters.«

Crusher nickte langsam. »Eine üble Sache. Und sie erfordert rasches Handeln.«

»Es gibt eine Antwort, Jack. Da bin ich ganz sicher. Ich weiß nur nicht, wo ich nach ihr suchen soll.«

Jacks Lippen bewegten sich, und er schien etwas sagen zu wollen. Vielleicht schickte er sich nun an, Picard bei der Lösung des Rätsels zu helfen, ihm mitzuteilen, wem an Morgens Tod gelegen war. Aber Jean-Luc wartete und hoffte vergeblich. Jack schwieg und zuckte nur kurz mit den Schultern.

»Es tut mir leid«, brachte er schließlich hervor.

»Mach dir nichts draus«, erwiderte Picard.

»Im Ernst«, hauchte Jack. »Ich bedauere es wirklich sehr, dir nicht helfen zu können.«

»Schon gut.« Jean-Luc musterte seinen Freund und vermißte ihn mehr als jemals zuvor. »Deshalb brauchst du dir nichts vorzuwerfen.«

Plötzlich war der Sessel wieder leer, und die Last des Kummers senkte sich auf Picard herab.

KAPITEL 11

Riker hatte wesentlich früher kommen wollen, aber persönliche Angelegenheiten mußten warten, bis der Brückendienst beendet war. Als er nun die Krankenstation betrat, sah er Dr. Crusher.

Sie kam gerade hinter der Barriere hervor, welche die Intensivstation mit Cadwalladers Biobett von der übrigen Krankenstation abschirmte. Sofort bemerkte sie den Ersten Offizier und bedachte ihn mit einem aufmerksamen Blick. »Was kann ich für Sie tun, Commander?«

»Sie können mir erlauben, Cadwallader zu besuchen.« Er deutete zur Abtrennung.

Dünne Falten formten sich über Beverlys Brauen. »Sie schläft. Und sie sollte nicht gestört werden.«

Riker wollte protestieren, doch er unterdrückte diese Reaktion. Sie hätte ihm ohnehin nichts genützt. Beverly Crusher war ziemlich stur, wenn es darum ging, das Wohl ihrer Patienten zu gewährleisten.

Darüber hinaus brauchte Cadwallader sicher Ruhe. Für die Erklärungen in Hinsicht auf das geplatzte gemeinsame Abendessen gab es später noch Zeit genug.

»Wenn Sie wissen möchten, was passiert ist…«, sagte Dr. Crusher. »Ich bin gern bereit, Ihre Fragen zu beantworten.«

Riker brauchte zwei oder drei Sekunden, um zu verstehen, was sie meinte. Er schüttelte den Kopf. »Nein. Deshalb bin ich nicht hier. Ich wollte nur feststellen, wie es Cadwallader geht.«

Beverly musterte ihn – und lächelte wissend. »Oh«, entgegnete sie. »In dem Fall schlage ich vor, Sie kommen später wieder.«

Der Erste Offizier nickte. »In Ordnung.« Und nach kurzem Zögern: »Hätten Sie was dagegen, wenn ich einen kurzen Blick auf sie werfe?«

Die Ärztin überlegte. »Nun, ich schätze, dagegen gibt es nichts einzuwenden«, sagte sie schließlich, und in ihren Augen funkelte es amüsiert.

»Danke.« Riker trat zur Barriere, und Crushers Blick folgte ihm.

Er spähte um die Ecke der Absperrung und sah, daß Cadwallader tatsächlich schlief. Sie wandte ihm das Gesicht zu, und Will seufzte unwillkürlich. Er hatte Schlimmeres erwartet, aber es kam trotzdem einem Schock gleich, sie so blaß und schwach zu sehen. Dies schien nicht die Frau zu sein, die er beim Turnen am Reck beobachtet hatte.

»Commander ...«

Riker drehte sich um – Beverly stand hinter ihm. »Ja, ich weiß, Doktor.« Widerstrebend wich er von der Barriere fort.

»Ich könnte ihr mitteilen, daß Sie hiergewesen sind«, bot die Ärztin an.

»Das wüßte ich sehr zu schätzen.«

Gemeinsam kehrten sie in die zentralen Bereiche der Krankenstation zurück. »Sie brauchen sich keine Sorgen zu machen«, wandte sich Beverly an den Ersten Offizier. »Ich versichere Ihnen: Die Patientin wird sich vollkommen erholen.«

Er nickte. »Freut mich, das zu hören, Doktor.«

Doch seine Sorgen blieben – sie galten nicht nur Cadwallader, sondern auch den anderen Offizieren der *Stargazer*.

Data saß im Maschinenraum und nutzte fast die gesamte Kapazität seines positronischen Gehirns für komplexe Berechnungen. Auf diese Weise war er beschäftigt, seit Geordi den Rest des Krisenteams zu Bett geschickt hatte.

»Wir sind viel zu müde, um auch weiterhin sinnvolle theoretische Arbeit zu leisten«, hatte der Chefingenieur gesagt. »Ich schlage vor, wir horchen nun an der Matratze. Morgen früh können wir bestimmt klarer denken.«

Simenon pflichtete ihm bei, und Wesley nickte widerstrebend.

Doch Data brauchte keinen Schlaf. Und deshalb blieb er im Maschinenraum, als sich LaForge und die anderen in ihre Quartiere zurückzogen. Jetzt, nach einigen Stunden, saß er noch immer hier.

Unglücklicherweise gelang es ihm nicht, bei seinen Elaborationen konkrete Resultate zu erzielen. Die Gleichungen enthielten zu viele Variablen, zu viele unbekannte Faktoren. Wenn die Subraum-Dynamik besser bekannt gewesen wäre ...

»Entschuldigen Sie bitte.«

Der Androide sah sich um und erkannte Dr. Greyhorse. Der große Mann zuckte mit den breiten Schultern.

»Ich nehme an, alle liegen in den Betten.«

»Nein«, widersprach Data und drehte seinen Sessel. »*Ich* bin noch hier. Was bedeutet, daß nicht *alle* in den Betten liegen.«

In Greyhorse' Mundwinkeln zuckte es. »In der Tat, Commander. An Ihrer Logik gibt es nichts auszusetzen.« Er blickte durch den Maschinenraum. »Aber alle *anderen* schlafen, oder?«

»Ja«, antwortete Data.

Der Doktor zog sich einen Stuhl heran und nahm Platz. »Schade. Ich habe gehofft, helfen zu können.«

»Wobei?« fragte der Androide neugierig.

Greyhorse zuckte einmal mehr mit den Achseln. »In bezug auf den Subraum-Sog. Wissen Sie, ich stamme aus einer Familie, die viele Techniker und Ingenieure hervorgebracht hat. Ich habe selbst eine entsprechende Ausbildung hinter mir.«

»Oh, ich verstehe«, sagte Data. »Und ich bitte um Verzeihung. Ich wußte nichts von Ihren technischen Kenntnissen.«

»Schon gut. Die Sache ist nicht allgemein bekannt.«

»Sind Sie mit dem Problem vertraut?« fragte der Androide.

»Nicht unbedingt.« Greyhorse lachte leise. »Selbst das ist noch übertrieben. Von den Einzelheiten habe ich nicht die geringste Ahnung. Ich weiß nur, daß wir uns im Einflußbereich eines Subraum-Phänomens befinden – es wirkt sich auf unsere Geschwindigkeit aus.«

Data nickte. »Wenn Sie gestatten, beschreibe ich Ihnen die Einzelheiten unserer Situation.«

Der Androide sprach eine halbe Stunde lang. Die meiste Zeit über hörte Greyhorse ruhig zu; er unterbrach Data nur, wenn er zusätzliche Informationen benötigte. Nach einer Weile stellte er überhaupt keine Fragen mehr. Der Androide schloß daraus, daß sein Zuhörer die Zusammenhänge immer besser verstand. Das war tatsächlich der Fall, wie sich kurze Zeit später herausstellte.

Nach den Schilderungen begann der Doktor sofort damit, Vorschläge zu unterbreiten. Sie bewiesen nicht nur Kompetenz, sondern auch Phantasie, aber leider waren sie schon früher erörtert worden, und zwar immer mit negativem Ergebnis. Darauf mußte Data natürlich hinweisen. Nach einer Weile ließ Greyhorse' Enthusiasmus nach, und schließlich gingen ihm die Ideen aus.

»Meine Güte!« schnaufte er. »Vielleicht war's doch richtig, daß ich mich für die Medizin entschieden habe. Ich hätte keinen guten Ingenieur abgegeben.«

»Ganz im Gegenteil«, sagte der Androide. »Ihre Vorschläge bieten keinen Grund zur Kritik. Der Umstand, daß jene Möglichkeiten bereits von uns in Erwägung gezogen wurden, spricht nicht etwa gegen Ihre Sachkenntnis, sondern *dafür*.« Data sah, wie die Niedergeschlagenheit aus den Zügen seines Gesprächspartners wich, und daraufhin fügte er hinzu: »Denken Sie daran, Doktor: Drei der besten Techniker des interstellaren Völkerbundes haben bisher vergeblich nach einer Lösung gesucht.«

Greyhorse musterte ihn. »Drei? Wen schließen Sie aus? Doch nicht etwa sich selbst, oder?«

»In Hinblick auf das Ingenieurwesen halte ich mich nicht für sehr ›begabt‹«, sagte der Androide. »Man hat mich mehrmals auf folgendes hingewiesen: Bei einem guten Ingenieur spielt das Wissen an sich nur eine untergeordnete Rolle; wichtiger ist die Intuition. Nun, an Informationen und Daten mangelt es mir gewiß nicht, aber ich fürchte, mein intuitiver Faktor läßt zu wünschen übrig.«

Greyhorse schüttelte den Kopf. »Nun, Mr. Data, es gibt Intuition und Intuition. Meine Verwandten werden Ihren Vorstellungen von einem guten Ingenieur voll und ganz recht. Sie sind ungeheuer intuitiv – solange es dabei um Maschinen geht. Aber in einem Zimmer voller Menschen haben sie die gleiche Intuition wie ein Kaktus. Leider gilt das auch für mich. Ich wollte immer anders sein, aber wie heißt es so schön? Der Apfel fällt nicht weit vom Stamm. Ich leiste gute Arbeit, wenn es um die Körper von Personen geht. Aber ihre Psyche, ihr Selbst… Dort weiß ich nicht weiter. In dieser Beziehung bin ich eine echte Null und ebenso einfühlsam wie ein Roboter.« Er lächelte. »Sie sind nicht organischer Natur, sondern künstlichen Ursprungs. Sie *glauben* sogar, eine Maschine zu sein. Aber ich darf Ihnen folgendes versichern, Data: Sie sind menschlicher – und in vielerlei Hinsicht intuitiver – als der gesamte Greyhorse-Clan.«

Der Androide konnte das kaum glauben und brachte seine Skepsis mit einigen Worten zum Ausdruck.

»Sie kennen den Greyhorse-Clan nicht«, betonte der Doktor.

»Das stimmt«, pflichtete ihm Data bei. »Aber ich kenne Sie. Und es scheint Ihnen nicht an positiven menschlichen Fähigkeiten zu fehlen.«

Greyhorse musterte den Androiden nachdenklich. »Der Schein kann trügen, Commander. Tief in meinem Innern bin ich gleichgültig und teilnahmslos. Soll ich Ihnen ein Beispiel nennen?«

Der Androide wußte nicht, was er darauf erwidern sollte.

Carter Greyhorse beugte sich vor. »Ich weiß, daß jemand auf Tricia Cadwallader geschossen hat. Ich bin in der Krankenstation gewesen und habe sie dort gesehen. Auf meine Bitte hin hat mir Dr. Crusher alles erzählt.«

Das überraschte Data – immerhin hatte Captain Picard angeordnet, daß die Mordversuche nicht bekanntgemacht werden dürfen. Doch er unterbrach den Doktor nicht, speicherte die Informationen nur ab, um sich später mit ihnen zu befassen.

»Ich weiß also, was geschah«, fuhr Greyhorse fort. »Und doch sehe ich mich außerstande, aufrichtige Anteilnahme zu empfinden. Wenn sich überhaupt so etwas wie Besorgnis in mir regt, so bleibt sie auf ein berufliches Niveau beschränkt: Was meine Arbeit betrifft, bin ich ebenso stolz wie andere Ärzte; ich möchte nicht, daß sie durch Fehler verdorben wird. Aber der Person namens Cadwallader – jener Frau, mit der ich über viele Jahre hinweg eng zusammengearbeitet habe – bringe ich keine Gefühle entgegen. Die Tatsache, daß sie verletzt wurde, läßt mich völlig kalt.«

Data neigte den Kopf ein wenig zur Seite – so reagierte er häufig, wenn er etwas nicht verstand. »Und Ihre Bemühungen in bezug auf den Subraum-Sog?«

fragte er. »Sie meinten doch, Sie seien gekommen, um zu helfen.«

Greyhorse winkte ab. »Reiner Selbsterhaltungstrieb. Nicht mehr und nicht weniger. Wenn die *Enterprise* irgendeinem kosmischen Phänomen zum Opfer fällt, so erwischt es auch mich. Und ich möchte überleben, um zur medizinischen Sektion von Starfleet zurückzukehren. Um dort die Farce fortsetzen, den ach so hingebungsvollen Heiler zu spielen.«

Er stand auf. Data beobachtete ihn und versuchte, in den letzten Bemerkungen einen Sinn zu erkennen.

»Es tut mir leid, daß ich Ihnen nicht mehr helfen konnte, Commander. Ich gebe Ihnen Bescheid, wenn mir noch etwas einfällt.« Der Doktor zögerte kurz. »Übrigens… Bitte verzichten Sie darauf, Professor Simenon gegenüber meinen Besuch zu erwähnen. Er würde mich nur verspotten. Wegen ›Überschreitung der beruflichen Grenzen‹ oder etwas in der Art.«

»Ich verstehe«, sagte der Androide.

»Na bitte«, brummte Greyhorse. »Sie *sind* menschlicher, als Sie selbst glauben.«

Mit diesen Worten ging er.

Der Captain saß noch immer im Bereitschaftsraum und dachte nach, als der Türmelder summte – jemand auf der Brücke wollte ihn sprechen. Picard sah zur einzigen Tür des Zimmers und fragte sich, wer auf der anderen Seite stehen mochte. Nach einigen Sekunden holte er tief Luft und bereitete sich widerstrebend darauf vor, den Besucher zu empfangen.

»Herein«, sagte er.

Das Schott glitt beiseite.

Ben Zoma betrat den Raum, und er wirkte alles andere als glücklich.

»Setzen Sie sich.« Picard deutete auf einen Sessel.

Sein früherer Erster Offizier nahm auf der anderen Seite des Schreibtischs Platz. Diese Position war ihnen beiden vertraut – so hatten sie sich damals an Bord der *Stargazer* oft gegenübergesessen.

Aber dies ist nicht die Stargazer, erinnerte sich der Captain. *Und Ben Zoma ist nicht mehr mein Erster Offizier. Wie hat er die letzten zehn Jahre verbracht? Kann er sich so sehr verändert haben, um zu einem Mörder zu werden?*

»Jean-Luc ...«, begann der dunkelhäutige Mann und gab nun die übliche Jovialität auf. »Ich möchte Antworten. Und zwar sofort.«

Picard begegnete seinem Blick. »Was für Antworten, Gilaad?«

Ben Zoma lehnte sich zurück. »Wo befindet sich Cadwallader? Und sagen Sie mir jetzt bloß nicht, Sie hätten keine Ahnung. Meine Versuche, einen Interkom-Kontakt herzustellen, blieben ohne Erfolg. Cad reagierte nicht einmal, als ich vor der Tür ihres Quartiers stand und den Melder betätigte.«

Der Captain entschied, einen Teil der Wahrheit preiszugeben.

»Sie ist in der Krankenstation«, sagte er, musterte den Besucher aufmerksam und hielt in seinen Zügen nach Anzeichen von Schuld Ausschau. Gleichzeitig hoffte er, nichts dergleichen zu finden.

»In der Krankenstation«, wiederholte Ben Zoma. Seine plötzliche Besorgnis schien echt zu sein. »Was ist geschehen? Und wie geht es Cadwallader?«

Hier hörte die Wahrheit auf und wich einer Lüge, die dem Captain alles andere als leicht fiel.

»Als wir versuchten, den vorderen Ereignishorizont des Subraum-Sogs zu durchstoßen, kam es auf Deck siebzehn zu Kurzschlüssen im Reserve-Lebenserhaltungssystem. Sie verursachten eine Explosion im Luftschacht, und Cadwallader stand in der Nähe des Belüftungsgitters – sie befand sich zur falschen Zeit am falschen Ort.«

Ein solcher Zwischenfall ließ sich nicht ausschließen. Geordi schwor, daß er so etwas einmal erlebt hatte, vor Jahren an Bord der *Hood*.

Ben Zoma nickte. »Und Cadwallader?«

»Sie ist im großen und ganzen in Ordnung«, erwiderte Picard. »Dr. Crusher mußte einige chirurgische Eingriffe vornehmen, aber sie sind kaum der Rede wert. Sie könnte schon morgen wieder auf den Beinen sein, doch ich vermute, unsere Bordärztin möchte sie noch etwas länger unter Beobachtung halten.«

Ben Zoma nickte erneut, und Falten bildeten sich über seinen Brauen.

»Wenn man fast zwanzig Jahre lang mit jemandem zusammenarbeitet, so lernt man den Betreffenden gut kennen«, sagte er. »Man weiß, wann er müde, verärgert oder niedergeschlagen ist. Das gilt auch für einen Mann, der seine Gefühle so gut verbirgt wie Sie, Jean-Luc.« Erneut beugte er sich vor und wirkte vor allem verletzt. »Man weiß auch, wann er lügt. Und genau das ist jetzt bei Ihnen der Fall: Sie lügen.«

»Glauben Sie?«

»Ja. Ich habe schon Counselor Troi darauf hingewiesen: Etwas geschieht an Bord der *Enterprise* – etwas, das Sie uns verschweigen. Verstärkte Sicherheitsmaßnahmen, nicht mehr betriebsbereite Holo-Decks ... Morgen, der plötzlich großen Gefallen an der Einsamkeit zu finden scheint. Und jetzt auch noch Cadwallader.« Er schüttelte den Kopf. »Irgend etwas geht nicht mit rechten Dingen zu, Jean-Luc.«

Die Situation verlangte, daß Picard auch weiterhin den eingeschlagenen Weg beschritt und Ben Zoma zu den Verdächtigen zählte. Aber sein Instinkt legte ihm etwas anderes nahe. Und er hatte schon zu Beginn seiner beruflichen Laufbahn gelernt, daß er letztendlich seinem Instinkt vertrauen mußte.

Er holte tief Luft. »Sie haben recht«, bestätigte er. »Cadwallader wurde nicht durch eine Explosion in irgendeinem Luftschaft verletzt, sondern durch einen Phaserstrahl. Und Morgen ist auf meine Bitte hin zu einem Einsiedler geworden – nachdem er auf dem sabotierten Holo-Deck fast ums Leben gekommen wäre.«

Ben Zoma schwieg einige Sekunden lang. »Bitte nennen Sie mir Details«, sagte er dann.

Picard schilderte ihm die Situation. Nach dem knappen Bericht kniff der Mann ihm gegenüber die Augen zusammen.

»Jemand trachtet Morgen nach dem Leben«, faßte der Captain zusammen. »Und alles deutet darauf hin, daß der Attentäter *einer von uns* ist.«

Ben Zoma runzelte die Stirn. »Leider kann ich Ihnen da nicht widersprechen.« Eine kurze Pause. »Glauben Sie, Idun steckt dahinter?«

»Nein, eigentlich nicht«, antwortete Picard. »Es wäre zu offensichtlich – erst recht nach ihrer Entfremdung von der Gruppe. Der wahre Schuldige *möchte* sicher, daß wir unsere Aufmerksamkeit auf Idun konzentrieren.«

»Ob es offensichtlich ist oder nicht – nur Idun hat ein klares Motiv«, meinte Ben Zoma. »Rache für den Tod ihrer Schwester.«

»Commander Riker hat ein anderes vorgeschlagen: Seiner Ansicht nach beabsichtigt Idun vielleicht, Gerdas Mission erfolgreich zu beenden.«

In Ben Zomas Wangen mahlten die Muskeln. »Daran habe ich noch gar nicht gedacht – Ihr Erster Offizier hat recht.«

Picard schüttelte den Kopf. »Ich halte Idun nach wie vor für unschuldig.«

»Eine Ahnung?«

»Ja.«

»Sie dürfen sich nicht allein auf Ahnungen verlassen, Jean-Luc. Zumindest nicht bei einer solchen Angelegenheit.«

Picard lächelte grimmig. »Eine *Ahnung* hat mich veranlaßt, *Ihnen* zu vertrauen, Gilaad.«

Ben Zoma schmunzelte. »Guter Hinweis.«

Etwas anderes fiel dem Captain ein. »Erzählen Sie mir von Ihrem Besuch auf Daa'V. Joseph und Cadwallader haben Sie auf den Planeten begleitet, nicht wahr? Es ging um den Transport von Arzneien, wenn ich mich recht entsinne.«

Der jähe Themawechsel erstaunte den dunkelhäutigen Mann. »Ja, das stimmt. Wir brachten Decacyclen. Bei den Daa'Vit grassierte das Marionis-Syndrom, verursacht von einem Virus, das von Marionis Sechs stammt...« Ben Zoma unterbrach sich, als er begriff, worauf Picard hinauswollte. »Sie möchten wissen, ob wir mit Leuten in Kontakt gerieten, die etwas gegen Morgens Rückkehr haben. Sie halten es für möglich, daß jemand von uns beeinflußt oder gar rekrutiert wurde.«

»Ja.«

Ben Zoma zuckte mit den Schulter, und der Glanz in seinen Augen trübte sich, als er überlegte. »Einige Daa'Vit erkundigten sich nach Morgen, aber niemand bezog ganz offen gegen ihn Stellung. Zumindest nicht in meiner Gegenwart. Was eine hypothetische Beeinflussung der anderen betrifft...« Einmal mehr schüttelte er den Kopf. »Ich kann mich nicht fürs gesamte medizinische Personal verbürgen – in dieser Hinsicht müßten Sie sich an den zuständigen Medo-Offizier wenden. Aber während des Aufenthalts auf Daa'V blieben Cadwallader und Mops Joseph praktisch ständig bei mir. Niemand kann sie unter Druck gesetzt haben, ohne daß mir etwas aufgefallen wäre.«

Der Captain bedachte den Mann ihm gegenüber mit einem durchdringenden Blick. »Bei Mops Joseph war es vielleicht gar nicht nötig, irgendeine Art von Druck auszuüben.« Picard wählte seine Worte sorgfältig. »Gilaad... Sie haben täglich mit ihm zu tun. Könnte sein Groll solche Ausmaße gewonnen haben, daß er den Wunsch verspürt, jemanden zu töten?«

Ben Zoma antwortete sofort, ohne vorher nachzudenken. »Er ist verbittert, das stimmt. Und in gewisser Weise wirkt sich das nachteilig auf seinen Dienst aus. Hinzu kommt, daß er trinkt. Sie haben gesehen, wie er Synthehol in sich hineinschüttet.«

Picard nickte.

»Aber ich würde mein Leben darauf wetten, daß Mops Joseph nichts mit den Mordanschlägen zu tun hat. Tief in seinem Innern ist er sanft und liebenswürdig. Das war er immer.«

Der Captain seufzte. »Ja. Aber *jemand* hat es auf Morgen abgesehen. Wenn Cadwallader und Mops nicht in Frage kommen ...«

»Ich weiß«, sagte Ben Zoma. »Man kann sich kaum vorstellen, daß Simenon oder Greyhorse Gewalt anwenden. Und wenn Idun tatsächlich unschuldig ist, wie Sie glauben ... Dann bleiben nicht viele Verdächtige übrig, oder?«

Picard sah ihn an. »Da muß ich Ihnen zustimmen.«

Ben Zoma breitete die Arme aus. »Ich bedauere, daß ich Ihnen nicht mehr helfen kann, Jean-Luc. Ich bedauere es wirklich.«

Für einen Sekundenbruchteil schien sich Gilaad in Jack Crusher zu verwandeln. Der Captain blinzelte.

»Schon gut«, sagte er und erinnerte sich daran, die gleichen Worte an den imaginären Jack gerichtet zu haben. »Früher oder später finden wir den Attentäter. Ich hoffe nur, daß Morgen so lange überlebt.« Er straffte die Schultern. »In der Zwischenzeit ... Bitte verraten Sie den anderen nichts, Gilaad. Sprechen Sie nicht einmal mit Morgen oder Cadwallader darüber.«

»Sie haben mein Wort«, erwiderte Ben Zoma und stand auf. »Ich danke Ihnen.«

»Wofür?« fragte Picard verwirrt.

»Dafür, daß Sie genug Vertrauen zu mir haben, um mich einzuweihen.«

Der Captain nickte. »Wenn ich Sie um einen Gefallen bitten darf ...«

»Natürlich«, sagte Ben Zoma.

»Stellen Sie sich nicht als der Attentäter heraus.«

Der dunkelhäutige Mann nickte. »Einverstanden.«

Beverly Crushers Stimme klang aus dem Interkom-Lautsprecher. »Captain Picard?«

»Einen Augenblick, Doktor.« Er warf Ben Zoma einen bedeutungsvollen Blick zu.

»Sie möchten, daß ich den Raum verlasse?« vermutete der Besucher.

»Ja.«

»Aber inzwischen weiß ich doch, was gespielt wird. Und außerdem: Vielleicht gibt es Neuigkeiten in Hinsicht auf Cadwallader.«

»Wenn das der Fall sein sollte, so hören Sie von mir«, erwiderte Jean-Luc.

Ben Zoma runzelte die Stirn. »Na schön«, brummte er schließlich. »Es ist Ihr Schiff. Ich schätze, Sie können Ihre Ermittlungen so führen, wie Sie es für angemessen halten.«

Widerstrebend stand der frühere Erste Offizier der *Stargazer* auf und ging. Hinter ihm schloß sich die Tür des Bereitschaftsraums.

Picard hob den Kopf und sah zum Interkom-Gitter in der Decke. »Entschuldigen Sie bitte, Doktor. Ich war nicht allein.«

»Ich verstehe. Bis vor kurzer Zeit hatte ich ebenfalls Gesellschaft.«

»Ach?«

»Greyhorse weilte in der Krankenstation.« Beverly atmete so tief durch, daß man ein dumpfes Zischen aus dem Lautsprecher hörte. »Ich habe ihm alles erklärt, Captain. Er kam herein, sah Cadwallader und ... Nun, aufgrund der angezeigten Bio-Daten wußte er sofort, was mit ihr geschehen war. Daraufhin erschien es mir sinnvoller, ihm die Hintergründe zu erläutern – um zu vermeiden, daß er überall im Schiff Fragen stellt.«

Picard fluchte innerlich. Wenn er das gewußt hätte, wäre er nicht so ohne weiteres bereit gewesen, Ben Zoma ins Vertrauen zu ziehen.

»Sir?«

»Doktor ... Greyhorse ist nicht der einzige, der Bescheid weiß. Ich habe Ben Zoma auf die Details unserer Situation hingewiesen.«

Beverly schwieg zwei oder drei Sekunden lang. »Nun«, sagte sie dann, »offenbar ist unser Geheimnis nicht mehr so geheim, wie es wünschenswert wäre.«

»Ja, leider. Ich glaube, wir sollten eine neuerliche Besprechung stattfinden lassen. In zehn Minuten erwarte ich Sie im Konferenzzimmer.«

»Aye, Sir.«

Der Captain stand auf und glaubte zu spüren, wie sich die allgemeine Entwicklung immer mehr verselbständigte.

Seiner Meinung nach wurde es höchste Zeit, alles unter Kontrolle zu bringen.

KAPITEL 12

Picard musterte die am Tisch sitzenden Personen: Riker, Troi, Worf und Beverly Crusher. »Ich übernehme hiermit die volle Verantwortung für meine Entscheidung, Captain Ben Zoma informiert zu haben. Auf die gleiche Weise ist Dr. Crusher für *Ihre* Entscheidung verantwortlich, Carter Greyhorse Vertrauen zu schenken. Aber wir sollten unbedingt vermeiden, unser Wissen mit weiteren Personen zu teilen.«

»Es wird immer schwieriger zu verhindern, daß die Sache bekannt wird«, sagte Riker. »Wenn Ben Zoma etwas bemerkt hat, so wird es nicht mehr lange dauern, bis auch die anderen Verdacht schöpfen.«

Troi nickte. »Darauf wies Ben Zoma selbst hin.«

»Trotzdem werden wir uns um Geheimhaltung bemühen«, beharrte der Captain. »Irgendwelche Fragen?«

Niemand meldete sich.

»Nun gut. Kommen wir zu den Ermittlungen. Counselor?«

»Leider habe ich nichts Konkretes in Erfahrung gebracht«, sagte die Betazoidin. »Zumindest zwei unserer Gäste haben Probleme: Asmund und Joseph. Was jedoch nicht mit kriminellen Tendenzen verwechselt werden darf.«

Picard wandte sich an Worf. »Welche Ergebnisse haben Sie bei Ihren Nachforschungen erzielt, Lieutenant?«

Das Gesicht des Klingonen schien sich zu verfinstern. »Wir haben die Reste der Mahlzeit analysiert, die Loyosha kurz vor seiner Bewußtlosigkeit zu sich nahm. Dabei bestätigte sich unsere Vermutung: Wir fanden tatsächlich Spuren eines Betäubungsmittels. Das Essen stammte aus der Synthetisierungseinheit, die in unmittelbarer Nähe der Sicherheitsabteilung installiert ist. Eine spezielle Programmierung sah vor, die drei Lieblingsspeisen Loyoshas mit einem Schlafmittel anzureichern.« Worf sah Picard an. »Das Gerät weist keine Manipulationsspuren auf, und daraus läßt sich nur ein Schluß ziehen: Das Synthetisierungsprogramm muß von einem anderen Ort aus modifiziert worden sein.«

»Von einem anderen Ort aus?« wiederholte Riker beeindruckt. »Eins steht fest: Der Attentäter verfügt über hervorragende technische Kenntnisse.«

»Ja«, murmelte Jean-Luc. »Und sonst?« fragte er den klingonischen Sicherheitsoffizier.

Worf furchte die Stirn. »Ich habe den Aufenthaltsort jedes Besuchers zum Tatzeitpunkt verifiziert. Morgen und Cadwallader waren mit Dr. Crusher zusammen – das wissen wir bereits. Professor Simenon leistete Data und LaForge im Maschinenraum Gesellschaft. Captain Ben Zoma, Dr. Greyhorse, Commander Asmund und Mr. Joseph befanden sich in ihren Quartieren. Diese Information stammt vom Computer, und sie basiert auf den Lokalisierungssignalen der jeweiligen Insignienkommunikatoren.«

»Solche Kommunikatoren lassen sich ganz einfach ablegen«, sagte Riker. »Und dann kann der Computer nicht mehr feststellen, wo sich die betreffende Person aufhält.«

Der Captain nickte. »Danke, Lieutenant Worf. Es war einen Versuch wert.« Er sah die anderen Offiziere an. »Vorschläge?«

Stille folgte der Frage.

»Geben wir uns so leicht geschlagen?« fragte Picard.

»Sollen wir unsere Niederlage eingestehen und die ganze Sache einfach vergessen?«

Worf, Riker, Troi und Beverly Crusher wechselten verlegene Blicke.

Picard stand auf. »Ganz gleich, welche Anstrengungen nötig sind – wir *müssen* den Attentäter entlarven. Bevor er Gelegenheit erhält, zu einem *Mörder* zu werden.«

Erneut musterte er die Anwesenden, und ein oder zwei Sekunden lang hätte er schwören können, daß auch Jack Crusher zu ihnen gehörte. Ein kurzes Blinzeln beendete die Vision.

Jean-Luc seufzte lautlos. »Damit ist diese Besprechung beendet.«

Die beiden Schotthälften glitten auseinander, und dahinter erstreckte sich ein wundervoller, scharlachroter Wald, in dem das Sonnenlicht hier und dort goldene Balken zu formen schien. Wesley betrat das Holo-Deck und betrachtete die moosartigen Gewächse, die eine Art Teppich zwischen den Bäumen bildeten. Die Substanz federte, und zwar so stark, daß es dem jungen Fähnrich recht schwer fiel, das Gleichgewicht zu wahren. Nach einigen vorsichtigen Schritten begriff Wes, daß es leichter war, sich hüpfend fortzubewegen.

Zunächst hielt er vergeblich nach dem Gnalisch Ausschau, entdeckte jedoch eine Art Pfad, der durch den Wald führte. Wesley folgte seinem Verlauf und fühlte sich dabei wie jemand, der über ein Trampolin wanderte. Gelegentlich hob er die Hand und beschattete sich die Augen, wenn er in einen breiten ›Sonnenscheinbalken‹ geriet.

Es wehte kein Wind, und Stille herrschte im Bereich des Pfades. Auf dem Boden zeigten sich keine Tiere – bestimmt waren sie vor dem Fremden ins Gebüsch geflohen.

Doch weiter oben fand nach wie vor Aktivität statt.

Kleine Geschöpfe flogen von Ast zu Ast, wirkten anmutig und idyllisch. Sie unterschieden sich nicht sehr von den Vögeln, die Wesley als Kind auf der Erde gesehen hatte. Allerdings: Terranische Vögel gaben keine so kehlig klingenden Geräusche von sich und verloren beim Flug auch nicht so erstaunlich viele Federn.

Der Fähnrich lächelte und beobachtete, wie eine Feder direkt vor ihm dem Boden entgegensank. Sie glänzte im Licht der Sonne: purpurn am Kiel und grün am fransigen Rand. Wes bückte sich, um die Feder aufzuheben – und zog die Hand ruckartig zurück, als er einen kurzen, stechenden Schmerz spürte. Er blickte auf den betreffenden Finger hinab und sah Blut an der Kuppe.

Eine Stimme erklang: »Wenn wir jetzt wirklich auf Gnala wären, blieben Ihnen noch etwa zwanzig Sekunden für ein letztes Gebet.«

Wesley zuckte unwillkürlich zusammen. Er war ganz auf die Feder konzentriert gewesen und hatte dabei vergessen, daß er nicht allein war. Er drehte sich um und sah den Gnalisch: Simenon saß an einen nahen Baumstamm gelehnt, und sein roter Umhang ließ ihn mit der Umgebung verschmelzen.

»Ich wollte Sie nicht erschrecken«, fuhr der Professor fort und stand auf. »Ich dachte nur, daß Ihnen einige Hintergrundinformationen willkommen wären. Insbesondere Hinweise darauf, was in diesem Ambiente giftig ist und was nicht.«

Der Fähnrich sah die Feder nun aus einer ganz neuen Perspektive. »Sie sieht wunderschön aus. Man kann sich kaum vorstellen, daß von einem solchen Objekt Gefahr droht.«

»Der Schein trügt oft.« Simenon strich seinen Umhang glatt. »Es gibt natürlich ein Gegenmittel – aber man muß es vorher nehmen. Nach einem Stich ist es zu spät.« Er deutete zu den fliegenden Geschöpfen empor. »Auf diese Weise beschaffen sie sich Nahrung.

Sie warten, bis ein Tier von einer Feder berührt wird und der Wirkung des Gifts erliegt. Dann kommen sie herab und fallen über das Opfer her. Dabei leisten sie ebenso gründliche wie schnelle Arbeit: Sie fressen sich bis zu den Knochen durch, noch bevor das Gift zum Hirntod des Tiers führt.«

Es war keine sehr angenehme Vorstellung. Wesley schauderte unwillkürlich und stellte sich einen Pfad vor, auf dem überall kleine vierbeinige Skelette lagen.

»Auf die *Colunnu* – die fliegenden Wesen – bleibt das Toxin natürlich ohne Wirkung. Sie weisen eine natürliche Immunität auf.«

Wes ließ die Feder los und beobachtete, wie sie auf den moosigen Boden sank. »Ich bin froh, daß Sie bei der Programmierung dieses Szenarios einige Einzelheiten ausgelassen haben.«

Der Gnalisch nickte. »Auf Gnala mußte ich bei jedem Spaziergang durch den Wald dicke Stiefel tragen.« Er hob den Saum des Umhangs. »Hier kann ich darauf verzichten.«

Wesley blickte auf die nackten Füße des Professors.

»Nun, junger Mann, sind Sie aus einem bestimmten Grund hierhergekommen? Oder geht es Ihnen nur darum, mit mir zu plaudern?«

Der Fähnrich lächelte ein wenig verlegen. »Geordi – Commander LaForge, meine ich – hat mich geschickt, um festzustellen, ob mit Ihnen alles in Ordnung ist. Sie sind heute morgen nicht im Maschinenraum erschienen.«

»Ob alles in Ordnung mit mir ist?« Der Gnalisch schmunzelte. »Ein kurzer Interkom-Kontakt hätte genügt, um diese Frage zu beantworten. Ich schätze, in Wirklichkeit geht es Commander LaForge um folgendes: Er möchte wissen, was ich auf dem Holo-Deck zu suchen habe, obwohl es ein Problem zu lösen gilt.«

Wesley nickte. »Da haben Sie vermutlich recht.«

»Und um das Problem des Subraum-Sogs zu lösen,

müssen wir am Primärsituation-Monitor stehen und ernste Blicke wechseln«, fügte Simenon hinzu.

Wes schnitt eine Grimasse. »Ich glaube nicht, daß der Chefingenieur...«

Der Professor winkte ab. »Schon gut. Sie brauchen Commander LaForge nicht zu verteidigen. In seinem Alter wäre ich auf eine ähnliche Weise an die Sache herangegangen.« Er musterte den Fähnrich. »Doch inzwischen bin ich älter und klüger. Manchmal fällt es leichter, ein Problem zu lösen, wenn man es einfach vergißt.« Er vollführte eine Geste, die dem scharlachroten Wald galt. »Wenn man ›die Schule schwänzt‹, wie es bei Ihnen heißt.«

Er setzte sich in Bewegung und schritt über den Pfad. Wesley sah ihm nach und wußte nicht, was es nun zu unternehmen galt. Sollte er dem Professor folgen und ihn bitten, den holographischen Wald zu verlassen? Oder war es besser, diese spezielle Mission als beendet zu erachten und in den Maschinenraum zurückzukehren?

Plötzlich drehte sich Simenon um. »Nun?« fragte er. »Kommen Sie nicht mit?«

Der Fähnrich zögerte. »Meinen Sie mich?« erwiderte er verunsichert.

Simenon schnaubte. »Sonst sehe ich niemanden in der Nähe.«

Was soll's? fuhr es Wesley durch den Sinn. *Es kann nicht schaden, eine Pause einzulegen – nur eine kurze.*

Er folgte dem Professor.

Der Gnalisch brummte zufrieden. »Na bitte.«

»Wohin gehen wir?« fragte Wesley.

»Zum See natürlich. Wohin denn sonst?«

Es war nicht weit. Der Pfad beschrieb einige Kurven – und endete dann am Ufer. Silbrig glänzendes Wasser spiegelte die Pracht der hoch aufragenden Bäume wider.

Simenon verharrte neben einem kleinen Haufen aus

Steinen, die er entweder bei einem früheren Besuch gesammelt oder schlicht und einfach programmiert hatte. Wortlos ging er in die Hocke, und der Blick seiner rubinroten Augen glitt hin und her – bis er schließlich etwas entdeckte. Mit dem langen Schwanz zog er den Gegenstand näher heran, streckte die Hand aus und griff danach.

Ein weiterer Stein. Der Gnalisch untersuchte ihn einige Sekunde lang, um ihn dann wegzuwerfen. Wesley beobachtete den Vorgang mit wachsender Verwunderung, und schließlich lachte er leise. Ein Akademieprofessor, der barfuß auf dem Boden hockte und nach Steinen suchte – dieser Anblick erschien ihm sehr komisch.

»Warum lachen Sie?« fragte Simenon und gab sich empört. »Manchmal dauert es eine Weile, bis man ein geeignetes Exemplar findet.« Er nahm einen weiteren Stein und betrachtete ihn von allen Seiten.

»Ein geeignetes Exemplar?« wiederholte der Fähnrich. »Für *was* geeignet?«

Der Gnalisch legte den Stein zum Haufen und wandte seine Aufmerksamkeit einem anderen zu.

»Fürs Wasserhüpfen.«

Wesley blinzelte verblüfft. »Fürs *Wasserhüpfen?*«

Daraufhin drehte Simenon den Kopf. »Wissen Sie nicht, was ich meine?«

Wes zuckte mit den Schultern. »*Sollte* ich Bescheid wissen?«

Der Professor sah ihn so an, als hätte er gerade einen der Steine verspeist. »Lieber Himmel, *natürlich* sollten Sie Bescheid wissen. Sind Sie an einem Ort aufgewachsen, wo es keine Seen gab?«

Der Fähnrich überlegte. »Nun, ich bin mir nicht ganz sicher. Ich habe nur meine frühe Kindheit auf der Erde verbracht. Als Mom den Starfleet-Dienst begann... Eigentlich bin ich an Bord von Raumschiffen groß geworden.«

Der Gnalisch wirkte ein wenig traurig – oder bildete sich Wesley das nur ein? »Haben Sie nie Steine übers Wasser hüpfen lassen? Das ist doch absurd! Alle Kinder lassen Steine hüpfen.« Er schüttelte den Kopf. »Nun, diese Lücke in Ihrer Bildung müssen wir sofort schließen.«

Er nahm einen Stein vom Haufen – einen runden, flachen. Der Professor hielt ihn so, daß die Kante den schuppigen Zeigefinger berührte, trat dann einige Schritte vor, bis die Wellen nach seinen bloßen Füßen tasteten. Daraufhin neigte er den Oberkörper wie unbeholfen zur Seite, holte aus und warf den Stein.

Der Kiesel sauste übers Wasser hinweg und prallte dreimal von der Oberfläche des Sees ab, bevor er in einer Entfernung von etwa zwanzig Metern versank.

Zufrieden drehte sich der Gnalisch zu Wesley um.

»So läßt man Steine hüpfen«, sagte er, kehrte zum Haufen zurück und griff nach einem anderen Exemplar, das er Wesley anbot. »Möchten Sie's mal versuchen?«

Der Fähnrich nahm den Kiesel entgegen und bemühte sich, ihn ebenso in der Hand zu halten wie zuvor der Professor. Doch die Kante schnitt ihm schmerzhaft in die Haut.

»Nein«, brummte Simenon. »Sie halten ihn zu fest. Lassen Sie ihn an der Seite des Mittelfingers ruhen.« Er zeigte Wesley, worauf es ankam.

Der junge Mann nickte. Ja, so fühlte es sich schon besser an. Er neigte den Oberkörper ebenfalls zur Seite und sah zum Gnalisch. »Und jetzt werfe ich den Stein einfach?«

Der Professor schüttelte den Kopf. »Sie werfen ihn nicht *einfach*. Es ist ein Trick dabei.« Er demonstrierte das richtige Bewegungsmuster. »Sehen Sie? Die untere Fläche des Steins muß parallel zur Oberfläche des Sees liegen. Und beim Loslassen geben Sie ihm einen Rückwärtseffet – damit die Fluglage stabil bleibt, wenn er das Wasser berührt.«

Wesley holte einige Male aus, um ein Gefühl zu bekommen. Dann wandte er sich dem See zu und warf den Stein.

Der Kiesel kippte schon nach wenigen Metern zur Seite, fiel mit einem dumpfen *Plop* ins Wasser – und versank darin.

Simenon seufzte. »Ich schätze, wir haben noch eine Menge Arbeit vor uns.«

Riker hatte damit gerechnet, daß Beverly Crusher die Aufsicht in der Krankenstation führte. Doch als er eintrat und Dr. Selar sah, begriff er, daß Dr. Crushers Dienst zu Ende gegangen war. Und zwar vor einigen Minuten, ebenso wie sein eigener.

Für gewöhnlich vergaß er solche Dinge nie, aber derzeit ging ihm zuviel durch den Kopf.

Geduldig wartete er, während Selar einigen Krankenpflegern Anweisungen erteilte. Als ihn die Vulkanierin schließlich bemerkte, wirkte sie überhaupt nicht überrascht. »Commander...«, grüßte sie und nickte knapp. »Sie sind mir angekündigt worden.«

Dieser Hinweis überraschte *ihn*. »Tatsächlich?«

»Ja. Dr. Crusher stellte mir Ihren Besuch in Aussicht.«

»Oh«, sagte Riker. »Ich verstehe.« Ihm ging *wirklich* zuviel durch den Kopf.

Dr. Selar deutete zur Barriere, hinter der Cadwalladers Biobett stand. »Sie möchten die Patientin dort drüben besuchen, nicht wahr?«

Der Erste Offizier nickte. »Vorausgesetzt natürlich, Sie halten den Zeitpunkt für geeignet.«

»Ich habe keinen Grund, den Zeitpunkt *nicht* für geeignet zu halten.« Selar führte Riker zur Intensivstation, verharrte dort an der Barriere und blickte um die Ecke. »Commander?«

»Mhm?«

»Sie haben Besuch.«

Bettlaken raschelten. »Führen Sie ihn herein«, sagte die Patientin.

Der Erste Offizier lächelte. Cadwalladers Stimme klang kräftiger, als er zu hoffen gewagt hatte.

Selar hielt ihn noch einige Sekunden lang zurück. »Bitte nehmen Sie sich nicht zuviel Zeit«, ermahnte sie ihn. »Die Rekonvaleszenz der Patientin macht gute Fortschritte, aber das äußere Erscheinungsbild täuscht über ihren wahren Zustand hinweg. Es gilt, Belastungen jeder Art zu vermeiden.«

»Keine Sorge«, sagte Riker. »Ich erschöpfe sie nicht.«

Die Vulkanierin warf ihr noch einen letzten Blick zu, bevor sie sich umdrehte und fortging. Will sah ihr einige Sekunden lang nach.

Anschließend trat er an der Barriere vorbei. Cadwallader saß auf dem Bett, den Rücken ans Kissen gelehnt, die Arme verschränkt.

Sie war nicht mehr so blaß wie beim ersten Besuch, aber Riker rief sich den Hinweis der Vulkanierin ins Gedächtnis zurück: *Das äußere Erscheinungsbild täuscht über ihren wahren Zustand hinweg.*

»Sie sehen gut aus«, sagte er.

Cadwallader zuckte mit den Achseln. »Vielleicht haben Sie recht – wenn man berücksichtigt, daß ich von einem Phaserstrahl getroffen worden bin. Die moderne Medizin ist im wahrsten Sinne des Wortes wundervoll, nicht wahr?«

Riker blickte ihr in die Augen. Dort zeigte sich wieder das schon vertraute Funkeln.

»Ich habe Dr. Selar versprochen, nur für kurze Zeit zu …«

»Zum Teufel mit Dr. Selar«, sagte Cadwallader. »Es geht mir viel besser, als sie glaubt. Bleiben Sie, solange Sie wollen.«

Riker schnitt eine vorwurfsvolle Miene. »Ich glaube, Dr. Selar verdient etwas mehr Respekt.«

»Sie verdient, daß ihr jemand einen Denkzettel verpaßt.« Cadwallader musterte den Mann an ihrem Biobett. »Und das gilt auch für Sie.«

Der Erste Offizier gab sich zerknirscht. »Ich weiß. Und es tut mir leid.«

»Sie haben mir da einen ziemlich üblen Streich gespielt, Will Riker.«

Er nickte. »Versuchen Sie bitte, es aus meiner Perspektive zu sehen. Zu jenem Zeitpunkt standen Sie unter Mordverdacht.«

Cadwallader bedachte ihn mit einem fragenden Blick. »Sie haben mich doch nicht wirklich für den Attentäter gehalten, oder?«

Riker schüttelte den Kopf. »Nein. Aber ich mußte die Möglichkeit einräumen, mich zu irren. Und selbst wenn Sie überhaupt keine Schuld traf: Ich durfte Ihnen nichts von den laufenden Ermittlungen erzählen. Sie hätten etwas verraten können, unabsichtlich natürlich: ein nervöser Blick zur falschen Zeit, ein Versprecher...« Er unterbrach sich, hob und senkte die Schultern.

Cadwallader lächelte plötzlich. »Sie sehen ziemlich dumm aus, wenn Sie sich zu entschuldigen versuchen. Wußten Sie das?«

Riker verzog das Gesicht. »Herzlichen Dank.«

»Erst recht dann, wenn's gar nicht nötig ist«, fügte die Frau hinzu. »Ich hatte hier Zeit genug, um gründlich nachzudenken. Und ich brauchte nicht lange, um den Grund für Ihr sonderbares Verhalten herauszufinden.« Sie streckte die Hand aus, und der Erste Offizier griff danach. »Sie brauchen also nicht länger an Ihren Gewissensbissen zu leiden. Die Sache ist verziehen und vergessen, soweit es mich betrifft.«

Riker drückte die Hand. »Dafür bin ich Ihnen sehr dankbar.«

»Darüber hinaus bietet sich Ihnen ausreichend Gelegenheit, alles wiedergutzumachen«, fuhr Cadwallader fort. »Sobald wir den Schuldigen gefunden haben und dem Subraum-Sog entkommen sind. Und sobald es uns gelungen ist, alle anderen Gefahren zu überstehen, mit denen wir es vielleicht noch zu tun bekommen.«

Riker lachte leise. »Das klingt sehr zuversichtlich.«

»Es klingt nicht nur so«, erwiderte Cadwallader. »Ich *bin* optimistisch. Immerhin habe ich dem Tod schon oft ins Auge gesehen – um ihm dann immer ein Schnippchen zu schlagen.«

Der Erste Offizier seufzte übertrieben, und die Frau auf dem Biobett lachte.

»Sie sind bemerkenswert, Tricia Cadwallader«, sagte Riker.

»Ja«, bestätigte sie. »Ich weiß.«

Hinter hinten räusperte sich jemand. Will brauchte sich gar nicht umzudrehen, um festzustellen, von wem das Geräusch stammte – nur Dr. Selar kam dafür in Frage. Sie sah ihn an und verkündete ihre Botschaft, indem sie nur stumm eine Braue wölbte.

Riker wandte sich wieder an Cadwallader. »Ich muß jetzt gehen. Wir sehen uns später wieder.«

Sie nickte. »Ja, bis später«, sagte sie, doch diesmal erklang ein Hauch von Zweifel in ihrer Stimme, wodurch ihre selbstsicheren Worte von vorhin an Wirkung verloren.

Unbehagen keimte in Riker, als er zur Tür ging.

Beverly Crusher sank hundemüde aufs Bett. Ihre Erschöpfung ging nicht etwa darauf zurück, daß sie Cadwallader behandeln mußte – obgleich sie dadurch länger in der Krankenstation geblieben war. Nun, das gehörte zu ihren Pflichten.

Etwas anderes setzte ihr zu, zerrte immer mehr an ihren Kräften: die ständige Unsicherheit, der wachsende Argwohn. Die Erkenntnis, daß es an Bord der *Enterprise* keinen absolut sicheren Ort mehr gab.

Wenn der Attentäter imstande war, das Holo-Deck in eine Falle zu verwandeln ... Warum nicht auch die Krankenstation, den Maschinenraum oder gar die Brücke?

Der Täter hatte vom bevorstehenden Ausfall der Energieversorgung gewußt. Er war in der Lage gewesen, Morgen genau zum richtigen Zeitpunkt zu finden, unter den richtigen Umständen. Vielleicht war der zweite Mordanschlag nur aufgrund eines unerwarteten Faktors gescheitert – der Präsenz des Ersten Medo-Offiziers. Durch ihre Gegenwart gab Beverly dem Schützen ein drittes Ziel, schuf damit vielleicht den Unterschied zwischen rechtzeitiger Rettung und einem Blutbad.

Wenn sie nicht nach dem Daa'Vit gesucht hätte, oder wenn sie nicht vor dem Ausfall der Energieversorgung im Aufenthaltsraum auf Deck siebzehn eingetroffen wäre ... Dann hätte der Attentäter vielleicht einen Erfolg erzielt. *Und dann müßte sich Daa'V einen neuen Monarchen suchen.*

Beverly schauderte, als eine innere Stimme hinzufügte: *Vielleicht kommt es doch noch dazu. Vielleicht gelingt es dem Unbekannten, mit einem dritten Anschlag sein Ziel zu erreichen.* Noch immer gab es nicht den geringsten Hinweis auf die Identität des Verbrechers.

Er könnte sogar hier sein, in meinem Quartier, fuhr es der Ärztin durch den Sinn. Wenn sie sich jetzt auf die andere Seite drehte ... Vielleicht sah sie dann wieder Phaserstrahlen, die durch die Dunkelheit schnitten. Oder der Attentäter setzte eine andere, ebenso tödliche Waffe ein.

Nein, unmöglich. *Wer auch immer hinter den bisherigen Anschlägen steckt: Er oder sie hat es auf Morgen abgesehen,* dachte die Ärztin. Die bisherigen Indizien ließen nur diesen Schluß zu. *Mit anderen Worten: Wenn du allein bist, droht dir keine Gefahr.*

Irgend etwas veranlaßte Beverly, den Behälter mit Speichermodulen hervorzuholen, und wenige Sekunden später berührten ihre Finger einzelne Aufzeichnungskomponenten. Erhoffte sie sich Trost von Jacks Stimme? Vielleicht. Warum auch nicht? In der Gegenwart ihres Mannes hatte sie sich immer sicher gefühlt.

Sie wählte irgendein Modul, und der Blick auf die entsprechende Sternzeit weckte Erinnerungen.

Damals hatte während ihres Aufenthalts in San Francisco eine besonderes schwierige Phase begonnen. Ihr Studium dauerte an, und Wesley war noch nicht geboren. Viele ihrer Freundinnen waren zu jenem Zeitpunkt bereits schwanger oder hatten kleine Kinder. Sie wartete auf Jacks ersten Landurlaub und vermißte ihn sehr.

Beverly Crusher verband keine sehr angenehmen Reminiszenzen mit jener Zeit, was jedoch nicht bedeutete, daß Jacks Kom-Briefe ebenfalls von Kummer geprägt waren. Ganz im Gegenteil: Seine fröhlichsten Nachrichten hatten sie immer dann erreicht, wenn sie dringend eine Aufmunterung brauchte. Er schien über einen sechsten Sinn zu verfügen und selbst über Tausende von Lichtjahren hinweg zu spüren, welche Empfindungen sich in Beverly regten.

Sie gab sich nun einen Ruck und schob das Audiomodul in den Abtaster.

»Hallo, Bev. Ich hoffe, für dich ist alles ebenso aufregend wie für mich.«

Dr. Crusher schloß die Augen und lächelte. *Genau die richtige Medizin.*

»Wir sind gerade von Coryb zurückgekehrt, dem vierten Planeten im System Gamma Shaltair. Wir haben ihm einen Besuch abgestattet, um unmittelbare Eindrücke von der Coryb'thu-Zivilisation zu gewinnen und festzustellen, ob Vorbereitungen für einen offiziellen Erstkontakt getroffen werden sollten. Die Untersuchungen, an denen ich bisher beteiligt gewesen bin, betrafen Flora und Fauna, aber keine hochentwickelten intelligenten Wesen. Es fühlte sich überaus seltsam an, durch ihre Städte zu wandern, in ihrer unmittelbaren Nähe zu weilen und das freundliche Lächeln der Einheimischen zu erwidern – ohne daß sie etwas von unserer wahren Identität ahnten. Für mich war es unheimlich und erregend zugleich. Und wenn es *zu* unheimlich wurde... Dann brachten mich Ben Zoma, Mops oder Idun in die Realität zurück.

Es fehlte auch nicht an einem komischen Aspekt: Die Umstände zwangen uns, auf dem Planeten von Greyhorse entwickelte Prothesen zu tragen. Die Coryb'thu sind im großen und ganzen humanoid, doch der mittlere Teil ihres Gesichts wölbt sich nach vorn und bildet eine Art Schnauze. Diesem Erscheinungsbild mußten wir uns anpassen. Glücklicherweise sind die Dinger nicht so unbequem, wie man zunächst glauben mag. Das Problem ist: Es dauert eine Weile, sie wieder zu entfernen – und deshalb trage ich meine noch, während ich diese Nachricht spreche. Wir haben die Karten entscheiden lassen, wer zuerst zu einem normalen Aussehen zurückkehren darf, und dabei zog ich leider die Karo Zwei. Ich hab's mit Fassung getragen. Wie heißt es so schön: Glück in der Liebe, Pech bei der Prothesenentfernung. Da wir gerade bei Liebe sind: Entweder endete Greyhorse' Beziehung ebenso schnell wie sie begann, oder ich sehe allmählich Gespenster. Nun, ich halte dich auf dem laufenden.«

Greyhorse' Beziehung? Beverly schüttelte den Kopf. Sie konnte sich kaum zwei Dinge vorstellen, die weniger zueinander paßten als Romanzen und der frühere Medo-Offizier der *Stargazer*. Wer mochte die betreffende Dame gewesen sein? Vorausgesetzt natürlich, Jack hatte damals keine ›Gespenster‹ gesehen... *Viel-*

leicht bekomme ich Gelegenheit, Carter danach zu fragen, dachte die Ärztin.

»Ich muß jetzt Schluß machen. Du weißt ja, daß uns für die Kom-Mitteilungen per Subraum nur wenig Zeit bleibt. Ich liebe dich, und du fehlst mir sehr. Gib dir beim Studium Mühe, verdammt – eines Tages möchte ich mich umdrehen und feststellen, daß du hinter mir stehst.«

Damit endete der gesprochene Brief. Jacks Stimme hatte tatsächlich die gewünschte Wirkung auf Beverly – sie fühlte sich besser, *viel* besser.

Jetzt konnte sie *fast* glauben, in Sicherheit zu sein.

»Na bitte«, sagte Simenon. »So ist es richtig.«

Wesley runzelte die Stirn und dachte an den letzten Wurf. Der Kiesel war zweimal von der Oberfläche des Sees abgeprallt, bevor er im Wasser versank. Nicht schlecht – aber auch nicht besonders gut. Der Gnalisch brachte es auf vier Hüpfer, ohne sich Mühe zu geben.

»Zerbrechen Sie sich nicht den Kopf darüber«, sagte Simenon. Er siezte den jungen Fähnrich noch immer, was Wes geschmeichelt zur Kenntnis nahm – er sah darin ein Zeichen von Respekt. »Nachdenken hat damit überhaupt nichts zu tun. Immerhin geht es nur darum, Steine zu werfen. Ihre Vorfahren haben das mit weitaus weniger Hirnmasse fertiggebracht.«

Wesley lachte leise und wählte einen weiteren Kiesel. Er hielt ihn so in der Hand, wie er es von dem Gnalisch gelernt hatte – inzwischen konnte er die Positionierung des Steins dem Instinkt überlassen –, holte aus und warf.

Ein Hüpfer. Kurz darauf noch einer.

Der Kiesel prallte zum *dritten* Mal vom Wasser ab.

Und damit noch nicht genug. Er sauste noch einmal nach oben und beschrieb einen weiten Bogen, bevor er sich ganz dem See anvertraute.

Vier. Der Fähnrich drehte sich zu Simenon um. »Nun?« fragte er.

Der Gnalisch nickte langsam und brummte anerkennend. »Viel besser«, sagte er und musterte Wesley aufmerksam. Ein Teil der Strenge wich aus seinen Zügen.

Wes zögerte und beschloß dann, einen ganz bestimmten Gedanken laut auszusprechen – die Gelegenheit erschien ihm günstig. »Professor? Sie haben versprochen, mir zu erzählen, auf welche Weise mein Vater starb.«

Simenon nickte erneut und räusperte sich. »Ja, das habe ich, nicht wahr? Nun gut.« Der graue, schuppige Schwanz zuckte einige Male hin und her. »Ich nehme an, Sie wissen, mit welchem Problem wir es damals zu tun bekamen, oder?«

»Das Nensi-Phänomen«, erwiderte Wes. »Eine Kugel aus Materie und Energie – man nimmt an, daß sie ihre Entstehung einer ganz besonderen Art von Supernovä verdankt. Solche Erscheinungen sind sehr selten, aber außerordentlich destruktiv. Darüber hinaus kann man sie erst dann von einem Kometen unterscheiden, wenn sie ganz nahe herangekommen sind.«

»Genau. Nun, damals wußten wir ebensowenig wie Nensi, um was es sich handelte – nie zuvor hatte es jemand mit einem solchen Phänomen zu tun bekommen. Wie dem auch sei: Die *Stargazer* verlor dadurch ihr Verteidigungspotential. Die Deflektoren fielen ebenso aus wie unsere Sensoren und die Waffensysteme. Außerdem bahnte sich eine energetische Überladung im Warpgenerator auf der Steuerbordseite an. Es gelang uns, die Situation mit einer Desaktivierung zu stabilisieren, aber in der entsprechenden Gondel hatte sich bereits eine Menge Energie angesammelt. Wir fürchteten eine Explosion des Generators – der das ganze Schiff zum Opfer fallen mochte. Immerhin gab es keine Schilde mehr, die uns schützten.

Unglücklicherweise standen uns nicht die Möglichkeiten der *Enterprise* zur Verfügung. Mit anderen Worten: Wir konnten nicht einfach das Diskussegment vom Triebwerksrumpf lösen. Andererseits zwangen uns die Umstände, die Steuerbord-Warpgondel abzutrennen, und zwar schnell. Wir erörterten das Problem, und dabei nahm unsere Nervosität immer mehr zu – wir wußten, daß es praktisch jeden Augenblick zu einer verheerenden Explosion kommen konnte. Schließlich schlug Ihr Vater eine Lösung des Problems vor: Jemand sollte das Schiff verlassen und die Warpgondel manuell separieren.«

Wesley hatte oft darüber nachgedacht. Eine Ausschleusung, dann der Versuch, den Verbindungsstutzen mit den Strahlen von Phasergewehren zu durchtrennen ... Nur diese Maßnahme stellte einen Erfolg in Aussicht. Die *Stargazer* war von ihrer Struktur her gar nicht imstande, das Feuer auf sich selbst zu eröffnen – selbst wenn die Phaserkanonen zu jenem Zeitpunkt einsatzbereit gewesen wären. Eine Benutzung der energetischen Transfertunnel kam natürlich nicht in Frage: In ihnen gab es zuviel von den Warpgeneratoren stammende Peripherenergie.

»Ihr Vater meldete sich natürlich freiwillig für den Einsatz – es war *sein* Plan«, fuhr Simenon fort. »Andere erklärten ebenfalls ihre Bereitschaft: Ben Zoma, Morgen, Asmund, Vigo. Sogar Greyhorse. Dem Captain gefiel die Sache nicht; sie erschien ihm zu riskant. Aber letztendlich mußte er zustimmen und wählte zwei Personen: Ihren Vater und Mops Joseph. Sie beide hatten Erfahrung in Hinsicht auf Reparaturen der Außenhülle. Beide kannten sich gut mit der externen Struktur des Schiffes aus, und angesichts des defekten Transporters kam auch solchen Kenntnissen eine große Bedeutung zu: Jack und Mops mußten wissen, welche Richtung es einzuschlagen galt, um die Gondel zu erreichen und anschließend wieder zurückzukehren.

Sie begannen ihre Mission an der Luftschleuse, die dem Ziel am nächsten war. Es handelte sich um eine kleine Kammer, die nur im Trockendock verwendet wird, vor allem für eine Überprüfung des Torpedokatapults. Nun, in unserem Fall diente sie einem ganz anderen Zweck. Als besondere Belastung empfanden wir den Umstand, daß wir den Weg der beiden Männer nicht mit Hilfe der Sensoren verfolgen konnten. Ihre Helmkommunikatoren erlaubten einen Kontakt, doch damit hatte es sich auch schon. Unterwegs beschränkten sie sich auf einige knappe Mitteilungen – sie mußten sich ganz darauf konzentrieren, Fehler zu vermeiden, die zu fatalen Zwischenfällen führen konnten. Nur ab und zu wiesen sie kurz darauf hin, es sei alles in Ordnung.«

Der Gnalisch schnaubte leise. »Sie erreichten den Einsatzort innerhalb erstaunlich kurzer Zeit. Doch es dauerte eine Ewigkeit, den Verbindungsstutzen zu durchtrennen. Die Transfertunnel der *Stargazer* waren nicht annähernd so groß wie die der *Enterprise,* aber sie verdienen auch nicht die Bezeichnung ›klein‹. Und Sie wissen sicher, daß Phasergewehre nicht für unbegrenzte Zeit feuern können – nach einer längeren Aktivitätsphase muß man ihnen Gelegenheit geben, wieder abzukühlen. Nun, während wir auf der Brücke warteten, so gespannt wie die Saiten vulkanischer Harfen, setzten Jack Crusher und Mops Joseph ihre Bemühungen fort, bis sie schließlich vor Erschöpfung zitterten.

Richtig schwierig wurde es, als sie zum Transfertunnel gelangten. Er enthielt bereits eine Menge destabile Energie, und die Phaserstrahlen mochten dazu führen, daß eine Art ›kritische energetische Masse‹ entstand. Denkbar war auch, daß sie in dieser Hinsicht ohne jeden Einfluß blieben. Wir hielten etwas für wahrscheinlich, das sich zwischen diesen beiden Möglichkeiten befand, und deshalb forderten wir Ihren Vater und Mops auf, besonders vorsichtig zu sein.

Während der nächsten Minuten hörten wir nichts mehr von ihnen. Der Captain war ebenso besorgt wie wir, und er wollte gerade um einen Statusbericht bitten, als Jacks Stimme aus dem Kom-Lautsprecher drang. ›Wir sind im Tunnel‹, sagte er. ›Keine nennenswerten Probleme. Hier flackert's nur überall, wie bei einem Feuerwerk.‹ Daraufhin glaubten wir das Schlimmste überstanden.

Kurz darauf kam es zu einer Unterbrechung der Kom-Verbindung. Nun, wir sahen darin keinen Grund, uns noch mehr Sorgen zu machen. Angesichts der strukturlosen Energie im Transfertunnel hatte ich mit so etwas gerechnet und meine Gefährten darauf vorbereitet. Aber die Stille schien Unheil anzukündigen. Jemand begann, unruhig auf und ab zu gehen – vielleicht Ben Zoma; ich weiß es nicht mehr.

Die Sekunden reihten sich aneinander, wurden zu langen Minuten. Und die Stille dauerte an. Unsere Anspannung wuchs immer mehr, zeichnete sich deutlich in den Gesichtern ab. Und schließlich konnte kein Zweifel mehr bestehen: Jack und Mops waren *zu lange* draußen. Irgend etwas mußte ihnen zugestoßen sein. Picard sprach diese Vermutung als erster aus und erwähnte die Notwendigkeit eines Rettungseinsatzes.

Wieder mangelte es nicht an Freiwilligen. Aber der Captain achtete nicht darauf. Er meinte, es ginge ihm darum, die Zahl der Opfer in Grenzen zu halten – in diesen Begriffen dachte er bereits. Ben Zoma versuchte vergeblich, ihn umzustimmen. Picard streifte einen Schutzanzug über und verließ das Schiff, um draußen nach dem Rechten zu sehen.

Die Explosion erfolgte etwas später. An den genauen Zeitpunkt erinnere ich mich nicht mehr. Ich weiß nur noch, wie es sich anfühlte: Die Faust eines Riesen schien nach der *Stargazer* zu schlagen. Als die Erschütterungen nachließen, rührte sich niemand von uns – vielleicht aus Furcht davor, mit einer Bewegung das Entsetzen Realität werden zu lassen.

Das Schlimmste war nicht geschehen: Unser Schiff existierte noch. Und die Instrumente zeigten uns den Grund dafür. Die Explosion ging nicht etwa auf den Warpgenerator zurück, sondern auf eine verhältnismäßig kleine Blase akkumulierter Energie. Hinzu kam: Die Warpgondel schwebte frei im All, ohne eine Verbindung mit dem Rest des Schiffes.

Doch drei Freunde von uns befanden sich noch immer außerhalb der *Stargazer*. Schließlich stand Ben Zoma auf und eilte zum Turbolift. Ich folgte ihm, ebenso Greyhorse, der per Interkom einem Medo-Team Anweisungen erteilte. Die anderen mußten auf ihren Posten bleiben.

Wir erreichten die Luftschleuse zur gleichen Zeit wie die von Greyhorse benachrichtigten medizinischen Assistenten. Des weiteren trafen zwei zuvor von Mops Joseph ausgewählte Sicherheitswächter ein. Sie griffen nach Schutzanzügen, doch bevor sie Gelegenheit bekamen, das Schiff zu verlassen... kam Picard herein, begleitet von unserem Sicherheitsoffizier.

Der Captain hatte ihn bewußtlos in der Nähe des Rumpfes gefunden. Es gab nicht die geringste Möglichkeit für ihn, Mops *und* Ihren Vater zurückzubringen. Er mußte eine Wahl treffen, und aufgrund der geringeren Entfernung entschied er sich für Joseph. Picard schaffte es bis zur anderen Seite des Schiffes, als es zur Explosion kam. Wenn er versucht hätte, Jack zu retten... Dann wären sie alle gestorben: Ihr Vater, Picard und Mops Joseph.«

Simenon sah Wesley an. »Natürlich versuchte der Captain, auch Jack Crusher in Sicherheit zu bringen. Doch wir alle wußten, daß ihm niemand mehr helfen konnte. Nachher erklärte Joseph, sie hätten wegen der starken energetischen Entladungen das Bewußtsein verloren – erst Ihr Vater und dann auch er.«

Der Professor legte eine kurze Pause ein. »Die Separation von der Warpgondel ermöglichte es uns, mit Impulskraft davonzukriechen. Der Einsatz von Jack und Mops war also ein voller Erfolg. Nur – einer von ihnen überlebte ihn nicht.«

Wesley spürte dumpfen Schmerz tief in seinem Innern. Er versuchte zu schlucken, doch ein Kloß im Hals schien ihn daran zu hindern.

Der Gnalisch kniff die Augen zusammen. »Ist alles in Ordnung mit Ihnen, Fähnrich?«

Wes nickte. »Ja«, antwortete er, und seine Stimme klang heiserer als jemals zuvor. »Ja, es ist alles in Ordnung mit mir.« Er bückte sich, suchte nach einem Stein und versuchte, mit seinen Gefühlen fertig zu werden. »Mal sehen, ob ich noch einmal vier Hüpfer zustande bringe.«

Nach einigen Sekunden hörte er, wie Simenon brummte. »Ja, natürlich.« Kurzes Zögern. »Man muß es immer wieder versuchen. Der Stein dort erscheint mir geeignet …«

Plötzlich ertönte eine Stimme aus dem Nichts.

»Wesley?«

Der Fähnrich hob den Kopf und sah zu den scharlachroten Baumwipfeln empor – irgendwo ›hinter‹ der holographischen Projektion verbarg sich ein Interkom-Gitter. *O nein,* dachte der junge Mann. Wie lange hielt er sich schon in der Holo-Kammer auf? Seinem Gefühl nach schienen nur wenige Minuten vergangen zu sein, aber der unüberhörbare Ärger in Geordis Stimme wies darauf hin, daß wesentlich mehr Zeit verstrichen war.

Er atmete tief durch. »Ja, Commander?«

»Was ist eigentlich los, zum Teufel? Ich habe dich nicht zu Professor Simenon geschickt, damit *ihr beide* durch Abwesenheit glänzt.«

Der Gnalisch schnaufte verächtlich und schüttelte den Kopf. Wesley versuchte, ihn zu ignorieren. »Entschuldigen Sie bitte, Sir. Ich ... ich habe ganz vergessen, wie spät es ist.«

»Du hast *was?* Verdammt, Wes! Hast du auch vergessen, daß wir in einem Riesenschlamassel stecken? Professor Simenon mag das Recht haben, eine ruhige Kugel zu schieben, während Rom brennt – aber solange *du* eine Starfleet-Uniform trägst, erwarte ich von dir, daß du deine Pflichten ernst nimmst. Ist das klar?«

Der Fähnrich schnitt eine Grimasse. Aus den Augenwinkeln sah er, wie Simenon nach einem Stein griff. »Aye, Commander.«

»Dann komm schleunigst hierher. Bin gespannt zu erfahren, *was* dich so lange aufgehalten hat ...«

Ein schriller Schrei unterbrach den Chefingenieur, und Wesley wirbelte erschrocken um die eigene Achse. Sein erster Gedanke war: *Simenon ist ins Wasser gefallen und droht zu ertrinken.* Angesichts seiner reptilienartigen Anatomie erschien so etwas extrem unwahrscheinlich – doch daran dachte der junge Mann erst später.

Wie sich herausstellte, hatten sich überhaupt keine Probleme für Simenon ergeben. Er stand einfach nur da, mit einem ziemlich seltsamen Gesichtsausdruck. Aus weit aufgerissenen Augen starrte er ins Leere.

»Wes?« fragte Geordi. »Ist etwas passiert?«

Der Fähnrich musterte den Professor. »Nein, ich glaube nicht.« Er neigte den Kopf und versuchte, Simenons Blick einzufangen. »Das stimmt doch, Professor, oder?«

Der Gnalisch lächelte plötzlich. »Alles ist in bester Ordnung«, sagte er und hob den Kopf. »Bitte setzen Sie Tee auf, Mr. LaForge. Wir sind gleich bei Ihnen.«

Wesley blinzelte verwundert. »Wie bitte?« brachte er hervor.

»Ich *mag* Tee«, erwiderte Simenon. »Woher stammt wohl die Vorliebe Ihres Captains für Earl Grey?« Er eilte am Fähnrich vorbei zum Ausgang des Holo-Decks.

Wesley folgte ihm. »Aber... jenes *Geräusch*, das Sie eben von sich gaben...«

Der Gnalisch winkte ab. »Solche Geräusche gebe ich immer von mir, wenn ich mich anschicke, ein in Schwierigkeiten geratenes Raumschiff zu retten.«

Als Riker den Turbolift betrat und das Deck mit der Krankenstation verließ, wußte er natürlich: Der Ort des letzten Mordanschlags wies bestimmt keine Spuren des Verbrechens mehr auf. Die dunklen Brandstreifen waren beseitigt, von den Phaserstrahlen beschädigte Wandsegmente ersetzt worden. Spezielle Chemikalien hatten alle Blutflecken entfernt.

Trotzdem verspürte der Erste Offizier den Wunsch, sich den Tatort anzusehen. Wenn er dort lange genug stand und über die Ereignisse nachdachte, wie sie von Morgen und Dr. Crusher geschildert worden waren... Aus irgendeinem Grund glaubte er, dann einen Hinweis zu finden, den Worfs Ermittlungsteam übersehen hatte.

Zumindest bekam er dadurch das Gefühl zu helfen, einen eigenen Beitrag zu leisten. Die Vorstellung, daß sich ein Mörder an Bord befand, war auch zu Anfang beunruhigend gewesen, doch nach der Sache mit Cadwallader bekam das Problem einen persönlichen Aspekt.

»Deck siebzehn«, wies Riker den Computer an, und die Transportkapsel setzte sich ohne den geringsten Ruck in Bewegung.

Kurz darauf öffnete sich die Tür, und er trat in den Korridor.

Ben Zoma kniete mitten im Gang und blickte aus zusammengekniffenen Augen in die Ferne.

Er stand auf, als Riker den Lift verließ. Der Captain der *Lexington* schien überrascht zu sein – aber nur ein wenig. Und er versuchte nicht, sein Interesse an diesem Ort zu verbergen.

Einige Sekunden lang starrten sie sich nur stumm an. Dann lächelte Ben Zoma. »Seltsam, daß wir uns ausgerechnet hier treffen, Commander.«

Der Erste Offizier erwiderte das Lächeln nicht. »Darf ich fragen, was Sie hier machen, Sir?«

Der ältere Mann erhob sich, verzog das Gesicht und tastete nach dem Nacken. »Schon wieder alles steif«, ächzte er. »Tja, das Alter. Der Körper ist leider nicht mehr das, was er einmal war – obwohl ich das hartnäckig bestreite, wenn Sie jemandem davon erzählen.«

»Sie haben meine Frage nicht beantwortet«, stellte Riker fest.

»Stimmt«, sagte Ben Zoma. »Wie unhöflich von mir. Andererseits: Ich glaube, Sie wissen schon, warum ich hier bin. Ich nehme an, der gleiche Grund führt auch *Sie* hierher. Sie wollen sich ebenfalls den Tatort ansehen und nach Hinweisen suchen.«

Riker nickte. »Seit wann befinden Sie sich auf Deck siebzehn?«

»Seit einigen Minuten.«

»Und?«

Ben Zoma schüttelte den Kopf. »Leider habe ich nichts gefunden.« Er sah an Riker vorbei. »Der Schütze kam aus jener Richtung. Vermutlich wartete er auf Cad und die anderen, als sie sich durch die Finsternis tasteten.« Er schnaufte leise. »Wenn der Attentäter jetzt hier wäre, und wenn ich einen Phaser hätte ...«

Riker musterte den dunkelhäutigen Mann. »Solche Bemerkungen erwartet man eigentlich nicht von einem Starfleet-Captain.«

»Stimmt«, bestätigte Ben Zoma. Sein Blick kehrte zum Ersten Offizier zurück. »Andererseits: Wir sind unter uns.« Eine kurze Pause. »Würden Sie auf die gleiche Weise empfinden, wenn Dr. Crusher angeschossen worden wäre? Oder vielleicht Counselor Troi?«

Riker zögerte.

»Seien Sie ehrlich.«

Der Erste Offizier beschloß, ebenso offen zu sein wie Ben Zoma. »Vielleicht haben Sie recht. Aber Wünsche und Taten sind zwei verschiedene Dinge.«

»Da widerspreche ich Ihnen nicht. Es kam oft genug vor, daß ich jemanden zum Teufel wünschte – ohne daß ich in dieser Hinsicht konkrete Aktivitäten entfaltete.«

»Da bin ich erleichtert«, kommentierte Riker mit leiser Ironie.

»Nun, ich sollte jetzt besser gehen«, meinte Ben Zoma. »Cadwallader freut sich bestimmt, wenn ich sie besuche. Obwohl ... Vielleicht begegnet mir Dr. Crusher mit dem gleichen Mißtrauen wie Sie.«

Der jüngere Mann zuckte mit den Schultern. »Captain Picard vertraut Ihnen, und das spricht zweifellos für Sie. Aber Sie könnten *trotzdem* der Mörder sein.«

»In der Tat«, entgegnete Ben Zoma. Ein Lächeln zuckte in seinen Mundwinkeln. »Jetzt weiß ich, warum Picard Sie auf jene Weise beschrieben hat.«

Während Riker noch über die letzten Worte nachdachte, schritt der dunkelhäutige Mann an ihm vorbei und betrat den leeren Turbolift. Ben Zoma nannte dem Computer das Ziel, noch bevor sich die Tür schloß: »Krankenstation.«

Als das Schott der Transportkapsel zuglitt, schüttelte Ben Zoma den Kopf. Ein bemerkenswerter Offizier, dieser Riker. Jean-Luc hatte die richtige Entscheidung getroffen, als er vor fünf Jahren beschloß, seinem Instinkt zu vertrauen und dem jungen Mann die Stellung des Ersten Offiziers an Bord der *Enterprise* anzubieten.

Ganz deutlich erinnerte er sich an ihr Gespräch in Starbase 52 – die *Lexington* befand sich zu jenem Zeitpunkt im Dock, damit einige Instandsetzungsarbeiten durchgeführt werden konnten. Für Ben Zoma war es eine angenehme Überraschung, in der Starbase seinem früheren Captain zu begegnen. Picard wartete auf einen Transfer zu seinem neuen Kommando, und er lud den ehemaligen Ersten Offizier der *Stargazer* zu einem Drink ein.

»Ich hätte nie zu hoffen gewagt, noch einmal einen so guten Ersten wie Sie zu finden. Aber ich glaube, diesmal ist ein Wunder geschehen.«

»Wie heißt er?«

»Riker. Will Riker. Gehört zu DeSotos Crew an Bord der Hood.«

»Ich glaube, ich habe schon von ihm gehört. Sein Vater ist Zivilstratege, nicht wahr? Auf Grenzregionen spezialisiert, wenn ich mich recht entsinne.«

»Das stimmt. Einer der besten Spezialisten auf seinem Gebiet. Und sein Sohn hat noch mehr auf dem Kasten.« Picard beugte sich vor. »Sie kennen DeSoto – er lobt niemanden, wenn's nicht unbedingt sein muß. Aber Riker preist er in den höchsten Tönen. Natürlich ist er alles andere als glücklich über die Versetzung – er verabscheut es, einen so guten Ersten Offizier zu verlieren. Aber er meinte auch, Riker hätte das Recht, sein Schicksal selbst in die Hand zu nehmen.«

»Sehr beeindruckend, Jean-Luc.« Ben Zoma schüttelte den Kopf. »Ein Raumschiff der Galaxis-Klasse und einen hervorragenden Ersten. Unter welchem glücklichen Stern sind Sie geboren?«

»Wissen Sie ... Manchmal frage ich mich das selbst.«

Es dauerte eine Weile, bis Ben Zoma merkte, daß die Transportkapsel angehalten hatte. Einige weitere Sekunden verstrichen, als er sich bemühte, das nostalgische Schmunzeln von seinen Lippen zu verbannen – er wollte der Person, die gerade den Lift betreten hatte, nicht wie ein Narr erscheinen.

Dann sah er, um wen es sich handelte, und daraufhin wuchs das Lächeln wieder in die Breite.

»Eine angenehme Überraschung«, sagte er. »Ich wollte zu Ihnen.«

»Ach?« erwiderte die Person, als sich die Tür des Turbolifts schloß.

»Ja. Ich dachte, wir sollten ...«

Ein Objekt aus Metall glänzte, und Ben Zoma begriff zu spät, um was es sich handelte. Er konnte nicht rechtzeitig reagieren: Ein Messer bohrte sich ihm zwischen die Rippen, wurde unmittelbar darauf wieder zurückgezogen.

Lieber Himmel! dachte er. *Ich habe den Mörder gefunden. Aber nicht auf die gewünschte Weise.*

Ein zweiter Hieb zielte nach seinem Kopf, und er duckte sich – die Klinge stieß an die Wand. Das Bewegungsmoment trug den Angreifer nach vorn, dem Captain der *Lexington* entgegen. Irgendwie gelang es Ben Zoma, die Hand mit dem Messer zu fassen und sie von sich fernzuhalten.

Aber es blieb ihm nicht viel Zeit, und das wußte er. Ein heißes Feuer schien in seiner Seite zu brennen, als die Nerven den angerichteten Schaden ans Gehirn meldeten. Ben Zoma wagte es nicht, den Blick zu senken, um festzustellen, wieviel Blut er bereits verloren hatte – zweifellos eine Menge. Er sammelte seine ganze Kraft zu einem Aufwärtshaken, und damit gelang es ihm, den Gegner zurücktaumeln zu lassen. Unmittelbar darauf schnappte er nach Luft, wandte sich dem Interkom-Gitter zu und alarmierte die Sicherheitsabteilung.

Leider erholte sich der Angreifer viel schneller von dem Schlag, als Ben Zoma gehofft und erwartet hatte. Diesmal konnte er dem Messer nicht ausweichen – es schnitt ihm tief in die Schulter. Zusätzlicher Schmerz entflammte in ihm, und er biß die Zähne zusammen, sank an der Wand des Turbolifts nach unten und trat nach dem Gegner.

Aber er war bereits viel zu benommen, um festzustellen, ob er mit den Tritten irgend etwas anrichtete. Bevor ihn Dunkelheit umfing, sah er noch einmal das Messer: Es stieß auf ihn herab, und diesmal bohrte es sich ihm tief in die Brust.

Nach Worfs Schätzung mochten etwa vier Minuten vergangen sein. Vier Minuten vom Hilferuf bis zum Erreichen des Turbolifts auf Deck dreiunddreißig. Es wäre nicht annähernd soviel Zeit verstrichen, wenn die Transportkapsel auf die Prioritätsorder reagiert und die Reise bis zur Brücke fortgesetzt hätte, aber die Statusanzeigen deuteten darauf hin, daß irgend etwas die Tür blockierte.

Als ihn nur noch ein halber Korridor vom Lift trennte, sah der Klingone den Grund dafür: Ein Arm reichte aus der Kapsel, und die Sicherheitsautomatik verhinderte natürlich, daß sich das Schott schloß. Worf fluchte, als er Blut an der Hand sah.

Wenige Sekunden später kniete er neben dem Reglosen und fluchte erneut, als er ihn erkannte: Ben Zoma.

Der Körper wies ein halbes Dutzend Stichwunden auf, mindestens zwei davon in der Brust. Während der Sicherheitsoffizier noch versuchte, den Schwerverletzten am Leben zu erhalten, reifte eine Erkenntnis in ihm heran: Er hatte Wunden dieser Art schon einmal gesehen.

Er wußte: Sie konnten nur von einer ganz bestimmten Waffe hervorgerufen werden.

Der Klingone streifte sowohl die Ehrenschärpe als auch den Uniformpulli ab und hüllte Ben Zoma in den Stoff, um ihn warm zu halten – eine wichtige Maßnahme, da er unter Schock stand. Gleichzeitig sollte damit einem weiteren Blutverlust vorgebeugt werden. Obwohl ... Die große rote Lache auf dem Boden der Transportkapsel ließ den Schluß zu, daß der Verletzte kaum noch mehr Blut verlieren konnte.

Worf hielt den Zeigefinger an Ben Zomas Hals – und fühlte einen erschreckend schwachen Puls.

»Mein Gott!« ertönte eine Stimme.

Der Sicherheitsoffizier blickte über die Schulter und sah zwei Zivilisten mit entsetzten Mienen. An die Namen erinnerte sich Worf nicht, nur daran, daß sie zur wissenschaftlichen Abteilung gehörten. Zwei weitere Zivilisten kamen aus der anderen Richtung – und erschraken ebenfalls, als sie den blutüberströmten Mann am Boden bemerkten.

»Was ist passiert?« stieß einer von ihnen fassungslos hervor.

»Bleiben Sie zurück«, knurrte der Klingone. »Die Situation ist unter Kontrolle.«

Kurz darauf traf Dr. Crusher mit einer Medo-Gruppe ein. Ärztin und Assistenten bahnten sich einen Weg durch die rasch größer werdende Menge aus Schaulustigen, hoben Ben Zoma auf eine Bahre und betraten den Turbolift.

»Krankenstation«, sagte Beverly Crusher und untersuchte den Reglosen mit einem medizinischen Tricorder. »Geben Sie ihm zwanzig Kubikzentimeter Cordrizen – das sollte ihn am Leben erhalten, bis wir seinen Zustand stabilisieren können.« Die Stimme der Ärztin klang ruhig, verriet keine Emotionen.

Doch als sie zu Worf aufsah, wies das Glitzern in ihren Augen auf Zorn hin. »Wie lange soll es noch so weitergehen?« fragte sie leise.

»Es ist vorbei«, grollte der Klingone.

Beverly zog die Brauen zusammen. »Wie meinen Sie das? Haben Sie den Angreifer gesehen?«

Worf schüttelte den Kopf. »Nein. Aber ich kenne jetzt seine Identität.«

KAPITEL 13

Riker folgte Picard aus dem Turbolift und mußte sich beeilen, um mit dem Captain Schritt zu halten. Er hatte ihn nie so grimmig gesehen.

Es ist sicher sehr schwer für ihn, dachte der Erste Offizier. Wahrscheinlich sogar noch schwerer, als er sich vorstellen konnte ...

Wenn es um jemand anders gegangen wäre ... Dann hätte Riker vorgeschlagen, im Hintergrund zu bleiben. Bei solchen Angelegenheiten führten persönliche Verwicklungen meistens zu Schwierigkeiten.

Aber Picard war nicht irgend jemand. Seit mehr als vier Jahren gehörte Riker zu seinem Kommando, und nie hatte er beobachtet, daß der Captain die Fassung verlor. Er hoffte, daß es bei dieser einen Ausnahme blieb.

Die drei bewaffneten Sicherheitswächter weiter vorn im Korridor hielten sich genau an ihre Befehle: Sie blieben still und wahrten eine sichere Distanz zum Türsensor, um niemanden im Innern des Quartiers auf ihre Präsenz hinzuweisen. Sie hatten die Anweisung bekommen, nur dann aktiv zu werden, wenn der Verbrecher versuchte, die Kabine zu verlassen.

Riker und Picard kamen von der einen Seite, Worf von der anderen. Will fragte sich kurz nach dem Grund für den nackten Oberkörper des Klingonen, bevor er sich an den Bericht erinnerte: Der Sicherheitsoffizier hatte Schärpe und Uniformpulli als Verband und Decke verwendet. Riker schauderte, als er sich an die blutigen Einzelheiten entsann.

Der Captain verlor keine Zeit, deutete auf Worf und Burke, den Leiter des Sicherheitsteams. Anschließend zeigte er zur Tür und gab den beiden Männern zu verstehen, daß sie links und rechts davon Aufstellung beziehen sollten.

Er zog den Phaser, und daraufhin schnitt der Klingone eine sorgenvolle Miene. »Captain ...«, flüsterte er. »Sie sollten nicht als erster hineingehen.«

Picard winkte ab. »Darüber entscheide ich«, erwiderte er ebenso leise. Er wandte sich dem Schott zu und straffte die Gestalt. »Ich bin für diese Sache verantwortlich. Und ich hätte schon längst aktiv werden sollen.«

Damit gestand er, sich in bezug auf die Identität des Attentäters getäuscht zu haben – indirekt gab er Riker recht. Doch der Erste Offizier nahm diesen Umstand nicht zum Anlaß, zufrieden zu sein. In dieser besonderen Situation gab es keine Gewinner, nur Verlierer. Und der größte Verlierer von allen war Ben Zoma.

Während des Wortwechsels zwischen Worf und dem Captain begann Burke damit, die Programmierung des Türschlosses mit einem Sicherheitscode außer Kraft zu setzen. Jetzt nickte er Picard zu.

»Alles fertig«, hauchte er, zog den Phaser und hielt ihn schußbereit.

Jean-Luc trat vor, in der sicheren Überzeugung, daß der Türmelder jetzt nicht mehr auf seine Anwesenheit reagierte und kein akustisches Signal im Quartier ertönen ließ. Vor dem Captain glitt das Schott beiseite – es existierte jetzt kein Programm mehr, das vor dem Öffnen eine ID-Kontrolle durchführte.

Die Bewohnerin des Quartiers saß am Tisch in der Mitte des Raums. Sie drehte den Kopf, als Picard und Riker hereinkamen.

Idun Asmund musterte sie gelassen – obgleich sie

wissen mußte, daß man ihr auf die Schliche gekommen war. Kommandanten und Erste Offiziere neigten unter normalen Umständen nicht dazu, einfach so Gästequartiere zu betreten. »Welchen Umständen verdanke ich die Ehre Ihres Besuchs?« fragte Idun, und ihre Lippen deuteten dabei ein Lächeln an.

Picards Stimme klang fast monoton, als er erwiderte: »Ihnen wird hiermit versuchter Mord an Offizierskollegen zur Last gelegt. Drei Anschläge gehen auf Ihr Konto – beim letzten, der Gilaad Ben Zoma galt, benutzten Sie ein *klingonisches Zeremonienmesser*.«

Asmund runzelte die Stirn. »Wovon reden Sie da? Ich habe die Messer nicht angerührt, seit ich an Bord gekommen bin. Wenn Sie sich einen Scherz erlauben...«

»Nichts liegt uns ferner«, sagte Riker.

Idun stand auf und warf einen Blick in den Korridor. Vermutlich sah sie dort Worf und sein Sicherheitsteam, denn die Falten fraßen sich tiefer in ihre Stirn. Sie wandte sich wieder an den Captain. »Wenn Ben Zoma etwas zugestoßen ist, Sir... Ich habe nichts damit zu tun. Bitte glauben Sie mir.«

Picard maß sie mit einem kühlen Blick. »Dazu sehe ich mich leider außerstande. Worf und Dr. Crusher sind sich einig: Nur ein klingonisches Zeremonienmesser kann die Wunden angerichtet haben, die bei Ben Zoma festgestellt wurden. *Sie* haben solche Waffen mitgebracht, als Sie an Bord kamen. Und abgesehen von Worf sind Sie die einzige Person auf der *Enterprise*, die damit umzugehen versteht.« Eine kurze Pause. »Außerdem haben Sie kein Alibi. Die Aufzeichnungen des Computers bestätigen zwar, daß Sie zum Tatzeitpunkt in Ihrer Kabine waren, aber die entsprechenden Daten beziehen sich allein auf die Präsenz des *Insignienkommunikators*.« Wie schmerzerfüllt verzog er das Gesicht. »Mir bleibt keine andere Wahl, als Sie unter Arrest zu stellen.«

Idun schüttelte den Kopf. »Sie machen einen Fehler, Captain. Wenn Sie mir sagen, was geschehen ist, so kann ich vielleicht...«

»Die Einzelheiten der Anklage werden Ihnen mitgeteilt, sobald Sie sich in der Arrestzelle befinden.« Picard sah Riker an. »Kümmern Sie sich darum, Nummer Eins. Und vergessen Sie nicht, die Verhaftete nach Gift zu durchsuchen.«

Der Erste Offizier nickte. »Aye, Sir.« Von Worf wußte er, daß in die Gewalt des Feindes geratene Klingonen oft Selbstmord begingen – sie sahen darin eine ehrenvolle Alternative zur Gefangenschaft.

»Danke«, sagte der Captain.

Für jemand anders mochte es kaum zu erkennen sein, aber Riker sah es deutlich: In Picard fand ein enormer innerer Konflikt statt. Asmund hatte zu seiner Crew gehört, so wie es jetzt bei Will, Troi und Worf der Fall war. Eigentlich konnte man in diesem Zusammenhang nicht mehr von ›Crew‹ sprechen; die Bezeichnung ›Familie‹ erschien angemessener.

Es fiel *nie* leicht, sich mit der Tatsache abzufinden, daß ein Mitglied der eigenen Familie ein Mörder war.

»Captain...«, sagte Asmund, als sich Picard umdrehte. »Das ist doch Wahnsinn. Es käme mir nie in den Sinn, Ben Zoma oder sonst jemandem ein Leid zuzufügen. Gerade Sie sollten das wissen.«

Jean-Luc ging zur Tür und schien Idun gar nicht zu hören. Als er das Quartier verlassen hatte, trat Worf in den Zugang und bedachte Riker mit einem bedeutungsvollen Blick. Der Erste Offizier nickte.

Er wandte sich an Asmund, und sie richtete einen durchdringenden Blick auf ihn, schien bemüht zu sein, einen emotionalen Orkan unter Kontrolle zu halten.

Einige Sekunden lang regte sich Mitgefühl in Riker. Ein Mensch, der als Klingone aufgewachsen war und nun versuchte, sich die Würde zu bewahren...

Dann erinnerte er sich daran, was diese Frau Ben

Zoma angetan hatte. Und Cadwallader. Daraufhin schmolz sein Mitleid wie Schnee in der Sonne.

»Wenn ich bitten darf ...« Er deutete zur Tür.

Mit einer sichtbaren Anstrengung sammelte sich Asmund und trat wortlos den Sicherheitswächtern entgegen, die sie draußen in Empfang nahmen.

»Um einem Mißverständnis vorzubeugen ...«, sagte der Chefingenieur. »Sie glauben, wir können mit der *Enterprise* aus dem Subraum-Sog *hüpfen?«*

Simenon nickte. »Ja.«

Sie hatten sich wieder am Primärsituation-Monitor im Maschinenraum versammelt: Geordi, der Gnalisch, Data und Wesley. Dem Fähnrich fiel es immer schwerer, still zu bleiben.

Es war Simenons Theorie und Plan. Deshalb erschien es nur sinnvoll, wenn Simenon die Hintergründe erläuterte. Aber in Wes gab es nicht den geringsten Zweifel daran, daß alles funktionieren würde, und seine wachsende Aufregung verlangte mit immer mehr Nachdruck nach einem Ventil.

»Ich habe Wesley gezeigt, wie man Steine so wirft, daß sie mehrmals von der Wasseroberfläche abprallen«, meinte der Professor. »Sie wissen schon – flache Steine.«

Data wirkte verwirrt. »Mit einer solchen Aktivität bin ich nicht vertraut.«

»Schon gut«, warf Wesley ein. »Sie müssen nicht unbedingt darüber Bescheid wissen.«

Der Androide vertraute dieser Auskunft des jungen Fähnrichs. »Na schön«, sagte er. »Bitte fahren Sie dort, Professor Simenon.«

»Nun, auf Gnala und auch auf anderen Welten habe ich Hunderte – vielleicht sogar Tausende – von Steinen übers Wasser hüpfen lassen, ohne dabei einen Gedanken an die physikalischen Prinzipien zu vergeuden: Sie sind so einfach, daß man sie als selbstverständlich hinnimmt. Es kommt zu einem Kontakt zwischen der Oberfläche des Steins einerseits und der Oberfläche des Wassers andererseits; der daraus resultierende Energieaustausch treibt den Kiesel sowohl nach oben als auch nach vorn. Mit anderen Worten: Er *springt*. Das Bewegungsmoment hat sich natürlich ein wenig verringert, aufgrund von Reibung, Gravitation und der vom Wasser absorbierten kinetischen Energie. Aber dieser Verlust hält sich in Grenzen, solange zwei Bedingungen erfüllt sind: Der Kollisionswinkel muß spitz und der Stein relativ flach sein.«

Der Gnalisch legte eine Pause ein, um seinen Zuhörern Gelegenheit zu geben, über seine Ausführungen nachzudenken. Geordi beugte sich vor und musterte ihn. »Das ist alles sehr interessant, Professor. Aber was hat es mit ...«

Simenon unterbrach ihn, indem er die schuppige Hand hob. »Alles zu seiner Zeit, Commander. Alles zu seiner Zeit.« Er runzelte die Stirn. »Wo bin ich stehengeblieben?«

»Bei spitzen Kollisionswinkeln und relativ flachen Steinen«, erinnerte ihn Wesley.

»Ah, ja.« Der Gnalisch bediente die Kontrollen, und im Projektionsfeld erschien eine schematische Darstellung der *Enterprise*. »Stellen wir uns das Schiff als einen solchen Stein vor, der die Wurfhand verlassen hat, um nun dicht über und parallel zum Subraum-Sog zu fliegen.«

»Entschuldigen Sie bitte«, ließ sich Data vernehmen, »aber wir befinden uns *im* Sog und nicht darüber.«

Simenon schnaubte. »Commander, ich fürchte, als Ingenieur brächten Sie es nicht weit – ebensowenig als Gnalisch. Es gibt praktisch keine in allen Einzelheiten exakte Analogien. So etwas dürfen wir erst recht dann nicht erwarten, wenn wir es mit so exotischen Dingen wie Subraum-Phänomenen zu tun haben.«

Geordi nickte und legte Data wie tröstend die Hand

auf die Schulter. »Bitte verzeihen Sie, Professor. Wir werden Sie nicht noch einmal unterbrechen.«

»Dafür bin ich Ihnen unendlich dankbar«, erwiderte Simenon voller Sarkasmus. »Nun, die *Enterprise* fliegt also weitgehend parallel zum Sog. Vielleicht berührt sie gelegentlich die Oberfläche und prallt davon ab, aber wir merken nichts davon, weil sie nur sehr wenig Energie verliert. Wie dem auch sei: Die Kontakte erfüllen einen wichtigen Zweck – sie halten uns auf Kurs. Wenn wir den Kollisionswinkel ein wenig modifizieren, so kann sich dadurch auch unser Flugvektor verändern. Um nur ein Beispiel zu nennen: Wenn wir mit der Kante des Diskussegments die Oberfläche des Sogs berühren, so geraten wir möglicherweise *unter* die Oberfläche und somit in ein ganz anderes, eventuell wesentlich langsameres Medium. Eine Beschreibung, die auch für das gilt, was wir als ›Normalraum‹ oder ›Einstein-Universum‹ bezeichnen. Ist soweit alles klar?«

»Ich glaube schon«, bestätigte Geordi. »Allerdings...«

Der Gnalisch kam dem Einwand zuvor. »Allerdings sind wir nicht *imstande,* unsere Position zu verändern. Der Subraum-Sog hindert uns daran – wir haben es nicht mit einer Oberfläche zu tun, sondern mit vielen. Sie befinden sich überall und umgeben uns. Immer wieder kollidiert die *Enterprise* mit ihnen, und dadurch entsteht eine Art Kanalisierungseffekt. Halten Sie diese Beschreibung für anschaulich genug?«

»Ja«, antwortete der Androide.

»Nun, wenn wir nicht die Position der *Enterprise* verändern können, so bleibt nur eine andere Möglichkeit. Wir müssen dem metaphorischen Stein eine andere Form geben.«

Erneut zeigte sich Verwirrung in Datas Zügen. »Schlagen Sie eine Trennung von Diskussegment und Gefechtssektion vor? Darüber haben wir bereits gesprochen.«

Simenon schüttelte den Kopf. »Sie verstehen sicher, wenn ich auf folgendes hinweise: Es ist nicht etwa die Außenhülle des Schiffes, die mit dem Sog in Kontakt gerät.«

Geordi schnippte mit den Fingern. »Das stimmt! Es sind die *Schilde*.«

»Genau.« Die Finger des Gnalischs huschten über Schaltflächen, und das Diagramm auf dem Primärsituation-Monitor geriet in Bewegung. »Wir brauchen nur den Schutzschirmen eine neue Form zu geben…«

Wesley konnte sich nicht länger zurückhalten. »Dadurch verändern wir die Form des Steins«, platzte es aus ihm heraus. »Ein stromlinienförmiges, für maximale Flugeffizienz bestimmtes Objekt verwandelt sich dadurch in etwas Kantiges und Klobiges, das dem Subraum-Sog weitaus mehr Widerstand bietet.«

»Was dazu führen müßte, daß wir den Einflußbereich des Sogs verlassen.« Simenon sprach so, als sei er überhaupt nicht unterbrochen worden. »Eigentlich ist alles ganz einfach. Es geht darum, mehr ›Kanten‹ zu schaffen, die den Reibungswiderstand erhöhen – wobei es natürlich darauf zu achten gilt, daß die Struktur der *Enterprise* nicht zu sehr belastet wird.« Er sah sich um, und seine besondere Aufmerksamkeit galt Geordi. »Was halten Sie davon?«

Der Chefingenieur runzelte die Stirn und dachte darüber nach. »Es könnte klappen«, sagte er. »Oder auch nicht. Selbst wenn mit Ihrer Theorie soweit alles in Ordnung ist: Wir müssen herausfinden, welche Form der Schilde was für eine Wirkung erzielt. Andernfalls könnte die *Enterprise* zu einer Schuttwolke im Subraum werden.«

»Wozu sind Computersimulationen da?« fragte Wesley.

LaForge überlegte noch etwas länger, und schließlich glätteten sich die Falten in seiner Stirn. »Also gut.«

Er wandte sich dem Terminal zu und begann damit, Daten einzugeben. »Mal sehen, was sich ergibt...«

Picard stand in Beverly Crushers Büro und starrte zur Barriere, hinter der sich die Intensivstation erstreckte. Die Ärztin saß am Schreibtisch und hielt eine Tasse Kaffee in beiden Händen. Sie sah schrecklich aus: müde und ausgelaugt.

»Jean-Luc?«

Er drehte sich zu ihr um.

»Ist alles in Ordnung mit Ihnen?« fragte Beverly.

Er nickte. »Ja.« Und: »Welche Chancen hat er?«

Crusher holte tief Luft. »Schwer zu sagen. Er hat Transfusionen bekommen, und derzeit ist sein Zustand stabil. Aber...« Sie schüttelte den Kopf. »Er leidet an einem umfassenden Trauma und hat viel Blut verloren, vielleicht zuviel.« Die Ärztin blickte auf ihre Kaffeetasse hinab. »Als er angegriffen wurde, war er körperlich gut in Form – das kommt ihm jetzt zugute. Trotzdem: Ich weiß nicht, ob er's schafft.«

Nie zuvor hatte Picard diese Art von Hilflosigkeit gefühlt. *Er gehört zu meinen alten Freunden. Und jetzt kann ich nur warten und hoffen.*

Aber nicht hier. Andere Dinge erforderten seine Aufmerksamkeit.

»Bitte entschuldigen Sie mich«, sagte er zur Ärztin.

»Natürlich.« Sie rang sich ein Lächeln ab. »Seien Sie unbesorgt. Ich halte hier die Stellung.«

Der Captain ging durch die Krankenstation und stellte fest, daß Riker am Eingang auf ihn wartete – was seiner Bitte entsprach. Der Erste Offizier straffte die Gestalt, als er sah, daß sich Picard näherte.

Gemeinsam traten sie in den Korridor, und Riker suchte in Jean-Lucs Zügen nach irgendeinem Hinweis. »Es geht ihm schlecht«, vermutete er.

»Ja«, bestätigte der Captain. Eine weitere Erörterung dieses Themas erschien sinnlos, und deshalb wandte er sich einem anderen zu. »Offenbar haben wir uns geirrt, Nummer Eins. Es ging bei den Anschlägen nicht nur um Morgen. Gilaad Ben Zoma war allein, als man ihn angriff. Außerdem müssen wir uns nun fragen, ob Cadwallader wirklich nur durch Zufall angeschossen wurde.«

Sie erreichten den Turbolift. Ein Sensor registrierte ihre Präsenz, öffnete die Tür und ließ sie hinter ihnen wieder zugleiten.

»Brücke«, sagte Picard. Die Transportkapsel trug sie nach oben, ohne daß der Captain oder sein Begleiter etwas von der Bewegung spürten.

»Rache«, sagte der jüngere Mann, und es klang wie nach dem Ende eines inneren Dialogs. Rikers Miene deutete darauf hin, daß dieses Wort einen üblen Geschmack in seinem Mund hinterließ. »Idun wollte sich an allen rächen, die etwas mit der Festnahme und Verurteilung ihrer Schwester zu tun hatten.« Er zögerte nachdenklich. »Ein verschrobener Sinn von Gerechtigkeit ... Gerda handelte damals aus freiem Willen – niemand an Bord der *Stargazer* zwang sie, sich so und nicht anders zu verhalten. Und als Sie davon erfuhren, beschlossen Sie natürlich, ihre Pläne zu vereiteln.«

Picard runzelte die Stirn. »Mir blieb keine andere Wahl – das wissen wir beide. Aber Commander Asmund ... Wer weiß? Es ist nicht leicht, sich mit dem Tod einer geliebten Person abzufinden, geschweige denn dem eines Zwillings. Tragödien können Seltsames mit dem Urteilsvermögen anstellen und manche Leute veranlassen, dort Schuld und Niedertracht zu sehen, wo nichts dergleichen existiert.«

Riker nickte. »Und nicht nur Tragödien wirken sich auf diese Weise aus.«

Der Captain musterte ihn.

»Manchmal genügt der Wunsch zu beschützen«, erklärte der Erste Offizier. »Nehmen Sie uns.« Er lächelte schief. »Ich habe begonnen, überall Mörder zu sehen.«

Die Tür öffnete sich, und sie betraten den Kontrollraum der *Enterprise*. Niemand saß im Kommandosessel, aber es schien alles in bester Ordnung zu sein, und deshalb wandten sie sich sofort dem Beobachtungszimmer zu.

Ein weiteres Schott glitt beiseite, und in der Kammer dahinter warteten genau jene Personen, mit denen Picard gerechnet hatte. Es gab nur eine Ausnahme.

Der Captain sah Counselor Troi an, die direkt neben der Tür stand. »Was ist mit Simenon?«

»Er befindet sich im Maschinenraum. Offenbar nimmt er dort an einer sehr wichtigen Besprechung teil. Geordi meinte, sie hätten vielleicht etwas entdeckt.« Eine kurze Pause. »Ich hielt es für besser, den Professor nicht zu bitten, uns hier Gesellschaft zu leisten. Bestimmt ergibt sich später eine Gelegenheit für mich, mit ihm zu reden.«

Picard nickte. »Ich billige Ihre Entscheidung, Counselor. Es war richtig, nicht darauf zu bestehen, daß Simenon hierherkommt.« Er drehte sich zu den Personen am Tisch um. Morgen stand mit verschränkten Armen am Panoramafenster und runzelte die Stirn. Mops Joseph saß bereits, trommelte mit den Fingern auf den Tisch und starrte ins Leere. Greyhorse hatte die Hände auf den Rücken gelegt und offenbarte eine geradezu stoische Ruhe.

»Ah«, sagte er. »Endlich. Jetzt erfahren wir vielleicht, was hier gespielt wird.«

»Deshalb sind Sie hier«, erwiderte der Captain. »Bitte setzen Sie sich – Sie alle.«

Die Offiziere kamen der Aufforderung nach. Picard und Riker nahmen als letzte Platz.

Jean-Luc musterte die Anwesenden der Reihe nach, und sein Blick verweilte im Gesicht seines früheren Sicherheitsoffiziers.

»Bevor ich beginne … Mr. Joseph, die anderen sind Ihnen gegenüber ein wenig im Vorteil – sie wissen zumindest *etwas* über die jüngsten Ereignisse. Die besondere Situation ist dafür verantwortlich; ich hatte dabei keine freie Entscheidung.«

Joseph beugte sich vor. Sein Gesicht zeigte keinen Ärger; er schien in erster Linie neugierig zu sein.

»Nun, ich bedauere, daß es mir nicht möglich war, auch Sie einzuweihen«, fuhr Picard fort. »Ich hoffe, daß Sie als Sicherheitsoffizier und Freund Verständnis für meine Lage aufbringen.«

Und an die Adresse aller Versammelten gerichtet: »Ich habe schlechte Nachrichten. Gilaad Ben Zoma wurde vor kurzer Zeit in einem Turbolift angegriffen. Derzeit wird er in der Krankenstation behandelt, und sein Zustand ist kritisch.«

Morgen fluchte hingebungsvoll.

»Mein Gott«, hauchte Greyhorse. »Was genau meinen Sie mit ›kritisch‹?«

Der Captain musterte ihn. »Dr. Crusher weiß noch nicht, ob er's schafft.«

Mops Joseph saß einfach nur da und starrte erneut ins Leere. Er schien in einer ganz anderen Welt zu weilen.

»Das ist noch nicht alles«, fügte Picard hinzu. »Wir haben den Mörder gefaßt. Sie wurde inzwischen in der Arrestzelle untergebracht.«

Morgen und Greyhorse begriffen sofort, wen Jean-Luc mit ›sie‹ meinte. Abgesehen von Cadwallader war Asmund die einzige Frau in der Eskorte des Daa'Vit.

Für Mops Joseph hingegen schien die Sache nicht so klar zu sein. Der Captain sprach es ganz deutlich aus: »Idun hat versucht, Ben Zoma umzubringen. Und sie steckt auch hinter den Mordanschlägen auf Morgen und Cadwallader.«

Der Sicherheitsoffizier lehnte sich zurück, gab sein Schweigen auf und brachte zunächst nur ein Wort hervor: »Warum?« Er sah die früheren Kameraden von der *Stargazer* an. »Warum sollte Idun jemandem von uns nach dem Leben trachten?«

Picard schilderte die bekannten Einzelheiten der Angriffe, berichtete auch von den Spekulationen in Hinsicht auf die möglichen Motive. Als er den kurzen Vortrag beendete, waren rote Flecken des Zorns auf Josephs Wangen entstanden.

»Aber jetzt ist es vorbei«, verkündete der Captain. »Ich bedauere sehr, Commander Asmund derartige Verbrechen zur Last legen zu müssen. Noch mehr bedauere ich, daß Ben Zoma so schwer verletzt wurde. Wie dem auch sei: Wenigstens hat der Spuk jetzt ein Ende.«

Greyhorse hob den Kopf. »Wenn ich irgendwie helfen kann, Captain ...«

Picard schüttelte den Kopf. »Im Augenblick nicht. Aber ich werde Ihr Angebot an Dr. Crusher weiterleiten.«

Der Daa'Vit richtete den Blick seiner glühenden gelben Augen auf Jean-Luc.

Ich weiß, antwortete der Captain stumm. *Wir müssen miteinander reden.*

O'Brien saß an einem Fenster und sah durch den Gesellschaftsraum. Es herrschte ziemlicher Betrieb.

»Neuigkeiten sprechen sich hier schnell herum«, meinte Eisenberg.

Der Transporterchef nickte und musterte den jungen Mann, der auf der anderen Seite des Tisches saß. Er hatte Eisenberg erst vor einigen Wochen kennengelernt, als der Medo-Techniker den Wunsch äußerte, sich O'Briens berühmt-berüchtigter Pokerrunde hinzuzugesellen. Bei jener Gelegenheit wies Miles natürlich darauf hin, daß die Warteliste zehnmal so lang war wie die *Enterprise*.

Andererseits gefiel ihm der junge Bursche. Mehr noch: Eisenberg erinnerte ihn an die Zeit, als er selbst seine berufliche Laufbahn bei Starfleet begonnen hatte. Er war eifrig, aber auch unerfahren. Darüber hinaus verunsicherte ihn die Gefahr. Und an Gefahren mangelte es derzeit sicher nicht.

Deshalb hatte sich O'Brien vorgenommen, den jungen Mann ein wenig aufzumuntern, ihm zu helfen, seine Sorgen wenigstens für eine Weile zu vergessen. Der Gesellschaftsraum im zehnten Vorderdeck schien genau der richtige Ort dafür zu sein. Zuerst hielten sich hier nur wenige Personen auf, doch es dauerte nicht lange, bis weitere Besatzungsmitglieder eintrafen, um aufgeregt von dem Angriff auf Ben Zoma und Asmunds Verhaftung zu erzählen.

»Schnell?« O'Brien lachte kurz. »Das ist die Untertreibung des Jahrzehnts.« Er hob das Glas und vollführte eine Geste, die dem ganzen Gesellschaftsraum galt. »An einem guten Tag entsteht ein Gerücht um acht Uhr auf der Brücke – und erreicht hier den letzten Tisch, noch bevor im Kontrollraum die letzte Silbe formuliert wurde.«

Eisenberg sah ihn skeptisch an. »Jetzt übertreiben Sie.«

Der Transporterchef zuckte mit den Schultern. »Vielleicht ein bißchen. Immerhin bekomme ich nicht so oft Gelegenheit, die Brücke aufzusuchen. Ich wollte Ihnen nur einen ungefähren Eindruck vermitteln.«

Der Medo-Techniker trank einen Schluck und setzte das Glas ab. »Ich schätze, die Leute sind einfach erleichtert. Und deshalb kann man ihnen wohl kaum einen Vorwurf machen.« Er schüttelte den Kopf. »Man stelle sich das vor... Ein Mörder an Bord. Jemand, der mit Phasern schießt, Leuten Messer in den Leib stößt...«

»Und Holo-Decks sabotiert«, fügte O'Brien hinzu. Er schauderte innerlich, als er an die Einzelheiten dachte.

»Ja. Meine Güte, mir läuft's kalt über den Rücken, wenn ich darüber nachdenke. Außerdem stellte sich auch noch heraus, daß der Mörder zu den Gästen des Captains gehörte ... *Lieber* Himmel! Ich dachte, es seien seine *Freunde ...*«

»Das stimmt auch«, entgegnete O'Brien. »Nun, Ausnahmen bestätigen die Regel.«

Eisenberg schien ihn gar nicht zu hören. »Wie heißt es so schön? Wenn man solche Freunde hat, braucht man keine Romulaner mehr.« Er seufzte. »Sie hätten den armen Ben Zoma sehen sollen. Soviel Blut ...« Der Blick des jungen Mannes wanderte in die Ferne.

O'Brien verzog das Gesicht. »Wissen Sie, Davey ... Sie fangen an, mich zu deprimieren. Und das ist alles andere als einfach.«

Der Medo-Techniker lehnte sich zurück und wirkte plötzlich zerknirscht. »Es tut mir leid.«

»Sehen Sie die Sache einmal von der positiven Seite. Die Schuldige ist gefaßt und befindet sich in der Arrestzelle, wo sie für niemanden eine Gefahr darstellt.«

»Ja«, erwiderte Eisenberg. Einige Sekunden lang schien er zufrieden zu sein, doch dann senkte sich erneut ein Schatten auf seine Züge herab. »Aber das ist gar nicht unser Problem, oder?« Er sah aus dem Fenster und betrachtete die Streifenmuster der Sterne. »Wie steht's *damit?* Wie ich hörte, können derartige Subraum-Phänomene ganz plötzlich ihre Struktur verändern und ... die *Enterprise* zerfetzen.«

O'Brien stellte sich der Erkenntnis, daß seine Aufmunterungsbemühungen noch immer nicht zum angestrebten Erfolg geführt hatten. »Man *könnte* es so sehen: alles düster und voller Unheil und so. Doch es wäre auch möglich, an der Überzeugung festzuhalten, daß Commander LaForge und seine Helfer einen Ausweg finden – wie immer. Bis dahin sitzen wir hier in der ersten Reihe und können die größte Show in der Galaxis bewundern.«

Miles drehte den Sessel, deutete zum Fenster und

den bunten Linien dahinter. Er hob sein Glas zu einem Toast. »Auf Warp neun Komma neun fünf. Möge es immer so wundervoll sein.«

Er widerstand der Versuchung, Eisenberg einen Blick zuzuwerfen, um sich einen Eindruck von seiner Reaktion zu verschaffen. Statt dessen setzte er das Glas an die Lippen und trank einen Schluck Synthehol. »Ah«, kommentierte er mit einem Genuß, den er nicht in diesem Ausmaß empfand. »Das Leben ist doch herrlich.«

Nach einer Weile wandte er sich dem jüngeren Mann zu. Eisenberg starrte ihn groß an.

»Möchten Sie nicht mit mir anstoßen?« fragte O'Brien.

Der Medo-Techniker zögerte kurz, bevor er das Glas hob. Seine Lippen deuteten ein zaghaftes Lächeln an. »Wissen Sie ... Ihre Einstellung hat durchaus etwas für sich.«

Die anderen gingen, und nur zwei Personen blieben im Beobachtungszimmer. Morgen wanderte unruhig auf und ab, wirkte wie ein gefangener Tiger. Der Captain lehnte sich an den Tisch, verschränkte die Arme und beobachtete den Daa'Vit.

»Verdammt!« knurrte Morgen. »Wenn ich Idun nicht an Bord geholt hätte ...«

»So etwas konnte niemand vorhersehen«, erwiderte Picard.

»Da irren Sie sich«, widersprach Morgen. »Tief in meinem Herzen wußte ich, daß Schwierigkeiten drohten. Aber ich wollte ihr zeigen, daß ich einen Schlußstrich unter die Vergangenheit ziehen kann. Ich wollte zeigen, daß ich nicht nachtragend bin. Es ging mir dabei um die Werte, die Starfleet mich lehrte.« Er schüttelte den Kopf. »Aber sehen Sie nur, wohin uns mein Wohlwollen gebracht hat. Ihr Sicherheitsoffizier gerät auf dem sabotierten Holo-Deck in Gefahr. Cadwallader wird angeschossen. Und Ben Zoma, der gute, tapfere Ben Zoma ...«

Plötzlich schien Morgen zu explodieren und den Verstand zu verlieren. Er schrie aus vollem Hals und hämmerte mit den Fäusten auf den Tisch. Picard fühlte sich versucht, zurückzuweichen und einen sicheren Abstand zu schaffen, aber er blieb stehen: Der Rasende vor ihm war nicht irgendwer, sondern sein *Freund.* Er hatte nichts von ihm zu befürchten.

Trotzdem regte sich Unbehagen in Jean-Luc. Zum erstenmal sah er ein solches Beispiel für die Daa'Vit-Wut – und er verspürte nicht den Wunsch, ihr noch einmal zu begegnen.

Morgens Anfall dauerte nicht lange. Nach einigen Sekunden beruhigte er sich wieder und keuchte nur noch. »Es tut mir leid«, sagte er. »Bitte entschuldigen Sie.«

»Schon gut«, erwiderte der Captain. »Wir sind Freunde. Alte Freunde.«

»Dennoch hätte ich mich nicht auf eine solche Weise verhalten dürfen«, beharrte Morgen. Er massierte sich die Finger der linken Hand. »Wie dem auch sei: Die Verantwortung kommt mir zu. Ich hätte auf die Stimme der Vernunft hören sollen, nicht auf die des Herzens. *Darin* bestand mein unverzeihlicher Fehler.«

Picard hielt weitere Selbstvorwürfe für sinnlos, und deshalb wechselte er das Thema. »Könnten sich dadurch auf Daa'V Probleme für Sie ergeben?«

Morgen sah ihn an. »Wie bitte?«

»Wenn Ben Zoma und Asmund Sie nicht begleiten ... Müßten Sie dadurch mit nachteiligen politischen Folgen rechnen?«

Wenn Morgen begriff, daß ihn der Captain ablenken wollte, so ließ er sich nichts anmerken. Er überlegte kurz und schüttelte den Kopf. »Nein, ich glaube nicht. Die Leute fragen sich bestimmt, warum meine Ehrenwache kleiner ist als angekündigt. Aber ich komme mit vier Begleitern: Mops Joseph, Cad, Greyhorse und Ihnen. Vier ist das vom Gesetz verlangte Minimum.« Er räusperte sich – vielleicht hatte sein Wutausbruch die Kehle gereizt. »Verdammt – wer im ganzen Universum nicht einmal *vier* Freunde hat, taugt wohl kaum zum Monarchen.«

Der Daa'Vit setzte seine unruhige Wanderung durchs Zimmer fort, doch jetzt wirkte er gefaßter und nachdenklicher. Er zeigte nicht mehr die hemmungslosen, ungezügelten Emotionen wie vorher. Der Captain zog diesen Morgen dem anderen vor und blieb stumm.

»Die Größe meiner Eskorte ist eine Sache«, brummte der Daa'Vit. »Und die Umstände ihres Schrumpfens eine ganz andere. Wenn auf Daa'V bekannt wird, was an Bord der *Enterprise* geschah ... Das könnte peinlich sein. *Sehr* peinlich.«

Picard zuckte mit den Achseln. »Niemand auf Daa'V braucht etwas davon zu erfahren.«

Morgen nickte. »Gut.« Er kniff die Augen zusammen. »Jetzt geht es ›nur‹ noch darum, den Planeten zu erreichen. Was ist mit Simenons Idee?«

Der Captain schüttelte den Kopf. »Einzelheiten sind mir nicht bekannt. Ich weiß nur, daß Commander LaForge die Sache für vielversprechend hält.«

»Nun, vielleicht wird's Zeit, Aufschluß zu gewinnen.« Ein Hauch von Ironie oder gar Erheiterung erklang in Morgens Stimme.

Picard sah darin ein gutes Zeichen. »Da könnten Sie recht haben.«

KAPITEL 14

Worf schritt durch den zum Arrestbereich führenden Korridor und fragte sich, warum er hierhergekommen war.

Zuerst redete er sich ein, daß es für den Leiter der Sicherheitsabteilung durchaus Sinn ergab, einen Häftling wie Asmund zu überprüfen – immerhin hatte sie sowohl Brutalität als auch Einfallsreichtum unter Beweis gestellt. Doch als ihn der Turbolift dem Ziel entgegentrug, gestand er sich die komplexere Natur seiner Motive ein.

Er brachte jener Frau Neugier entgegen, und zwar von Anfang an. Sie war auf der klingonischen Zentralwelt groß geworden, mit den Bräuchen und Traditionen, die Worf erst als Teenager kennenlernte.

Gleichzeitig stieß sie ihn ab. Idun stellte eine Anomalie dar: weder Mensch noch Klingone, eine absonderliche Mischung aus beidem. Ebenso wie er selbst – eine Erkenntnis, die ihn mit Beklommenheit erfüllte.

Bisher setzte sich die Neugier dem Abscheu gegenüber durch. Worf war Asmund nicht direkt aus dem Weg gegangen – weil er viel zu sehr darauf achten mußte, die Kontakte mit Morgen auf ein Minimum zu beschränken –, aber glücklicherweise hatte ihn der Dienst stark genug in Anspruch genommen, um zufällige Begegnungen zu vermeiden.

Nach dem Zwischenfall in der Holo-Kammer gab es für ihn noch einen Grund mehr, Asmunds Nähe zu meiden: Solange sie in Hinsicht auf einen Mordanschlag zu den Verdächtigen zählte, konnte es sich Worf nicht leisten, seine Objektivität von Gefühlen beeinträchtigen zu lassen. Was mochte geschehen, wenn er Idun zu respektieren lernte? Wenn er sie sympathisch fand oder sogar bewunderte? So etwas hätte ihn bei der Ausübung seiner Pflicht behindert.

Als er zu dem Schluß gelangte, daß sie die Mordanschläge auf Morgen und die anderen verübt hatte ... Daraufhin kamen persönliche Kontakte überhaupt nicht mehr in Frage. Aus der interessanten Frau wurde eine gefährliche Gegnerin.

Jetzt befand sich Asmund in der Arrestzelle, wodurch erneut die Neugier des Klingonen erwachte.

Warum? Weil sie ein Gewaltverbrechen verübt hatte – sogar mehr als nur eines. Und weil nicht ausgeschlossen werden konnte, daß ihre klingonische Vergangenheit in irgendeinem Zusammenhang damit stand.

Worf erinnerte sich an den Beginn seiner Ausbildung an der Starfleet-Akademie. Damals hatte er immer wieder gefürchtet, daß der Klingone in ihm zum falschen Zeitpunkt erwachte, mit schrecklichen Folgen. Imaginäre Bilder zeigten ihm Vorgesetzte, die ihn – vielleicht ohne Absicht – beleidigten und einen hohen Preis dafür bezahlten. Oder er sah Kollegen, die ihn in der Sporthalle herausforderten, was sie tagelang bedauern würden.

Sein rationales Selbst rang sich allmählich zu der Einsicht durch, daß solche Ängste unbegründet waren. Er fand heraus, daß er sich gut genug unter Kontrolle hatte, um jene Instinkte zu unterdrücken, wenn sie mit dem angemessenen Verhalten eines Starfleet-Angehörigen in Konflikt gerieten.

Diese Erfahrungen verdrängten die Furcht in eine dunkle Ecke seines Ichs. Aber dort verharrte sie und wartete auf eine Gelegenheit, wieder zum Vorschein zu kommen.

Jetzt glaubte Worf zu erleben, wie seine Schreckensvisionen von damals konkrete Wirklichkeit wurden, die Gestalt einer Frau annahmen.

Deshalb brach er auf, um Asmund einen Besuch abzustatten. Um festzustellen, ob das Aufwachsen in der klingonischen Natur irgend etwas mit Iduns Mordanschlägen zu tun hatte. Er wollte herausfinden, ob die Frau Verantwortung für ihre Verbrechen trug – oder das Feuer in ihrem Blut.

Der Korridor beschrieb eine letzte Kurve, und dahinter sah Worf die Arrestzelle. Zwei Männer mit den goldgelben Uniformpullis der Sicherheitsabteilung standen dort Wache: Burke und Nevins – der Klingone verließ sich *nicht* allein auf das Kraftfeld im Zugang der Zelle.

Asmund hatte bereits bewiesen, daß sie die Bordsysteme mit großem Geschick für ihre eigenen Zwecke mißbrauchen konnte. Vielleicht hatte sie in weiser Voraussicht die Arrestzelle manipuliert, wie zuvor das Holo-Deck und den Lebensmittelsynthetisierer. Dieser Bereich war besonders geschützt, aber Worf lehnte es ab, irgendein Risiko einzugehen.

Die Sicherheitswächter nahmen Haltung an, als sich ihr Vorgesetzter näherte. »Rühren«, sagte er und wandte sich an den älteren Mann, Burke. »Probleme?«

»Nein, Lieutenant. Commander Asmund hat seit Stunden keinen Ton von sich gegeben.« Er zögerte kurz. »Ist das andere Messer inzwischen gefunden worden?«

Idun saß in der Zelle und starrte durch die transparente energetische Barriere. Ihre Aufmerksamkeit galt insbesondere dem Klingonen. Worf begegnete ihrem Blick einige Sekunden lang, bevor er sich wieder Burke zuwandte.

»Nein«, erwiderte er. »Bisher hatten wir noch kein Glück.«

»Es wäre bestimmt leichter, wenn die Waffe aus

Shrogh oder einem anderen, klar identifizierbaren klingonischen Material bestünde.«

»Ja«, pflichtete Worf dem Mann bei. »Dann hätte die Suche längst zu einem Erfolg geführt.«

Bei den letzten Worten sah er nicht mehr Burke an, sondern die Gefangene. Idun stand auf und näherte sich dem Zugang der Zelle.

»Seien Sie vorsichtig, Commander«, warnte Burke die Frau. Es steckte kein Mitleid dahinter, nur Pflichtgefühl. »Die Barriere reagiert ziemlich heftig.«

»Ich weiß«, antwortete Asmund. »Ich bin mit den Sicherheitseinrichtungen an Bord von Starfleet-Schiffen vertraut.« Ihr Blick kehrte zu Worf zurück. »Ich würde gern mit Ihnen sprechen, Lieutenant.« Sie hielt den Kopf hoch erhoben und schob stolz das Kinn vor – klingonisches Gebaren.

»Ich höre zu«, entgegnete Worf.

Sie schüttelte den Kopf. »Allein.«

Es klang nicht unbedingt nach einer Bitte, mehr nach einer Forderung. Unter anderen Umständen hätte der Sicherheitsoffizier Asmunds Anliegen nicht einmal in Erwägung gezogen, aber angesichts seiner Neugier erhoffte er sich zusätzliche Informationen, die vielleicht alles in einem anderen Licht erscheinen ließen.

»Sir ...« Burke ahnte, was dem Klingonen durch den Kopf ging. »Commander Asmund ist kein gewöhnlicher Häftling. Sie sollten die Zelle besser nicht betreten.«

Iduns Mundwinkel neigten sich andeutungsweise nach oben. Worf las Spott in ihrem Gesichtsausdruck – eine Verachtung, die seinen klingonischen Stolz verletzen sollte.

»Haben Sie solche Angst vor mir, daß Sie mir nicht einmal gegenübertreten wollen, während ein Kraftfeld zwischen uns existiert?« fragte die blonde Frau. »Ist es soweit mit Ihnen gekommen, Lieutenant?«

Worf wußte natürlich, was sie bezweckte: Er sollte

sich herausgefordert fühlen, dadurch auf ihr Anliegen eingehen. Er dachte gründlich über die Situation nach – Idun schien nicht die geringste Möglichkeit zu haben, ihm irgendwie zu schaden. Selbst wenn es ihr gelang, die Ergbarriere zu desaktivieren: Sie war unbewaffnet, und er verfügte über einen Phaser.

»Lassen Sie uns allein«, wies Worf die beiden Sicherheitswächter an, ohne den Blick von Asmund abzuwenden.

»Lieutenant ...«, begann Burke.

»Sie sollen uns allein lassen«, wiederholte der Klingone mit mehr Nachdruck.

Es blieb Burke und Nevins keine andere Wahl, als ihrem Vorgesetzten zu gehorchen. Mit deutlichem Widerstreben gingen sie fort und verschwanden hinter der nächsten Ecke des Korridors.

»Na schön«, brummte Worf und musterte die Gefangene. »Jetzt sind wir allein.«

Asmund nickte. »Danke.« Ein Teil der kühlen Strenge wich aus ihren Zügen. »Ich weiß, daß Sie nicht dazu verpflichtet sind, meinen Wünschen zu entsprechen.«

Diese Worte überraschten Worf. Bisher war Idun hochmütig, fast arrogant gewesen, doch jetzt verriet ihre Stimme plötzlich so etwas wie Schwäche und eine Hilflosigkeit, die kein Klingone zugegeben hätte. Wollte sie damit seinen Argwohn zerstreuen? Der Sicherheitsoffizier beschloß, in jedem Fall am Mißtrauen festzuhalten.

»Da haben Sie recht«, brummte er. »Dazu bin ich tatsächlich nicht verpflichtet. Nun, aus welchem Grund möchten Sie mich sprechen?«

Idun trat noch etwas näher ans Energiefeld heran und riskierte damit eine Reaktion der Barriere. »Sie haben festgestellt, von welcher Waffe die Stichwunden stammten«, sagte sie. »Nur Sie sind dazu in der Lage. Das stimmt doch, oder?«

»Ja.«

»Und es war Ihre Pflicht, Meldung zu erstatten.«

»Auch das ist richtig.«

Asmund nickte langsam. »Sie halten mich also für schuldig.«

Irgend etwas bewegte sich auf unangenehme Weise in Worfs Magengrube, so als hätte er zu viele Schlangenwürmer verspeist. »Es steht nicht mir zu, darüber ein Urteil zu fällen.«

»Mag sein. Aber ich möchte von Ihnen wissen: *Glauben* Sie, daß ich schuldig bin?«

Worf zuckte mit den breiten Schultern. »Ich muß glauben, was mir die Beweise mitteilen.«

»Aber es *gibt* keine Beweise«, betonte Idun mit einer Stimme, die um eine Oktave höher wurde. Es fiel ihr sichtlich schwer, sich unter Kontrolle zu halten. »Es gibt nur *Indizien*.«

»Ich überlasse es dem Staatsanwalt, darüber zu befinden«, erwiderte Worf. »Meine Aufgabe besteht vor allem darin, die Sicherheit von Schiff und Besatzung zu gewährleisten.«

»Dann erfüllen Sie Ihre Pflicht. Und sehen Sie dabei über den Horizont dessen hinaus, was Sie für Beweise halten. Vertrauen Sie Ihrem Instinkt.« Eine kurze Pause. »Welche Botschaft vermitteln die Indizien? Daß ein Klingone das Holo-Deck sabotiert hat? Daß er auf drei unbewaffnete und nichtsahnende Personen schoß? Ein Zeremonienmesser mit Feindesblut besudelte?« Asmund ballte die Faust und klopfte sich damit auf die Brust. »*Ich* bin Klingonin, Lieutenant. Es wäre mir nie in den Sinn gekommen, meine Familie mit einem derartigen Verhalten zu entehren – selbst *wenn* es mir darum ginge, jemanden zu töten.« Kaltes Feuer gleißte in den Augen der Blonden. »Meine Schwester versuchte, Morgen zu ermorden – mit dieser Schuld muß ich bis ans Ende meiner Tage leben. Aber sie war kein Feigling. Sabotage und heimtückische Angriffe in der Dunkelheit lagen ihr fern – die Daten in Ihren elektronischen Akten werden das bestätigen. Gerda mag irregeleitet gewesen sein, aber bei ihrem Mordanschlag auf Morgen wurde sie durchaus den klingonischen Traditionen gerecht. Ich wiederhole: Sie verhielt sich *nicht* wie ein Feigling.«

Erneut zitterte und bebte es in Worfs Bauch. Er mußte zugeben, daß Iduns Worte den Klang der Wahrheit hatten.

»Sie wissen, daß ich nicht lüge, Lieutenant. Und Sie kennen auch die Bedeutung des eigenen Namens, der Ehre bedeutet.«

Der Klingone zuckte innerlich zusammen. Wußte sie von seinem Verweis? Vielleicht. Nun, diese Sache war gewiß kein Geheimnis im Imperium. Und wenn Asmund noch Kontakte zu der Familie unterhielt, in der sie aufwuchs ...

»Ja«, sagte er so würdevoll wie möglich. »Ich kenne mich damit aus.«

»Ich muß meinen Namen von der Schande befreien, Worf.« Idun nannte jetzt nicht mehr seinen Starfleet-Rang, und er ahnte, worauf sie hinauswollte: Sie appellierte an ihn als Klingonen, sprach als imperiale Kriegerin zu einem imperialen Krieger. »Ich muß den Mörder finden und dafür sorgen, daß er zur Rechenschaft gezogen wird. Dieser Aufgabe kann ich mich nicht widmen, solange ich hier in der Arrestzelle gefangen bin.«

Der Sicherheitsoffizier kniff die Augen zusammen. »Erwarten Sie etwa von mir, daß ich Sie *freilasse?*«

»Sprechen Sie mit Captain Picard«, sagte Asmund. »Erklären Sie ihm alles – bestimmt hört er auf Sie.« Sie ballte die Hände zu Fäusten. »Mich trifft keine Schuld, Worf. Ich habe nichts mit den Anschlägen zu tun. Der wahre Attentäter ist noch immer auf freiem Fuß.«

Er sah ihr tief in die blauen Augen – und stellte fest, daß er ihr glaubte.

»Bitte...« Idun sprach jetzt nicht mehr wie eine klingonische Kriegerin, sondern als menschliche Frau. »An Bord dieses Schiffes gibt es sonst niemanden, der *versteht*. Sie sind meine einzige Hoffnung.«

Worf atmete tief durch. »Ich werde über Ihre Ausführungen nachdenken. Mehr kann ich Ihnen nicht versprechen.«

»Richten Sie dem Captain aus, daß ich in der Lage bin, bei den Ermittlungen zu helfen.« Asmund schob sich noch etwas näher an den Ergschild im Zugang heran – nur noch zwanzig Zentimeter trennten ihr Gesicht von dem des Klingonen. »Sagen Sie ihm, daß ich mich nützlich machen kann.« Sie hob die Hand. »Ich...«

Ganz offensichtlich kam sie dem Kraftfeld zu nahe. Es glitzerte und gleißte jäh, und eine energetische Entladung schleuderte Asmund zurück.

Worf unternahm keinen Versuch, ihr zu helfen. Er wußte, daß sich die Barriere auf beiden Seiten auswirkte – ihm wäre es nicht anders ergangen als Idun.

Tatenlos und stumm beobachtete er, wie sich Asmund schüttelte und aufstand. Ihre Widerstandskraft erstaunte ihn. Gewöhnliche Menschen wären nach einer solchen Entladung mehrere Minuten lang bewußtlos gewesen.

Sie sah ihn an. »Das war dumm von mir.«

Worf pflichtete ihr bei und fügte hinzu: *»Maj doch SID ghos nagh.«*

Es handelte sich um eine klingonische Redensart, und sinngemäß übersetzt lautete sie: »Gute Dinge kommen zu jenen, die Geduld haben.«

Asmund fragte sich vermutlich, was er damit meinte. Nach einigen Sekunden nickte sie. *»Tuv nagh.«* Auf Föderationsstandard: *Ich werde geduldig sein.*

Worf rief Burke und Nevins zur Arrestzelle zurück, um anschließend den Turbolift zu betreten. In den Korridoren von Deck achtunddreißig gab es keine

Computerterminals – aus Sicherheitsgründen –, und er wollte mehr über Gerda Asmunds Mordanschlag auf Fähnrich Morgen erfahren.

»Herein«, sagte Morgen.

Die Tür des Quartiers öffnete sich, und der Klingone trat über die Schwelle. Ihre Blicke trafen sich, und für einen Sekundenbruchteil erwachten die unterschiedlichen Instinkte in den beiden Männern. Dann erinnerten sie sich daran, wer sie waren und welche Erfahrungen sie teilten.

»Bitte entschuldigen Sie die Störung«, sagte Worf.

»Schon gut.« Er deutete auf einen Sessel. »Nehmen Sie Platz.«

Der Sicherheitsoffizier neigte kurz den Kopf und setzte sich.

»Wie kann ich von Diensten sein?« fragte der Daa'Vit.

Worf runzelte die Stirn. »Ich benötige Informationen über den ersten Anschlag auf Ihr Leben, vor zwanzig Jahren, durchgeführt von Gerda Asmund.«

Morgen musterte den Besucher. »Gibt es einen besonderen Grund dafür?«

»Ja«, erwiderte der Klingone. »Aber derzeit möchte ich ihn für mich behalten.«

Der Daa'Vit überlegte. »Na schön«, sagte er schließlich. »Aber können Sie sich die erforderlichen Daten nicht vom Computer liefern lassen?«

»Nein. Ich habe es versucht, doch die Angaben beschränkten sich nur auf eine Beschreibung des Verbrechens. Details fehlten.«

»Für welche Details interessieren Sie sich?«

»Für alle«, erwiderte Worf. »Nennen Sie mir alle Einzelheiten, an die Sie sich erinnern.«

Morgen dachte nach. »Nun, mal sehen.« Er lehnte sich auf einer Couch zurück, die aus Stein und Moos zu bestehen schien. »Ich war damals Fähnrich, und eine meiner Pflichten bestand darin, die Konsolen im Shuttle-Hangar zu überprüfen – im Grunde genommen startete ich nur die Diagnoseprogramme und sah mir die Ergebnisse an. Die Shuttle-Techniker hätten solche Kontrollen jederzeit vornehmen können, aber Captain Picard bestand darauf, daß ich *alles* über Föderationsraumschiffe lernte. Eine gute Idee, wie ich heute zugebe.« Der Glanz in den gelben Augen trübte sich, als Morgen in die Vergangenheit starrte. »An jenem Tag war ein Besatzungsmitglied namens McDonnell für den Shuttle-Hangar zuständig. Ein langsamer Bursche, sowohl geistig als auch körperlich; aber auch jemand, auf dem man sich verlassen konnte. Als ich eintraf, fehlte jede Spur von ihm. Niemand hielt sich im Hangar auf.«

»Nur *ein* Besatzungsmitglied hatte dort Dienst?« fragte Worf.

»Ja. Bitte denken Sie daran: Die *Stargazer* war ein für lange Einsätze bestimmtes Forschungsschiff der Constellation-Klasse. Wir brauchten keine so große Crew wie die *Enterprise*.«

Der Klingone nickte. »Ich verstehe. Bitte fahren Sie fort.«

»Ich rief nach McDonnell, bekam jedoch keine Antwort. Nun, eigentlich hätte ich Mops Joseph benachrichtigen sollen, aber ich war jung und stolz – und außerdem rechnete ich nicht mit irgendeiner Art von Gefahr. Also begann ich mit der Suche, ohne jemandem Bescheid zu geben.

Schließlich fand ich McDonnell. Er lag hinter einem der Shuttles, entweder tot oder bewußtlos. Später fand ich heraus, daß er noch lebte, aber zu jenem Zeitpunkt war ich nicht so sicher und eilte sofort zu ihm. Als ich neben ihm in die Hocke ging, sprang Gerda vom Shuttle herab – dort hatte sie auf der Lauer gelegen.

Ihr erster Hieb muß sehr wuchtig gewesen sein. Ich weiß nur noch, daß ich plötzlich Blut schmeckte. Das

Bild vor meinen Augen verschwamm, und es rauschte mir so laut in den Ohren, daß ich kaum einen klaren Gedanken fassen konnte. Ich wußte nicht, daß der Angreifer Gerda hieß. Ich wußte nicht einmal, daß ich *angegriffen* wurde. Nur eins begriff ich: Etwas ausgesprochen Unangenehmes bahnte sich an, und ich mußte versuchen, es zu verhindern.

Ich bemühte mich, die Orientierung wiederzufinden, und aus den Augenwinkeln sah ich, wie ein langer und massiv wirkender Gegenstand heranschwang. Gerade noch rechtzeitig rollte ich zur Seite. Es gelang mir, auch einem zweiten Hieb auszuweichen. Allmählich reifte die Erkenntnis in mir heran, daß mein Leben bedroht war. Gerda wollte mich umbringen, aus mir unbekannten Gründen.

Als sie erneut ausholte, erkannte ich endlich die von ihr eingesetzte Waffe: ein *Rikajsha*-Stamm. In den wissenschaftlichen Handbüchern der Föderation wird die betreffende Pflanze als klingonische Eisenwurzel bezeichnet.«

Dieser Hinweis weckte noch mehr Neugier in Worf. »*Rikajsha*?« wiederholte er. Soweit er wußte, wuchsen Eisenwurzeln nur auf der klingonischen Zentralwelt. »Woher stammte sie?«

»Die Pflanze? Aus dem botanischen Garten der *Stargazer*«, erklärte Morgen. »Gerda brachte sie mit, als sie ihren Dienst antrat. Vielleicht plante sie meine Ermordung schon damals und wollte eine Waffe zur Hand haben, die keinen Verdacht erregte. Immerhin war es nur ein harmlos aussehendes Gartengewächs. Doch in den richtigen Händen konnte es einen Schädel zertrümmern.«

»In klingonischen Legenden wird die *Rikajsha* oft als Waffe beschrieben«, sagte Worf. »Ich versichere Ihnen: Im botanischen Garten der *Enterprise* würde ich keine derartige Flora zulassen.«

Morgen nickte. »Ich weiß – ich hab's überprüft.« Er

zögerte kurz. »Wie dem auch sei: Ich konnte Gerdas Attacken nicht auf Dauer ausweichen. Der erste Schlag gab mir deutlich zu verstehen, wie gefährlich mein Kontrahent war. Nun, Gerda brach mir den Arm an zwei Stellen und außerdem auch noch einige Rippen, aber ich schaffte es, lange genug am Leben zu bleiben, bis Hilfe eintraf. Und es traf *tatsächlich* Hilfe ein, was ich einem glücklichen Zufall verdanke.

Ein Besatzungsmitglied namens Stroman – ein Geologe, der in seiner Freizeit Kohlezeichnungen anfertigte – suchte den botanischen Garten auf. Der Grund: Studien in Hinsicht auf einige Pflanzen. Er bemerkte, daß die *Rikajsha* fehlte; jemand hatte sie einfach aus dem Boden gerissen und mitgenommen. Stroman benachrichtigte Mops Joseph auf der Brücke. Picard und Ben Zoma hörten die Meldung, wunderten sich darüber und versuchten, einen Kontakt mit Gerda herzustellen. Immerhin war die Pflanze von ihr an Bord gebracht worden; vielleicht wußte sie etwas über ihren Verbleib.

Leider – für Gerda, nicht für mich – bekamen der Captain und sein Erster Offizier keine Antwort. Gerda Asmund hatte ihren Insignienkommunikator im Quartier zurückgelassen, um eine Lokalisierung im Shuttle-Hangar zu vermeiden. Sie wußte nicht, daß Picard und Ben Zoma sie sprechen wollten – vermutlich wäre es ihr auch gleich gewesen.

Picard begann damit, sich Sorgen zu machen. Er fragte den Computer nach dem Aufenthaltsort der gesuchten Dame, und die Antwort lautete, sie befände sich in ihrem Quartier – obgleich sie auf dem Weg zum Maschinenraum sein sollte, um dort bei der Justierung eines neuen Navigationssystems zu helfen.

Daraufhin nahm die Besorgnis des Captains zu, und er forderte Mops Joseph auf, eine Sicherheitsgruppe zu Gerdas Quartier zu schicken. Gleichzeitig wies Ben Zoma Cadwallader an, eine interne Sensorsondierung vorzunehmen und zu verifizieren, daß sich Iduns Schwester tatsächlich in ihrer Unterkunft aufhielt. Es war schon vorgekommen, daß Besatzungsmitglieder ihren Insignienkommunikator irgendwo vergaßen, und die Sicherheitsgruppe sollte keinen…« Morgen sah Worf an und suchte nach dem richtigen Ausdruck.

»Ich nehme an, sie sollte ›keinen Phantomen nachjagen‹«, sagte der Klingone.

»Ja, genau. Danke. Nun, interne Sensorsondierungen dauern eine Weile, und schließlich stellte Cadwallader fest, daß sich Gerda nicht etwa in ihrem Quartier befand, sondern im Shuttle-Hangar – und daß weder McDonnell noch ich auf Kom-Signale reagierten. Kurze Zeit später stürmten der Captain, Ben Zoma und Mops Joseph herein und retteten mich. Keine Sekunde zu früh: Mir fehlte die Kraft, Gerdas Schlägen auch weiterhin auszuweichen.«

Morgen lächelte humorlos. »Verstehen Sie jetzt, was ich meine? Reines Glück bewahrte mich vor dem Tod. Gerda hatte alles gründlich geplant – nur mit Stromans Wunsch, die *Rikajsha* zu zeichnen, konnte sie nicht rechnen. Sie wählte einen ganz bestimmten Zeitpunkt und einen ganz bestimmten Ort: um zu gewährleisten, daß ich allein war. McDonnell stellte kein nennenswertes Problem für sie da. Der Shuttle-Hangar bot ihr einen weiteren Vorteil: Meine Leiche wäre nicht sofort entdeckt worden, wodurch sie Zeit genug bekommen hätte, um zu fliehen.« Der Daa'Vit unterbrach sich. »Wissen Sie darüber Bescheid? Über die Umstände der geplanten Flucht, meine ich?«

Der Sicherheitsoffizier schüttelte den Kopf. »Nein. Wie ich eben schon sagte: Der Computer konnte mir kaum etwas mitteilen.«

»Auch in dieser Hinsicht traf Gerda sorgfältige Vorbereitungen. Die *Tagh'rat* – das Schiff der klingonischen Splittergruppe – wartete auf ihr Signal. Nach meinem Tod wollte sich die Mörderin bei ihren Verbündeten melden und mit Hilfe der Hangar-Konsolen eine Lücke in den Schilden schaffen, groß genug für die *Tagh'rat,* um einen Transporterstrahl hindurchzuschicken, Gerda zu transferieren und anschließend zu verschwinden. Natürlich hätte man die Öffnung in den Deflektoren von der Brücke aus schließen können, aber es wäre alles so schnell gegangen, daß niemand rechtzeitig reagiert hätte.«

Worf mußte Morgen zustimmen: zweifellos ein guter Plan. Und wahrscheinlich hätte er funktioniert, wenn es Gerda Asmund tatsächlich gelungen wäre, ihre Mordabsichten zu verwirklichen.

»Leider gab es keine Möglichkeit für mich, Stroman zu bitten, sich meiner Ehrenwache anzuschließen«, fügte der Daa'Vit hinzu. »Er starb bei Maxia Zeta.«

»Bedauerlich«, brummte Worf.

»Ja.«

Worf ließ einige Sekunden verstreichen, bevor er eine weitere Frage stellte. »Hat Gerda versucht, nach ihrer Verhaftung Selbstmord zu begehen?«

Morgen begegnete dem Blick des Klingonen. »Ja, ich glaube schon.«

Der Sicherheitsoffizier nickte kurz. »Danke. Sie haben mir sehr geholfen.«

KAPITEL 15

Picard saß in Geordis Büro und betrachtete die Anzeigen des Schreibtischmonitors. »Nicht genug Daten«, meldete der Computer.

»In der Tat«, sagte der Chefingenieur. »Wir können kein zuverlässiges Modell für die Theorie des Professors schaffen, weil wir einfach nicht genug über die Physik des Subraums wissen.« Er lehnte sich zurück. »Nun, inzwischen stehen uns einige *halbwegs* nützliche Modelle zur Verfügung. Allerdings: Ihnen liegen zum größten Teil Annahmen und Vermutungen zugrunde.« LaForge berührte mehrere Schaltkomponenten und aktivierte damit eines der erwähnten Modelle. »Das hier ist ein Beispiel. Wenn unsere Hypothesen richtig sind, sollte uns ein Winkel von sechsundzwanzig Grad in den Normalraum zurückbringen. Aber wenn wir uns hier und dort ein wenig irren... Dann sind vielleicht sechsund*dreißig* Grad erforderlich.«

Der Captain sah ihn an. »Aber Sie glauben nach wie vor, daß die allgemeine Theorie etwas für sich hat.«

Geordi nickte.

»Ist das Warptriebwerk imstande, noch einmal einer solchen Belastung standzuhalten?«

Das Nicken des Chefingenieurs wiederholte sich.

Picard musterte LaForge und versuchte, einen Eindruck vom Ausmaß seiner Zuversicht zu gewinnen. Trotz der Probleme mit den Computersimulationen wirkte Geordi außerordentlich optimistisch.

»Na schön«, sagte er. »Versuchen wir's.«

Der Mann mit dem VISOR beugte sich vor. »In Ordnung. Ich brauche nur einige Minuten für die letzten Vorbereitungen.«

Der Captain stand auf. »Nehmen Sie sich soviel Zeit wie Sie brauchen.« Er zögerte kurz und blickte zum Primärsituation-Monitor. Dort bemühten sich Simenon, Data und Wesley, die bisherigen Gleichungen um einige Variablen zu erweitern. »Commander… Wie hat der Professor auf die Neuigkeiten reagiert?«

Geordi hob und senkte die Schultern. »Er nahm sie einfach hin. Was mich kaum überrascht. Er neigt nicht dazu, seine Gefühle offen zu zeigen, oder?«

Picard schüttelte den Kopf. »Das stimmt.« Eine kurze Pause. »Ich dachte nur…« Er ließ das Ende des Satzes offen.

Als Captain und Chefingenieur das Büro verließen, sahen die Mitglieder des Krisenteams in ihre Richtung. Sie warteten auf ein Zeichen.

Geordi gab es ihnen, indem er mit dem Daumen nach oben zeigte.

»Wird auch Zeit«, grummelte der Gnalisch. Vielleicht vertrat Wesley die gleiche Ansicht, aber er schwieg – er mußte noch eine Menge leisten, bevor er sich die Freiheiten eines Professor Simenon erlauben konnte. Data offenbarte die für ihn typische Gelassenheit.

Ohne einen weiteren Kommentar verließ Picard den Maschinenraum und ging zum nächsten Turbolift. Er betrat die Transportkapsel und nannte sein Ziel: »Brücke.«

Stille folgte, und der Captain nutzte sie, um sich zu fragen, ob er die richtige Entscheidung getroffen hatte.

Er dachte noch immer darüber nach, als er aus dem Lift trat – und sich plötzlich dem klingonischen Sicherheitsoffizier gegenübersah. Worfs Gesichtsausdruck deutete darauf hin: Es ging um mehr als nur eine Routineangelegenheit. Jean-Luc befürchtete plötzlich, daß ihm schon wieder eine unangenehme Überraschung bevorstand.

»Sie möchten mich sprechen«, sagte er. Es war keine Frage, sondern eine Feststellung.

Der Klingone nickte. »Aye, Sir.« Er warf einen Blick in Richtung des Bereitschaftsraums. »Unter vier Augen, wenn Sie gestatten, Sir.«

»Selbstverständlich«, erwiderte Picard und führte den Sicherheitsoffizier in sein privates Arbeitszimmer. Die Tür schloß sich mit einem leisen Zischen, und der Captain nahm am Schreibtisch Platz. »Nun gut.« Er lehnte sich zurück. »Ich nehme an, es geht um ein Sicherheitsproblem.«

Worf zögerte. »Ja«, antwortete er schließlich. »Aber vielleicht nicht in dem Sinne, wie Sie glauben.«

Picard fühlte, wie Neugier in ihm erwachte, aber er verzichtete darauf, den Klingonen zur Eile zu drängen. Statt dessen sagte er schlicht: »Ich bin ganz Ohr.«

Der Sicherheitsoffizier runzelte die Stirn und suchte nach den richtigen Worten. »Sir ... Ich glaube nicht, daß Commander Asmund hinter den Mordanschlägen steckt.«

Diese Bemerkung verblüffte den Captain. »Sie halten Idun für unschuldig?« fragte er verwirrt und beugte sich vor. »Lieutenant, Sie selbst haben darauf hingewiesen, daß nur Commander Asmund als Verantwortliche für das – beziehungsweise die – Verbrechen in Frage kommt. Wollen Sie mir jetzt zu verstehen geben, daß Sie sich *geirrt* haben?«

»Nicht in Hinsicht auf die Messerwunden«, entgegnete Worf. »Sie können nur von einer Zeremonienklinge stammen – da bin ich völlig sicher.« Er befeuchtete sich die Lippen. »Aber inzwischen glaube ich nicht mehr, daß Commander Asmund die Waffe in der Hand hielt.«

Picard maß den Klingonen mit einem durchdringenden Blick. »Und was hat Sie veranlaßt, Ihre Meinung zu ändern?«

Worf senkte andeutungsweise den Kopf – ein Zeichen von Offenheit und Ehrlichkeit, wie Picard im Lauf der Jahre in Erfahrung gebracht hatte. »Ich habe mit Commander Asmund gesprochen, Captain. Sie beteuerte ihre Unschuld, was angesichts der besonderen Umstände kaum überrascht. Aber sie führte einige Dinge zu ihrer Entlastung an, die nicht von der Hand zu weisen sind. Es ging dabei um Ehre – um *klingonische* Ehre.«

Der Captain war noch immer interessiert. »Bitte fahren Sie fort.«

»Im großen und ganzen lief es auf folgendes hinaus: Die Vorgehensweise des Attentäters wird nicht der Würde eines Klingonen gerecht – beziehungsweise dem, was Commander Asmund darunter versteht. In diesem Punkt muß ich ihr zustimmen. Die versuchten Morde stehen im Gegensatz zu den entsprechenden klingonischen Traditionen.«

»Aber wir wissen, daß einige Angehörige Ihres Volkes solche Traditionen weniger ernst nehmen als andere«, wandte Picard ein. Er wußte das aus eigener Erfahrung: Immerhin wäre er auf der klingonischen Zentralwelt fast einem *un*ehrenhaften Mordversuch zum Opfer gefallen.

»Stimmt«, räumte Worf ein. »Deshalb hat mich Commander Asmund auf die Einzelheiten des von ihrer Schwester begangenen Verbrechens hingewiesen. Erinnern Sie sich an die Details?«

»Ja.« Picard sah die Szene so deutlich vor Augen wie damals, als er zusammen mit Ben Zoma in den Hangar stürmte: Gerda holte mit einer tödlichen Eisenwurzel aus, und Morgen versuchte mit immer mehr Mühe, den Hieben auszuweichen; etwas weiter vorn lag der reglose McDonnell. »Man kann sie kaum vergessen.«

»Nun, dann wissen Sie auch, daß Gerda Asmund

nicht versuchte, das Besatzungsmitglied namens McDonnell zu töten – obwohl das aus ihrer Perspektive gesehen besser gewesen wäre: Sein Tod hätte einen weiteren Risikofaktor beseitigt. Aber Gerda entschied sich dagegen. Weil sie vermeiden wollte, einen Unschuldigen zu töten.«

Der Captain nickte. »Da pflichte ich Ihnen bei.«

»Außerdem verwendete Gerda eine einfache Waffe, so wie es die klingonische Tradition verlangt. Für gewöhnlich wird ein Messer benutzt, aber eine Eisenwurzel ist keineswegs ausgeschlossen.«

»Mit anderen Worten: Sie hätte sich einen Phaser beschaffen können, entschied sich jedoch dagegen.«

»Genau.« Worf legte eine Pause ein, um die Bedeutung dieses Aspekts zu unterstreichen. »Darüber hinaus ließ sich Gerda nicht helfen und trat allein gegen Morgen ein. Sie hätte ihn gleich mit dem ersten Hieb töten können, aber diese Möglichkeit nahm sie nicht wahr. Der erste Schlag sollte das Opfer warnen, ihm Gelegenheit geben, dem Mörder ins Gesicht zu sehen – damit es wußte, wen es im Jenseits zu verfluchen galt.« Wieder zögerte der Sicherheitsoffizier kurz und fügte dann ernst hinzu: »Schließlich die Sache mit dem Gift.«

Picard schnitt eine Grimasse, als er daran dachte. Niemand hatte damit gerechnet, daß Gerda einen *Ku'thei*-Knoten unter der Achsel trug – nicht einmal Idun, die ihren Schock damals lange genug überwand, um vor einem Selbstmord der Schwester zu warnen. Glücklicherweise war Greyhorse rechtzeitig genug zur Stelle, um Gerda am Leben zu erhalten.

»Auch das entspricht der klingonischen Tradition«, sagte Worf. »Alles zeichnet sich durch Ehrenhaftigkeit aus.«

Ja, dachte Picard. Und die an Bord der *Enterprise* verübten Verbrechen waren alles andere als ehrenhaft – wie Idun betont hatte. Der Captain wog die Fakten gegeneinander ab. »Sie wollen auf folgendes hinaus«, wandte er sich an Worf. »Gerda Asmund hat sich damals an den Ehrenkodex Ihres Volkes gehalten, und deshalb gehen Sie davon aus, daß sich die Zwillingsschwester an die gleichen Regeln gebunden fühlt. Und da die Mordversuche nach klingonischen Maßstäben unehrenhaft waren, kann Idun nicht für sie verantwortlich sein. Habe ich recht?«

Worf brummte leise. »Ist das nicht eine logische Schlußfolgerung?«

»Vielleicht«, erwiderte Picard. »Wenn weniger auf dem Spiel stünde, wäre ich vielleicht bereit, Ihnen zuzustimmen. Aber hier geht es um Leben und Tod. Wir dürfen nicht riskieren, daß Ihre Logik zum *falschen* Schluß geführt hat.« Er lehnte sich zurück. »Es ist kein Geheimnis, daß ich damals mit großem Nachdruck für Idun Asmund eingetreten bin. Einige ihrer Offizierskollegen waren bereit, sie zu verurteilen, aber ich weigerte mich hartnäckig, sie an der Schuld ihrer Schwester teilhaben zu lassen. Heute hingegen...« Picard schüttelte den Kopf. »Ich kann sie nicht aus der Haft entlassen. Ein weiterer Mordanschlag muß unter allen Umständen vermieden werden. Geben Sie Ihre Ausführungen für den Staatsanwalt zu Protokoll – ich sehe mich außerstande, Ihnen mehr anzubieten. Es tut mir leid.«

Der Klingone hob den Kopf. »Ich verstehe.« Bestimmt glaubte er, die Wahrheit *bewiesen* zu haben, und deshalb war seine Enttäuschung sicher sehr groß. Trotzdem: Er stellte die Pflicht allem anderen voran. Und die Pflicht verlangte von ihm, Picards Entscheidung zu akzeptieren. »Wie dem auch sei: Ich habe die gleichen Sicherheitsmaßnahmen ergriffen wie vor Commander Asmunds Verhaftung.«

»Wie Sie meinen.« Picard nickte und gab damit zu verstehen, daß er keine Einwände erhob.

Worf stand auf.

Der Captain erhob sich ebenfalls. Eine Sache war noch immer nicht geklärt. »Bitte gestatten Sie eine letzte Frage«, sagte er.

Der Klingone wandte sich noch einmal um. »Sir?«

»Woher stammen Ihre Informationen? Sie sind nicht in den hiesigen Datenbanken gespeichert. Das weiß ich genau – immerhin wurden sie auf meine Anweisung hin aus den betreffenden elektronischen Akten gelöscht.«

Natürlich existierten die Daten nach wie vor: in den Computern des Starfleet-Hauptquartiers. Aber Picard wollte vermeiden, daß sie jedem Neugierigen zur Verfügung standen. Daraus hätten sich erhebliche Nachteile für Iduns berufliche Laufbahn ergeben können.

»Ich habe mit Captain Morgen gesprochen«, antwortete Worf.

Picard versuchte, sich sein Erstaunen nicht anmerken zu lassen. Was war mit der jahrhundertealten Feindschaft zwischen Klingonen und Daa'Vit geschehen?

»Ich verstehe«, sagte er. »Sie können gehen, Lieutenant.«

Worf nickte knapp. »Aye, Sir.«

Wenige Sekunden später schloß sich die Tür hinter dem Sicherheitsoffizier, und zurück blieb ein Captain, der jetzt noch mehr Stoff zum Nachdenken hatte als vorher.

Lieber Himmel! fuhr es ihm durch den Sinn. *Treibt sich noch immer ein Attentäter an Bord meines Schiffes herum?*

Guinan stand hinter der Theke, sah sich um und lächelte.

Es war wieder ruhig im Gesellschaftsraum. Was nicht mit Stille verwechselt werden durfte: Hier und dort fanden leise Gespräche statt; Gläser klirrten; Stühle stießen an Tische. Aber vor einigen Stunden hatte hier ein ganz anderer Betrieb geherrscht.

Commander Asmunds Verhaftung erregte ziemliches Aufsehen. Aus gutem Grund. Asmund war keine fremde Lebensform, die mit Phasergewalt die *Enterprise* erobert hatte, sondern ein Starfleet-Offizier, eine Kollegin. Eine ganz normale Frau, die sich den übrigen Gästen im Gesellschaftsraum hinzugesellt hatte – und die ganze Zeit über schmiedete sie Mordpläne.

Auch Guinan war überrascht gewesen – und das wollte etwas heißen. Für gewöhnlich wußte sie um alle Vorgänge an Bord des Schiffes Bescheid. Aber weder sie noch Deanna Troi oder sonst jemand hatte geahnt, daß sich eine Mörderin in Idun verbarg – bis Worf sie entlarvte. Eine beunruhigende Angelegenheit, gelinde gesagt.

Die Tür öffnete sich, und Guinan sah in die entsprechende Richtung. Es handelte sich um einen automatischen Reflex, um einen Teil ihrer Routine im Gesellschaftsraum – sie wollte wissen, wer kam und ging. Darüber hinaus gefiel es den Gästen, von ihr zur Kenntnis genommen zu werden; dadurch fühlten sie sich wichtiger.

Sie stellte fest, wer gerade ihre Domäne betreten hatte. *Nun, dieser Besucher bildet eine Ausnahme,* dachte Guinan. *Er fühlt sich nicht etwa wichtiger, wenn ich ihn beobachte, sondern herausgefordert und verfolgt.*

Der Mann hieß Joseph. Und er hatte wieder getrunken. Die Ringe unter den Augen und blasse Wangen wiesen deutlich darauf hin.

Zunächst schien er die Wirtin nicht zu bemerken – vielleicht lag es daran, daß ihm zwei Kellner die Sicht versperrten. Sie beobachtete, wie es aus zusammengekniffenen Augen zum Bereich an den Fenstern starrte und dort nach jemandem Ausschau hielt. *Nach mir, seiner Nemesis.* Als er sie nirgends sah, lächelte er zufrieden und schritt zu den Tischen.

Offenbar hatte es Mops Joseph satt, allein in seinem Quartier zu trinken. Und trotz der früheren Mißerfolge schien er zu hoffen, die Sauftour im Gesellschaftsraum fortsetzen zu können.

Einige Sekunden später traten die Kellner beiseite, und Joseph blieb abrupt stehen, als er die Wirtin bemerkte. Ihre Blicke trafen sich, und das Gesicht des Mannes wurde plötzlich zu einer Fratze. Fast so etwas wie Haß entflammte in seinen Augen.

Mühsam unterdrückte Joseph seinen Zorn, drehte sich um und verließ den Gesellschaftsraum.

Beverly lag ausgestreckt auf dem Bett, starrte an die Decke und dachte daran, daß sie Ben Zoma keine zusätzliche Hilfe gewähren konnte. Es fiel ihr sehr schwer, sich damit abzufinden. Sie hatte sich alle Mühe gegeben und das volle Potential der modernen medizinischen Technik genutzt. Trotzdem standen die Chancen für den Verletzten nicht besser als fifty-fifty.

Dr. Crusher empfand diesen Umstand als immer größere Belastung. Sie konnte nicht behaupten, nie einen Patienten verloren zu haben – jeder Arzt in Starfleet mußte irgendwann einmal die Erfahrung machen, daß seine Bemühungen ohne Erfolg blieben. Aber Ben Zoma war ein guter Freund ihres verstorbenen Mannes gewesen, hatte mit ihm gescherzt, seine Sorgen und Freuden mit ihm geteilt. Beverly glaubte, Jack zu enttäuschen, wenn es ihr nicht gelang, Ben Zoma zu retten. Und das wollte sie unbedingt vermeiden.

Jack. Sie nahm den Gedanken an ihn zum Anlaß, erneut den Behälter mit den Audiomodulen hervorzuholen. Alles in ihr verlangte danach, seine Stimme zu hören.

Eine Zeitlang betrachtete sie die vielen Aufzeichnungseinheiten. Sie sehnte sich nach fröhlichen, optimistischen Worten – und plötzlich fiel ihr ein, daß sie sich gar nicht an den Inhalt der einzelnen Module entsinnen konnte. Die entsprechenden Erinnerungen waren vage, enthielten kaum Details.

Sie suchte einige Minuten lang und glaubte schließlich, eine geeignete Speichereinheit gefunden zu haben. Erfreut stellte sie fest, daß es sich um eine der ersten Subraum-Nachrichten handelte, die Jack ihr geschickt hatte. Ihr fiel sogar ein, von wem damals das Audiomodul gebracht worden war: von einer kräftig gebauten jungen Frau, die ihre Pflichten sehr ernst nahm: Sie überprüfte Beverly Crushers Identität immer zweimal, auch später, als sie schon mehrere Kom-Briefe zugestellt hatte. Die eigentlich sinnlosen Kontrollen fanden schließlich ein Ende, als jemand anders an die Stelle jener dicklichen jungen Dame trat.

Sie bekam die erste Nachricht während des Sommers, nicht wahr? Auch daran erinnerte sich Beverly nun: Sie hatte sich gefragt, wie es einerseits Sommer und andererseits so kühl sein konnte. Nun, sie lebte zum erstenmal in San Francisco – sogar zum erstenmal auf der *Erde*.

In dieser Hinsicht blieb ihr kaum eine Wahl: Starfleets medizinische Fakultät befand sich in San Francisco und ermöglichte die beste denkbare Ausbildung. Als Beverly dort einen Studienplatz bekam, konnte sie es wohl kaum rechtfertigen, auf Arvada Drei zu bleiben, so sehr sie die Kolonie auch mochte.

Nach der Heirat wählten Jack und sie eine im ersten Stock gelegene Zwei-Zimmer-Wohnung, von der aus sie das Starfleet-Hauptquartier sehen konnten – das zunächst einen recht düsteren Eindruck erweckte. Später wußte Beverly die Präsenz jenes Gebäudes immer mehr zu schätzen, weil es dafür sorgte, daß sie sich dem Ehemann und seiner Arbeit näher fühlte. Außerdem fiel es ihr dadurch leichter, ihm Subraum-Mitteilungen zu schicken.

Sie schüttelte den Kopf und schob das Audiomodul in den Abtaster. Zwei oder drei Sekunden verstrichen, bevor Jacks Stimme erklang.

»Hallo, Schatz. Das Leben an Bord der *Stargazer*

ist... Wie soll ich mich ausdrücken? Nun, es ist *ereignisreich.* Während der letzten beiden Wochen haben wir zwei Gasriesen untersucht, die sich im System Beta Expledar auf Kollisionskurs befanden. Es ging uns darum, folgende Theorie zu überprüfen: Wenn zwei derartige Gasriesen genug Masse haben und mit ausreichend hoher kinetischer Energie kollidieren, so kommt ein Fusionsprozeß in Gang. Mit anderen Worten: Dann entsteht eine neue Sonne.

Nun, jetzt ist es keine Theorie mehr. Du hättest es sehen sollen! Plötzlich strahlte alles... Es war ein einzigartiges kosmisches Schauspiel. Leider kann ich mit Worten nicht besonders gut umgehen, aber du verstehst sicher, was ich meine. Es sah toll aus.

Eine banalere Nachricht: Ich habe mit meinem ersten Pandriliten Freundschaft geschlossen. Der Bursche heißt Vigo und kümmert sich um unsere Waffensysteme. Keine Sorge: Bisher bekam er keine Gelegenheit, davon Gebrauch zu machen, und vermutlich bleibt es so. Wie dem auch sei: Er versucht, einigen von uns ein Spiel beizubringen, das man *Sharash'di* nennt. Ich habe nie davon gehört, aber es scheint interessant zu sein. Vigo spricht in meinem Fall von einem ›natürlichen Talent‹. Wahrscheinlich meint er, daß ich *für einen Menschen* recht gut spiele. Tja, vielleicht erlebt er bald eine Überraschung.

Zum Glück bilden wir ein gutes Team an Bord der *Stargazer*. Das ist sehr wichtig, wenn man so lange und so eng zusammenarbeitet. Von Jean-Luc hast du natürlich schon gehört: Mein Respekt vor ihm wächst mit jedem Tag. Bestimmt gibt es niemanden, der geeigneter wäre, eine Expedition in unbekannte Bereiche der Milchstraße zu leiten. Auch Ben Zoma halte ich für einen geborenen Anführer, obgleich er lässiger und weniger förmlich erscheint als Picard. Er ist immer für einen guten Witz zu haben. Dann hätten wir noch...«

Jean-Luc Picards Stimme drang aus dem Interkom-

Lautsprecher und übertönte die nächsten Worte der Aufzeichnung. »Hier spricht der Captain. In Kürze unternehmen wir einen neuerlichen Versuch, den Einflußbereich der Subraum-Anomalie zu verlassen. Das Manöver erfordert Zeit und könnte zu heftigen Erschütterungen führen. Bitte ergreifen Sie alle erforderlichen Maßnahmen.«

Widerstrebend schaltete Beverly den Audio-Abtaster aus und stand auf. Der Rest mußte bis nach dem ›Manöver‹ warten.

Ob im Dienst oder nicht: Sie wollte nicht zulassen, daß die Krankenstation durchgeschüttelt wurde, ohne dabei zugegen sein.

Als sich Worf der Arrestzelle näherte, strafften die beiden Sicherheitswächter ihre Gestalt. Er nickte ihnen kurz zu und trat vor die energetische Barriere.

Asmund saß auf der Koje, hob den Kopf – und stellte sofort fest, daß Worf keine guten Neuigkeiten brachte.

»Es tut mir leid«, sagte er. »Ich habe mit dem Captain über die Sache gesprochen …

»Aber er will kein Risiko eingehen«, beendete Idun den Satz.

»Ja, das stimmt«, bestätigte der Sicherheitsoffizier.

Die Frau nickte. »Eigentlich sollte ich gar nicht überrascht sein. Nun, ich bin als Klingonin aufgewachsen, und deshalb fällt es mir schwer, hier ruhig zu sitzen, während der wahre Schuldige nach wie vor auf freiem Fuß ist.« Flammen des Zorns loderten in Iduns Augen, und ihre Stimme vibrierte, als sie hinzufügte: »Ich finde allein die *Vorstellung* unerträglich.«

Asmund brauchte einige Sekunden, um sich wieder unter Kontrolle zu bringen. »Doch als Starfleet-Offizier kann ich dem Captain keine Vorwürfe machen. An seiner Stelle hätte ich vermutlich die gleiche Entscheidung getroffen.«

»Wenn Sie unschuldig sind, so wird sich das vor Gericht herausstellen.« Das tröstete die Gefangene sicher nicht – aber was sollte Worf sonst sagen?

»Tuv nagh?« zischte Idun. »Soll ich Wochen, vielleicht sogar Monate darauf warten, daß jemand anders über mein Schicksal befindet? Während man mir die ganze Zeit über Verachtung entgegenbringt? Ich habe nicht *so viel* Geduld, Lieutenant. Nun, das betrifft nur mich. *Sie* haben getan, was Sie konnten, und dafür bin ich Ihnen dankbar.«

Sie drehte sich um, schritt zur Koje und nahm Platz. Worf blieb noch einige Sekunden lang vor dem Zugang der Zelle stehen, beobachtete Asmund und fragte sich, was er an ihrer Stelle empfinden würde.

Dann wandte er sich ab, nickte noch einmal den beiden Wächtern zu und kehrte zur Brücke zurück.

KAPITEL 16

Geordi stand an der technischen Station und ließ seinen VISOR-Blick durch den Kontrollraum schweifen. Alle Brückenoffizier befanden sich an ihre Posten. Zu den Anwesenden zählten auch Morgen und Simenon – der Captain hatte ihnen erlaubte, die Ereignisse vom rückwärtigen Brükkenbereich aus zu beobachten.

Picard erhob sich nun und sah den Chefingenieur an. »Beginnen Sie, Commander.«

»Aye, Sir.« Geordi wandte sich dem Monitor zu, der die Schilde in Form von blauen Linien darstellte, die das Raumschiff umgaben. Er kontrollierte noch einmal den aktuellen Status von Ambientenstabilität, Energieverbrauch und Feldintegrität, nickte zufrieden und startete ein vorbereitetes Programm, das erste Veränderungen bewirkte. Sofort gerieten die blauen Linien in Bewegung.

»Bugwärtige Schilde flachen ab«, meldete Data. »Sie bilden jetzt eine senkrechte Fläche in bezug auf unsere Flugachse.«

LaForge benötigte diese Informationen gar nicht. Der Monitor zeigte ihm in allen Einzelheiten, was jetzt geschah.

»Strukturbelastung nimmt zu«, sagte Wesley.

Die *Enterprise* erzitterte kurz, so wie bei der ersten Schubumkehr. Ein gutes Zeichen, fand Geordi.

»Wir werden langsamer, Captain«, verkündete Wesley aufgeregt. »Warp neun Komma neun vier fünf... Warp neun Komma neun vier null.«

»Was ist mit dem Rumpf?« fragte Picard.

»Die Belastungen halten sich in Grenzen«, antwortete Worf von der taktischen Station.

Ein sehr *gutes Zeichen,* dachte LaForge.

Simenon hatte recht: Die Form der Schilde beeinflußte den vom Subraum-Sog bestimmten Geschwindigkeitsfaktor. Aber genügte das, um die *Enterprise* in den Normalraum zurückkehren zu lassen?

Es gab nur eine Möglichkeit, es herauszufinden. Die Finger des Chefingenieurs huschten einmal mehr über Schaltflächen.

»Heckschilde flachen ab«, sagte Data.

Das Zittern wiederholte sich, erfaßte sowohl den Boden als auch die Wände. Es schien diesmal etwas stärker zu sein.

»Strukturbelastungen am Bug nehmen ab«, berichtete Wesley. »Wir werden schneller...« Er schüttelte den Kopf. »Jetzt sind wir wieder auf Warp neun Komma neun fünf.«

Worf sah von den Anzeigen seiner Instrumente auf. »Die allgemeinen Belastungen haben beträchtlich zugenommen, Sir. Offenbar wirken sich zwei gegensätzliche Kräfte auf das Schiff aus.«

Picard sah über die Schulter hinweg zum Sicherheitsoffizier. »Gefahren, Lieutenant?«

»Keine *unmittelbaren*«, erwiderte der Klingone.

Riker saß im Sessel des Ersten Offiziers und sah auf die Displays in der Armlehne. »Bisher läuft's ganz gut.«

Ja, dachte Geordi. *Bisher*. Doch der leichte, sanfte Teil war vorbei. Von jetzt an mußten sie mit unangenehmeren Begleiterscheinungen rechnen.

Er wies den Computer an, sowohl die vorderen als auch die hinteren Deflektorflächen zu neigen. Der Neigungswinkel sollte dabei nicht sehr groß sein und nur zehn Grad betragen.

Diesmal zitterte das Deck nicht nur – es *bebte*. Und

zwar so heftig, daß sich LaForge am Rand der Konsole festhalten mußte, um nicht das Gleichgewicht zu verlieren.

Datas Stimme klang wie immer ruhig und unbewegt, als er sagte: »Schildflächen um zehn Grad geneigt.«

Picard hatte beide Hände um die Rückenlehne des Kommandosessels geschlossen, ließ nun los und drehte sich um. »Mr. Worf?«

Der Klingone antwortete nur zwei Sekunden später. »Geringfügige Schäden, Sir.« Eine Pause. »Nichts Ernstes.«

Der Captain nickte. »Gut.« Er wandte sich an Wesley. »Geschwindigkeit? Kurs?«

»Keine Veränderungen«, sagte der junge Fähnrich.

Picard warf einen Blick in Geordis Richtung. Der Chefingenieur hob den Kopf, als er die Aufmerksamkeit des Captains spürte, und eine stumme, wortlose Kommunikation fand statt.

Sollen wir fortfahren?

Ja.

LaForge gab dem Computer die Anweisung, den Neigungswinkel um zehn Grad zu erhöhen. Erneut hielt er sich am Rand der Konsole fest.

Was ihm jedoch kaum etwas nützte. Das Schiff schüttelte sich, und Geordi lag plötzlich auf dem Boden. Außerdem ließen die Erschütterungen nicht sofort nach, zumindest nicht ganz. Es kam zu einigen weiteren Stößen, doch zum Glück war keiner von ihnen so heftig wie der erste.

»Schildflächen ...«, begann Data.

Worfs donnernde Stimme übertönte ihn. »Strukturschäden bei den Decks zweiundzwanzig und dreiundzwanzig! Betroffene Sektionen werden evakuiert und isoliert!«

Es hätte schlimmer kommen können, fuhr es Geordi durch den Sinn, als er aufstand. Die Decks zweiundzwanzig und dreiundzwanzig gehörten zur technischen Abteilung, und dort hielten sich jetzt nur wenige Personen auf, die schnell in Sicherheit gebracht werden konnten.

»Geschwindigkeit und Kurs unverändert, Sir!« rief Wesley.

Geordi hielt etwas anderes für wichtiger: Die Schilde bewahrten ihre Form, trotz der starken auf sie einwirkenden Kräfte. Die energetische Belastung war ziemlich groß, aber nichts deutete auf eine beginnende Instabilität der Deflektoren hin.

Hinter Worf half Morgen dem Gnalisch auf die Beine. Simenon mußte irgendwo mit dem Kopf angeschlagen sein, denn er blutete. Aber er lehnte es ab, die Brücke zu verlassen.

LaForge konnte ihn gut verstehen. Der Professor war viel zu neugierig und wollte das Experiment direkt miterleben.

Als sich LaForge an der Konsole hochzog, wechselte er einen neuerlichen Blick mit dem Captain. Einige Falten in Picards Uniform deuteten darauf hin, daß auch er gefallen war. Er schien jedoch ebenso entschlossen zu sein wie vorher.

»Decks zweiundzwanzig und dreiundzwanzig evakuiert«, knurrte Worf.

Der Captain nickte. Und Geordi erwiderte das Nicken.

Der Chefingenieur bediente erneut die Kontrollen des Monitors und modifizierte einmal mehr den Neigungswinkel der Schildflächen. *Jetzt sind es insgesamt dreißig Grad – womit wir beim Durchschnittswert der Computersimulation angelangt sind.* In der schematischen Darstellung sah es nach einem krassen Unterschied aus. Doch genügte es, um den Subraum-Sog zu durchstoßen?

Oder riskierten sie damit ein Auseinanderbrechen der *Enterprise?*

»Achtung, es geht los!« rief LaForge und aktivierte die neue Sequenz.

Die beiden Sicherheitswächter standen seit einer guten Stunde vor der Zelle, ohne während dieser Zeit auch nur ein einziges Wort von der Gefangenen gehört zu haben. Sie hatte auch geschwiegen, während andere Angehörige der Sicherheitsabteilung Wache hielten.

Kühl und unnahbar. So war sie von einem Wächter beschrieben worden. Idun Asmund hatte diese Bemerkung gehört, ohne zu widersprechen – obgleich in ihrem Innern alles andere als Kühle herrschte.

Tief in ihr brodelte es. Sie *kochte*. Im Kern ihres Selbst brannte jenes Feuer, das jeden gefangenen Klingonen heimsuchte.

Diesmal sehnte sie sich nicht nur deshalb nach Freiheit, weil sie wie eine imperiale Kriegerin empfand. Sie mußte eine ganz besondere Pflicht erfüllen, eine Aufgabe wahrnehmen, die nicht länger warten konnte. Und von der Arrestzelle aus war sie dazu nicht imstande. Dieser Umstand setzte ihr immer mehr zu: Hilflos saß sie hier, während der wahre Schuldige weitere Verbrechen plante und der Gerechtigkeit entging.

Andererseits: Idun hatte schon vor langer Zeit gelernt, ihre klingonischen Gefühle zu verbergen. *Kühl und unnahbar*. Diesen Eindruck erweckte sie bei Fremden – und sogar bei den Personen, die sie kannten. Niemand ahnte, wie es in ihrem Innern aussah. Niemand ahnte etwas von den Flammen, die dort loderten.

Nach der Durchsage des Captains wechselten die beiden Sicherheitswächter im Korridor besorgte Blikke. Asmund blieb auch weiterhin still, obgleich sie eine gute Vorstellung von den sich nun anbahnenden Ereignissen hatte. Sie erinnerte sich an die Resultate der letzten Manöver: In einigen Sektionen des Schiffes fiel die Energieversorgung aus – und die *Enterprise* blieb im Einflußbereich des Subraum-Sogs. Idun verstand nicht viel von Warptechnik und dergleichen, aber sie vermutete, daß dem Raumschiff jetzt noch größere Belastungen drohten. Vielleicht geriet dadurch die ganze Crew in Gefahr.

Wenn noch keine derartige Erkenntnis in den beiden Wächtern herangereift war, so bot ihnen die erste Erschütterung einen Hinweis. Sie sahen sich besorgt an.

»Meine Güte«, brachte einer von ihnen hervor – ein großer, blonder Bursche. Sein Vorname lautete John. »Der Captain hat's ernst gemeint.«

Der andere Mann war kleiner und dunkelhaarig. Seinen Namen kannte Asmund nicht. »Ja«, erwiderte er. »Hoffen wir, daß es diesmal klappt.«

Zum zweiten Mal erbebte die *Enterprise*, und diesmal wurde der Blonde zu Boden geschleudert. Seinem dunkelhaarigen Kollegen gelang es, sich an der Wand festzuhalten.

Doch damit war es noch nicht überstanden. Einige starke Vibrationen folgten, erfaßten das ganze Schiff.

»Verdammt...« John stand auf und versuchte, das Gleichgewicht zu wahren, während das Schiff erzitterte. »Was *passiert* da oben?«

Er meinte die Brücke, und der andere Sicherheitswächter verstand ihn, schüttelte hilflos den Kopf und sah zum Indikator – ein mattes Leuchten wies darauf hin, daß die energetische Barriere nach wie vor existierte.

Asmund konnte das Anzeigefeld natürlich nicht sehen, aber sie vermutete, daß noch immer ein Kraftfeld im Zugang der Arrestzelle existiert – sonst hätten die beiden Wächter bestimmt etwas unternommen.

Der Dunkelhaarige kniff die Augen zusammen und sah noch immer zum Indikator.

John folgte dem Blick seines Kollegen. »Stimmt was nicht?«

»Das Licht hat geflackert.«

Der Blonde überlegte. »Jetzt flackert es nicht«, stellte er fest.

»Das stimmt.« Der Dunkelhaarige zuckte mit den Schultern. »Vielleicht habe ich's mir nur eingebildet.« Er wandte sich um. »Ja, mehr steckt bestimmt nicht dahinter.«

Dann kam es zur dritten Erschütterung – die *Enterprise* schien sich zu schütteln.

Der Zellenboden neigte sich jäh nach oben, und Asmund schlug hart auf. Dunkelheit wogte heran, löschte ihr Denken und Empfinden aus.

Geordi stand auf und rückte das VISOR zurecht – das Gerät war verrutscht, als nach der letzten Veränderung der Schildform das Chaos ausbrach. *Es gibt auch noch andere Dinge, die verrutscht sind,* dachte der Chefingenieur. *Zum Beispiel einige Bestandteile meiner Wirbelsäule.* Erst jetzt spürte er den dumpfen Schmerz im verlängerten Rücken. *Von den Knien und dem linken Handgelenk ganz zu schweigen.*

LaForge zuckte unwillkürlich zusammen, als das VISOR die Nervenpunkte an den Schläfen berührte. *Offenbar habe ich mir auch den Kopf angeschlagen,* diagnostizierte er. *Meine Güte, was für ein Durcheinander.*

Als die Finsternis um ihn herum einer elektronischen Darstellung der Umgebung wich, begriff er plötzlich, warum er sich so mies fühlte. Er befand sich nicht mehr an der technischen Station, nicht einmal in ihrer *Nähe.* Ihre Bemühungen, dem Subraum-Sog zu entkommen, hatten ihn fast zehn Meter weit durch den Kontrollraum geworfen, bis hin zum Synthetisierer!

Geordi sah sich um und stellte fest, daß es den anderen Offizieren ähnlich ergangen war. Der Captain, Riker und Troi lagen weiter vorn auf der rechten Seite, neben dem Zugang des für Notfälle bestimmten Turbolifts. Worf stand nicht mehr an der taktischen

Station, sondern hockte im Kommandobereich. Wesley hatte es zum großen Wandschirm verschlagen, der jetzt nicht mehr funktionierte.

Morgen und Simenon gerieten erst in Sicht, als sie hinter der taktischen Konsole aufstanden. Der Gnalisch murmelte einen Fluch.

Nur Data war es gelungen, an seinem Platz sitzenzubleiben – allerdings nicht ohne Folgen für das Pult vor dem Androiden. Ein Teil davon war zur Seite gekippt und wirkte halb zermalmt; an jener Stelle schien sich Data festgehalten zu haben.

So etwas sollte in einem Raumschiff wie der *Enterprise* nicht passieren, fand Geordi. Immerhin gab es genug Vorrichtungen an Bord, die dazu dienten, kinetische Energie zu absorbieren, Erschütterungen und dergleichen zu verhindern.

Andererseits: Die Entwicklungsingenieure hatten nicht mit *derartigen* Belastungen rechnen können.

»Ist jemand verletzt?« fragte Picard.

Hier und dort erklang leises Stöhnen, aber niemand wies auf die Notwendigkeit medizinischer Hilfe hin. Der Captain nickte. »Gut. Lassen Sie uns nun herausfinden, wie unsere aktuelle Situation beschaffen ist.«

LaForge kehrte zu seinem Posten zurück, und dort erwartete ihn eine angenehme Überraschung: Der Monitor hatte die heftigen Erschütterungen besser überstanden als das große Projektionsfeld an der Wand. Er zeigte nach wie vor die schematische Darstellung mit den blauen Linien – von denen nur noch wenige übriggeblieben waren.

»Schäden?« fragte Picard, der nun wieder im Kommandosessel saß.

Worf bediente die Kontrollen der taktischen Station. »Es treffen gerade die Berichte aus den einzelnen Abteilungen ein, Sir. Die gemeldeten Schäden bei Schiffsstruktur und Bordsystemen sind beträchtlich.« Er sah auf. »Die Reparaturgruppen sollten jedoch in der Lage sein, relativ schnell damit fertig zu werden.«

»Das Warptriebwerk ist nicht mehr funktionsfähig«, sagte Geordi. »Nun, das erstaunt wohl niemanden von uns. Die restlichen Deflektoren werden mit Impulskraft stabilisiert.«

»Verletzte?« erkundigte sich Picard.

Der Klingone sah wieder auf die Anzeigen der taktischen Konsole. »Viele. Aber niemand schwebt in Lebensgefahr.«

Der Captain runzelte die Stirn. »Ich schätze, wir sind mit dem sprichwörtlichen blauen Auge davongekommen.« Er sah zu Wesley. »Die Frage lautet: Haben unsere Bemühungen zum angestrebten Erfolg geführt?«

Der junge Fähnrich berührte einige Schaltflächen und schüttelte den Kopf. »Leider kann ich Ihnen keine Antwort geben, Sir – die Navigationssysteme sind ausgefallen.« Wes drehte seinen Sessel und begegnete Picards Blick. »Ich weiß nicht, ob wir uns wieder im Normalraum befinden.«

Picard machte keinen Hehl aus seiner Enttäuschung.

»Es gibt eine andere Möglichkeit, Gewißheit zu erlangen«, sagte LaForge. »Wir brauchen nur aus einem Fenster zu sehen.«

»Gute Idee.« Simenon setzte sich sofort in Bewegung und eilte in Richtung Beobachtungszimmer.

Andere Personen folgten ihm: Morgen, Picard, Riker, Troi und schließlich auch Geordi.

Vor ihnen glitt das Schott beiseite, gewährte Zugang zu einem Raum, in dem ein langer Konferenztisch stand. Dahinter wölbten sich breite Fenster.

Sie zeigten schwarzes All mit zahllosen Sternen.

LaForge lächelte. Das VISOR vermittelte ihm einen deutlichen Eindruck: Die Sterne präsentierten sich in Form von Myriaden glitzernden Punkten und bildeten keine bunte Streifen.

Die *Enterprise* hatte den Subraum-Sog verlassen und war ins Einstein-Universum zurückgekehrt. Die gegenwärtige Position des Schiffes mußte erst noch festgestellt werden, aber wo auch immer sie sich befanden: Wenigstens rasten sie nicht mehr mit Warp neun Komma neun fünf durch die Galaxis.

Simenon stand vor der Gruppe, drehte den schlangenartigen Kopf, sah zum Chefingenieur und zwinkerte. Seine Botschaft lautete: *Wir haben es geschafft!*

Zwar sah es niemand – nicht einmal der Professor –, aber Geordi zwinkerte ebenfalls.

Als Asmund wieder zu sich kam, spürte sie übelkeiterweckenden Schmerz in einer Schläfe. Sie tastete nach der entsprechenden Stelle, und die Berührung bescherte ihr zusätzliche Pein. Als sie die Hand sinken ließ, klebte Blut an den Fingerkuppen.

Doch die beiden Sicherheitswächter waren noch schlimmer dran. Der Dunkelhaarige lag reglos auf dem Boden, das eine Bein zur Seite gedreht – vermutlich gebrochen. John hatte zwar nicht das Bewußtsein verloren, aber sein Gesicht kam einer schmerzverzerrten Fratze gleich. Er lehnte an der Wand, und den Phaser schien er völlig vergessen zu haben: Die Waffe lag einige Meter von ihm entfernt im Korridor.

Idun sah dies alles, obgleich die Leuchtkörper dunkel blieben. Das einzige Licht stammte von den Funken, die aus einem defekten Schaltkreisblock stoben – er gehörte zum Kontrollsystem für das Energiefeld im Zellenzugang.

Idun stand auf und trat dorthin, wo sich die Ergbarriere erstrecken sollte. Vorsichtig streckte sie die Hand aus.

Nichts geschah. Eine Entladung blieb aus. Das Kraftfeld existierte nicht mehr.

Mit anderen Worten: *Asmund konnte die Zelle verlassen.*

Sie sah zu John. Er beobachtete sie – und begriff ebenfalls, daß die Frau nicht mehr gefangen war.

Ohne ein Wort stieß er sich von der Wand ab und sprang zur Seite. An seiner Absicht konnte kein Zweifel bestehen: Er wollte den Strahler an sich bringen. Asmund ignorierte das Hämmern in ihrem Kopf und hechtete.

Unglücklicherweise erreichte der Sicherheitswächter die Waffe vor ihr und schoß.

Idun drehte sich mitten in der Luft, und irgendwie gelang es ihr, dem Strahl auszuweichen. Sie gab dem Blonden keine Gelegenheit, erneut zu zielen, packte seinen Unterarm mit beiden Händen.

Sie wußte genau, an welchen Stellen es zuzudrücken galt: Der Mann schrie und ließ den Phaser los. Asmund war so sehr auf den Strahler konzentriert, daß sie es versäumte, der freien Hand des Sicherheitswächters Beachtung zu schenken. Er ballte sie zur Faust und holte aus, traf sie mit solcher Wucht am Nacken, daß sich die Schmerzen in der Schläfe zu verdoppeln schienen.

Trotzdem fand sie genug Kraft zu einem Rückhandschlag, der den Blonden ins Reich der Träume schickte. Idun griff nach der Waffe und stand auf.

Der andere Wächter war noch immer bewußtlos, atmete flach und gleichmäßig. Asmund entschied sich dagegen, nach seinem Phaser zu suchen – eine zweite Waffe bot ihr kaum zusätzliche Vorteile, und außerdem durfte sie keine Zeit verlieren. Wenn man feststellte, daß sie sich nicht mehr in der Arrestzelle befand, wenn man daraufhin weitere Sicherheitswächter ausschickte ...

Idun hielt den Phaser schußbereit und lief durch den Korridor.

Wesley freute sich ebensosehr über den Erfolg wie alle anderen, und Professor Simenon genoß den Umstand, daß die Idee von ihm stammte. Zum dritten Mal erzählte er von Kieselsteinen, die übers Wasser eines holographischen Sees hüpften, und diesmal hieß sein Zuhörer Picard. Will Riker und Deanna Troi hatten die Brücke verlassen, um die Reparaturarbeiten zu beaufsichtigen und Besatzungsmitgliedern neue Unterkünfte zuzuweisen. Morgen begleitete sie, wodurch der Captain und Simenon allein im Kommandobereich des Kontrollraums zurückblieben.

Der Gnalisch deutete zum jungen Fähnrich, und der Captain sah in die entsprechende Richtung. Wesley spürte, wie er errötete, als Picard anerkennend nickte. Er konnte sich vorstellen, wovon Simenon gerade sprach. *Ein guter Junge. Ohne ihn wäre ich nicht auf die Idee gekommen. Wieso hat er nie zuvor Steine übers Wasser hüpfen lassen? Wer ist eigentlich für seine Bildung verantwortlich?*

Wes drehte den Kopf, um die roten Flecken auf den Wangen nicht zu deutlich zu zeigen. Als sein Blick zu den Anzeigen der Konsole zurückkehrte, erlebte er eine Überraschung: Grün leuchtende Symbole deuteten darauf hin, daß die Navigationssysteme wieder funktionierten.

Rasch berührte er einige Schaltflächen, um die aktuelle Position der *Enterprise* zu bestimmen. Fast sofort erschienen die Koordinaten auf dem Schirm.

Wesley erstarrte förmlich, als er begriff. *Nein,* dachte er. *Bitte laß das nicht wahr sein.* Er zwang sich dazu, die Hände zu heben und ein Kontrollprogramm zu starten, das die richtige Funktionsweise aller Systeme überprüfte.

Es lag kein Defekt vor, woraus folgte: Die Koordinaten stimmten. Wes schluckte und wandte sich dem Captain zu.

Picard bemerkte den Gesichtsausdruck des Fähnrichs, und jäh verschwand das Lächeln von seinen Lippen. Einige rasche Schritte brachten ihn zum Navigationspult.

»Was ist los, Mr. Crusher? Sie sind plötzlich sehr blaß.«

Der Captain sah an ihm vorbei zum Schirm mit den Koordinaten. In seinen Wangen mahlten die Muskeln.

»Commander LaForge«, sagte er etwas lauter, während sein Blick an den Displays der Konsole festklebte.

»Aye, Sir?« Geordi schritt über die Rampe, die zum unteren Brückendeck führte. »Stimmt was nicht?«

Picard nickte. »So hat es den Anschein.«

»Um was geht's?« fragte Simenon, der noch immer im Kommandobereich saß.

»Sehen Sie es sich selbst an, Phigus.«

Geordi erreichte die Konsole – eine Sekunde später pfiff er leise durch die Zähne.

Wesley wußte, daß es jemand laut aussprechen mußte. Aber er wartete, bis auch der Gnalisch eintraf – Simenons leises Zischen deutete darauf hin, daß er die Bedeutung der Zahlen auf dem Schirm sofort erkannte.

»Wir sind im romulanischen Raum«, sagte der Fähnrich, und vielleicht sprach er dabei lauter, als es erforderlich war – die anderen Personen im Kontrollraum starrten ihn groß an.

»Ja«, bestätigte Picard. Und etwas leiser: »Was können wir dagegen unternehmen?«

Geordi spürte, daß die Frage ihm galt. »Das Warptriebwerk ist in einem ziemlich schlechten Zustand, Captain. Und selbst wenn uns volles Warppotential zur Verfügung stünde: Ich würde davon abraten, es zu nutzen.«

Picard kniff die Augen zusammen. »Weil wir erneut in den Subraum-Sog geraten könnten?«

»Ja, Sir.« LaForge biß sich auf die Lippe. »Um auf Nummer Sicher zu gehen, müssen wir eine ausreichend große Distanz zwischen uns und dem Phänomen schaffen. Selbst mit voller Impulskraft sollten wir mehrere Stunden einkalkulieren.«

»Mindestens«, betonte Simenon.

Picard runzelte die Stirn. »Ich fürchte, uns bleibt nicht viel Zeit, Commander. Wir könnten praktisch jeden Augenblick von einem romulanischen Patrouillenschiff entdeckt werden.« Die Falten bildeten tiefere Täler in seiner Stirn. »Wann sind Sie in der Lage, mir Warp eins zu geben?«

LaForge hob und senkte die Schultern. »Keine Ahnung, Sir. In einem Tag, in einigen Stunden. Ich weiß es einfach nicht.«

»In drei Stunden«, sagte Picard. Es war keine Bitte, aber auch kein Befehl. Es handelte sich schlicht und einfach um die Feststellung einer Notwendigkeit.

Geordi seufzte. »Ich sollte mich besser sofort an die Arbeit machen«, sagte er und ging zum Turbolift. Simenon wandte sich wortlos ab und folgte ihm.

»Wie lange brauchen wir mit voller Impulskraft, um die Neutrale Zone zu erreichen?« fragte Picard den jungen Fähnrich.

Wesleys Finger huschten über die Kontrollen. »Sechzehn Stunden und zweiunddreißig Minuten«, sagte er, obwohl der Captain das Ergebnis der Berechnungen selbst auf dem Schirm sehen konnte.

Jean-Luc nickte. »Programmieren Sie den Kurs, Mr. Crusher. Je näher wir dem Föderationsraum kommen, desto schneller erreichen wir ihn, wenn wir wieder das Warptriebwerk verwenden können.«

Sechzehn Stunden, dachte Wesley. *So lange bleiben wir bestimmt nicht unentdeckt.*

Er hörte, wie Lieutenant Worf hinter ihm brummte – auf diese Weise schien er der unausgesprochenen Theorie des Fähnrichs beizupflichten.

»Wir haben noch ein Problem«, sagte der Klingone dann.

Picard hatte zum Wandschirm gesehen – der inzwischen wieder funktionierte –, und nun drehte er sich zur taktischen Station um. »Lieutenant?«

Worfs Gesicht wirkte sehr ernst, als er verkündete: »Commander Asmund ist entkommen.«

KAPITEL 17

Picards Miene blieb ausdruckslos, als er diese Information verarbeitete. »Ich verstehe«, sagte er. Seine Stimme klang ruhig. »Und die Wächter?«

»Sie sind verletzt, wenn auch nicht sehr schwer.« Der Klingone fügte hinzu: »Als wir den Einflußbereich des Subraum-Sogs verließen, wurden die Sicherheitssysteme der Arrestzelle beschädigt.«

»Ist Asmund bewaffnet?«

»Sie hat einen Phaser, Sir.«

Picard nickte. »Und es mangelt nicht an möglichen Opfern.« Er runzelte die Stirn. »Beginnen Sie mit der Suche, Worf. Finden Sie Idun.« Feste Entschlossenheit erklang in jedem einzelnen Wort – doch in den Augen zeigte sich Kummer. »Und seien Sie auf der Hut. Commander Asmund ist sehr einfallsreich.«

Worf nickte und schritt zum Turbolift. »Aye, Sir.«

»Lieutenant ...«

Der Klingone blieb stehen.

Picard öffnete den Mund, um noch etwas hinzuzufügen, doch dann überlegte er es sich anders und schüttelte den Kopf. »Schon gut. Halten Sie mich auf dem laufenden.«

»Ja, Sir«, erwiderte der Sicherheitsoffizier. Er wußte, was der Captain hatte sagen wollen: *Lassen Sie sich von persönlichen Gefühlen und Ansichten nicht bei der Ausübung Ihrer Pflicht behindern.* Ein solcher Hinweis wäre ohnehin nicht nötig gewesen; es erfüllte Worf mit Zufriedenheit, daß Picard darauf verzichtet hatte.

Als sich der Captain wieder dem Wandschirm zuwandte, betrat Worf den Turbolift. »Computer«, sagte er. »Nenne mir den gegenwärtigen Aufenthaltsort von Commander Idun Asmund.«

Er bekam sofort Antwort. »Commander Asmund befindet sich in einer Transportkapsel unweit von Deck acht im primären Rumpf.«

Der Sicherheitsoffizier hob ruckartig den Kopf. Die Kampfbrücke gehörte zum Deck acht des *sekundären* Rumpfs. Es war ganz einfach für Asmund, von der einen Sektion in die andere zu wechseln, und sie hatte ihr technisches Geschick bereits unter Beweis gestellt – es mochte ihr tatsächlich gelingen, sich Zutritt zur Kampfbrücke zu verschaffen.

Von dort aus konnte sie das ganze Schiff kontrollieren.

Sie war schlau und gerissen. Mit ihren Unschuldsbeteuerungen hatte sie es geschafft, Worf zu täuschen. *Aber ich falle nicht noch einmal auf sie herein,* dachte er grimmig.

»Deck acht«, knurrte er, biß die Zähne zusammen und bereitete sich innerlich auf die unvermeidliche Konfrontation vor.

Wenn Morgen mit dem Konstruktionsmuster der *Enterprise* besser vertraut gewesen wäre, hätte er sicher gewußt, was für einen Raum er betrat. Sein überraschter Blick fiel auf mehrere Kinder.

Es mochten zehn oder mehr sein, und gerötete Augen wiesen darauf hin, daß sie geweint hatten. Bei einigen Jungen und Mädchen glänzten noch immer Tränen an den Wangen.

Eine Frau kniete zwischen ihnen – vermutlich die Lehrerin – und sah zu Morgen auf. »Hallo«, sagte sie, ohne eine gewisse Beklommenheit aus ihrer Stimme verbannen zu können.

Eine solche Reaktion bewirkte Morgen in der *Enter-*

prise nicht zum erstenmal. Und eigentlich war sie kein Wunder, wenn man an das überaus beeindruckende Erscheinungsbild der Daa'Vit dachte. Hinzu kam, daß sich nur wenige Angehörige von Morgens Volk an Bord von Föderationsraumschiffen zeigten.

Die Frau bemerkte Uniform und Insignien. »Oh.« Erleichterung verdrängte einen Teil der Sorge aus ihren Zügen. »Ich nehme an, Sie sind einer von Captain Picards Gästen.«

»Ja. Ich bin Captain Morgen. Ist hier alles in Ordnung?«

Die Lehrerin nickte. »Ich denke schon.« Sie sah zu den Kindern. »Wir haben einen ziemlichen Schreck bekommen, aber uns fehlt nichts.«

Unmittelbar nach diesen Worten begann ein Mädchen zu schluchzen. Ein kleiner Junge folgte dem Beispiel.

Morgen lächelte und ging in die Hocke. »Oh, ich bitte euch«, sagte er und musterte die beiden Kinder nacheinander. »Wenn ihr weint, muß ich ebenfalls weinen. Und wenn ich zu weinen anfange, kann ich nicht mehr damit aufhören.«

Er hatte nun die volle Aufmerksamkeit der Kinder und öffnete seine Tränenkanäle – klare Flüssigkeit rann ihm aus den Augen.

Die Jungen und Mädchen waren davon so fasziniert, daß sie ihre eigenen Probleme vergaßen. Zwei oder drei kicherten leise.

Morgen schnitt eine übertrieben traurige Miene, und daraufhin wurde das Kichern lauter. Eine weitere Grimasse verwandelte es in Lachen.

Die Frau bedachte den Daa'Vit mit einem dankbaren Blick. Er deutete ein Nicken an und spielte auch weiterhin die Rolle des Ängstlichen und Trauernden – an Bord seines eigenen Schiffes hatte er Kinder häufig auf diese Weise unterhalten.

Ein kleiner Junge näherte sich und legte ihm den

Arm um die Schultern. »Schon gut«, sagte er. »Du brauchst dich nicht zu fürchten.«

Morgen wandte sich ihm zu, während noch immer große Tränen über die Wangen rollten. »Bist du sicher?« fragte er.

»Mhm«, bestätigte der Knabe. »Captain Picard sorgt für unsere Sicherheit. Das sagt meine Mami immer.«

Damit schien der Junge das Stichwort gegeben zu haben – der Insignienkommunikator des Daa'Vit piepte. Aus einem Reflex heraus klopfte er kurz auf das kleine Gerät und meldete sich. »Hier Morgen.«

»Hier spricht Picard«, sagte der Captain. »Wir haben ein Problem. Besser gesagt: Wir haben *noch ein* Problem. Sind Sie allein?«

»Bitte warten Sie.« Der Daa'Vit stand auf, zwinkerte den Kindern zu und trat von ihnen fort. »Alles klar«, sagte er dann. »Ich höre.«

Der Captain vergeudete keine Zeit. »Asmund ist aus der Arrestzelle entkommen. Sie treibt sich irgendwo im Schiff herum. Und sie hat einen Phaser.«

Morgen nahm diese Mitteilung mit gemischten Gefühlen entgegen. »Bestätigung.«

»Bitte kehren Sie umgehend in Ihr Quartier zurück.«

Der Daa'Vit schnaubte verächtlich. »Ich habe bereits zuviel Zeit in meiner Unterkunft verbracht. Ihre Leute brauchen meine Hilfe.«

»Meine Leute haben ohne Ihre Präsenz bessere Überlebenschancen«, sagte Picard. In seiner Stimme kam jetzt etwas mehr Autorität zum Ausdruck. »Idun hat es auf Sie abgesehen, Morgen. Mit anderen Worten: Sie stellen eine Gefahr für alle Personen in Ihrer Nähe dar.«

Der Daa'Vit sah zu den Kindern.

»Suchen Sie sofort Ihr Quartier auf«, fuhr Jean-Luc fort. »Andernfalls zwingen Sie mich, eine Sicherheitsgruppe zu beauftragen, Sie zu ihrer Kabine zu eskortieren.«

Morgen zwang sich, objektiv zu bleiben und einzusehen, daß Picard recht hatte. »Wie Sie wünschen«, erwiderte er schließlich. »Morgen Ende.«

Er zögerte, lange genug, um noch einmal die Kinder und ihre Lehrerin anzusehen – sie wußten nichts von den Gefahren, die sowohl im Innern des Schiffes als auch außerhalb davon drohten. *In diesem besonderen Fall ist Unwissenheit besser als eine genaue Kenntnis der Situation,* dachte der Daa'Vit.

»Mußt du jetzt gehen?« fragte ein Mädchen.

Er nickte. »Ja. Und ich danke euch. Ihr habt mich aufgemuntert, und dadurch fühle ich mich viel besser.«

Rasch verließ er das Zimmer, bevor er der Versuchung erliegen konnte, die Wünsche des Captains zu ignorieren.

Der Klingone in Worf wollte das Problem namens Idun Asmund allein lösen, doch der Sicherheitsoffizier in ihm begriff, daß er größere Erfolgsaussichten hatte, wenn er sich helfen ließ. Schließlich setzte sich der Starfleet-Offizier dem klingonischen Selbst gegenüber durch.

Als er Deck acht erreicht, waren die verständigten Sicherheitswächter noch nicht eingetroffen. Worf wußte: Die Situation verlangte sofortiges Handeln. Er zog den Phaser und schob sich an der gewölbten Wand des Korridors entlang.

Während er Meter um Meter zurücklegte, stellte er sich vor, daß ihm nun eine direkte Begegnung mit der Geflohenen bevorstehen mochte – obgleich er es für wahrscheinlicher hielt, daß sie bereits die Kampfbrücke erreicht hatte. Gerade *deshalb* war Eile geboten.

Er spähte um die nächste Ecke und sah zum Brückenzugang. Die Tür war geschlossen; nichts deutete auf ein gewaltsames Öffnen hin.

Worf fluchte lautlos – und bekam Gesellschaft: Die Sicherheitswächter Nevins und Loyosha trafen ein.

»Ist sie da drin, Sir?« fragte Nevins.

Worf wollte nicken, als ihm plötzlich einfiel, daß er nur von einer Annahme ausging. Er sah auf. »Computer...«, sagte er und wiederholte seine frühere Anfrage: »Nenne mir den gegenwärtigen Aufenthaltsort von Commander Idun Asmund.«

Wieder erhielt er sofort Antwort. »Commander Asmund befindet sich im Turbolift auf Deck achtzehn.«

Worf sah die beiden Wächter an. Sie erwiderten seinen Blick.

»Deck achtzehn?« fragte Loyosha.

Was plante Asmund? Wollte sie Zeit gewinnen, das Unvermeidliche hinauszögern?

Der Klingone glaubte nicht an diese Möglichkeit. Idun war viel zu intelligent, um sich der Illusion hinzugeben, ihm auf Dauer entkommen zu können.

Worf versuchte, sich in die Lage der Frau zu versetzen. An ihrer Stelle hätte er einen Ort aufgesucht, der sich leicht verteidigen ließ, der Vorteile versprach – Beschreibungen, die zweifellos auf die Kampfbrücke zutrafen.

Aber Deck achtzehn? Dort gab es nichts weiter als Unterkünfte und...

Er erstarrte plötzlich. Wenn er Asmund lokalisieren konnte, dann standen ihr die gleichen Möglichkeiten in bezug auf *Morgen* offen. Warum fiel ihm das erst jetzt ein?

»Computer«, grollte er, »wo ist Captain Morgen?«

»Captain Morgen befindet sich im pädagogischen Zentrum auf Deck achtzehn«, lautete die Antwort.

Worf stürmte los, gefolgt von Loyosha und Nevins.

»Commander?«

LaForge sah vom Terminal auf, an dem er schon seit einer ganzen Weile arbeitete – es ging nach wie vor darum, das Warppotential der *Enterprise* wiederherzustellen. Auf der anderen Seite des Maschinenraums stand der Gnalisch an einer Instrumententafel und unterstützte von dort aus die Bemühungen des Chefingenieurs.

»Irgendwelche Fortschritte?« fragte Geordi hoffnungsvoll.

Simenon schüttelte den Reptilienkopf, und sein Blick blieb auf die Anzeigen gerichtet. »Nur geringe. Es wird noch eine Weile dauern, bis das Warptriebwerk wieder einsatzfähig ist.«

Geordi wandte sich wieder seinen Instrumenten zu und lächelte. Inzwischen kannte er den Professor gut genug, um zu wissen, wann er etwas auf dem Herzen hatte. »Nun?«

Eine kurze Pause. »Bitte erzählen Sie mir von den Romulanern.«

Das überraschte LaForge. Bis er sich daran erinnerte, daß die berühmte, zweiundzwanzig Jahre lange Forschungsreise der *Stargazer* während der romulanischen Isolationsphase stattgefunden hatte. Vielleicht kannte Simenon Romulaner nur aus alten Videoaufzeichnungen.

Der Grund dafür, warum sich der Professor plötzlich für die Rihannsu – wie sie sich selbst nannten – interessierte, war nicht schwer zu erraten. Wenn man durch feindliches Territorium schlich, so erschien es nur angebracht, wenigstens *etwas* über den Feind zu wissen.

»In Ordnung«, sagte Geordi. »Wo soll ich beginnen?«

»Irgendwo«, meinte Simenon.

LaForge lächelte erneut. »Zunächst einmal: Die Entwicklung der romulanischen Technik ist seit dem Bündnis mit den Klingonen nicht stehengeblieben. Die Schiffe des Reiches sind heute größer, schneller und noch gefährlicher.«

»Wie beruhigend«, kommentierte der Gnalisch.

»Hinzu kommt: Romulaner verstehen es auf eine geradezu meisterliche Weise, Verschwörungen zu planen und Fallen vorzubereiten. Niemand ist erbarmungsloser als sie.« Während der vergangenen Jahre hatte es die *Enterprise* mehrmals mit den Vulkanoiden zu tun bekommen. An jene Begegnungen – und einige persönliche Erfahrungen – erinnerte sich Geordi nun. »Andererseits ... Sie haben eigene Vorstellungen von Ehre und Treue, von Richtig und Falsch.«

Simenon brummte. »Oh, sehe ich da einen Hoffnungsschimmer? Bedeutet es, daß die Romulaner nicht erst schießen und später Fragen stellen? Geben Sie uns eine Chance, den Grund für unsere Präsenz in ihrem Raumgebiet zu erklären?«

LaForge zuckte mit den Achseln. »Das hängt von den Umständen ab.«

»Mit anderen Worten: nein.«

»Mit anderen Worten: Es ist sehr unwahrscheinlich.«

Der Gnalisch seufzte. »Vielleicht hätte ich nicht danach fragen sollen.«

Worf wußte nicht, was er von der Sache halten sollte. Als er sich von einem parallelen Turbolift zum Deck achtzehn bringen ließ, machte Commander Asmund keine Anstalten, den Korridor zu betreten. Sie rührte sich überhaupt nicht von der Stelle.

Und ihre Transportkapsel verweilte auch weiterhin im Bereich der achtzehnten Etage.

Warum? War sie vielleicht noch in der Arrestzelle verletzt worden, als die *Enterprise* versuchte, aus dem Subraum-Sog in den Normalraum zurückzukehren? Oder später, bei einer Auseinandersetzung mit den Sicherheitswächtern vor der Zelle? Hatte sie dadurch soviel Kraft verloren, daß sie es nur bis zum achtzehnten Deck schaffte?

Oder gab es einen anderen Grund? Existierten Situationsaspekte, die Worf bisher übersehen hatte?

Die Tür des Lifts öffnete sich, und der Klingone sprang in den Korridor, lief sofort los. Nevins und Loyosha sprinteten hinter ihm her.

Sie hielten ihre Phaser schußbereit – nur für den Fall.

»Computer«, brummte der Sicherheitsoffizier noch einmal. »Der aktuelle Aufenthaltsort von Commander Asmund.«

»Commander Asmund befindet sich im Turbolift auf Deck achtzehn«, erwiderte die Sprachprozessorstimme.

Worfs Gedanken rasten. Er stellte sich vor, wie Idun in der Transportkapsel stand, durch die offene Tür blickte, ihm lächelnd zuwinkte – um mit dem Lift zu entkommen, bevor er zur Stelle sein konnte.

Ging es ihr darum? Sie wußte bestimmt, daß er die Suche nach ihr leitete – wollte sie ihn demütigen?

Aber weshalb? Aus reiner Bosheit?

Oder war sie jetzt vollkommen verrückt geworden? Die Mordversuche erforderten zumindest eine gewisse Form von Wahnsinn. Hatte sie nun endgültig den Kontakt zur Realität verloren?

Wenn es jetzt zu der Konfrontation kam, an die der Klingone schon früher gedacht hatte... Diesmal kam er nicht allein. Abgesehen von Nevins und Loyosha waren noch drei weitere Sicherheitswächter zugegen – sie näherten sich vom anderen Ende des Korridors.

Worfs Imagination fand keinen Niederschlag in der Wirklichkeit: Die Tür des Turbolifts war nicht etwa geöffnet, sondern geschlossen.

Der Sicherheitsoffizier warf seinen Leuten einen kurzen Blick zu. »Phaser auf Betäubung justieren«, wies er sie an. »Und seien Sie auf alles vorbereitet.«

Er behielt auch weiterhin die Tür im Auge, als er nach einer Schaltfläche in der Wand tastete: Sie erlaubte es, den Code der Sicherheitspriorität einzugeben.

Eigentlich erwartete Worf gar nicht, damit irgend etwas zu bewerkstelligen. Angesichts des außerordentlichen technischen Sachverstands, den Asmund mehrmals bewiesen hatte, rechnete der Klingone mit einer Blockierung des Öffnungsmechanismus. Vielleicht mußte er Geordis Hilfe in Anspruch nehmen, um Iduns Manipulationen zu neutralisieren.

Doch überraschenderweise erzielte der Code die beabsichtigte Wirkung: Das Schott glitt auf.

Die Sicherheitswächter richteten ihre Waffen aufs Innere der Transportkapsel.

Was sich als nicht notwendig erwies.

Worf knurrte einen halblauten Fluch, trat vor und bemerkte einen Gegenstand, der auf dem Boden lag. Er bückte sich und griff danach.

Ein Insignienkommunikator. Der Klingone drehte ihn hin und her.

Asmund hatte ihn an der Nase herumgeführt. Er war so sehr darauf konzentriert gewesen, nach einer komplizierten Erklärung zu suchen, daß die einfachste von allen seiner Aufmerksamkeit entging.

Wie hieß es bei den Menschen? Den Wald vor lauter Bäumen nicht sehen ...

Die Ereigniskette erschien Worf jetzt klar und deutlich: Idun fragte den Computer nach Morgens Aufenthaltsort, und anschließend programmierte sie den Turbolift auf das entsprechende Ziel – mit einem kleinen Abstecher zum Deck acht, um die Verfolgungsjagd etwas in die Länge zu ziehen. Mit dem abgelegten Kommunikator gewann sie Zeit, um ihren Plan durchzuführen.

Ich hätte wissen sollen, daß sie so etwas versucht, dachte der Sicherheitsoffizier. *Ich hätte es* wissen *sollen.*

Morgen ... Er mußte sich mit dem Daa'Vit in Verbindung setzen, ihn warnen und ...

»Lieutenant Worf?«

Der Klingone drehte sich – und riß verblüfft die Augen auf, als er Captain Morgen erkannte, der sich neugierig umsah.

»Stimmt was nicht?« fragte der Daa'Vit unschuldig.

Worf schnitt eine finstere Miene. »So kann man es auch ausdrücken.«

Die Schläfe blutete jetzt nicht mehr, aber Asmunds Herz klopfte so heftig, als wollte es ihr die Brust zerreißen. Sie holte tief Luft, lehnte sich mit dem Rücken an einen Frachtbehälter und versuchte, ihre Gedanken zu ordnen.

Inzwischen hatten Worf und seine Leute bestimmt den Kommunikator im Lift gefunden. Auf weitere Ablenkungsmanöver fiel er kaum herein.

Nun, sie hatte Zeit genug gewonnen, um die Frachtsektion von Deck achtunddreißig zu erreichen, ohne einen Turbolift zu benutzen.

Zum Glück teilte ihr das Display am Zugang mit, daß sich im Lagerraum genau die richtige Art von Fracht befand. Die übrigen Angaben bewiesen einmal mehr die bereits legendäre Tüchtigkeit der *Enterprise*-Crew: Alle Dolazit-Container lagerten genau an den angegebenen Stellen.

Man verwendete Dolazit hauptsächlich für die interne Isolierung von Warpgondeln – es handelte sich um eine von wenigen Substanzen, die es an Bord aller Föderationsschiffe gab und einen störenden Einfluß bei Sensorsondierungen im Innern der Schiffe entfalteten. Indem sich Asmund zwischen Dolazit-Behältern versteckte, wurde sie für die Sicherheitssensoren praktisch unsichtbar.

Sie blickte auf den Phaser in ihrem Schoß und griff nach der Waffe.

Unter anderen Umständen hätte sie sich damit verraten. Normalerweise war jeder Phaser mit dem

Hauptcomputer verbunden – dadurch sollte hochenergetischen Emissionen vorgebeugt werden, durch die Löcher in der Außenhülle entstehen mochten. Aufgrund einer derartigen Verbindung war es natürlich ganz einfach, jene Waffen an Bord der *Enterprise* zu lokalisieren, die sich nicht in einem Depot befanden.

Dabei gab es zumindest weitaus weniger Probleme als beim Versuch, in einer aus mehr als tausend Personen bestehenden Besatzung ein einzelnes Bio-Profil zu finden.

Nun, das Dolazit verhinderte auch eine Ortung des Strahlers. Idun begrüßte diesen Umstand, denn sie brauchte die Waffe.

Du hast Zeit gewonnen, erinnerte sie sich noch einmal. *Vergeude sie nicht.*

Einmal mehr verfluchte sie die Kopfschmerzen.

Im großen und ganzen hatten wir eine Menge Glück, dachte Beverly Crusher. Simenons Idee sorgte dafür, daß die *Enterprise* dem Einflußbereich des Subraum-Sogs entkam, und trotz der heftigen Erschütterungen blieben tragische Unglücksfälle an Bord aus. Die schlimmste Verletzung war ein komplizierter Beinbruch bei einem Mann namens Starros – einer der beiden Sicherheitswächter, die vor Idun Asmunds Arrestzelle postiert gewesen waren. Die technischen Systeme der Krankenstation funktionierten so einwandfrei wie vor dem Manöver; während der starken Vibrationen ging nichts zu Bruch.

Nun, eine Fehlfunktion im Sicherheitssystem der Zelle ließ die energetische Barriere verschwinden, wodurch Asmund Gelegenheit zur Flucht bekam. Außerdem war sie jetzt mit einem Phaser bewaffnet, und Worf bezeichnete sie als sehr gefährlich.

Aber spielten solche Dinge überhaupt noch eine Rolle? Immerhin befanden sie sich im stellaren Territorium des Rihannsu-Reiches. Es konnte nicht mehr lange dauern, bis Intervallerkanonen die *Enterprise* in ihre Atome zerlegten. Oder – wenn das Schicksal beide Augen zudrückte – bis alle Personen an Bord in romulanische Gefangenschaft gerieten.

Irgendwann hatte Beverly beschlossen, keine Angst mehr zu haben. Als die letzten Besatzungsmitglieder, die bei der Rückkehr in den Normalraum Verletzungen erlitten hatten, in der Krankenstation behandelt worden waren... Daraufhin beschloß die Ärztin, sich für eine verdiente Ruhepause in ihr Quartier zurückzuziehen.

Sie verließ den Turbolift – und sah sofort die Sicherheitswächter in der Nähe ihrer Unterkunft.

Neugierig erkundigte sie sich nach dem Grund für ihre Präsenz.

»Lieutenant Worf hat uns hierhergeschickt«, antwortete einer der Männer.

»Ich verstehe. Sind Gruppen wie Ihre auch vor den Quartieren des Captains und des Ersten Offiziers postiert?«

»Die von Lieutenant Worf beschlossenen Sicherheitsmaßnahmen betreffen die Korridore aller Wohnsektionen, Doktor.«

Beverly Crusher nickte. »Gut. Ich lege keinen Wert auf eine Sonderbehandlung.«

Der Wächter, von dem sie bisher Auskunft bekommen hatte, musterte sie verwirrt. »Wie bitte?«

»Schon gut«, sagte die Ärztin. »Ich bestehe nur auf meinem Recht, ebenso in Gefahr zu geraten wie alle anderen.«

Während der Mann noch versuchte, die letzte Bemerkung zu enträtseln, schritt Dr. Crusher an ihm vorbei und betrat ihr Quartier. Es fühlte sich gut an, nicht mehr von Furcht belastet zu sein.

Als sie das Schlafzimmer betrat, bemerkte sie dort das Glühen eines roten Indikatorlichts: Sie hatte den Audio-Abtaster nicht ausgeschaltet, sondern nur die

Pause-Funktion aktiviert. Nun, jetzt schien das kaum mehr wichtig zu sein. Der matte Glanz erinnerte sie an ein Versprechen, das sie sich selbst gegeben hatte: Sie wollte sich auch den Rest dieser Aufzeichnung anhören.

Einige Sekunden lang blickte sie unschlüssig zu dem roten Licht, und dann gab sie sich einen inneren Ruck. *Wenn die Romulaner bald unser Schiff vernichten oder uns alle verschleppen ... Dann will ich vorher wenigstens noch einmal Jacks Stimme vernommen haben.*

Sie ließ die Beleuchtung ausgeschaltet, sank aufs Bett und drückte die mit ›Play‹ markierte Taste. Sofort setzte das Gerät die Wiedergabe fort.

»... Greyhorse, Mops Joseph, Simenon – von dem du ebenfalls schon gehört hast – und ... Himmel, ich will keine kostbare Kom-Zeit damit verschwenden, die dir ganze Crew-Liste vorzulesen. Wie ich schon sagte: Wir sind ein guter Haufen.«

Beverly lehnte sich in die Kissen zurück. Vielleicht war es ihr deshalb gelungen, die Furcht zu besiegen. Im Verlauf der letzten Tage hatte sie mehrmals der aufgezeichneten Stimme ihres Mannes gelauscht und sich von ihr Kraft geben lassen. Sein Mut, an einer langen Forschungsmission teilzunehmen, praktisch jeden Tag zwischen fremden Sternen und auf fernen Welten sein Leben zu riskieren ... Diese Tapferkeit kam irgendwie in seinen Worten zum Ausdruck und half der Ärztin, ihre Angst zu überwinden.

»Da wir gerade bei Greyhorse sind ...«, fuhr Jack fort. »Offenbar hat er's faustdick hinter den Ohren. Zunächst erscheint er ruhig, still und in sich gekehrt. Aber neulich habe ich ihn in einer kompromittierenden Situation überrascht, während er ausgerechnet mit Gerda Asmund zusammen war. Weißt du, Vigo und ich ...«

Beverly Crusher streckte ruckartig die Hand aus und unterbrach das Abspielen der Aufzeichnung.

Dunkelheit umgab sie, und deutlicher als jemals zuvor hörte sie das Pochen des eigenen Herzens. Sie schnappte plötzlich nach Luft und begriff, daß sie den Atem angehalten hatte. Erneut berührte sie die Kontrollen des Abtasters, um sich die letzte Passage noch einmal anzuhören.

»... faustdick hinter den Ohren. Zunächst erscheint er ruhig, still und in sich gekehrt. Aber neulich habe ich ihn in einer kompromittierenden Situation überrascht, während er ausgerechnet mit Gerda Asmund zusammen war. Weißt du, Vigo und ich wollten eine Partie *Sharash'di* spielen und begaben uns in den Aufenthaltsraum. Wir wußten nicht, daß sich dort schon jemand befand. Als wir eintraten... Greyhorse und Gerda lösten sich voneinander – sie schienen sich gerade umarmt zu haben. Nun, um sie nicht in Verlegenheit zu bringen, schenkte ich der Sache keine Beachtung, und Vigo folgte meinem Beispiel. Wir gingen geradewegs zum Tisch und ...«

Die Ärztin schaltete das Gerät aus. Sie hatte genug gehört. *O Gott,* dachte sie. *O mein Gott.*

Das Herz hämmerte ihr bis zum Hals empor, als sie ihren Insignienkommunikator aktivierte.

Carter Greyhorse saß im Halbdunkel – er mochte kein helles Licht mehr – und betrachtete das klingonische Zeremonienmesser. Geronnenes Blut klebte fast überall an der Klinge. Ben Zomas Blut.

Aber offenbar war nicht genug geflossen: Der Captain der *Lexington* lebte noch. Greyhorse fluchte leise und warf sich vor, nicht noch öfter zugestoßen zu haben, bevor er geflohen war. Aber wenn er noch etwas länger geblieben wäre, hätte ihn vielleicht ein Besatzungsmitglied überrascht.

Und er konnte es sich nicht leisten, entlarvt zu werden. Er brauchte auch weiterhin volle Bewegungsfreiheit, um seine ganz besondere Mission fortzusetzen.

Er drehte das Messer hin und her, bewunderte dabei die kalten Linien, den Hauch von Grausamkeit, den die Konturen der Klinge zum Ausdruck brachten. Ein gutes Werkzeug, meisterlich geschaffen. Ebenso perfekt wie Gerdas Messer. Kein Wunder: Gerda und Idun hatten ihre Dolche vom selben Hersteller.

Idun ... Greyhorse empfand es als seltsam, sie nach all den Jahren wiederzusehen. Sie war noch schöner, als er sie in Erinnerung hatte. Gerda wäre jetzt ebenso schön gewesen, wenn sie überlebt hätte. *Wenn sie überlebt hätte ...*

Carter straffte die Schultern und verbannte diesen Gedanken aus dem Zentrum seiner Aufmerksamkeit. Er durfte sich jetzt nicht der Sentimentalität hingeben. Er mußte konzentriert überlegen, sich vorbereiten.

Wie hatte sich Robert Frost ausgedrückt? *Ich muß noch einige Meilen weit gehen, bevor ich mich schlafen legen kann ...* Greyhorse lächelte grimmig, stand auf und durchquerte das Zimmer. Er schob das Messer mit dem geronnenen Blut unter die Matratze der Koje, gerade weit genug, damit man es nicht sehen konnte.

Früher oder später würde man ihn verdächtigen, sein Quartier durchsuchen und dabei die klingonische Waffe finden. Aber dann war es bereits zu spät für jene, die Gerda Asmund Unrecht getan hatten.

Und dann spielte sein eigenes Schicksal keine Rolle mehr.

Picard saß in seinem Bereitschaftsraum und dachte über die verschiedenen Aspekte der aktuellen Situation nach, als Beverlys Stimme aus dem Interkom-Lautsprecher drang.

»Greyhorse steckt dahinter«, sagte sie ohne Einleitung. »Hinter den Mordanschlägen, meine ich.«

Picard fühlte, wie es ihm kalt über den Rücken lief. »Woher wissen Sie das?«

Die Stimme der Ärztin vibrierte. »Ich habe mir eins von Jacks Audiomodulen angehört. Er und Vigo sahen, wie sich Greyhorse und Gerda umarmten.«

Der Captain versuchte, sich die Szene vorzustellen. Gerda und… Greyhorse? »Davon hat Jack mir nie etwas gesagt.«

Und das war typisch für ihn. Darum hatte man Jack Crusher so sehr vertraut – weil er nie etwas verriet, immer alles für sich behielt.

»Wenn es eine Beziehung zwischen Gerda und Greyhorse gab…«, fügte Beverly hinzu.

»Warten Sie, Doktor«, warf Picard ein. Und etwas lauter: »Lieutenant Worf.«

»Hier Worf«, ertönte die Interkom-Stimme des Klingonen.

»Bitte sorgen Sie dafür, daß Dr. Greyhorse unverzüglich verhaftet und in seinem Quartier unter Arrest gestellt wird. Diese Anweisung hat allen anderen Aufgaben gegenüber Vorrang. Selbst die Suche nach Commander Asmund hat geringere Bedeutung.«

Picard konnte sich die Verwirrung im Gesicht des Klingonen vorstellen. Doch der Sicherheitsoffizier zögerte nur kurz.

»Aye, Sir. Worf Ende.«

Der Captain schwieg einige Sekunden lang.

»Ich bin davon überzeugt gewesen, ihn gut zu kennen, Jean-Luc«, sagte Beverly. »Ein Jahr lang haben wir in der medizinischen Sektion von Starfleet zusammengearbeitet.«

Die Ärztin schien den Tränen nahe zu sein.

»Auch ich habe geglaubt, ihn zu kennen«, erwiderte Picard. »Nicht nur ihn, sondern auch die anderen.«

Als das Schott der Frachtkammer aufglitt, in der sich Idun versteckte, warf sie einen raschen Blick auf die Ladeanzeige des Phasers. Obwohl das eigentlich gar nicht nötig war: Sie wußte genau, wieviel Energie noch in der Waffe steckte. Doch der Instinkt verlangte von ihr, sich zu vergewissern.

Ihre zweite Reaktion bestand darin, in die Hocke zu gehen. Die Beine schmerzten an mehreren Stellen – wahrscheinlich aufgrund von geringfügigen Verletzungen, die sich Asmund noch in der Arrestzelle zugezogen hatte, als es zu den heftigen Erschütterungen kam. Sie achtete nicht darauf, ignorierte das hier und dort spürbare Stechen ebenso wie das Pochen in der Schläfe, das sie seit einer Stunde begleitete.

Sie bedauerte, daß man schon nach so kurzer Zeit die Suche auf den Frachtbereich ausdehnte. Es war ihr kaum genug Zeit geblieben, um nachzudenken und eine halbwegs vernünftige Theorie in Hinsicht auf die Identität des Attentäters zu entwickeln.

Andererseits: Es mußte nicht unbedingt ein Sicherheitswächter sein, der jetzt hereinkam. Vielleicht handelte es sich um ein Besatzungsmitglied, das nur feststellen wollte, ob die Ambientenkontrollen richtig funktionierten. Immerhin gab es hier auch Container mit temperaturempfindlichem Inhalt.

Aber Asmund mußte auf das Schlimmste vorbereitet sein und von der Annahme ausgehen, daß Worf sie durchschaut hatte.

Als sich die Tür wieder schloß, hörte sie Stimmen. *Zwei Personen. Vielleicht auch noch mehr*. Sie beugte sich ein wenig vor und versuchte, einzelne Worte zu verstehen.

Stille herrschte nun. *Also sind es tatsächlich Sicherheitswächter,* fuhr es Idun durch den Sinn – für Frachttechniker hätte es keinen Grund gegeben, hier zu schweigen.

Sie schloß die Hand fester um den Phaser.

Plötzlich piepte ein Insignienkommunikator, und einer der Sicherheitswächter brummte leise.

»Hier Bednarik«, hörte Asmund.

»Wir haben neue Befehle bekommen«, ertönte eine andere Stimme. Idun erkannte sie sofort: Worf.

»Neue Befehle, Sir?« Bednarik sprach noch immer leise, obwohl das eigentlich keinen Sinn mehr hatte: Auf das Überraschungsmoment konnte er jetzt gewiß nicht mehr zählen.

»Ja«, bestätigte der Klingone. »Wir suchen jetzt nicht mehr nach Commander Asmund, sondern nach Dr. Carter Greyhorse.«

Greyhorse. Idun biß die Zähne zusammen.

»Der große Bursche«, sagte Bednarik.

»Genau«, erwiderte Worf. »Begeben Sie sich sofort zum Deck vierundzwanzig. Greyhorse hat außerordentlich gute technische Kenntnisse bewiesen. Vielleicht kommt er auf den Gedanken, die Ambientensysteme zu manipulieren.«

»Aye, Sir.« Ein neuerliches Piepen deutete auf das Ende des Kom-Kontakts hin.

Bednariks Kollege hatte bisher keinen Ton von sich gegeben und sprach nun zum erstenmal. »Was ist mit Asmund?«

Eine kurze Pause. »Wir vergessen sie«, sagte Bednarik. »Vorerst wenigstens. Aber wenn sie uns zufälligerweise über den Weg läuft … Dann betäuben wir sie sicherheitshalber.«

Asmund nickte. Sie hatte nichts anderes erwartet.

Die Tür der Frachtkammer öffnete und schloß sich erneut. Idun war wieder allein und entspannte sich – wenn auch nicht völlig.

Worf hatte ihr genau die Information gegeben, die sie brauchte: Sie wußte jetzt, auf wen die Mordanschläge zurückgingen. Abwarten genügte, um zu sehen, wie sich die Gerechtigkeit durchsetzte.

Doch als Klingonin konnte Idun eine solche Lösung nicht akzeptieren.

Greyhorse hatte ihre Ehre befleckt und versucht, Freunde und Gefährten umzubringen. *Sie* mußte ihn zur Strecke bringen – diese Aufgabe durfte sie niemand anders überlassen.

Asmund beschloß, ebenfalls nach Carter zu suchen und ihn vor den Sicherheitswächtern zu finden.

Greyhorse war auf dem Weg zur Krankenstation, um dort eine ganz bestimmte Sache zu Ende zu bringen.

Aus dem gleichen Grund hatte er die Krankenstation schon einmal besucht. Bei jener Gelegenheit wartete er, bis er mit Cadwallader allein sein konnte, um ihr die *Ku'thei*-Pille zwischen die Lippen zu schieben. Doch im letzten Augenblick traf Beverly Crusher ein und ruinierte alles.

Diesmal würde ihn die Ärztin nicht erneut stören. Der Computer hatte Greyhorse bereits versichert, daß sie sich in ihrer Kabine aufhielt. Hinzu kam, daß alle glaubten, der Attentäter sei gefaßt. Unter diesen Bedingungen sollte es ihm nicht sehr schwerfallen, sich Zugang zur Intensivstation zu verschaffen. Um dort Ben Zoma zu bestrafen.

Sie *alle* mußten büßen. Weil er durch ihre Schuld die einzige Person verlor, für die er jemals etwas *gefühlt* hatte.

Er brachte die letzte Ecke hinter sich und betrat die medizinische Abteilung der *Enterprise,* in der jetzt ziemlicher Betrieb herrschte. Es wurden noch immer einige Besatzungsmitglieder behandelt, die bei der Rückkehr in den Normalraum verletzt worden waren. Greyhorse sah auf den ersten Blick, daß es sich nicht um ernste Fälle handelte, und dieser Umstand erfüllte ihn mit Erleichterung: Der Arzt in seinem Innern verabscheute es, wenn Unschuldige zu Schaden kamen.

Er ging einige Schritte weit, bevor sich eine Krankenschwester zu ihm umdrehte und lächelte. »Doktor Greyhorse ...«, grüßte sie freundlich.

Er erwiderte das Lächeln kurz und setzte den Weg

fort. Die Schwester ahnte nichts; ihre Züge offenbarten keinen Argwohn.

Die Intensivstation befand sich weiter vorn und auf der rechten Seite. Die Barriere existierte nach wie vor, obgleich sie jetzt kaum mehr einen Sinn hatte: Die ganze Crew wußte von den Mordanschlägen; es gab also nichts mehr zu verbergen.

Greyhorse näherte sich der Abschirmung und beschloß, geduldig zu sein. Bei Cadwallader blieb ihm ein Erfolg versagt, aber diesen Umstand wollte er nicht zum Anlaß nehmen, sich jetzt zu beeilen. Die Vergeltung erforderte mehr Zeit, als er zunächst angenommen hatte, aber er zweifelte nicht eine Sekunde lang daran, daß es ihm schließlich gelingen würde, die von ihm selbst gefällten Urteile zu vollstrecken. Er mußte sich nur davor hüten, Fehler zu machen.

Kurz darauf sah er, daß Ben Zoma ganz allein war. *Endlich habe ich Glück,* dachte er. *Zumindest in diesem Fall brauche ich mich nicht zu gedulden.*

Er verharrte kurz und betrachtete die Anzeigen des Bio-Monitors über dem Bett. Interessant. Ben Zoma schien sich mit aller Kraft am Leben festzuklammern. *Nun, das wird sich gleich ändern,* dachte Greyhorse.

Mit einem raschen Blick vergewisserte er sich, daß nach wie vor niemand in der Nähe weilte. Dann holte er die *Ku'thei*-Pille hervor. Glücklicherweise hinterließ sie keine Spuren, und außerdem enthielt der Transporter nicht einen einzigen Bio-Filter, der mit einem warnenden Hinweis auf die Präsenz entsprechender Substanzen reagierte. Das war einer der Gründe dafür, warum Greyhorse ausgerechnet dieses Gift gewählt hatte. Über solche Dinge wußte man Bescheid, wenn man zu den oberen Rängen in der medizinischen Sektion Starfleets gehörte.

Er setzte sich auf den Stuhl neben der Liege und beugte sich zum Patienten vor. Für einen zufälligen Beobachter mußte es so aussehen, als nähme Greyhorse eine Untersuchung vor. Ben Zomas Gesicht war bleich und wächsern. Die Haut wies nur dort ein wenig Farbe auf, wo sich aufgrund der dünnen Schläuche in Nase und Mund wunde Stellen gebildet hatten.

Jetzt wirst du büßen, Gilaad Ben Zoma. Für das, was du Gerda angetan hast, zusammen mit den anderen. Für ...

Plötzlich hörte Greyhorse einen Alarm hinter der Barriere. Die *Ku'thei*-Pille verharrte dicht über den trockenen, spröden Lippen des Bewußtlosen. Carter begriff, daß er etwas unternehmen mußte, und zwar schnell – er konnte es sich nicht leisten, ausgerechnet jetzt entdeckt zu werden. Jähe Panik erfaßte ihn, und er schob die Pille so weit wie möglich in den Mund des Patienten.

Genau in diesem Augenblick eilte Dr. Selar um die Ecke der Barriere, und die Vulkanierin brauchte nur ein oder zwei Sekunden, um die Situation zu verstehen. Sie zögerte nicht, packte Greyhorse an der Schulter und zerrte ihn von Ben Zoma fort.

Sie weiß Bescheid, dachte er, und diese Erkenntnis ließ ihn innerlich erzittern. *Aber wie ist das möglich?*

Und: *Wer teilt ihr Wissen?*

Ganz gleich, was jetzt auch geschah: Innerhalb kurzer Zeit würden auch alle anderen erfahren, daß die falsche Person unter Arrest gestellt worden war. Wenn er Selar am Leben ließ, so benachrichtigte sie unverzüglich Dr. Crusher oder den Captain. Wenn er sie umbrachte, sie daran hinderte, die Giftpille aus Ben Zomas Mund zu holen ... Es nützte ihm nichts: Andere Personen hatten gesehen, wie er die Intensivstation aufsuchte; er wäre sofort mit dem Tod der Vulkanierin in Verbindung gebracht worden.

Carter hielt es für besser, die Flucht zu ergreifen, solange sich ihm noch eine Möglichkeit dazu bot. Jetzt ging es darum, jenen Plan auszuführen, den er für den Fall einer Entdeckung entwickelt hatte.

Er sprang durch die Lücke zwischen Wand und Barriere, stürmte anschließend an Patienten, Krankenschwestern und Pflegern vorbei. Jemand versuchte, ihn festzuhalten, aber Greyhorse riß sich los, schlug blind zu und hörte einen Schrei.

Kurz darauf erreichte er den Ausgang, und sein Verstand arbeitete wie eine Maschine. Ein durchaus passender Vergleich: Er war nicht als Mensch geboren, sondern als eine Art organische Maschine. Seinem Wesen hafteten nicht mehr menschliche Eigenschaften an als dem Androiden Data. *Ich bin eine Maschine.*

Im Korridor blieben Passanten stehen und starrten. Aber ihre Reaktionen beschränkten sich auf wortlose Blicke. Allem Anschein nach hatten die betreffenden Leute noch nichts erfahren – es war noch keine allgemeine Warnung erfolgt.

Greyhorse nutzte diesen Vorteil und lief zum nächsten Turbolift. Ein Frau stand ihm im Weg, und er stieß sie grob beiseite. Er wußte: Sobald er sich in der Transportkapsel befand, konnte man ihn nicht mehr aufhalten. Nur zwei Decks trennten ihn von seinem Ziel. Eine kurze Reise …

Als Carter eine Abzweigung passierte, bemerkte er etwas aus den Augenwinkeln: Ein roter und schwarzer Schemen sauste ihm entgegen. Eine Kollision folgte, und wie in Trance spürte Greyhorse, daß er an die rechte Wand prallte.

Er erholte sich von der Überraschung und sah das Gesicht des Angreifers: zusammengekniffene blaue Augen, in denen Entschlossenheit glitzerte. Und ein Bart. Der Erste Offizier.

Riker zögerte nicht, holte aus und traf seinen Gegner am Kopf. Es war ein wuchtiger Schlag, doch Greyhorse steckte ihn einfach weg und gab Picards Stellvertreter keine Gelegenheit zu einem zweiten Hieb.

Mit einem *Kave'ragh*-Griff, den er von Gerda gelernt

hatte, zwang er Rikers Kopf zurück. Unmittelbar im Anschluß daran, bevor der Erste Offizier die Benommenheit abstreifen konnte, hob er ihn hoch und schleuderte ihn an die Wand.

Riker war noch nicht ganz zu Boden gerutscht, als Greyhorse den Turbolift erreichte. Das Schott glitt beiseite, und die Transportkapsel nahm ihn auf.

»Transporterraum fünf«, sagte er und atmete nur ein wenig schneller als sonst. Er nahm den Insignienkommunikator ab und warf ihn achtlos beiseite, während sich hinter ihm die Tür schloß. Einen Sekundenbruchteil später setzte sich die Kapsel in Bewegung.

»Captain? Hier ist Dr. Selar.«

Die Stimme der Vulkanierin drang aus dem Interkom-Lautsprecher auf der Brücke. Picard sah zu Data, bevor er antwortete: »Doktor? Was ist bei Ihnen los?«

»Ganz offensichtlich war es richtig, daß Sie uns vor Dr. Greyhorse gewarnt haben. Ich überraschte ihn dabei, wie er Captain Ben Zoma etwas in den Mund schob. Vermutlich handelt es sich um Gift. Glücklicherweise konnte ich verhindern, daß der Patient die Pille schluckte.«

Picard fluchte lautlos. *Um ein Haar,* dachte er.

»Wo ist Greyhorse jetzt?« fragte er. »Haben Sie ihn irgendwie festhalten können?«

Eine kurze Pause. »Nein, Sir. Meine Priorität galt der Sicherheit des Patienten.«

Picard nickte. »Natürlich. Ich danke Ihnen, Doktor.«

»Wir müssen ihn aufhalten, Sir«, sagte Data und wandte sich an den Captain. »Er kennt sich gut mit den Bordsystemen aus, und das bedeutet ...«

Picard stellte bereits eine Interkom-Verbindung zu Worf her.

»Aye, Sir?« meldete sich der Klingone.

»Wir haben Dr. Greyhorse lokalisiert, Mr. Worf. Er hat gerade die Krankenstation verlassen.«

Der Sicherheitsoffizier grollte leise. »Ich schicke eine Einsatzgruppe dorthin und sorge dafür, daß die Turbolifte nur noch von befugten Personen benutzt werden können.«

»Gut«, sagte der Captain. Fast hätte er Worf darauf hingewiesen, daß Greyhorse vielleicht seinen Kommunikator benutzte, um eine falsche Spur zu legen. Aber bestimmt dachte der Klingone an diese Möglichkeit.

Picard stand auf und wandte sich an den Mann, der Worf an der taktischen Station vertrat.

»Bitten Sie Commander Riker, sofort die Brücke aufzusuchen. Und ...«

»Captain?«

»Ja, Commander?« entgegnete Jean-Luc, ohne sich umzudrehen.

Data zögerte einen Sekundenbruchteil. »Wir haben Besuch bekommen, Sir – von den Romulanern.«

Picard sah zum Wandschirm und hielt unwillkürlich den Atem an. Ein romulanisches Kriegsschiff schwebte stolz und mächtig im All. Und sicher waren alle Intervallerkanonen auf die *Enterprise* gerichtet.

KAPITEL 18

Picard betrachtete die überaus beeindruckende Darstellung der romulanischen Kriegsschwalbe. »Grußfrequenzen öffnen«, sagte er.

Kurz darauf wechselte das Bild, zeigte nicht mehr das Raumschiff, sondern ein romulanisches Gesicht: markante Züge, Augen mit schweren Lidern und lange, spitz zulaufende Ohren. Der Mann wirkte wie das personifizierte Selbstbewußtsein. Kein Wunder: Die Scanner des romulanischen Kreuzers hatten sicher festgestellt, daß der Föderationsraumer sein Warppotential verloren hatte und über keine nennenswerten Schilde mehr verfügte. Der Kommandant des romulanischen Patrouillenschiffes wußte alle Vorteile auf seiner Seite.

Allerdings konnte er nicht ahnen, welchen Umständen es die *Enterprise* verdankte, sich nun im stellaren Territorium des Reiches zu befinden. Aber vielleicht war ihm der Grund völlig gleich. Vielleicht genügte ihm die Tatsache, daß er einen Föderationskreuzer abgefangen hatte.

Der Mensch beschloß, die Initiative zu ergreifen. »Ich bin Jean-Luc Picard, Captain des Raumschiffs *Enterprise*. Mit wem habe ich die Ehre?«

Die Lippen des Romulaners deuteten ein dünnes Lächeln an, und er antwortete: »Mein Name lautet Tav. Ich habe den Befehl über die *Reshaa'ra*.« Das Lächeln verschwand. »Dies ist romulanisches Hoheitsgebiet. Sie werden uns unverzüglich Ihr Schiff übergeben.«

Er verliert keine Zeit, dachte Picard. *Selbst wenn er*

neugierig ist: Er verzichtet darauf, Fragen zu stellen, hält sich streng an die Vorschriften.

Der Captain runzelte die Stirn. Ihm standen nicht viele Möglichkeiten offen – die Wahrheit bot den einzigen Ausweg. »Wir sind nicht aus freiem Willen hier, Commander Tav. Eine Subraum-Anomalie brachte uns hierher. Wir sind dem entsprechenden Phänomen nur mit Mühe und Not entkommen.«

Der Romulaner kniff andeutungsweise die Augen zusammen. »Interessant«, sagte er. »Unsere Spezialisten nehmen gern einen ausführlichen Bericht von Ihnen entgegen. *Nachdem* Sie uns Ihr Schiff übergeben haben. Die Alternative besteht aus der völligen Zerst...«

Den Rest der Drohung hörte Picard nicht.

Data saß am Operatorpult weiter vorn und hätte normalerweise nicht gesehen, was im Kommandobereich hinter ihm geschah. Aber in diesem Fall hatte er sich halb umgedreht und auf Anweisungen vom Captain gewartet. Dadurch konnte er beobachten, wie sich Picards Gestalt im Flirren und Schimmern eines Transporterstrahls auflöste.

Einen Sekundenbruchteil später war er verschwunden; er schien überhaupt nie existiert zu haben.

Die Brückenoffiziere fluchten oder schnappten verblüfft nach Luft. Kurz darauf fühlte Data die Blicke aller Anwesenden auf sich ruhen. Auch Dr. Crusher sah ihn an.

Natürlich, dachte er. *Ich bin jetzt der ranghöchste Offizier. Man erwartet Anweisungen von mir.*

Er berührte einige Schaltflächen auf der Konsole und unterbrach damit die Verbindung zum romulanischen Kreuzer – an Bord der *Reshaa'ra* mußte man den Eindruck gewinnen, daß es im Kom-System der *Enterprise* zu einem technischen Defekt gekommen war. Anschließend wandte sich Data zu seinen Kollegen um.

»Bitte bleiben Sie ruhig«, begann er. »Wir dürfen den Romulanern keinen Hinweis darauf geben, daß etwas mit dem Captain passiert ist. Dadurch müßten wir mit weiteren taktischen Nachteilen rechnen.«

Die übrigen Offiziere verstanden und verbannten die Verwirrung aus ihren Zügen. Data nickte zufrieden und öffnete einen visuellen Kanal – die Romulaner sollten nicht glauben, daß die Unterbrechung des Kontakts auf bewußte Absicht zurückging.

Er sah Tav an, als er das Interkom-System aktivierte und sagte: »Commander Riker, bitte melden Sie sich…«

Für Riker lag die letzte Schlappe dieser Art ziemlich lange zurück. Er dachte daran, wie mühelos Greyhorse mit ihm fertig geworden war, als er sich langsam erhob und dabei Schmerzen spürte, die von zehn oder mehr Stellen gleichzeitig ausgingen. *Es hätte schlimmer kommen können,* tröstete er sich. Carters enorme Kraft erstaunte ihn – trotz der Größe des Doktors.

»Commander? Ist alles in Ordnung mit Ihnen?«

Riker drehte den Kopf und sah Mops Joseph, der sich einen Weg durch die Menge der Schaulustigen bahnte. Sorge zeichnete sich in seinen Zügen ab.

»Ja, ich glaube schon«, erwiderte der Erste Offizier und klopfte sich Staub von der Hose. Als er den Kopf hob, bemerkte er die von Carter beiseite gestoßene Frau – sie stand ebenfalls auf, und zwei Besatzungsmitglieder stützten sie. »Haben Sie zufällig gesehen, wohin Greyhorse gelaufen ist?«

Joseph zog die Brauen zusammen. »Greyhorse? *Er* hat das mit Ihnen angestellt?«

Riker nickte. »Es wundert mich ebenso wie Sie.«

»Ich begreife das nicht. Was ist denn plötzlich in ihn gefahren?«

Der Erste Offizier fing Josephs Blick ein. »Greyhorse steckt hinter den Mordanschlägen.«

Der andere Mann riß die Augen auf.

Worf näherte sich vom einen Ende des Korridors, und zwei Sicherheitswächter folgten ihm. Eine Gasse bildete sich vor dem Klingonen, der mit langen Schritten an den Crewmitgliedern vorbeistapfte.

»Er war hier«, sagte Riker. »Und er trug keine Waffe bei sich, soweit ich das feststellen konnte.«

Worf sah sich um und erfaßte die Situation mit einem Blick. »Der Turbolift?« fragte er.

Riker wollte gerade erklären, daß er in dieser Hinsicht keine Informationen liefern konnte, als einer der Schaulustigen sagte: »Ja, er nahm den Lift.«

»Und zwar *vor* der Zugangsbeschränkung«, grollte Worf. Er begann damit, dem Computer einen verbalen Sicherheitscode zu nennen, um auf diese Weise die Lifttür zu öffnen, doch plötzlich erklang eine andere Stimme – sie kam aus dem Interkom-Lautsprecher.

»Commander Riker, bitte melden Sie sich«, sagte Data. Riker glaubte, seinen Ohren nicht trauen zu können: Aufregung vibrierte in den einzelnen Worten des Androiden.

Der Erste Offizier klopfte auf seinen Insignienkommunikator. »Hier Riker.«

»Wir haben ein Problem«, verkündete Data.

»Was für eins? Hat es etwas mit den Romulanern zu tun?«

»Aye, Sir. Genau darum geht es.«

Riker fluchte lautlos.

»Und das ist noch nicht alles, Commander. Der Captain ist verschwunden.«

Tiefe Falten entstanden in Worfs Stirn. »Verschwunden?« wiederholte er.

»In der Tat«, sagte der Androide. »Es war gerade ein Kom-Kontakt mit den Romulanern hergestellt worden, als der Captain ganz offensichtlich von einem Transporterstrahl erfaßt und transferiert wurde.«

Der Erste Offizier schluckte. »Wie schätzen Sie die Lage ein, Data?«

»Es ist nicht völlig auszuschließen, daß die Romulaner für Captain Picards Verschwinden verantwortlich sind«, antwortete der Androide. »Allerdings erscheint mir diese Möglichkeit extrem unwahrscheinlich: Immerhin sind unsere Schilde nach wie vor stabil, und selbst ihre derzeit recht geringe Feldstärke verhindert den Einsatz normaler Transporterstrahlen.«

Riker nickte. Die Romulaner waren nicht imstande, bei aktivierten Deflektoren einen Transfer durchzuführen. Selbst in der Föderation stand keine derartige Technik zur Verfügung.

Woraus folgte ...

Die einzelnen Mosaiksteine rutschten von ganz allein an den richtigen Platz und ergaben ein einheitliches Bild. Die Schlußfolgerung traf Riker wie ein Fausthieb.

»An alle!« rief der Erste Offizier, und diese beiden Worte genügten, um seine Stimme aus sämtlichen Interkom-Lautsprechern in der *Enterprise* tönen zu lassen. »Legen Sie sofort die Insignienkommunikatoren ab! Ich wiederhole: Legen Sie sofort die Insignienkommunikatoren ab!«

Die Männer und Frauen in der Nähe zögerten nur zwei oder drei Sekunden lang. Dann begriffen sie plötzlich und kamen Rikers Aufforderung nach.

»Greyhorse«, knurrte Worf, während er seinen eigenen Insignienkommunikator fortwarf.

»Er hat einen Transporter unter seine Kontrolle gebracht«, sagte Joseph und folgte dem Beispiel des Klingonen.

»Ja.« Riker löste den eigenen Kommunikator vom Uniformpulli und ließ das kleine Gerät so fallen, als sei es plötzlich glühendheiß. Einer der auf dem Boden liegenden Insignienkommunikatoren – es ließ sich nicht mehr feststellen, wem er gehörte – erschimmerte plötzlich und verschwand. Der Anblick ließ Will schaudern.

Gerade noch rechtzeitig, dachte er. *Wenn wir etwas länger gewartet hätten ... Dann wäre jetzt einer von uns Greyhorse' Gefangener.*

Eine andere Möglichkeit fiel ihm ein: Wenn Carter das Transportersystem als eine Art Desintegrator verwendete, wenn er beabsichtigte, Personen zwar *ent*materialisieren, aber nicht *re*materialisieren zu lassen ...

»Data!« rief er und öffnete damit einen internen Kom-Kanal. »Ich bin unterwegs zur Brücke. Bleiben Sie, wo Sie sind – und unternehmen Sie nichts, bis ich bei Ihnen eintreffe.« Er wandte sich an Worf. »Stellen Sie fest, in welchem Transporterraum sich Greyhorse aufhält. Unterbrechen Sie die Energieversorgung. Blockieren Sie die lokalen Bordsysteme. Hindern Sie ihn *irgendwie* daran, Transferstrahlen zu fokussieren – bevor er damit beginnt, Teile der Außenhülle verschwinden zu lassen.«

Der Klingone sah ihn an. »Was ist mit dem Captain?«

Riker runzelte die Stirn und spürte, wie sich ein Teil von ihm sträubte, die offensichtliche Antwort zu geben. »Wenn Picard noch lebt ... Dann versuchen Sie alles, ihn am Leben zu erhalten. Aber solange Greyhorse einen einsatzfähigen Transporter unter Kontrolle hat, müssen wir unsere ganze Aufmerksamkeit auf *ihn* konzentrieren.«

Worf schnitt eine Grimasse und erweckte den Eindruck, gerade etwas Fauliges verschluckt zu haben. Aber er erhob keine Einwände, drehte sich um und ging mit den Sicherheitswächtern fort. Sein Ziel: der nächste Turbolift. Riker brauchte die hiesige Transportkapsel, um möglichst schnell zur Brücke zu gelangen.

»Ich komme mit«, sagte Joseph und schloß sich Worfs Gruppe an. Der Klingone widersprach nicht.

Vielleicht glaubte er, kompetente Hilfe gebrauchen zu können.

Riker schritt zum Lift und gab seinen persönlichen Prioritätscode ein. Das Schott glitt beiseite, und er betrat den kabinenartigen Raum. »Brücke«, sagte er.

Während ihn der Turbolift zum Kontrollraum trug, fragte sich der Erste Offizier, was er den Romulanern sagen sollte.

Im einen Augenblick befand sich Picard auf der Brücke – und im nächsten an einem ganz anderen Ort. Bevor er sich orientieren konnte, traf ihn etwas am Kinn. Er taumelte, und nur eine Sekunde später fühlte er einen zweiten, noch wuchtigeren Schlag. Der dritte Hieb riß ihn von den Beinen. Jean-Luc fiel, und Dunkelheit wogte heran, verschlang die Konturen der Umgebung.

Während er lag und versuchte, bei Bewußtsein zu bleiben, geriet plötzlich der Boden unter ihm in Bewegung – so hatte es jedenfalls den Anschein.

Der Kopf schien aus Blei zu bestehen, aber es gelang ihm trotzdem, ihn zu heben und sich umzusehen. Picard befand sich im Transporterraum, und eine hünenhafte Gestalt zerrte ihn übers Deck. Nach ein oder zwei Sekunden erkannte er den Riesen: Greyhorse.

Carter stapfte zu den Transferkontrollen. *Warum?* fragte sich Picard, ohne eine Antwort zu finden. Sein Gehirn funktionierte nicht richtig: Die einzelnen Gedanken zerfaserten, bevor er Erkenntnisse aus ihnen ableiten konnte. Doch instinktiv begriff Jean-Luc, daß er Greyhorse daran hindern mußte, sein Ziel zu erreichen.

Er griff nach Carters Unterarm und fühlte sich von einem plötzlichen Schwindelanfall heimgesucht, als er die Beine anzog und aus ihnen eine Schere formte, die sich dicht über Greyhorses Füßen schloß.

Der Doktor hatte nicht mit einer solchen Aktion des Captains gerechnet und taumelte. Als sich Picard hin und her neigte, verlor Carter das Gleichgewicht und fiel.

Jean-Luc rollte zur Seite und rechnete mit Vergeltungsmaßnahmen. Der Hüne war sogar noch schneller, als er gedacht hatte: Picard wollte gerade aufstehen, als Greyhorse herumwirbelte und trat.

Schier unerträglicher Schmerz brannte zwischen den Rippen des Captains. Irgendwie gelang es ihm, nicht das Bewußtsein zu verlieren und sich noch etwas weiter in die Höhe zu stemmen. Aber dadurch wurde er nur zu einem leichter zu treffenden Ziel. Greyhorse sprang und trat erneut. Jean-Luc hatte das Gefühl, von einem Betäubungsstrahl getroffen zu werden.

Etwas preßte Picard die Luft aus den Lungen, als er fiel und über den Boden rutschte. Er keuchte und schnaufte, schnappte mehrmals nach Luft und sah, wie sich Greyhorse näherte. Irgendwie fand der Captain genug Kraft, in die andere Richtung zu rollen, doch zu mehr war er nicht fähig: Lichter erstrahlten hinter seinen Augen und blendeten ihn; der eigene Puls donnerte in den Schläfen. Er bemühte sich, im Hier und Jetzt zu verweilen, widerstand der Verlockung, im Dunkel der Bewußtlosigkeit Zuflucht zu suchen.

»Sie geben nie auf, nicht wahr?« Carters Stimme schien aus weiter Ferne zu kommen. »Aber Ihr Kampfgeist nützt Ihnen jetzt nichts mehr. Sie werden nun für Ihre Verbrechen büßen.«

Mit geradezu unheimlich anmutender Mühelosigkeit hob er Picard hoch und schleuderte ihn quer durchs Zimmer. Nach einigen Metern stürzte der Captain aufs Deck und stieß an den Sockel einer Konsole. Er schmeckte Blut, spuckte und sah auf.

Die Systeme der Transferplattform wurden aktiviert.

Jean-Luc versuchte, den Nebel zwischen seinen Schläfen zu vertreiben, mentalen Platz zu schaffen für klare Gedanken. Von einem Augenblick zum anderen wußte er, was Greyhorse beabsichtigte. Er kämpfte gegen die Schwäche an, streckte die Hände nach oben, tastete mit den Fingern über den Konsolenrand hinweg und zog sich hoch.

Zu langsam, dachte er. *Viel zu langsam.* Jede verstreichende Sekunde gab Greyhorse Gelegenheit, ein Leben auszulöschen.

Als Picard übers Pult hinwegspähte, stellte er fest, daß etwas mehr Zeit blieb, als er befürchtet hatte: Für Carter lief irgend etwas nicht nach Plan.

Es zeigte sich in dem Blick des Hünen, der nun nicht mehr den Kontrollen galt, sondern Jean-Luc. Zorn brannte in den dunklen Pupillen. Greyhorse' Unterlippe zitterte heftig.

»Verdammt!« stieß er hervor und schlug mit der rechten Faust auf die Konsole – sie erbebte kurz. »Ihre Leute wissen Bescheid und haben die Insignienkommunikatoren abgenommen!«

Erleichterung durchströmte den Captain. Jemand hatte Greyhorse' Strategie rechtzeitig durchschaut.

Carter beugte sich am Pult vorbei und packte Picard am Uniformpulli. »*Sie*. Durch Sie habe ich Zeit verloren. Andernfalls wäre es mir gelungen, alle zu töten. Ich hätte Sie entmaterialisiert, ihre Moleküle im All verteilt...« Er kräuselte die Lippen. »Ich wollte, daß Sie dabei zusehen, Captain. Ich wollte, daß Sie beobachten, wie Ihre Freunde sterben. Auf diese Weise sollten Sie leiden – bestimmt gibt es keine schlimmeren Qualen für Sie.« Nur noch wenige Zentimeter trennten die Gesichter der beiden Männer voneinander. Greyhorses Miene kam nun einer wuterfüllten Fratze gleich. »Ich hätte nicht zulassen dürfen, daß die Zeit so knapp wird. Ich hätte Sie einfach umbringen sollen, um mir dann die anderen vorzunehmen. Aber ich habe nicht damit gerechnet, daß Sie solchen Widerstand leisten.«

Carter zitterte vor Zorn und hielt den Captain nur noch mit einer Hand fest – mit der anderen justierte er die Kontrollen der Konsole. Picard griff mit beiden Händen nach Greyhorses Pranke, konnte sich jedoch nicht befreien.

»Leider bin ich außerstande, Ihre Freunde ins Nichts zu schicken«, knurrte der Doktor. Er drehte den Kopf, und ein seltsamer Glanz entstand in seinen Augen. »Aber ich habe die Möglichkeit, *Sie* zu transferieren – und zwar direkt ins Jenseits.« Er wandte sich wieder dem Pult zu. »Übrigens: Rechnen Sie nicht mit Hilfe von draußen. Ich habe dafür gesorgt, daß uns hier niemand stört.«

Für Picard gab es keinen Grund, daran zu zweifeln. Er erinnerte sich in diesem Zusammenhang an die anderen von Greyhorse vorgenommenen technischen Manipulationen.

»Carter ...«, brachte er hervor. Es fiel ihm noch immer schwer, die Lungen mit Luft zu füllen. Er benötigte Zeit – um seine Kräfte zu erneuern. Um den Schwindel zu überwinden, der dafür sorgte, daß sich um ihn herum alles drehte. »Carter ... *Warum?*«

Der Hüne grinste höhnisch. »Warum? Sie sind dreist genug, nach dem Grund zu fragen – obgleich Sie Gerda damals die Ehre genommen, sie in den Tod geschickt haben?«

Der Captain schüttelte den Kopf. »Nein«, erwiderte er. »Ich ... ich habe sie nur daran gehindert, Morgen ... umzubringen.«

»Lügen!« entfuhr es Greyhorse. Er zog Picard halb über die Konsole. Die Finger der anderen Hand krümmten sich klauenartig und verharrten dicht vor Jean-Lucs Gesicht. »Sie haben Gerda entehrt! Sie nahmen ihr das Recht, Selbstmord zu begehen! Und dann entwürdigten Sie *mich* – indem Sie von mir verlangten,

Gerda am Leben zu erhalten!« Speichel klebte in Carters Mundwinkeln. »Wissen Sie, wie sie mich später ansah? Wie sehr sie mich *haßte*? Allein dafür verdienen Sie den Tod. Aber der Haß war noch nicht einmal das Schlimmste. Was später in der Rehabilitierungskolonie geschah...« Schmerz projizierte einen Schatten in Greyhorse' Gesicht. »Klingonen sind keine Menschen. Sie ertragen es nicht, tage- und sogar monatelang wie Tiere in Käfigen eingesperrt zu sein. Dadurch verlieren sie alles, was sie zu Klingonen macht...« Er schluckte. »Dadurch *verändern* sie sich.«

In Rehabilitierungskolonien wurde niemand in einen Käfig gesperrt, aber Picard wußte, daß es keinen Sinn hatte, Carter darauf hinzuweisen. Er war verrückt und nicht mehr bereit, auf die Stimme der Vernunft zu hören.

Neuerlicher Schwindel tastete nach Jean-Luc, und Übelkeit stieg in ihm empor.

»Ich habe Gerda nach der ›Rehabilitierung‹ gesehen«, fuhr Greyhorse fort. In seinen Wangen zuckte es. »Sie war eine ganz andere Person und hatte überhaupt keine Ähnlichkeit mehr mit der Frau, die ich kannte und... liebte. Ich wollte sie umarmen, ihr helfen, das überstandene Leid zu vergessen – aber sie schickte mich fort. Sie meinte, ich sollte sie in Ruhe lassen.« Der große Mann schluchzte nun. »Sie wollte nichts mehr mit mir zu tun haben und ein ganz neues Leben beginnen.«

Wieder schluchzte Carter, noch lauter als vorher. Er erbebte regelrecht. »Zuerst dachte ich, später würde sie es sich anders überlegen und wieder zu ihrem alten Selbst finden. Und dann...« Er starrte ins Leere. »Dann starb sie, und für mich gab es nichts mehr – nur noch die feste Entschlossenheit, es jenen Personen heimzuzahlen, die Gerda so sehr leiden ließen.«

Hinter Greyhorse veränderte sich etwas an der Tür des Transporterraums. Einige glühende Stellen zeigten sich dort. *Phaserstrahlen,* dachte Picard. Worf und seine Leute versuchten, in den Transporterraum zu gelangen.

Davon durfte Carter erst erfahren, wenn es bereits zu spät war – rasch wandte Jean-Luc den Blick ab.

Wie lange brauchte der Sicherheitsoffizier, um sich Zugang zu verschaffen? Mit auf maximale Emissionsstufe justierten Phasern dauerte es nur wenige Sekunden, aber damit waren auch gewisse Risiken verbunden: Der eine oder andere Strahl mochte das Schott durchdringen und jemanden im Raum dahinter treffen, zum Beispiel den Captain. Bestimmt verwendete Worf ein geringeres energetisches Potential.

Also wie lange? Eine Minute? Zwei? *Kann ich Greyhorse solange hinhalten?* überlegte Picard.

Carter schien Jean-Lucs stumme Frage beantworten zu wollen, indem er eine letzte Schaltfläche auf der Konsole berührte, um sich dann von ihr abzuwenden und den Captain in Richtung Plattform zu zerren. Eine der Transferscheiben glühte und wartete darauf, ein Objekt zu entmaterialisieren.

Der Captain sammelte Kraft und versuchte den gleichen Beinscherentrick wie vorher. Aber diesmal war er zu langsam – oder sein Gegner hatte so etwas erwartet. Er bekam gar keine Gelegenheit, den Unterarm des Doktors mit beiden Händen zu fassen: Carter blieb abrupt stehen und riß ihn nach vorn. Picard flog, drehte sich mehrmals um die eigene Achse und prallte an die Kante der Plattform.

Durch dichten Benommenheitsdunst sah er, daß sich Greyhorse näherte. Hinter ihm wuchsen die glühenden Stellen an der Tür.

»Carter ...«, krächzte Jean-Luc. »Seien Sie vernünftig. Ich bedauere sehr, was mit Gerda geschehen ist – aber damals blieb mir gar keine andere Wahl.«

Greyhorse blieb vor ihm stehen, ragte wie ein lebender Berg auf. »Ja, so ist es richtig«, fauchte er. »Betteln

Sie.« Er ging in die Hocke und beugte sich ganz nahe heran. »Na los. Flehen Sie um Ihr jämmerliches Leben.«

Der Captain wußte, daß er keine andere Chance bekommen würde. Mit den Füßen stützte er sich am Rand der Plattform ab, um mit mehr Wucht zuschlagen zu können. Der Hieb traf Greyhorse am Kinn und schien den ganzen Oberkörper zu erschüttern. Picard hörte ein seltsames Geräusch – es klang nach langsam splitterndem Eis –, und dann kippte sein Gegner nach hinten.

Jean-Luc nutzte die günstige Gelegenheit, stand auf und wankte zur Tür, die inzwischen noch mehr und noch größere glühende Bereiche aufwies. *Ich kann es schaffen,* dachte der Captain. *Ich kann* ...

Etwas berührte ihn am Fuß, und einen Sekundenbruchteil später fiel er. Greyhorse riß ihn herum, zerrte ihn erneut zur Plattform. Picard versuchte, sich am Teppich festzuhalten, und schließlich blieb er dicht neben der transferbereiten Scheibe stehen.

Carter rammte ihm einmal mehr den Fuß in die Rippen, und die letzte Kraft des Captains schien sich einfach zu verflüchtigen. Der Hüne hob ihn hoch und bereitete sich darauf vor, ihn ins Nichts zu werfen.

Plötzlich heulte und kreischte es so laut, als hätten sich alle Dämonen der Hölle im Transporterraum manifestiert. Aus einem Reflex heraus drehte sich Greyhorse um und hielt nach der Ursache für das akustische Chaos Ausschau. Picard versuchte, sich an Carters Schulter festzuhalten und einen sicheren Abstand zur Transferenergie über der aktivierten Scheibe zu wahren, aber Greyhorse streckte einfach die Arme, stemmte ihn noch höher empor.

Worf und mehrere Sicherheitswächter sprangen in den Raum. Jean-Luc stellte überrascht fest, daß Mops Joseph dem Klingonen Gesellschaft leistete. Die Neuankömmlinge zielten mit ihren Phasern auf Greyhorse, schossen jedoch nicht, als sie einen Eindruck von der Situation gewannen. Der erschöpfte, von Schmerzen erfüllte Captain mußte sich mit der Rolle des Beobachters begnügen.

»Na los!« rief Carter. »Schießen Sie. Bevor ich falle, sorge ich dafür, daß sich Picards Atome im All verlieren.«

Worf hob die Hand, um seine Leute zurückzuhalten. »Lassen Sie ihn los«, sagte er. »Anschließend sprechen wir über alles.«

Greyhorse lachte. »Worüber sollten wir reden? Vielleicht über eine Rehabilitierungskolonie wie die, in der Gerda ihre Seele verlor?« Er schüttelte den Kopf. »Nein, das hat keinen Sinn.«

»Carter ...« Mops Joseph trat einen Schritt vor. »Was machen Sie da? Verdammt, Jean-Luc Picard war Ihr Captain! Und auch Ihr Freund!«

Der Doktor schnitt eine Grimasse. »Mein *Freund?* Warum hat er dann die einzige Person umgebracht, die es mir ermöglichte, mich wie ein *Mensch* zu fühlen?« Er starrte Joseph an. »Und warum haben *Sie* ihm dabei geholfen?«

»Mich trifft keine Schuld an Gerdas Tod, Carter«, entgegnete der Sicherheitsoffizier.

»Tatsächlich nicht? Wie die anderen haben Sie tatenlos zugesehen, als man sie fortbrachte. Sie ...«

Picard wußte nicht genau, was als nächstes passierte – irgend etwas schien Greyhorse von hinten zu treffen. Der Boden sauste dem Captain entgegen, und es kam zu einem harten Aufprall, der Jean-Luc bis in die entlegensten Winkel seines Selbst erschütterte. Eine Sekunde später kniete Joseph neben ihm.

Er drehte den Kopf, um zu sehen, was geschah. Greyhorse duckte sich wie ein in die Enge getriebenes Tier, und vor ihm stand eine Gestalt, die eine schwarze und gelbe Uniform trug: Idun Asmund. Sie hielt einen Phaser in der Hand und richtete ihn auf Carter.

»Sie haben vergessen, die anderen Transferscheiben zu blockieren«, sagte die blonde Frau. »An alles haben Sie gedacht – nur daran nicht.«

»Verräterin«, zischte Greyhorse. »Wie können Sie den Leuten helfen, die Ihre Schwester umbrachten?«

Asmund kniff die Augen zusammen, und ihre Finger schlossen sich etwas fester um den Strahler.

Picard bemerkte, daß die Waffe auf tödliche Emissionen justiert war.

Idun näherte sich Greyhorse.

»Denken Sie nach«, wandte sich der Captain an sie. Joseph stützte ihn, als er aufstand. »Ihnen kann nichts daran gelegen sein, Carter zu töten.«

Worf stand hinter und neben Greyhorse. Auch er hielt einen Phaser in der Hand, aber in seinem Fall war die Waffe auf Betäubung justiert. Die Mündung deutete auf Asmund, doch der Klingone schien nicht ohne weiteres bereit zu sein, den Auslöser zu betätigen. »Es ist vorbei«, sagte er. »Sie haben Ihre Ehre wiederhergestellt.«

»Was ich nicht ihm verdanke«, erwiderte Idun und trat noch einen Schritt vor. Inzwischen war sie dem Doktor fast nahe genug, um ihn zu berühren. »Er hätte mir das genommen, was mir noch geblieben ist – meine Würde. Carter weiß, daß ich keine Mühe gescheut habe, mich von Gerdas Verbrechen zu distanzieren, auch weiterhin Vertrauen zu genießen und respektiert zu werden … Er hätte nicht gezögert, das alles einfach auszulöschen.«

»Ja«, pflichtete ihr Greyhorse bei. »Für Gerda wäre ich zu noch viel mehr bereit. Jemand muß ihr Andenken bewahren, sie *rächen*.«

Die Muskeln in Asmunds Wangen mahlten, und in ihren Augen blitzte es kurz.

»Commander …« Worf sprach in einem eindringlichen Tonfall. »Ich betone noch einmal, daß Sie Ihre Würde zurückgewonnen haben. Wenn Sie jetzt auf

Greyhorse schießen, beflecken Sie Ihre Ehre. Dann verhelfen Sie ihm doch noch zum Erfolg.«

Einige Sekunden lang starrte Idun ihren früheren Kollegen und Kameraden an. Dann sicherte sie den Phaser und warf ihn dem Klingonen zu. Worf fing die Waffe.

Greyhorse lächelte spöttisch. »Ihre Schwester war viel mutiger. *Sie* hätte mich getötet.«

Asmund musterte ihn, und ihre blauen Augen wirkten dabei so kalt wie Gletschereis. »Nein«, sagte sie nach einer Weile. »Gerda war viel zu ehrenhaft, um einen Irren zu töten.«

Sie wandte sich ab, ging zu Picard und half Joseph dabei, ihn zu stützen. »Gehen wir, Captain«, sagte sie.

Jean-Luc sah sie an und drückte ihre Hand. »Ja. Kehren wir zur Brücke zurück. Die Romulaner warten auf uns.«

Worf und die Sicherheitswächter umringten Carter Greyhorse, als der Captain und zwei seiner früheren Offiziere den Transporterraum verließen.

»Sie sind nicht Captain Picard«, sagte der romulanische Commander.

Riker stand vor dem Kommandobereich. Hinter ihm saß Beverly Crusher, blickte zum großen Wandschirm und musterte den Vulkanoiden.

Der Erste Offizier wußte noch immer nicht, wie er das gegenwärtige Problem lösen sollte. Er räusperte sich. »Ich bin Commander William T. Riker, der stellvertretende Kommandant dieses Schiffes. Der Captain muß sich um einen Notfall kümmern.«

Diese Worte schienen bei dem Romulaner ein gewisses Interesse zu wecken. »Um einen Notfall?« wiederholte er. Sein verächtliches Schnauben war laut genug, um von den Kommunikationssensoren erfaßt und übertragen zu werden. »Was kann für Sie wichtiger sein als ein romulanisches Kriegsschiff, das in der Lage ist, Sie von einem Augenblick zum anderen zu vernichten?« Er schüttelte den Kopf. »Offenbar nehmen Sie mich nicht ernst genug, Commander. Vielleicht sollte ich Sie daran erinnern, woraus der *wahre* Notfall für Sie besteht.«

Der Romulaner wandte sich an einen seiner Offiziere und zischte ihm Befehle zu. Der Mann bestätigte knapp, und seine Finger tanzten über die Kontrollen einer Konsole. Riker ahnte, was ihnen nun bevorstand.

Es gab keine Möglichkeit, der Salve zu entgehen – immerhin stand der *Enterprise* nur Impulskraft zur Verfügung.

Plötzlich erbebte die Brücke. Der Erste Offizier biß die Zähne zusammen; er verabscheute es, so hilflos zu sein.

»Kapazität der Schilde auf achtzehn Prozent gesunken«, meldete Data. Er hob den Kopf. »Ein zweiter Angriff wird starke Beschädigungen zur Folge haben.«

Riker nickte, blickte auch weiterhin zum Projektionsfeld und fluchte lautlos. *Komm schon, Will – laß dir etwas einfallen, bevor es zu spät ist.*

Der Romulaner wölbte eine Braue. »Sind Sie nun bereit, Ihr Schiff zu übergeben? Oder muß ich es erst in ein Wrack verwandeln?«

Die Gedanken des Ersten Offiziers rasten, aber der rettende Einfall blieb noch immer aus. Hinter seiner Stirn herrschte gähnende Leere.

Eine Ironie des Schicksals: Jetzt gab es nicht die geringste Möglichkeit für sie, dem romulanischen Kreuzer zu entkommen, obwohl sie noch vor kurzer Zeit alle Geschwindigkeitsrekorde gebrochen hatten ...

Lieber Himmel! fuhr es Riker durch den Sinn. *Natürlich!*

Er runzelte die Stirn. »Ich höre Sie nicht mehr, Commander«, sagte er. »Die Kom-Verbindung ist schon wieder gestört.«

Eine Lüge – er konnte den Romulaner weitaus besser sehen und hören als ihm lieb war. Aber er brauchte etwas Zeit, um die Idee auszuarbeiten.

Der Commander neigte den Kopf ein wenig zur Seite und versuchte offenbar zu entscheiden, ob er dem Menschen glauben sollte oder nicht. Die erste von einem »Defekt« verursachte Unterbrechung des Kom-Kontakts schien zu bestätigen, daß der stellvertretende Kommandant der *Enterprise* die Wahrheit sagte.

Riker wandte sich zur taktischen Station um und erweckte den Anschein, sich nach dem Grund der Kommunikationsstörung zu erkundigen. Dabei hob er wie beiläufig die Hand zum Hals und strich mit dem Zeigefinger über die Kehle – eine Geste, mit der Picard mehrmals das Schließen von Kom-Kanälen angeordnet hatte.

Der taktische Offizier begriff sofort und kam der wortlosen Aufforderung nach. Er nickte Riker zu. »Erledigt, Sir.«

»Gut«, erwiderte der Erste Offizier und sah zum Wandschirm: Der Commander beriet sich mit anderen Romulanern. Er wirkte skeptisch, aber wenigstens hatte er noch nicht befohlen, erneut das Feuer auf die *Enterprise* zu eröffnen.

Riker sah zum Interkom-Gitter und nannte Geordi LaForges Namen.

»Aye, Sir«, meldete sich der Chefingenieur.

»Wir sind in Schwierigkeiten«, lautete die knappe Erklärung. »Romulaner. Ich brauche Warp eins, und zwar sofort.«

Geordi zögerte kurz, und ein flaues Gefühl entstand in der Magengrube des Ersten Offiziers. Wenn das Warptriebwerk überhaupt nicht funktionierte, blieb sein Plan ohne Aussicht auf Erfolg.

»Na schön«, sagte LaForge schließlich. »Wir können es versuchen. Aber ich muß Sie warnen: Bestimmt sind wir noch nicht sehr weit vom Subraum-Sog entfernt. Selbst wenn es uns gelingt, einen Warptransfer einzuleiten – vermutlich geraten wir wieder in den Einflußbereich der Anomalie.«

Riker lächelte. »Genau darum geht es mir.« Und zu Wesley: »Kurs eins vier fünf Komma neun null, Mr. Crusher. Warp eins – auf meinen Befehl hin.«

»Warp eins«, bestätigte der junge Fähnrich und gab die Kursdaten ein.

Der Blick des Ersten Offiziers glitt wieder zum Wandschirm. Der Romulaner starrte ihn nachdenklich an. Er strahlte nach wie vor Selbstsicherheit aus, und Riker vermutete: Er würde nicht überstürzt handeln und zunächst abwarten – bis ihn die Umstände zwangen, aktiv zu werden.

Zum Beispiel ein Warptransit der *Enterprise*.

»Das Triebwerk reagiert«, berichtete Geordi. »Wenn Sie einen Transfer einleiten wollen, so sollten Sie die entsprechenden Anweisungen sofort geben – ich weiß nicht, wie lange ich Ihnen Warppotential bieten kann.«

Die Sensoren des romulanischen Schiffes reagierten natürlich auf das veränderte energetische Potential der *Enterprise*. Der Commander runzelte die Stirn, als er eine betreffende Meldung erhielt und mit der Möglichkeit konfrontiert wurde, daß seine Beute floh. Sofort wandte er sich an den Waffenoffizier...

Das Bild des Wandschirms wechselte, zeigte nun eine Außenansicht der Kriegsschwalbe – diesmal hatten die Romulaner den Kom-Kontakt unterbrochen.

»Warptransit beginnen!« stieß Riker hervor.

Wesley berührte eine Schaltfläche.

Der Erste Offizier spannte unwillkürlich die Muskeln und erwartete heftige Erschütterungen, hervorgerufen von einer zweiten Salve des romulanischen Kreuzers. Eine Sekunde verstrich, dann noch eine...

Nichts geschah. Und das konnte nur bedeuten...

»Wir fliegen mit Warp eins«, sagte Wesley. Er versuchte nicht, die Mischung aus Erleichterung und Ungewißheit aus seiner Stimme zu verbannen. »Zumindest arbeitet das Triebwerk mit einer solchen Lei ...«

Bevor er den Satz beendete, erzitterte die *Enterprise*, und die Streifenmuster der Sterne glitten schneller durchs Projektionsfeld an der Wand.

»Commander – die Romulaner verfolgen uns«, sagte der taktische Offizier.

Riker nickte. Nun, wenn es im Universum so etwas wie Gerechtigkeit gab ...

»Wie ist ihre Geschwindigkeit?« fragte er.

»Warp neun Komma neun fünf, Sir«, lautete die Antwort. »Wir sind ebenso schnell.«

»Commander?« tönte Geordis Stimme aus dem Interkom-Lautsprecher.

»Es hat geklappt«, sagte Riker. »Wir sind wieder im Subraum-Sog. Ebenso wie die Romulaner.«

»Und darauf hatten Sie es abgesehen.«

LaForge verstand jetzt. Das galt auch für Dr. Crusher, deren Gesicht Anerkennung zum Ausdruck brachte.

»Ja, darum ging es mir«, bestätigte der Erste Offizier.

Natürlich war die Sache riskant. Die *Enterprise* stellte für das Rihannsu-Schiff nach wie vor ein kaum zu verfehlendes Ziel dar. Andererseits: Inzwischen hatten die Romulaner sicher festgestellt, daß es auch Probleme für sie gab.

»Wie steht's mit dem Warptriebwerk?« fragte Riker.

Eine kurze Pause. »Nicht so schlimm, wie ich zunächst befürchtet habe.«

»Können wir es noch einmal mit dem Schild-Manöver versuchen?«

Auch diesmal antwortete LaForge nicht sofort. »Dazu brauchen wir mehr Energie. Geben Sie mir eine Stunde Zeit.«

Riker glaubte, den Captain zu hören, als er erwiderte: »Ich gebe Ihnen eine *halbe* Stunde.«

Geordi versprach, sich zu bemühen.

Der Erste Offizier richtete seine Aufmerksamkeit wieder auf den Wandschirm. Die Krise war noch längst nicht überstanden.

»Schalten Sie eine Verbindung zum romulanischen Commander«, wies er den taktischen Offizier an.

Einige Sekunden später erschien der Kommandant des anderen Schiffes im Projektionsfeld. Argwohn und Mißtrauen ersetzten nun einen Teil seiner Selbstsicherheit.

»Was haben Sie angestellt?« fragte er zornig.

»Sie wurden von mir in eine Falle gelockt«, erklärte Riker. »Sie befinden sich jetzt im Einflußbereich jener Anomalie, die uns in Ihr stellares Territorium brachte. Nun, *wir* kennen eine Möglichkeit, in den Normalraum zurückzukehren – und davon werden wir in Kürze Gebrauch machen.«

Der Commander kniff die Augen zusammen. »Verspotten Sie mich nicht, Terraner. Unsere Waffen sind auf Sie gerichtet. Und Ihre Schilde bieten keinen nennenswerten Schutz mehr.«

»Stimmt«, gestand der Erste Offizier. »Aber wir sind Ihre einzige Hoffnung auf eine Rückkehr ins Reich. Wenn Sie uns vernichten, sehen Sie Ihre Heimat nie wieder.« Er lächelte freundlich. »Vor unserem Retransfer übermitteln wir Daten, die es Ihnen erlauben, uns zu folgen.«

Der Romulaner blinzelte ungläubig. »Für was für einen Narren halten Sie mich? Wenn Sie wirklich wissen, auf welche Weise man in den Normalraum zurückkehren kann... Warum sollten Sie derartige Informationen mit uns teilen?«

»Weil es keinen Grund für uns gibt, Sie der Anomalie zu überlassen. Natürlich wird es eine Weile dauern, bis es Ihnen gelingt, die codierten Daten zu entschlüsseln – Zeit genug für uns, die Föderation zu erreichen.«

Der Commander überlegte. »Wir könnten Geiseln nehmen, um sicherzustellen, daß Sie uns nicht hier zurücklassen.«

Riker schüttelte den Kopf. »Nein. Wenn Sie versuchen, jemanden an Bord der *Enterprise* zu schicken, so zwingen Sie uns damit, den Retransfer früher als geplant einzuleiten. Ob wir damit Erfolg haben oder nicht: Sie müßten auf die eben erwähnten Informationen verzichten, denn ein Mißerfolg würde unsere Zerstörung nach sich ziehen.« Das entsprach nicht ganz der Wahrheit, aber in diesem besonderen Fall hielt der Erste Offizier eine Lüge für angemessen. »Um noch einmal darauf hinzuweisen: Ohne die Daten sitzen Sie hier fest.«

Der Commander preßte die Lippen so fest zusammen, daß sie einen dünnen Strich bildeten. Wieviel wußte er über die Föderation? Über die menschliche Vorstellung von Ehre? Und über die Fähigkeit einiger terranischer Individuen, mit unbewegter Miene zu bluffen?

Schließlich fluchte der Kommandant des Kriegsschiffes – er gab Laute von sich, die der automatische Translator nicht übersetzen konnte. »Wir erlauben Ihnen hiermit, alle notwendigen Vorbereitungen zu treffen. Doch beim geringsten Anzeichen von Verrat gebe ich den Befehl, Sie zu vernichten.«

Dagegen hatte Riker nichts einzuwenden – Verrat lag ihm fern. Er beabsichtigte, sein Versprechen einzulösen und die in Aussicht gestellten Daten tatsächlich zu übermitteln.

Eine Sekunde später verschwand der Romulaner vom Wandschirm, der daraufhin wieder die bunten Sternstreifen zeigte. Der Erste Offizier betrachtete sie eine Zeitlang und erinnerte sich dann daran, daß auch noch andere Probleme existierten.

»Lieutenant Worf«, sagte er laut. »Wie ist die Lage bei Ihnen?«

»Wir haben Dr. Greyhorse in Gewahrsam genommen«, antwortete der Klingone.

Riker zögerte. »Und der Captain?«

Er hatte diese drei Worte gerade erst ausgesprochen, als sich die Tür des Turbolifts öffnete und Picard den Kontrollraum betrat. Blaue Flecken zeigten sich in seinem hier und dort angeschwollenen Gesicht; die Uniform war an mehreren Stellen zerrissen, und außerdem hinkte Jean-Luc ein wenig. Aber er lebte, und nur darauf kam es an – er lebte!

Asmund und Mops Joseph folgten ihm auf die Brücke. Haltung und Miene der blonden Frau deuteten darauf hin, daß sich ihre Unschuld herausgestellt hatte.

»Der Captain ist auf dem Weg zur Brücke«, tönte die Stimme des Sicherheitsoffiziers aus dem Interkom.

»Er ist gerade eingetroffen«, erwiderte der Erste Offizier. »Vielen Dank, Mr. Worf.«

Beverly Crusher wollte aufstehen, aber Picard winkte ab. »Schon gut«, sagte er trocken. »Es geht mir besser, als es den Anschein hat.«

Riker lächelte. »Freut mich, Sie wiederzusehen, Sir«, meinte er, als sich der Captain dem Kommandobereich näherte.

Picard nickte kurz. »Ich freue mich ebenfalls.« Er blickte zum Wandschirm und stellte fest, daß sich die *Enterprise* wieder im Einflußbereich des Subraum-Sogs befand. *»Mon Dieu«*, murmelte er, drehte den Kopf und bedachte seinen Stellvertreter mit einem fragenden Blick.

»Nur auf diese Weise konnten wir den Romulanern entkommen, Captain.«

»Sind sie hinter uns zurückgeblieben?« erkundigte sich Picard.

Riker straffte die Schultern. »Nein, Sir. Sie gerieten ebenfalls in die Anomalie.«

Etwas Seltsames geschah: In dem ernsten, mitgenommenen Gesicht des Captains breitete sich langsam ein Lächeln aus. Picard musterte den Ersten Offizier.

»Ein ausgezeichneter Schachzug, Nummer Eins.«

Riker erwiderte das Lächeln. »Danke, Sir.«

KAPITEL 19

Picard saß im Bereitschaftsraum, lehnte sich zurück und versuchte, die an Greyhorse erinnernden Schmerzen zu ignorieren. Leider wurde er sich der in ihm brennenden Pein immer deutlicher bewußt, je mehr der Benommenheitsnebel aus seinem Denken und Empfinden wich.

Seine früheren Offiziere – Idun Asmund und Mops Joseph – wollten ihm ganz offensichtlich Gesellschaft leisten, bis Dr. Selar eintraf. Beverly Crusher hatte ebenfalls bleiben wollen, doch Jean-Luc wies noch einmal darauf hin, seine Verletzungen seien kaum der Rede wert. Außerdem betonte er, daß die Bordärztin in der Krankenstation viel dringender gebraucht wurde. Die Erfahrung lehrte, daß mit Verletzten gerechnet werden mußte, wenn die *Enterprise* in den Normalraum zurückkehrte.

Falls eine Rückkehr überhaupt möglich ist, dachte Picard. *Wir haben es einmal geschafft, was jedoch nicht bedeutete, daß wir der Anomalie auch diesmal entkommen.*

Der Captain rief sich innerlich zur Ordnung. Dies war nicht der geeignete Zeitpunkt, um pessimistischen Gedanken nachzuhängen. Das Ende aller Schwierigkeiten war in Sicht; sie brauchten jetzt nur noch ein wenig Glück, um auch den Rest zu überstehen.

»Es gibt da einige Dinge, die Sie uns noch nicht erklärt haben«, sagte Joseph. Er stand am Schreibtisch des Captains, und seine Worte galten Idun, die einige Meter entfernt ins Aquarium sah.

Asmund blickte über die Schulter. »Zum Beispiel?«

»Woher wußten Sie, wo Greyhorse steckte? Und wie gelangten Sie in den Transporterraum?«

Picard nickte und entsann sich daran, daß Idun im Turbolift zwar mit einem Bericht begonnen, ihn aber nicht beendet hatte. »Ja«, bestätigte er, und seine Neugier erwachte. »Wie *haben* Sie das geschafft?«

Die Blondine zuckte mit den Schultern und drehte sich um. »Eigentlich war es gar nicht so schwer. Commander Rikers Interkom-Warnung gab mir einen Tip – ich meine die Aufforderung an alle Besatzungsmitglieder, sofort die Insignienkommunikatoren abzunehmen. Ich fragte mich nach dem Grund dafür, und dabei fiel mir ein, daß die Kommunikatoren auch benutzt werden können, um Transferkoordinaten zu bestimmen. Daraufhin wurde mir klar, daß Greyhorse ein Transportersystem unter Kontrolle gebracht haben mußte und es offenbar als Waffe einsetzen wollte.«

»Gut überlegt«, brummte Mops Joseph.

»In der Tat«, pflichtete ihm der Captain bei. »Aber sich zu Greyhorse zu beamen...« Er unterbrach sich plötzlich, als ihm etwas einfiel.

»Genau«, sagte Idun. »Dazu mußte ich einen anderen Transporterraum aufsuchen und den dortigen Techniker betäuben. Außerdem auch den Sicherheitswächter, der kurz darauf eintraf. Ich nehme an, die entsprechende Einsatzorder stammte von Worf. Vermutlich ging es darum, einem Mißbrauch des Transfersystems vorzubeugen.« In Asmunds Stimme erklang Bedauern angesichts dieser Verwendung des erbeuteten Phasers. »Wie dem auch sei: Inzwischen sollten die beiden Männer das Bewußtsein wiedererlangt haben.«

Picard runzelte die Stirn. Diese Sache gefiel ihm nicht sonderlich – obgleich Idun nur dadurch imstande gewesen war, ihm später das Leben zu retten.

Joseph reagierte anders: Er nickte bewundernd. »Gut. Und mit Hilfe der Transporterkonsole konnten

Sie die Aktivität anderer Transportersysteme in der *Enterprise* feststellen. Als Sie herausfanden, daß jemand die Anlage in Raum eins benutzt, justierten Sie die Kontrollen und beamten sich zu Greyhorse.«

»Ja«, sagte Asmund. »Zum Glück wollte Carter die ganze Plattform für seinen Racheplan verwenden, und deshalb waren alle Transferfelder aktiviert. Andernfalls hätten sich mir weitaus weniger Erfolgsaussichten geboten. Ich brauchte keine Koordinaten zu bestimmen und konnte einfach einen Empfangsbereich anpeilen. Dieser Umstand erlaubte es mir, eine Menge Zeit zu sparen.« Die blonde Frau sah zum Captain. »Bestimmt hätte Carter früher oder später die Empfangsbereitschaft der übrigen Scheiben bemerkt – aber Sie haben ihn abgelenkt.« Die Lippen formten ein kurzes Lächeln. »Ich nehme an, Sie waren eine *erhebliche* Ablenkung für ihn.«

Picard räusperte sich. »Ich fürchte, Sie überschätzen mich.«

»Keine falsche Bescheidenheit, Captain«, warf Joseph ein. »Ich habe mir Greyhorse nie als Kämpfer vorgestellt, aber ein so großer Bursche ...« Er ließ das Ende des Satzes offen.

»Wenn er und Gerda tatsächlich eine ... Beziehung hatten ...«, sagte Idun. »Dann weiß er, wie er Vorteile aus seiner Größe ziehen kann. Solche Dinge lernen Klingonen schon als Kinder.«

Asmund verschränkte die Arme, und für einige Sekunden reichte ihr Blick ins Leere. Dachte sie jetzt an Gerda und daran, daß diese ein Verhältnis selbst der eigenen Zwillingsschwester gegenüber geheimgehalten hatte?

»Nun«, sagte Picard, um die unangenehme Stille zu beenden, »ich ...«

Er unterbrach sich, als der Türmelder summte.

»Herein«, sagte Jean-Luc und rechnete mit Selar. Doch als sich die Tür öffnete, sah er Worf.

»Sir ...«, grüßte der Klingone. Er nickte Joseph und Idun zu.

»Haben Sie Dr. Greyhorse in einer Arrestzelle untergebracht?« fragte Picard. Die Schmerzen wurden stärker und ließen sich jetzt kaum mehr verbergen.

»Ja«, erwiderte Worf. »Darüber hinaus sind mehrere Sicherheitswächter im Korridor postiert – um zu verhindern, daß der Gefangene auf die gleiche Weise entkommt wie zuvor Commander Asmund.« Bei diesen Worten warf er der Blonden einen kurzen Blick zu. »Die betreffenden Personen verfügen über spezielle Verankerungsvorrichtungen, die es ihnen erlauben, selbst bei starken Erschütterungen nicht den Halt zu verlieren. Des weiteren wird der Generator für die energetische Barriere jetzt mit Batteriestrom gespeist, sollte die normale Energieversorgung ausfallen.«

»Gut«, lobte Picard. »Was ist mit der Möglichkeit eines Selbstmords?«

»Ich habe Greyhorse gründlich durchsucht und dabei keine Gegenstände entdeckt, die es ihm erlauben, sich das Leben zu nehmen.«

»Und mein Messer?« fragte Idun.

Worf sah sie an. »Es wurde im Quartier des Doktors entdeckt. Ich mußte es beschlagnahmen, da es ein Beweismittel darstellt.«

Dünne Falten bildeten sich in Asmunds Stirn, aber sie schien sich mit der Notwendigkeit dieser Maßnahme abzufinden.

Der Klingone wandte sich wieder an den Captain. »In Dr. Greyhorse' Unterkunft haben wir auch eine Schachtel mit *Ku'thei*-Pillen gefunden. Eine davon sollte Captain Ben Zomas Tod herbeiführen.«

»Ich verstehe«, sagte Picard. Seine Aufmerksamkeit ließ allmählich nach, während der Schmerzpegel immer mehr stieg, insbesondere in der Seite. Vielleicht hatte ihm Greyhorse mit den Tritten die eine oder andere Rippe gebrochen. Wo blieb Selar?

Genau in diesem Augenblick summte der Türmelder erneut.

»Herein.«

Diesmal trat die vulkanische Ärztin ein. Sie hatte sich den Riemen eines medizinischen Tricorders über die Schulter geschlungen und brachte eine Tasche mit den gebräuchlichsten Arzneien mit. Sie griff nach einem Stuhl, als sie sich dem Captain näherte. »Ich nehme an, Sie möchten kein Publikum bei der Untersuchung«, sagte Selar mit der für Vulkanier typischen, fast ausdruckslosen Stimme.

Picard wollte widersprechen, doch die anderen Personen im Zimmer strebten bereits dem Ausgang entgegen.

»Commander Asmund«, sagte er.

Sie blieb stehen und drehte sich um. »Aye, Sir?«

»Ich glaube, ich bin Ihnen eine Erklärung schuldig.« Und zu Selar: »Wenn Sie uns bitte kurz entschuldigen würden, Doktor ...«

»Nein.« Idun schüttelte den Kopf. An ihrer steifen Haltung hatte sich kaum etwas geändert, aber die Augen verrieten eine sonderbare Verletzlichkeit. »Das ist nicht nötig, Sir. Ich *weiß Bescheid*.«

Und mit diesen Worten ging sie.

Picard seufzte. Es freute ihn, daß er sich in Hinsicht auf Idun Asmund geirrt hatte. Es freute ihn sehr. Und er hoffte, daß sie endlich bekam, was sie längst verdiente – Freundschaft und Bewunderung ihrer *Stargazer*-Kollegen.

Der Captain dachte noch immer daran, als Dr. Selar den Tricorder auf ihn richtete, die Displays betrachtete und dabei typische Arztgeräusche von sich gab – Jean-Luc argwöhnte schon seit einer ganzen Weile, daß sie dazu dienten, Patienten einzuschüchtern. Er seufzte und faßte sich in Geduld, während die Untersuchung andauerte.

Eisenberg überwachte Ben Zomas Zustand, als sich der Captain per Interkom mit einer Warnung an die Besatzung wandte. Mit dem gleichen Manöver wie vorher sollte versucht werden, den Subraum-Sog zu verlassen. Es mußte erneut mit starken Vibrationen gerechnet werden.

Der Medo-Techniker blieb unbesorgt. Beim erstenmal hatte die Krankenstation alles bestens überstanden – warum sollte es diesmal anders sein?

Erneut prüfte er die Anzeigen der Bio-Indikatoren über dem Bett und dachte dabei an O'Briens Bemerkungen über Sitzplätze in der ersten Reihe und ›die größte Show in der Galaxis‹. Für eine Weile ließ sich Eisenberg von der Begeisterung des Chefingenieurs anstecken – obwohl er es keineswegs bedauern würde, wenn die Sterne beim nächsten Abstecher in den Gesellschaftsraum wieder ruhig im schwarzem All leuchteten, anstatt langgestreckte Streifenmuster zu bilden. Er vermutete, daß O'Brien ähnlich empfand, obgleich er einen Toast auf ›Warp neun Komma neun fünf‹ ausgebracht hatte.

Der junge Mann warf noch einen letzten Blick auf die Anzeigen und wandte sich dann der Barriere zu, die Ben Zoma vom nächsten Patienten trennte, einer Frau namens Cadwallader, die sich bereits gut erholt hatte. Doch bevor er die Frau erreichte, bemerkte er aus den Augenwinkeln einige dunkelrote Uniformen.

Eisenberg drehte sich um und hielt nach einem Grund dafür Ausschau, warum der Captain und sein Erster Offizier die Krankenstation besuchten, obgleich bald das Retransfermanöver eingeleitet werden sollte. Dann begriff er, daß nicht etwa Picard und Riker gekommen waren, sondern Captain Morgen und Commander Asmund. Zwei weitere Personen begleiteten sie: Lieutenant Joseph und der Gnalisch, Professor Simenon.

Morgen führte die Gruppe am neugierigen Medo-Techniker vorbei und sah, wie sich Cadwallader auf die Ellenbogen stützte und lächelte.

»Welchen besonderen Umständen verdanke ich diese Ehre?« fragte sie.

»Unserer Furcht«, erwiderte der Professor. »Wir haben gehört, daß die Krankenstation mehr Sicherheit bietet als alle anderen Abteilungen des Schiffes.«

Cadwallader lachte leise. »Wissen Sie, ich glaube Ihnen sogar.«

»Das wäre ein Fehler«, meinte Morgen. Er legte eine große, knochige Hand aufs Bett. »Ich hielt es für angebracht, daß Sie Besuch von Ihren Freunden erhalten.« Er warf Asmund einen kurzen Blick zu. »Und zwar von *allen*.«

Idun nickte. »Ja. Das ist zumindest der Grund, den er *mir* nannte. Nun, wenn der Herrscher der Daa'Vit-Konföderation etwas befiehlt, so muß man ihm gehorchen.«

Morgen lachte und sah wieder auf die Patientin hinab. »Es war kein Befehl, sondern eine Bitte.«

Cadwalladers Lächeln wuchs in die Breite. »Um ganz offen zu sein: Mir ist es gleich, warum Sie alle gekommen sind. Ich freue mich über den Besuch.«

Der Professor grummelte vor sich hin. »Soviel Sentimentalität – ha! Sollen wir uns jetzt auch noch umarmen und küssen?«

»Was ist hier los?« erklang eine Stimme. Morgen drehte sich halb um – Dr. Crusher stand in der Tür ihres Büros.

»Ich dachte mir, daß Cadwallader vielleicht den Wunsch verspürt, einige vertraute Gesichter zu sehen – insbesondere jetzt.« Der Daa'Vit lächelte freundlich. »Möchten Sie uns Gesellschaft leisten?«

Die Ärztin schien angenehm überrascht zu sein. »Ja, gern.«

Joseph wandte sich an Morgen. »Wenn Sie nichts dagegen haben ... Ich gehe zu Ben Zoma.« Er sah kurz zu Cadwallader. »Das verstehen Sie sicher, Cad, oder?«

»Natürlich«, erwiderte sie.

»Einen Augenblick«, warf Asmund ein. Sie sah zur Ärztin und deutete mit dem Daumen zur Trennwand zwischen den beiden Biobetten. »Können wir das entfernen?«

Beverly Crusher dachte kurz darüber nach. »Warum nicht?« entgegnete sie schließlich.

Simenon schnaubte leise. »Die Gefühlsduselei nimmt dauernd zu.«

»Und wenn schon«, sagte Cadwallader, als Dr. Crusher zwei kräftig gebaute Krankenpfleger aufforderte, die Barriere zu entfernen.

Kurz darauf blickten sie alle zu Ben Zoma. Joseph trat an seine Liege heran, und Asmund folgte ihm.

Morgen nickte anerkennend. Alte Kameraden, die sich zusammenschlossen, um dem Schicksal die Stirn zu bieten – was auch immer es bringen mochte. Es erfüllte ihn mit Stolz, daß diese Leute zu seinen Freunden zählten.

Dann fiel ihm ein, daß es nur noch wenige Sekunden dauern konnte, bis der Retransfer begann. Der Daa'Vit trat vor und hielt sich an Cadwalladers Biobett fest.

Diesmal war die Situation ein wenig anders. Einerseits verfügte die *Enterprise* nicht über volles Warppotential, aber andererseits wußten Captain und Crew, was ihnen bevorstand.

Geordi berührte die Schaltflächen der technischen Konsole und nahm noch einige letzte Kontrollen vor. Alle Displays bestätigten die Transferbereitschaft, und daraufhin drehte sich der Chefingenieur zum Kommandobereich um.

»Alles klar«, sagte er.

Picard stand vor seinem Kommandosessel, hatte zu

LaForge gesehen und auf diese Worte gewartet. Er wirkte jetzt nur noch ein wenig müde und bot damit ein weitaus besseres Erscheinungsbild als noch vor einer halben Stunde. Das hatte Geordi jedenfalls gehört, und zwar aus einer sehr zuverlässigen Quelle: Das Aussehen des Captains war ihm vom Ersten Offizier beschrieben worden. Nun, die von Dr. Selar durchgeführte Behandlung hatte ihm natürlich geholfen, die Folgen der Auseinandersetzung mit Greyhorse zu überwinden, und hinzu kam, daß er nun eine neue Uniform trug.

»Danke, Commander«, sagte Picard und ließ sich wieder in seinen Sessel sinken. »Beginnen Sie.«

Geordi wandte sich dem Monitor zu, der ihm die Schilde der *Enterprise* wieder in Form von blauen Linien zeigte. Diesmal tastete er sich nicht stufenweise an die endgültige Konfiguration heran, sondern gab den Deflektoren sofort die für den Retransfer erforderliche Struktur: zwei flache Linien vorn und hinten, um dreißig Grad in bezug auf die Längsachse des Schiffes geneigt.

Sie durften keine Zeit verlieren. Geordi zweifelte nicht daran, daß ihre Warpkapazität lange genug von Bestand blieb, um das Rückkehrmanöver zu beenden – aber vielleicht mußten sie sich anschließend wieder nur mit Impulskraft begnügen.

LaForge zögerte kurz, bevor er den Computer anwies, das Modifizierungsprogramm zu starten. Er fragte sich, ob sie ihr Glück zu sehr herausforderten. Vielleicht kam es diesmal zu so starken strukturellen Belastungen, daß die *Enterprise* auseinanderbrach. Geordi ließ den Blick über die Brücke schweifen und sah vertraute Gestalten – sie bildeten elektromagnetische Muster, die nur für sein VISOR und ihn selbst einen Sinn ergaben. Es fiel ihm nicht schwer, sie voneinander zu unterscheiden und zu identifizieren: Picard; Riker; Troi; Worf; Data; Wesley.

Der Chefingenieur lächelte. Wenn das Manöver nicht klappte, wenn sich die Berechnungen diesmal als fehlerhaft erwiesen... *Wenigstens haben wir noch ein letztes aufregendes Abenteuer erlebt.*

Er gab sich einen inneren Ruck und startete das Programm.

Idun Asmund starrte auf Gilaad Ben Zoma hinab. Sein Gesicht war hohlwangig und blaß, schien einem ganz anderen Mann zu gehören. Es fehlte jene lächelnde Vitalität, die sein Markenzeichen gewesen war. Idun empfand es fast als schmerzhaft, seine veränderten Züge zu betrachten, aber sie besann sich auf ihre klingonische Disziplin und wandte den Blick nicht ab.

Er starb. Nicht schnell, auch nicht kampflos – aber er starb. Vielleicht bekam Asmund jetzt zum letztenmal Gelegenheit, ihn lebend zu sehen.

Sie drehte den Kopf und musterte den neben ihr stehenden Mann. Auch Mops Joseph wußte, daß Ben Zoma keine Chance mehr hatte – die Erkenntnis verriet sich als mattes Schimmern in seinen Augen. Vielleicht glaubte er sogar, dafür verantwortlich zu sein. Immerhin gehörte er zu jenen Sicherheitsoffizieren, die lieber starben, als den Captain zu Schaden kommen zu lassen.

Auch Idun spürte das Gewicht der Verantwortung. Ihr Messer hatte die Wunden in Ben Zomas Leib verursacht. Und nur durch ihre mangelnde Wachsamkeit war Greyhorse in der Lage gewesen, die klingonische Zeremonienklinge zu stehlen.

Asmund erinnerte sich daran, als sie zum erstenmal gesehen hatte, wie jemand starb. Gerda und sie waren damals zu jung gewesen, um zu verstehen, daß ihre Familie gegen einen anderen Clan kämpfte – eine traditionelle Fehde. Mitten in der Nacht brachten zwei Männer den älteren Bruder des Vaters nach Hause.

Die Erinnerungen formten Bilder vor Iduns innerem

Auge. Sie sah, wie ihre Mutter die Tür schloß und wogende Nebelschwaden aussperrte. Sie sah ihren Vater, der seinen hilflosen Bruder auf den Tisch legte und Lenoch den Mantel abnahm, um die Wunden zu untersuchen. Idun entsann sich auch an ihre Empfindungen, an die Mischung aus Furcht und Faszination, an das Gefühl der Schuld, als Gerda und sie ins Zimmer spähten, unbemerkt von den Erwachsenen.

Lenoch war niedergestochen worden, ebenso wie Ben Zoma. Trotz der vielen Schatten im Zimmer und Lenochs dunkler Kleidung hatte sie das Blut gesehen – es bildete an vielen Stellen große Flecken. Ihr Vater fluchte leise, als er es sah.

Den restlichen Reminiszenzen fehlte es an Einzelheiten. Irgendwann hatte die Mutter Gerda und Idun entdeckt, sie zu Bett geschickt. Aber die beiden kleinen Mädchen konnten nicht schlafen. Stundenlang lagen sie wach, während Mondschein durchs Fenster filterte und sich in ihren blauen Augen widerspiegelte, während unten im Haus kehlige Stimmen erklangen. Sie lauschten und dachten nach – bis im Erdgeschoß mindestens sechs Klingonen brüllten. Es klang fast wie das Heulen der *Taami*-Wölfe in den Bergen von Alpha Zion, und an der Bedeutung dieses Geräuschs konnte kein Zweifel bestehen: Lenoch war tot.

Idun erahnte Lücken in den erinnerten Ereignissen. In ihrem Gedächtnis wartete noch mehr – aber was? Bevor die Mutter sie und Gerda nach oben schickte … Hatte sie etwas gesehen? Und kam Gerda darauf zu sprechen, als sie sich wieder im Schlafzimmer befanden?

Worum ging es dabei?

Plötzlich erzitterte der Boden unter Asmund, und aus einem Reflex heraus hielt sie sich an Ben Zomas Biobett fest, um nicht das Gleichgewicht zu verlieren. Die Vibrationen dauerten nur einige Sekunden lang, und anschließend blickte sich Idun um.

Das Ausbleiben heftigerer Erschütterungen schien ein gutes Zeichen zu sein. Doch keiner der Anwesenden sprach diesen Gedanken laut aus; sie alle warteten auf eine Durchsage des Captains.

Sie brauchten sich nicht lange zu gedulden.

»Hier spricht Captain Picard«, tönte es aus den Interkom-Lautsprechern. »Wir sind in den Normalraum zurückgekehrt. In Hinsicht auf das Warptriebwerk und die Bordsysteme kam es nur zu geringfügigen Schäden.«

Mehrere Krankenschwestern seufzten. Ein Arzt klopfte einem anderen auf die Schulter.

»Allerdings ist die Krise noch nicht überstanden«, fuhr Picard fort. »Wir befinden uns nach wie vor im stellaren Territorium des romulanischen Reiches. Allerdings ist die Neutrale Zone jetzt nicht mehr weit entfernt.« Eine kurze Pause. »Wir bleiben bei Alarmstufe Gelb, bis wir die Föderation erreichen, was jetzt nur noch einige Stunden dauert, wenn weitere Zwischenfälle ausbleiben. Ich danke Ihnen für Ihre Aufmerksamkeit.«

Es ist nicht auszuschließen, daß wir noch einmal einem romulanischen Schiff begegnen, dachte Asmund. Aber die *Reshaa'ra* kam dafür nicht in Frage. Commander Tav brauchte sicher eine Weile, um die codierten Informationen zu entschlüsseln und ihnen zu entnehmen, wie man dem Subraum-Sog entkommen konnte. In der Zwischenzeit bekamen die Romulaner eine Kostprobe von …

Idun erzitterte innerlich und spürte, wie ihr das Blut ins Gesicht schoß. *Kostprobe …*

Daran hatte sie sich zunächst nicht erinnert. Bevor die Mutter Gerda und sie nach oben geschickt hatte, beobachteten die beiden Mädchen, wie ihr Vater das Blut aus Lenochs Wunden *kostete!*

Warum? Aus welchem Grund?

Hatte er damals den Einsatz von … *Gift* vermutet?

So etwas galt als unehrenhaft. Aber von wem auch immer Lenoch angegriffen worden war: Vielleicht spielte die Ehre für den Betreffenden nur eine untergeordnete Rolle.

Plötzlich fiel Idun etwas ein. Erneut sah sie auf den armen, leidenden Ben Zoma hinab und fragte sich nach der Ehrenhaftigkeit von Greyhorse.

»Dr. Crusher!« rief Asmund, noch bevor sie diesen Gedankengang beendet hatte.

Die Ärztin eilte herbei. »Was ist passiert?« fragte sie besorgt.

»Gift«, erklärte Idun. »Ich glaube, Ben Zoma wurde vergiftet.«

Beverly schüttelte den Kopf. »Nein. Greyhorse hat dem Patienten zwar eine entsprechende Pille in den Mund geschoben, aber Selar griff rechtzeitig ein – bevor Ben Zoma das Gift schluckte. Trotzdem habe ich ihm ein Mittel gegeben, das die Wirkung von *Ku'thei* neutralisiert – nur für den Fall.«

»Ich spreche nicht von irgendwelchen Pillen«, erwiderte Idun. »Ich meine das *Messer,* mit dem Ben Zoma angegriffen wurde.«

Dr. Crusher runzelte die Stirn. »Glauben Sie, es klebte Gift an der Klinge?«

Asmund nickte. »Vielleicht nicht genug, um ihn sofort zu töten. Aber es bringt ihn um, ganz langsam.«

Beverly musterte den Patienten und mußte zumindest die *Möglichkeit* einräumen, daß Idun recht hatte. »Sie wissen nicht zufällig, um *welches* Gift es sich handelt, oder?«

Diesmal schüttelte Asmund den Kopf. Klingonische Assassinen verwendeten vor allem *Ku'thei,* aber in ihrem Arsenal gab es auch viele andere toxische Substanzen.

Natürlich konnte die Ärztin Ben Zoma nicht mit Dutzenden von verschiedenen Gegenmitteln behandeln – ihre kumulative Wirkung wäre ebenso fatal gewesen wie das Gift selbst. Hinzu kam, daß *schnell* etwas unternommen werden mußte; der Patient war dem Tode bereits näher als dem Leben.

Dr. Crushers Gesichtsausdruck deutete darauf hin, daß sie zu dem gleichen Schluß gelangte wie Idun: Sie konnten dem Sterbenden nur helfen, wenn sie herausfanden, *welches* Toxin die Kraft des Lebens aus ihm tilgte.

»Greyhorse hat nie einen Klingonen behandelt«, sagte Beverly. »Der größte Teil seines Wissens über die klingonische Medizin muß von Gerda stammen.«

Die Frage lautete also: Welches Gift hätte *Gerda* benutzt? Angesichts ihrer Beobachtungen in der Nacht von Lenochs Tod gab es nur eine Antwort: jenes Gift, das damals ihr Vater geschmeckt hatte.

Wie hieß es?

Idun biß sich auf die Lippe. Noch einmal besann sie sich auf die damaligen Ereignisse und sah, wie ihr klingonischer Vater die Wunden seines Bruders berührte und anschließend die Finger zum Mund hob. Einige Sekunden später hatte er den Namen der toxischen Substanz genannt. Ein einzelnes Wort ...

»Choc'pa«, entfuhr es Asmund. Sie sah Dr. Crusher an. »Geben Sie Ben Zoma das Gegenmittel für *Choc'pa*.«

KAPITEL 20

Jenseits der Fenster boten die Sterne wieder einen normalen Anblick.

Guinans Blick wanderte durch den Gesellschaftsraum, als sich die Tür öffnete und Mops Joseph hereinkam. Wie bei seinem letzten Besuch zögerte er nach einigen Schritten.

Doch diesmal war er nicht betrunken – das bemerkte Guinan sofort. Trotzdem wirkte er desorientiert und blinzelte wie geblendet.

Als er die Wirtin hinter der Theke sah, manifestierte sich kein Zorn in seinem Gesicht. Er verzichtete auch darauf, sich umzudrehen und den Gesellschaftsraum zu verlassen. Statt dessen setzte er sich in Bewegung und trat näher.

»Freut mich, Sie wiederzusehen«, sagte Guinan.

»Ja.« Eine Zeitlang stand er einfach nur da und starrte ins Leere, ohne seine Umgebung wahrzunehmen. »Hören Sie ...«, begann er schließlich. »Sie hatten recht. Ich habe tatsächlich ein Problem.«

Diese Worte überraschten Guinan. War der Sicherheitsoffizier doch noch zur Vernunft gekommen?

Joseph lächelte schief. »Ein solches Eingeständnis haben Sie nicht von mir erwartet, oder?«

Die Wirtin beschloß, ehrlich zu sein. »Nein, das habe ich tatsächlich nicht. Was hat Ihre Meinung geändert?«

Er befeuchtete sich die Lippen. »Oh, viele Dinge. Mein Captain wurde angegriffen und wäre fast gestorben. Ein guter Freund – nein, *zwei* gute Freunde – erlitten schwere Verletzungen. Und die Verantwortung dafür trägt ein Mann, den ich gut kenne.« Joseph atmete tief durch. »Ich hatte keine Ahnung! Ich wußte nicht, wo sich Captain Ben Zoma aufhielt – obgleich meine Pflicht darin bestand, seine Sicherheit zu gewährleisten. Ich habe den Schmerz übersehen, den Greyhorse in sich trug und der ihn veränderte, ihn in den Wahnsinn trieb. Ich war viel zu sehr damit beschäftigt, mich immer wieder vollaufen zu lassen, um zu vergessen.«

Guinan nickte. Darum ging es also. Nun, sie hätte eine andere Therapie vorgeschlagen, aber sie schien ihren Zweck zu erfüllen. Wenn man zugab, daß ein Problem existierte ... Damit war bereits ein erster Sieg errungen.

Die Wirtin hielt es für sinnlos, Joseph seinen Selbstvorwürfen zu überlassen. »Wir sind hier nicht an Bord der *Lexington*«, sagte sie sanft. »Die hiesige Sicherheitsabteilung wird von jemand anders geleitet.«

»Das spielt keine Rolle. Ben Zoma ist mein Captain, und ich bin verpflichtet, ihn vor Unheil zu bewahren.« Joseph blickte auf die Theke hinab. »Mir lag und liegt nichts daran, noch einmal den Tod einer anderen Person zu verursachen.«

Bei dem Hinweis auf *noch einmal* lief es Guinan kalt über den Rücken. »Es gibt also einen Präzedenzfall?« fragte sie.

»Ja. Es geschah vor langer Zeit.« Langsam hob Joseph den Kopf, bis sich ihre Blicke trafen. Seine Augen erschienen wie zwei schwarze Löcher. »Eine solche Schuld trage ich in mir. Deshalb trinke ich. Weil ich jemanden getötet habe – jemanden, der sich auf mich verließ.« Er zögerte kurz und rang mit sich selbst. »Sie ahnen nicht, wie schrecklich das ist. *Niemand* kann es nachempfinden.« Er schnitt eine Grimasse. »Aus diesem Grund bleibe ich mit dem Schmerz allein. Und versuche, ihn in Alkohol zu ertränken.«

Mitleid regte sich in Guinan, und sie begriff nun,

daß sie mit der ersten Einschätzung recht behielt: Mops Joseph verabscheute – *haßte* – sich selbst. Aber sie hatte Trois Vermutung geteilt, daß der Selbsthaß in Enttäuschung über eine berufliche Laufbahn wurzelte, die in eine Sackgasse geraten war. Erst jetzt erfuhr sie, daß er eine noch weitaus schwerere Bürde trug.

»Wie wär's, wenn Sie mir davon erzählen?«

Joseph schüttelte den Kopf. »Es ist keine hübsche Geschichte«, sagte er, und es klang sehr ernst.

»Und wenn schon«, entgegnete Guinan. »Ich höre mir alle Geschichten an.«

Eigentlich brauchte er nur das: einige einladende Worte. Erneut holte er tief Luft und schilderte die mehr als zwei Jahrzehnte zurückliegenden Ereignisse.

Normalerweise hätte die Wirtin aufmerksam gelauscht, ohne irgendwelche Zwischenfragen zu stellen: Joseph benötigte dringend eine Chance, sich von der erdrückenden Last zu befreien und Erleichterung zu finden.

Aber diesmal war alles anders. Schon nach wenigen Sätzen hielt es Guinan für erforderlich, den Sicherheitsoffizier zu unterbrechen.

»Halt«, sagte sie.

Joseph sah sie verblüfft an.

»Erzählen Sie diese Geschichte jemand anders. Sie wissen sicher, wen ich meine.«

Der Mann stöhnte leise. »Nein, ich kann nicht.«

Guinan schenkte ihm ihr bestes, für Sonderfälle reserviertes Lächeln. »Sie können«, betonte sie. »Und was noch wichtiger ist: Sie müssen. Es gibt keinen anderen Weg.«

Beverly erwartete keine Besucher, und deshalb wölbte sie erstaunt eine Braue, als Mops Joseph die Krankenstation betrat und in Richtung ihres Büros schritt.

In der Tür blieb er stehen, und Dr. Crusher musterte ihn. Er schien nervös zu sein, und ausgeprägtes Unbehagen haftete an seinen Zügen. Zumindest gewann die Ärztin einen solchen Eindruck.

»Hallo«, grüßte sie ihn. »Möchten Sie Kaffee?«

Er schüttelte den Kopf. »Nein, danke.«

»Setzen Sie sich wenigstens.«

Er nickte, zog einen Stuhl heran und nahm auf der anderen Seite des Schreibtischs Platz. Eine Zeitlang starrte er stumm zu Boden, und als er schließlich aufsah... Etwas Gehetztes und Gequältes zeigte sich in seinem Gesicht.

»Wie geht's dem Captain?« fragte er.

»Viel besser. Seine Rekonvaleszenz macht jetzt rasche Fortschritte.«

Joseph nickte. »Gut.« Er beobachtete etwas an der Wand, sah dann wieder auf den Schreibtisch und trachtete ganz offensichtlich danach, den Blick der Ärztin zu meiden.

Beverly hörte Geräusche, die sie sonst nicht bewußt zur Kenntnis nahm: murmelnde Stimmen von Ärzten und Krankenschwestern, die den Zustand einiger Patienten erörterten; das Summen eines Beleuchtungskörpers, der seit dem ersten Retransfer nicht mehr richtig funktionierte; das Klappern eines Tricorders, den jemand auf einen Tisch legte.

Mops Joseph sah sich auch weiterhin im Büro um und gab dabei keinen Ton von sich. Verschiedene Emotionen huschten durch seine Miene: Zorn und Schmerz, Kummer, eine Niedergeschlagenheit, die an Verzweiflung grenzte.

Nach einer Weile beugte sich Beverly vor. »Stimmt was nicht?«

Er sah sie direkt an, preßte die Lippen so fest zusammen, daß das Blut aus ihnen wich. »Ja, etwas stimmt nicht«, brachte er hervor. »Und zwar schon seit vielen Jahren.«

Dr. Crusher wußte nicht, was er damit meinte. »Ich verstehe kein Wort.«

»Was mich kaum überrascht.« Joseph seufzte tief. »Man hat Ihnen berichtet, auf welche Weise Jack ums Leben kam, nicht wahr? Die Probleme mit der Warpgondel, unser Einsatz außerhalb der *Stargazer,* die gestaute Energie im Transfertunnel... Schließlich eine Explosion, die Jack umbrachte.«

Beverly nickte. »Ja, ich kenne die Einzelheiten.«

»Nun, die Wirklichkeit sieht ein wenig anders aus, als Sie bisher dachten.«

Die Ärztin erblaßte. »Wie meinen Sie das?«

Joseph schob das Kinn vor. »Jack hätte nicht sterben müssen.« Ein kurzes Zögern. »Er kam durch meine Schuld ums Leben. Ich trage die Verantwortung dafür.«

Beverly hatte plötzlich das Gefühl, von einer Faust in der Magengrube getroffen zu werden. Ihre Hände schlossen sich krampfhaft fest um die Armlehnen des Sessels, und sie starrte Joseph groß an. Er ließ den Kopf hängen, hob und senkte die Schultern.

»Es war sehr anstrengend, den Verbindungsstutzen zwischen Schiff und Gondel zu durchtrennen«, sagte er, und seine Stimme klang fast monoton. »Schon nach kurzer Zeit brach uns der Schweiß aus, obwohl die Kühlsysteme der Schutzanzüge auf Hochtouren liefen. Wir gaben uns alle Mühe, schienen jedoch kaum Fortschritte zu erzielen. Und während wir dort draußen arbeiteten, dabei ganz auf unsere Tätigkeit konzentriert blieben, verloren wir allmählich das Gefühl für die Zeit. Nach einer Weile empfanden wir so, als wären wir schon seit einer Ewigkeit außerhalb der *Stargazer,* als hätten wir unser ganzes Leben am Verbindungsstutzen verbracht.

Und ständig floß Energie durch den Warpfeldgenerator, schuf eine immer stärkere Ladung. Praktisch jeden Augenblick konnte es zu einer Explosion kommen. In der nächsten Sekunde. Oder in zehn Minuten.« Joseph schüttelte den Kopf. »Schließlich glaubt man, die Explosion bereits zu spüren. Enorme Hitze, die Haut verbrennt, Blasen auf ihr entstehen läßt. Und die energetische Druckwelle... Stellen Sie sich Dutzende von Hämmern vor, die alle gleichzeitig bestrebt sind, Ihnen die Knochen zu zertrümmern. Und die Splitter... Fragmente der Außenhülle, die erst den Schutzanzug zerfetzen – und dann auch das Fleisch darin.

Daran dachten wir damals. Mir gingen solche Gedanken ebenso durch den Kopf wie Jack – sein Gesichtsausdruck und der fiebrige Glanz in den Augen wiesen darauf hin. Er hatte ebensoviel Angst wie ich. Aber er geriet nicht in Panik. Verbissen setzte er die Arbeit fort, verwendete sein Phasergewehr wie einen Schweißbrenner. Gelegentlich sprach er per Helm-Interkom mit dem Captain und gab sich zuversichtlich, obgleich auch in ihm die Furcht wuchs.

Als wir versuchten, in den Transfertunnel zu gelangen, wurde alles noch schlimmer. Wir glaubten zu *sehen*, wie sich um uns herum außer Kontrolle geratene Energie zusammenballte. Blitze in einer Flasche, deren Korken sich langsam löste... Und wir fügten dem Durcheinander Phaserstrahlen hinzu, steckten damit eine Art Zündschnur in Brand. Der reinste Wahnsinn. Wir *wußten*, daß es Wahnsinn war; ich wies mich immer wieder selbst darauf hin. Aber etwas in unserm Innern sträubte sich gegen diese Erkenntnis und veranlaßte uns, auch weiterhin auf den Tunnel zu feuern.

Und dann befanden wir uns plötzlich *in* ihm – und es kam noch immer nicht zu einer Explosion. Jack teilte der Brücke unseren Erfolg mit, und alle freuten sich. Das galt auch für mich – wie ein Irrer lachte ich.« Der Sicherheitsoffizier stöhnte leise. »Ich glaube, dadurch rastete etwas in mir aus. Vielleicht verbrauchte ich meine ganze Nervenkraft auf dem Weg ins Innere des Tunnels – dadurch erschöpfte sich mein Vorrat an Tapferkeit. Ich zielte und schoß auch weiterhin, aber jemand anders hielt dabei das Strahlengewehr. Jemand anders starrte in das Chaos aus geborstenem Metall, halb zerfetzten Schaltkreisen und brodelnder Energie. Und irgendwann brachte es jener Fremde in mir nicht mehr fertig, an Ort und Stelle zu verweilen.«

Joseph hob den Kopf und sah die Ärztin an. Noch vor wenigen Minuten hatte Dr. Crusher etwas Gequältes in seinen Augen gesehen, doch jetzt zeigten sie eine kaum vorstellbare Agonie.

»Jack griff nach meinem Arm und versuchte, mir etwas mitzuteilen, aber unsere Kommunikatoren funktionierten nicht mehr – die um uns herum wabernde Energie verschlang alle Kom-Signale. Selbst wenn eine Verständigung möglich gewesen wäre: Vermutlich hätte ich überhaupt nicht auf Jack gehört. Die Angst packte mich, fegte den Rest von Vernunft fort und ließ mich nur noch daran denken, in die Sicherheit des Schiffes zurückzukehren. Ich ließ das Phasergewehr los und wandte mich der Luke zu. Und ich schrie – glaube ich jedenfalls. Ich schrie und forderte Jack auf, den Tunnel ebenfalls zu verlassen.

Aber er blieb. Himmel, er blieb in dem verdammten Tunnel, setzte die Arbeit fort und versuchte, sie allein zu Ende zu bringen. Ich hatte die Luke fast erreicht, als ich noch einmal zurücksah.« Joseph zog die Brauen zusammen. »Ich werde den Anblick nie vergessen... Dort stand Jack und jagte einen Phaserstrahl nach dem anderen in das Wirrwarr aus geknickten Streben und flackernder Energie.« Josephs Pupillen weiteten sich. »Die energetischen Entladungen aus dem Leck der Warpgondel wurden stärker. Das Wabern schien sich in etwas Lebendiges und Grausames zu verwandeln, in eine bizarre Version des Todesengels oder so. Andererseits... Gewisse Anzeichen deuteten darauf hin, daß Jack tatsächlich etwas erreicht hatte. Mit ein wenig Hilfe von mir wäre es ihm vielleicht gelungen, die Gondel ganz von der *Stargazer* zu lösen.

Von einer Sekunde zur anderen nahmen die Emissionen aus dem Leck schlagartig zu – ganz offensichtlich bahnte sich nun die befürchtete Explosion an. Aber Jack wich trotzdem nicht zurück. Immer wieder betätigte er den Auslöser des Gewehrs, obgleich er den Phaserstrahl im allgemeinen Schimmern und Gleißen überhaupt nicht mehr sehen konnte. Vielleicht wußte er, daß ihn nur noch wenig von einem Erfolg trennte. Während er sich bemühte, die letzten Verbindungen zu durchtrennen, eilte ich von nackter Angst getrieben zur Luke. Es grenzt an ein Wunder, daß ich nicht gegen irgend etwas Scharfkantiges stieß und mir dadurch den Schutzanzug aufschlitzte. Wie dem auch sei: Irgendwie schaffte ich es, allen Hindernissen auszuweichen und die Öffnung tatsächlich zu erreichen.«

Joseph senkte einmal mehr den Kopf und strich sich übers kurze Haar. »Ich starrte durch die Luke und sah, daß sich der Captain näherte. Daraufhin wurde mir plötzlich die Bedeutung meines Verhaltens klar. Und ich wußte auch, wie die anderen darüber urteilen, was sie sagen würden. Ich hörte schon, wie sie mich Feigling nannten. Ich ... Ich gab mich bewußtlos. Etwas anderes fiel mir nicht ein. Ich erweckte den Anschein, das Bewußtsein verloren zu haben.

Ich rechnete nicht damit, daß Picard mich zum Schiff zurückbrachte. Ich glaubte, daß er sich zuerst um seinen Freund Jack kümmern wollte, aber statt dessen entschied er sich für mich. Weil es leichter war, zuerst Mops Joseph zu retten – der Captain wollte auf Nummer Sicher gehen und wenigstens ein Mitglied seiner Crew vor dem Tod bewahren. Etwas in mir drängte danach, ihn darauf hinzuweisen, daß nicht etwa ich Hilfe benötigte, sondern Jack. Aber dann hätte Picard von meiner Feigheit erfahren. Und dann hätten bald auch die anderen Bescheid gewußt. Deshalb gab ich keinen Ton von mir.

Als die Energieblase explodierte, schirmte uns der

Stargazer-Rumpf ab. Ich sah nur das jähe Aufblitzen und dann die Gondel, beziehungsweise ihre Reste – sie entfernten sich langsam vom Schiff. Jack war tot. Ich begriff das ebenso wie der Captain. Er vergoß Tränen hinter der Sichtscheibe seines Helms ...«

Josephs Stimme vibrierte, und er legte eine kurze Pause ein. »Tränen«, wiederholte er kurz darauf und schüttelte den Kopf. Er atmete tief durch und fuhr fort: »Er vergoß Tränen und schrie. Ja, er schrie so laut, als müßte *er* sich vom Leben verabschieden und nicht etwa Jack. Doch nach einigen wenigen Sekunden faßte sich Picard wieder und brachte mich ins Schiff.«

Der Sicherheitsoffizier fluchte leise. »Anschließend belog ich meine Kameraden, indem ich behauptete, Jack und ich hätten aufgrund der hochenergetischen Emissionen das Bewußtsein verloren. Ich schilderte unseren Einsatz, fügte erfundene Einzelheiten hinzu, um alles *noch* dramatischer erscheinen zu lassen ...« Joseph begann zu schluchzen, und seine Schultern bebten. »Sie glaubten mir«, brachte er heiser hervor. »Gott steh mir bei – die anderen glaubten mir.«

Beverly Crusher saß hinter ihrem Schreibtisch und spürte eine seltsame Leere in ihrem Innern. Sollte sie jetzt zornig sein? Oder verbittert? *Soll ich Mops Joseph Mitleid entgegenbringen?* fragte sie sich. *Oder habe ich allen Grund, mich Selbstmitleid hinzugeben?*

Sie stand auf und trat langsam hinter dem Schreibtisch hervor. Der Sicherheitsoffizier wollte – oder konnte – nicht zu ihr aufsehen. Er schämte sich viel zu sehr, und zwar nicht nur der Tränen in seinen Augen. Als die Ärztin näher kam, verbarg er das Gesicht hinter großen, breiten Händen.

Wie viele Jahre waren seit dem Unfall vergangen, der Jack das Leben kostete? Es erschien Beverly wie eine Ewigkeit. Und das bedeutete: Eine Ewigkeit lang hatte Joseph dieses Geheimnis – diese schwere Bürde –

in sich getragen. Vielleicht hatte er sogar geglaubt, daß ihn die Last der Lüge ins Grab begleitete.

Zögernd streckte Dr. Crusher den Arm aus und legte dem Mann die Hand auf die Schulter. Unter ihren Fingern zitterten verkrampfte Muskeln.

»Es ist alles in Ordnung«, sagte sie automatisch, um dann zu erkennen: Es war *tatsächlich* alles in Ordnung. Welches Verbrechen auch immer Joseph begangen hatte – wenn man in diesem Zusammenhang überhaupt von einem ›Verbrechen‹ sprechen konnte –, es lag mehr als zwei Jahrzehnte zurück. Außerdem war er ein guter Freund des Verstorbenen gewesen, und Jack hätte bestimmt nicht gewollt, daß er auf diese Weise litt. Beverly wiederholte die Worte mit größerem Nachdruck: »Es ist alles in Ordnung, Joseph. *Ich verzeihe Ihnen.*«

Der Sicherheitsoffizier sah sie aus geröteten, tränenfeuchten Augen an, nahm die Hand von der Schulter und drückte sie sich an die Wange. Und dann weinte er, ohne sich zu schämen.

Eigentlich war es nicht Cadwalladers Schuld, daß sie einige Minuten zu spät kam. Immerhin hatte sie erst vor kurzer Zeit die Erlaubnis erhalten, Ben Zoma zu besuchen, und sie wollte die Krankenstation nicht verlassen, ohne ihm Glückwünsche zu seiner Genesung auszusprechen. Sie sah mehr in ihm als ›nur‹ ihren Captain – er war ein guter Freund.

Trotzdem verabscheute sie es, sich zu verspäten, erst recht bei dieser besonderen Gelegenheit: Will Riker hatte sie zum Abendessen aufs Holo-Deck eingeladen. Mehrmals versuchte sie, Details von ihm zu erfahren, aber er weigerte sich hartnäckig, ihr Auskunft zu geben. Er bat sie nur darum, jenes Kleid zu tragen, das sie für die letzte Verabredung ausgewählt hatte.

Ein wenig außer Atem brachte Cadwallader die letzte Ecke hinter sich und eilte zum vereinbarten

Treffpunkt, der Tür der ersten Holo-Decks. Doch von Riker fehlte weit und breit jede Spur.

He, ich bin doch nicht so *spät dran,* dachte sie und ging langsamer. *Und selbst wenn das der Fall wäre: Er hätte ruhig warten können ...*

Das Schott glitt beiseite, und Riker trat in den Korridor. Er trug einen taillierten dunklen Anzug – derartige Kleidung verwendete man auf der Erde bei feierlichen Anlässen –, lächelte und streckte die Hand aus.

Cadwallader blickte an ihm vorbei in die Holo-Kammer. Hinter dem Eingang erstreckte sich ein dichter Tannenwald; hier und dort zeigte sich azurblauer Himmel.

»Stehen Sie nicht einfach so da«, sagte der Erste Offizier. »Kommen Sie herein.«

Cad sah ihn an. »Sind Sie sicher, daß ich... äh... *richtig* angezogen bin?«

Er nickte. »Daran kann überhaupt kein Zweifel bestehen.«

Cadwallader ergriff die dargebotene Hand und ließ sich aufs Holo-Deck führen. Als sich hinter ihr die Tür schloß, bekam sie einen besseren Eindruck von der Umgebung.

Sie befanden sich an einem steilen Berghang. Besser gesagt: Sie standen auf einem bewaldeten Vorsprung, der wie ein Buckel aus der Flanke des Berges ragte. Weitere Massive ragten auf und formten ein majestätisches Gebirge, das bis zum Horizont reichte. Weiter oben wölbte sich ein makelloser blauer Himmel, an dem sich nicht einmal ein Wolkenfetzen zeigte. Hier schien es normalerweise recht kalt zu sein, aber jetzt schenkte die Sonne angenehme Wärme, und die hohen Bäume hielten den Wind fern.

»Gefällt es Ihnen?« fragte Riker.

Cadwallader nickte. »Wo sind wir?«

»In Alaska. Nicht weit von dem Ort entfernt, an dem ich meine Kindheit verbrachte.« Er trat auf den moosbedeckten Boden. »Ich bin nur ein einziges Mal hierhergekommen – kurz bevor ich Alaska verließ, um mit dem Studium an der Starfleet-Akademie zu beginnen.«

»Ich nehme an, Sie haben einen Gleiter benutzt.«

»Nein. Ich bin *geklettert*. Es dauerte drei Tage und kostete mich viele blaue Flecken und Hautabschürfungen – aber ich habe es geschafft.«

Cadwallader blickte ins Tal und pfiff anerkennend.

»Die Aussicht war tatsächlich so prächtig, wie ich es mir vorgestellt hatte«, fuhr Riker fort. »Es gab nur ein Problem: Ich konnte sie mit niemandem teilen.«

Cad schmunzelte. »Ich glaube, ich weiß jetzt, worauf Sie hinauswollen. Seltsam: Ich dachte, es sei eine Einladung zum Abendessen.«

Der Erste Offizier schnippte mit den Fingern, und ein Gaskocher mit zwei Pfannen materialisierte vor ihnen. Cadwallader nahm ein Aroma wahr, das auf pikanten Fisch hinzudeuten schien.

»Riecht gut«, sagte sie. »Was ist das?«

»Forellenremoulade«, erklärte Riker. »Ein altes Familienrezept.«

Zum zweiten Mal schnippte er mit den Fingern, und nicht weit vom Kocher entfernt erschien ein rotweiß kariertes Tischtuch. Darauf standen ein Brotkorb und zwei Weingläser.

Diesmal schmunzelte Cadwallader nicht nur – sie lachte. »Sie denken an alles, nicht wahr?«

Der Erste Offizier zuckte mit den Schultern. »Wenn ich inspiriert bin.«

Cad bedachte ihn mit einem fragenden Blick. »Und wenn's dunkel wird? Wie halten wir uns dann warm?«

»Ich glaube, das ist kein Problem.«

»Ach? Und warum nicht?«

Rikers Miene blieb unbewegt, als er erwiderte: »Um das herauszufinden, müssen Sie bis nach dem Essen warten.«

Heute saßen nur zwei Personen an Ben Zomas Bett: Troi und Commander Asmund. Deanna kam in erster Linie aus beruflichen Gründen: Sie wußte, wie verwirrend und desorientierend es sein konnte, nach langer Bewußtlosigkeit zu erwachen und festzustellen, daß sich in der Zwischenzeit viel verändert hatte. Als Bordcounselor und Empathin glaubte sie sich imstande, dem Genesenden die Anpassung zu erleichtern.

Natürlich kam sie *nicht nur*, weil die Pflicht rief. Sie *mochte* Ben Zoma auch – er wirkte auf Anhieb sympathisch.

Außerdem: Die Betazoidin fühlte sich ein wenig schuldig, weil sie ihn bei ihrer letzten Begegnung täuschen mußte. Sie wollte nun die Gelegenheit nutzen, ganz offen zu sein.

Es erfüllte sie auch mit Erleichterung, Idun Asmund nicht mehr anlügen oder in ihren Gefühlen nach Mordabsichten suchen zu müssen.

»Wie lange dauert es noch, bis wir Daa'V erreichen?« fragte Ben Zoma leise. Das klingonische Gift war inzwischen vollkommen neutralisiert, und er wirkte schon wesentlich kräftiger als am vergangenen Tag. Die Farbe kehrte in sein Gesicht zurück.

»Noch vier Tage«, antwortete Troi. »Und zwar mit Warp neun.«

Volles Warppotential stellte einen Luxus dar, den Deanna nie wieder als selbstverständlich erachten wollte. Viel zu deutlich erinnerte sie sich daran, mit Warp eins durch romulanischen Raum zur Neutralen Zone zu kriechen...

Ben Zoma überlegte kurz und hob überrascht die Brauen. »Wir treffen rechtzeitig ein.«

»Ja«, bestätigte Deanna. »Trotz aller Zwischenfälle sind wir pünktlich. Das verdanken wir Geordi, seinen Technikern und auch Ihrem Freund Simenon.«

Der Captain lächelte. Doch unmittelbar darauf verschwand das Lächeln von seinen Lippen.

»Eine üble Sache. Das mit Greyhorse, meine ich.«

Troi nickte. »Wir sind alle bestürzt. Vielleicht hilft ihm die Rehabilitierung, den Wahnsinn zu überwinden ...« Sie zuckte kurz mit den Achseln. »Man kann nur hoffen.«

Ben Zoma sah Asmund an, und sie erwiderte seinen Blick.

»Komisch«, sagte er. »Ausgerechnet jene Person, die wir sofort für die Schuldige hielten, leistete den wichtigsten Beitrag für die Lösung des Problems. Und obendrein rettete sie mir das Leben.«

»Erinnern Sie sich an Beta Gritorius Vier?« fragte Idun.

Der Patient dachte nach. »Ich verstehe«, entgegnete er schließlich. »Dann sind wir also quitt.«

Die Blonde schüttelte den Kopf. »Nein. Jetzt sind Sie wieder dran. Bei der nächsten Gelegenheit müssen Sie *mir* das Leben retten.«

Ben Zoma lachte. Was sich als ein Fehler erwies, weil er dadurch Dr. Selars Aufmerksamkeit weckte. Die Vulkanierin erschien plötzlich am Fußende des Biobettes.

»Wir sollten jetzt besser gehen«, sagte Troi und erhob sich.

Asmund stand ebenfalls auf. »Wenn's unbedingt sein muß ... Aber ich kehre bald zurück«, versprach sie Ben Zoma.

Der Kommandant des Raumschiffs *Lexington* deutete ernst mit dem Zeigefinger auf sie. »Ich verlasse mich darauf, Commander.«

Für Trois Lächeln gab es zwei Gründe: Ben Zomas Humor und Asmunds Gesichtsausdruck. Idun war glücklich. Zum erstenmal seit Jahren hatte sie das Gefühl *dazuzugehören*.

In manchen Fällen erforderte es keine empathischen Fähigkeiten, um die Freude bestimmter Personen zu spüren – und sie zu teilen.

Der Türmelder summte, und Worf sah zum Schott seines Quartiers. »Herein.«

Der große, breitschultrige Morgen erschien im Zugang. »Hoffentlich störe ich nicht«, sagte er, und in seinen gelben Augen glühte es.

Worf versuchte, das lange, in Leder gehüllte Objekt zu ignorieren, das der Daa'Vit unter den einen Arm geklemmt hielt. Noch vor einigen Tagen wäre es ihm kaum gelungen, den Blick davon abzuwenden. »Nein, ganz und gar nicht«, erwiderte er ruhig.

Morgen trat ein und ging sofort zu dem Stuhl, auf dem er bei seinem letzten Besuch gesessen hatte. Der Klingone dachte kurz daran, sich wieder in eine Ecke des Raums zurückzuziehen, entschied sich jedoch dagegen und nahm direkt auf der anderen Seite des niedrigen, aus *S'naiah*-Holz bestehenden Tisches Platz.

Ihre Blicke trafen sich. Klingone und Daa'Vit – aber nicht mehr *nur* Klingone und Daa'Vit. Würdevoll legte Morgen das in Leder gehüllte Objekt auf den Tisch.

»Wickeln Sie es aus«, sagte er. Der Tonfall wies darauf hin, daß es sich nicht um einen Befehl handelte, sondern um eine Bitte.

Worf kam der Aufforderung nach, strich das Leder beiseite und sah eine gewölbte, rasiermesserscharfe Klinge, die selbst im matten Licht glänzte. Er zögerte und musterte den Besucher.

»Nur zu«, sagte Morgen.

Der Klingone wickelte auch den Rest aus und betrachtete die strenge Eleganz der überraschend leichten Waffe, bestaunte das komplexe Flechtmuster des ledernen Knaufs. Nach einer Weile nickte er anerkennend.

»Ich bedauere nur, daß es keine echte *Ka'yun* ist«, brummte der Daa'Vit. »Trotzdem bin ich recht zufrieden: Bei der Herstellung dieser Klinge hat der Computer gute Arbeit geleistet. Sie werden feststellen, daß sich diese Waffe müheloser handhaben läßt als jenes Exemplar, das Sie mir für Ihre *Gymnastik*-Simulation auf dem Holo-Deck gaben.«

Worf sah ihn an und mußte sich beherrschen, um nicht verärgert die Stirn zu runzeln. Eigentlich war es völlig normal, daß der Daa'Vit eine bessere *Ka'yun* schaffen konnte – die Angehörigen seines Volkes lernten so etwas schon als Kinder.

»Am schwierigsten war es, von Ihrem Captain die Erlaubnis zu bekommen, das Sicherheitsprogramm des Computers in diesem besonderen Fall vorübergehend zu desaktivieren. Sie wissen ja, daß Waffen nur synthetisiert werden dürfen, wenn die ausdrückliche Genehmigung des Kommandanten oder des Sicherheitsoffiziers vorliegt.« Morgen lächelte »An *Sie* konnte ich mich nicht wenden – immerhin sollte es eine Überraschung sein.«

Worf wickelte die *Ka'yun* wieder ein und legte sie auf den Tisch. Ihm fehlten die Worte. Zum erstenmal in der Geschichte von Konföderation und Imperium bot ein Daa'Vit einem Klingonen so ein Geschenk an. »Ich bin geehrt«, brachte er hervor.

»Natürlich sind Sie das«, sagte Morgen. »Und selbstverständlich hat diese Angelegenheit nur vorübergehenden Charakter.«

Diesmal *bildeten* sich Falten in Worfs Stirn. »Wie meinen Sie das?« fragte er argwöhnisch.

»Nach der Krönung bekommen Sie eine authentische *Ka'yun*«, antwortete Morgen.

Worf nickte langsam. Jetzt verstand er.

Der Daa'Vit beugte sich vor. »Leider fehlen zwei Personen in meiner Ehrenwache. Dr. Crusher hat sich freundlicherweise bereit erklärt, die eine Lücke zu füllen. Was die andere betrifft... Ich möchte *Sie* bitten, mich zu begleiten.«

Der Sicherheitsoffizier starrte ihn an. »Ein Klingone auf Daa'V...?«

Morgen winkte ab. »Ich behaupte nicht, daß es leicht sein wird, Lieutenant. Weder für Sie noch für mich. Aber ich bin entschlossen, mich allen Konsequenzen zu stellen.«

Worf lehnte sich zurück. »Man wird Sie als Verräter bezeichnen und Ihnen den Thron verweigern.«

»Bedeutet das, Sie lehnen ab?« erkundigte sich der Daa'Vit.

Der Klingone versuchte zu lächeln. »Nein. Um es noch einmal zu wiederholen: Ich bin geehrt.«

»Und vielleicht auch ein wenig verrückt«, fügte Morgen hinzu.

»Ja«, bestätigte Worf. »Das auch.«

Die Tür des Holo-Decks öffnete sich, und Wesley erkannte die Szene sofort wieder. Alles schien genauso beschaffen zu sein wie beim erstenmal: ein scharlachroter Wald, der dort erglühte und erstrahlte, wo sich Sonnenstrahlen hindurchbohrten. Erneut huschten fliegende Geschöpfe von Ast zu Ast, gaben kehlige Schreie von sich und ließen hübsche Federn mit tödlichen Dornen fallen.

Der Fähnrich trat ein, paßte seine Gangart dem weichen Moos an und suchte nach dem Pfad.

Simenon befand sich dort, wo Wesley ihn erwartete. Diesmal trug er eine Starfleet-Uniform und keinen weiten Umhang.

Als sich Wes näher, griff der Gnalisch nach einem Stein. »Ich grüße Sie«, sagte er, ohne sich umzudrehen. Er zögerte, schien den Augenblick dehnen und möglichst lange genießen zu wollen, bevor er ausholte und warf.

Der Kiesel sauste über den See, berührte das unbewegte Wasser, prallte ab und setzte den Flug fort. Insgesamt fünfmal hüpfte er, um dann zu versinken. Simenon klopfte sich imaginären Staub von den Händen und sah zu Wesley.

»Es ist wie mit der Steuerung eines Shuttles«, sagte er »Man vergißt es nie, sobald man's gelernt hat.«

Der Fähnrich lächelte. »Vielleicht haben Sie recht.«

»Sind Sie gekommen, um Ihre Wurftechnik zu verbessern?« fragte der Professor.

Wesley schüttelte den Kopf. »Nein. Ich bin hier, um Ihnen Glück zu wünschen.«

Simenon schnaufte abfällig. »Warum sollte ich auf Daa'V Glück benötigen? Eine diplomatische Mission ist wie jede andere.« Der Schwanz des Gnalisch zuckte hin und her. »Trotzdem danke ich Ihnen.«

»Wissen Sie...« Wesley zögerte. »Ich hoffe, eines Tages die Starfleet-Akademie besuchen zu können. Eigentlich möchte ich so schnell wie möglich mit der Ausbildung beginnen.«

Simenon neigte den Kopf ein wenig zur Seite und musterte den jungen Mann. »Und?«

Wes zuckte mit den Achseln. »Nun... Ich schätze, ich freue mich darauf, Sie dort wiederzusehen.«

»Ich verstehe.« Der Professor bückte sich, hob einen weiteren Stein auf und betrachtete ihn. »Ich sollte Sie besser warnen – ich bin nicht sehr beliebt an der Akademie. Wenn mich Kadetten sehen, laufen sie in die andere Richtung.«

»Die Betreffenden müssen ziemlich dumm sein«, erwiderte der Fähnrich. »Ich habe bereits eine Ihrer Lektionen hinter mir.« Bei diesen Worten deutete er auf den Stapel aus Steinen. »Und ich bin auf die nächsten gespannt.«

Der Gnalisch schnaubte erneut, doch diesmal klang es sanfter. »Das sagen Sie *jetzt*. Warten Sie bis zur ersten Prüfung.«

Wesley lachte, und nach einigen Sekunden stimmte Simenon mit ein.

Beverly Crusher strich die blauschwarze Paradeuniform glatt und trat vor den Spiegel. An ihrem Erscheinungsbild gab es nichts auszusetzen; der Grund für ihre Unruhe war ein anderer.

Es summte an der Tür. Der Captain. Pünktlich wie immer.

»Herein«, sagte die Ärztin und verließ das Schlafzimmer, um den Besucher im Wohnraum zu empfangen.

Picard sah sich dort um, als Dr. Crusher aus dem Nebenzimmer kam. Er begrüßte sie mit einem Lächeln.

»Ausgezeichnet«, lobte er. »Die Paradeuniform steht Ihnen sehr gut, Doktor. Es ist lange her, seit Sie sie getragen haben.«

Beverly erwiderte das Lächeln. »Danke. Und ja, Sie haben recht – es ist wirklich lange her.«

Picard breitete die Arme aus. »Sind Sie soweit?«

Sie nickte. »Ich glaube schon.«

Der Captain zögerte und maß sie mit einem durchdringenden Blick. »Stimmt was nicht?«

Die Ärztin seufzte. »Ich wünschte, mir wäre mehr Zeit geblieben, um mich gründlich vorzubereiten. Als Morgen mich bat, ihn zu begleiten... Daraufhin habe ich sofort begonnen, Informationen über die Daa'Vit-Kultur zu sammeln. Aber in meinem Wissen gibt es nach wie vor große Lücken.«

»Fürchten Sie vielleicht, daß Ihnen ein Fauxpas unterläuft, der Captain Morgen in Verlegenheit bringt, durch den er vielleicht sogar Gefahr läuft, gar nicht die Nachfolge seines Vaters antreten zu können?«

»Ja«, gestand Dr. Crusher.

Picard schüttelte den Kopf. »Seien Sie unbesorgt. Im Gegensatz zu Ihnen hatte ich Zeit genug, um mich mit den Bräuchen und Traditionen der Daa'Vit zu befassen. Daher darf ich Ihnen versichern: Es gibt keine verborgenen Fallstricke.«

»Sind Sie ganz sicher?« fragte Beverly hoffnungsvoll.

»Ja. Fühlen Sie sich jetzt besser?«

»Mir fällt ein Stein vom Herzen.« Die Ärztin seufzte erleichtert und ließ noch einmal den Blick durchs Quartier schweifen, bevor sie sich umdrehte und zur Tür ging. Der Captain folgte ihr.

Im Korridor schritten sie zum nächsten Turbolift. In Picards Bewegungen kam eine Elastizität zum Ausdruck, die Beverly seit Tagen nicht mehr beobachtet hatte. Sie nahm diesen Umstand mit Zufriedenheit zur Kenntnis, und zwar nicht nur in ihrer Eigenschaft als Bordärztin. Es freute sie auch persönlich zu sehen, daß der Captain Anspannung und Kummer überwand.

Vielleicht war seine neue Munterkeit ansteckend: Als sie den Lift erreichten, fühlte Beverly Crusher, wie auch in ihr Fröhlichkeit keimte.

»Die Vorstellung, den früheren Offizieren der *Stargazer* zu begegnen, hat zunächst Unbehagen in mir geweckt«, sagte sie und war über ihre eigene Offenheit erstaunt.

Picard warf ihr einen kurzen Blick zu. »Ach?«

»Im Ernst. Ich wollte nicht einmal meine Unterkunft verlassen.«

Die Tür des Lifts glitt auf, und sie traten ein.

In der Transportkapsel räusperte sich Picard. »Um ganz ehrlich zu sein: Auch ich habe eine gewisse Beklommenheit empfunden.«

Dadurch sah ihn Dr. Crusher aus einer neuen Perspektive. »Beklommenheit? Bei *Ihnen?* Wieso denn, um Himmels willen?«

»Ich habe damit gerechnet, daß die Besucher Erinnerungen bringen«, sagte der Captain leise. »Daß sie mich mit Dingen konfrontieren, die in mir noch immer nicht ganz zur Ruhe gekommen sind.«

Und plötzlich verstand Beverly. Sie war so sehr mit ihren eigenen Phantomen beschäftigt gewesen, daß sie ganz vergessen hatte: Auch Picard rang mit Geistern aus der Vergangenheit.

»Und jetzt?« fragte sie.

»Jetzt bin ich froh, daß ich Gelegenheit erhielt, meine alten Freunde wiederzusehen. Sie *alle* – die Lebenden und die Toten.«

Dr. Crusher griff nach Picards Arm und drückte kurz zu. »Ich kenne das Gefühl, Jean-Luc. Ich kenne es gut.«

Beverly hakte sich beim Captain ein, und auf diese Weise verließen sie den Turbolift und betraten den Transporterraum, wo die anderen bereits auf sie warteten.

STAR TREK™

in der Reihe
HEYNE SCIENCE FICTION & FANTASY

STAR TREK: CLASSIC SERIE

Vonda N. McIntyre, Star Trek II: Der Zorn des Khan · 06/3971
Vonda N. McIntyre, Der Entropie-Effekt · 06/3988
Robert E. Vardeman, Das Klingonen-Gambit · 06/4035
Lee Correy, Hort des Lebens · 06/4083
Vonda N. McIntyre, Star Trek III: Auf der Suche nach Mr. Spock · 06/4181
S. M. Murdock, Das Netz der Romulaner · 06/4209
Sonni Cooper, Schwarzes Feuer · 06/4270
Robert E. Vardeman, Meuterei auf der Enterprise · 06/4285
Howard Weinstein, Die Macht der Krone · 06/4342
Sondra Marshak & Myrna Culbreath, Das Prometheus-Projekt · 06/4379
Sondra Marshak & Myrna Culbreath, Tödliches Dreieck · 06/4411
A. C. Crispin, Sohn der Vergangenheit · 06/4431
Diane Duane, Der verwundete Himmel · 06/4458
David Dvorkin, Die Trellisane-Konfrontation · 06/4474
Vonda N. McIntyre, Star Trek IV: Zurück in die Gegenwart · 06/4486
Greg Bear, Corona · 06/4499
John M. Ford, Der letzte Schachzug · 06/4528
Diane Duane, Der Feind – mein Verbündeter · 06/4535
Melinda Snodgrass, Die Tränen der Sänger · 06/4551
Jean Lorrah, Mord an der Vulkan Akademie · 06/4568
Janet Kagan, Uhuras Lied · 06/4605
Laurence Yep, Herr der Schatten · 06/4627
Barbara Hambly, Ishmael · 06/4662
J. M. Dillard, Star Trek V: Am Rande des Universums · 06/4682
Della van Hise, Zeit zu töten · 06/4698
Margaret Wander Bonanno, Geiseln für den Frieden · 06/4724
Majliss Larson, Das Faustpfand der Klingonen · 06/4741
J. M. Dillard, Bewußtseinsschatten · 06/4762
Brad Ferguson, Krise auf Centaurus · 06/4776
Diane Carey, Das Schlachtschiff · 06/4804
J. M. Dillard, Dämonen · 06/4819
Diane Duane, Spocks Welt · 06/4830
Diane Carey, Der Verräter · 06/4848
Gene DeWeese, Zwischen den Fronten · 06/4862
J. M. Dillard, Die verlorenen Jahre · 06/4869

STAR TREK™

Howard Weinstein, Akkalla · 06/4879
Carmen Carter, McCoys Träume · 06/4898
Diane Duane & Peter Norwood, Die Romulaner · 06/4907
John M. Ford, Was kostet dieser Planet? · 06/4922
J. M. Dillard, Blutdurst · 06/4929
Gene Roddenberry, Star Trek (I): Der Film · 06/4942
J. M. Dillard, Star Trek VI: Das unentdeckte Land · 06/4943
David Dvorkin, Die Zeitfalle · 06/4996
Barbara Paul, Das Drei-Minuten-Universum · 06/5005
Judith & Garfield Reeves-Stevens, Das Zentralgehirn · 06/5015
Gene DeWeese, Nexus · 06/5019
D. C. Fontana, Vulkans Ruhm · 06/5043
Judith & Garfield Reeves-Stevens, Die erste Direktive · 06/5051
Michael Jan Friedman, Das Doppelgänger-Komplott · 06/5067
Judy Klass, Der Boacozwischenfall · 06/5086
Julia Ecklar, Kobayashi Maru · 06/5103
Peter Morwood, Angriff auf Dekkanar · 06/5147
Carolyn Clowes, Das Pandora-Prinzip · 06/5167
Diana Duane, Die Befehle des Doktors · 06/5247
V. E. Mitchell, Der unsichtbare Gegner · 06/5248
Dana Kramer-Rolls, Der Prüfstein ihrer Vergangenheit · 06/5273
Michael Jan Friedman, Schatten auf der Sonne · 06/5179 (in Vorb.)
Barbara Hambly, Der Kampf ums nackte Überleben · 06/5334 (in Vorb.)
Brad Ferguson, Eine Flagge voller Sterne · 06/5349 (in Vorb.)

STAR TREK: DIE NÄCHSTE GENERATION

David Gerrold, Mission Farpoint · 06/4589
Gene DeWeese, Die Friedenswächter · 06/4646
Carmen Carter, Die Kinder von Hamlin · 06/4685
Jean Lorrah, Überlebende · 06/4705
Peter David, Planet der Waffen · 06/4733
Diane Carey, Gespensterschiff · 06/4757
Howard Weinstein, Macht Hunger · 06/4771
John Vornholt, Masken · 06/4787
David & Daniel Dvorkin, Die Ehre des Captain · 06/4793
Michael Jan Friedman, Ein Ruf in die Dunkelheit · 06/4814
Peter David, Eine Hölle namens Paradies · 06/4837
Jean Lorrah, Metamorphose · 06/4856
Keith Sharee, Gullivers Flüchtlinge · 06/4889

STAR TREK™

Carmen Carter u. a., Planet des Untergangs · 06/4899
A. C. Crispin, Die Augen der Betrachter · 06/4914
Howard Weinstein, Im Exil · 06/4937
Michael Jan Friedman, Das verschwundene Juwel · 06/4958
John Vornholt, Kontamination · 06/4986
Mel Gilden, Baldwins Entdeckungen · 06/5024
Peter David, Vendetta · 06/5057
Peter David, Eine Lektion in Liebe · 06/5077
Howard Weinstein, Die Macht der Former · 06/5096
Michael Jan Friedman, Wieder vereint · 06/5142
T. L. Mancour, Spartacus · 06/5158
Bill McCay/Eloise Flood, Ketten der Gewalt · 06/5242
V. E. Mitchell, Die Jarada · 06/5279
John Vornholt, Kriegstrommeln · 06/5312 (in Vorb.)
Laurell K. Hamilton, Nacht über Oriana · 06/5342 (in Vorb.)
David Bischoff, Die Epidemie · 06/5356 (in Vorb.)

STAR TREK: DIE ANFÄNGE

Vonda N. McIntyre, Die erste Mission · 06/4619
Margaret Wander Bonanno, Fremde vom Himmel · 06/4669
Diane Carey, Die letzte Grenze · 06/4714

STAR TREK: DEEP SPACE NINE

J. M. Dillard, Botschafter · 06/5115
Peter David, Die Belagerung · 06/5129
K. W. Jeter, Die Station der Cardassianer · 06/5130
Sandy Schofield, Das große Spiel · 06/5187
Lois Tilton, Verrat · 06/5323 (in Vorb.)

DAS STAR TREK-UNIVERSUM, 2 Bde.,
überarbeitete und aktualisierte Neuausgabe!
von *Ralph Sander* · 06/5150

William Shatner/Chris Kreski, Star Trek Erinnerungen · 06/5188

Phil Farrand, Cap'n Beckmessers Führer durch
STAR TREK – DIE NÄCHSTE GENERATION · 06/5199 (in Vorb.)

Diese Liste ist eine Bibliographie erschienener Titel
KEIN VERZEICHNIS LIEFERBARER BÜCHER!